Patricia Briggs menait une vie parfaitement ordinaire jusqu'à ce qu'elle apprenne à lire. À partir de ce moment-là, ses après-midi se déroulèrent à dos de dragon ou à la recherche d'épées magiques, quand ce n'était pas à cheval dans les Rocheuses. Diplômée en histoire et en allemand, elle est professeur et auteur. Elle vit avec sa famille dans le Nord-Ouest pacifique.

Du même auteur,
aux éditions Bragelonne,
au format poche :

Corbeau :
Corbeau – L'Intégrale

Sianim :
Masques
L'Épreuve du loup
Le Voleur de dragon
L'Empreinte du démon

Les Chaînes du dragon
Le Sang du dragon

Le Pacte du Hob

Chez Milady,
en grand format :

Mercy Thompson :
6. *La Marque du fleuve*
7. *La Morsure du givre*
8. *La Faille de la nuit*
9. *L'Étreinte des flammes*
10. *L'Épreuve du silence*

Ombres mouvantes
(Recueil de nouvelles)

Chez Milady,
au format poche :

Mercy Thompson :
1. *L'Appel de la Lune*
2. *Les Liens du sang*
3. *Le Baiser du fer*
4. *La Croix d'ossements*
5. *Le Grimoire d'Argent*
6. *La Marque du fleuve*
7. *La Morsure du givre*
8. *La Faille de la nuit*
9. *L'Étreinte des flammes*
10. *L'Épreuve du silence*

Ombres mouvantes
(Recueil de nouvelles)

Alpha & Omega :
Alpha & Omega : L'Origine
1. *Le Cri du loup*
2. *Terrain de chasse*
3. *Jeu de piste*
4. *Entre chien et loup*
5. *Dans la gueule du loup*

Chez Milady Graphics :
Mercy Thompson :
Retour aux sources

Ce livre est également disponible
au format numérique

www.bragelonne.fr

Patricia Briggs

Masques

Sianim

Traduit de l'anglais (États-Unis) par Zeynep Diker

Bragelonne

Collection dirigée par Stéphane Marsan et Alain Névant

Titre original : *Masques*

Suivi d'un extrait de : *L'Épreuve du loup*

Carte :
D'après la carte originale de Michael Enzweiler

ISBN : 979-10-281-0325-5

Bragelonne
60-62, rue d'Hauteville – 75010 Paris

E-mail : info@bragelonne.fr
Site Internet : www.bragelonne.fr

À mes parents, avec amour :

Harvey C. Rowland
1917-1989

Betty J. Rowland
1920-1992

Introduction

Un jour, au beau milieu de ma dernière année d'université, j'ai décidé d'écrire. Je m'étais déjà frottée à cet exercice. Rien de compliqué comme une nouvelle (je ne compte pas les commentaires de textes qu'on devait rendre au lycée et qui ne dépassaient pas les cinq cents mots, ni cette histoire – restée dans les annales pour sa médiocrité – que j'avais rédigée pour le cours d'allemand à la place d'un compte-rendu), mais des descriptions de scènes et des bribes de dialogues. Lorsque je me suis lancée dans la rédaction de ce roman, je n'avais jamais rencontré d'auteur ni mis les pieds dans une convention de science-fiction. Au cours des années suivantes, je n'ai eu de cesse de rédiger et de réviser les dix premières pages de mon histoire. Ces dix pages font partie des premiers éléments que j'ai supprimés pour la présente édition. Il m'arrive de me réveiller en pleine nuit et de me retrouver à marmonner ces phrases : *Le grand hall du château était sa pièce préférée…*

Une fois nos diplômes en poche, mon mari et moi avons pris la route pour les étendues sauvages de Chicago, où Mike avait trouvé un emploi à l'aquarium John G. Shedd (il semblerait que notre couple affectionne les carrières fort intéressantes bien que peu lucratives), et je commençai à travailler dans un cabinet d'assurances. La communauté urbaine de Chicago compte sept millions et demi d'habitants. Mon Montana natal (dans les années 1990) en comptait huit cent mille, répartis dans tout l'État. Soudain, mon manuscrit représenta bien plus qu'un défi : une échappatoire. Que les choses soient bien claires, j'adorais Chicago, mais je détestais vivre parmi sept millions et demi de personnes.

Nous sommes restés un an avant que le choc culturel nous rattrape et nous pousse à rentrer à la maison. À cette époque, à ma grande surprise, j'avais achevé mon roman.

Je ne connaissais rien à l'écriture quand j'ai commencé à rédiger mon livre. Je le savais. Alors, je m'en suis tenue aux éléments qui m'étaient familiers. L'intrigue, comme l'avait fait remarquer mon patient mari, n'avait rien d'original, mais cela ne me dérangeait pas. Ce qui comptait avant tout pour moi, c'était d'avoir réussi à terminer ce livre. J'assistai aux premières ventes, stupéfaite et abasourdie.

Masques fut publié dans une édition extrêmement limitée, comme aime à dire mon mari. Ce doux euphémisme signifie en réalité qu'il s'est très mal vendu. Par chance, mon éditeur avait déjà acheté les droits de mon second roman, *Le Voleur de dragon*, avant de se rendre compte des ventes catastrophiques du premier. Ce deuxième livre, grâce à une somptueuse couverture illustrée par Royo et à une auteure qui maîtrisait un peu mieux l'art de l'écriture, se vendit bien mieux que le premier. Le mois où *Le Voleur de dragon* fut publié dans une seconde édition en 1995, *Masques* était épuisé et n'avait pas été réimprimé depuis.

Les années passèrent, ma carrière commença à décoller et *Masques* se vendait à des prix toujours plus élevés sur les marchés parallèles. S'il m'était resté vingt-quatre exemplaires sur les bras, j'aurais pu les vendre sur Internet bien plus cher que je n'avais vendu les droits de publication du roman original.

Cette idée en tête, je sortis du fond de mon tiroir la suite non publiée, *L'Épreuve du loup*, l'époussetai et la révisai en profondeur. J'envoyai le résultat à mon éditrice, et lui demandai de réimprimer *Masques* et de publier *L'Épreuve du loup*. Elle accepta et me demanda si je souhaitais réviser *Masques* avant son retirage. « Absolument », répondis-je. « Plutôt deux fois qu'une ! » C'est à peu près à cette époque que je reçus le coup de fil d'un éditeur qui me proposait d'écrire un premier roman de fantaisie urbaine. Au vu du succès que remportèrent les séries *Mercy Thompson* et *Alpha & Omega*, je fus obligée de mettre en attente *Masques* et *L'Épreuve du loup* pendant quelque temps.

Lorsqu'au bout d'une dizaine d'années, j'eus enfin le temps de respirer, je m'assis pour commencer à relire *Masques*. J'avais prévu d'y apporter un peaufinage succinct. Je parcourus le premier chapitre, me tortillant d'embarras au fil de ma lecture, puis finis par me tourner vers mon mari. « Bon sang ! », m'écriai-je (ou quelque chose dans ce goût-là). « Pourquoi personne ne m'a dit d'ajouter plus de descriptions ? »

Quand j'avais écrit *Masques*, j'avais une vingtaine d'années et n'avais même pas achevé une nouvelle digne de ce nom. J'ignorais tout de l'écriture. Je disposais d'un seul outil dans ma boîte à talents : mon amour pour la Fantasy et les nombreux romans que j'avais lus. Vingt ans plus tard, j'avais écrit une quinzaine de romans, discuté ou épilogué sur le style et les procédés littéraires avec bon nombre d'artisans en la matière extrêmement talentueux, ce qui m'avait beaucoup appris. Néanmoins, cette même expérience m'aurait empêchée d'écrire *Masques* à ce moment-là.

Ainsi, réviser le livre sans en changer la structure initiale, celle de mon tout premier roman, devint problématique.

Au final, *Masques* et moi parvînmes à un compromis. Bien que j'aie ajouté quelques passages au début, je n'ai rien enlevé à la première version, même si cela m'a chagrinée par moments. Je me suis contentée d'harmoniser au mieux tous ces éléments. J'ai laissé la plupart des clichés et bizarreries que je n'hésiterais pas à gommer si je devais retravailler une œuvre inédite. J'espère que les rares parmi vous qui avaient lu l'original et s'en souviennent avec tendresse auront l'impression que cette nouvelle édition constitue une version augmentée du même récit, et que ceux d'entre vous qui ne connaissent que mes œuvres ultérieures, plus accomplies, ne seront pas déçus.

Les Terres Boréales
ae'Magi
Darran
Reth
Le Désert de Verre
Jetaine
Sianim
Les Grands Marais
Ynstrah
Hernaz
L'Alliance d'Anthran
Les Bois du Sud

Prologue

Le loup sortit de la grotte avec difficulté, conscient qu'on le traquait et que, cette fois, il ne serait pas en mesure de se défendre. Il était fiévreux et souffrant. Sa tête l'élançait si fort que le moindre mouvement l'accablait de douleur et l'empêchait de réfléchir.

Tout ce temps perdu, toute cette préparation, et il allait se retrouver terrassé à cause d'un refroidissement.

De nouveau, il sentit les vrilles du traqueur sonder les alentours. Elles l'effleurèrent sans le percevoir ni le reconnaître. La magie sauvage abondait dans les Terres Boréales, c'est pourquoi tout autre type de magie ne pouvait y opérer correctement. Le pisteur recherchait un mage et ne remarquerait pas le loup qui abritait ce dernier, à moins que la fièvre le trahisse.

Il devait faire profil bas, tâcher de passer inaperçu. C'était là sa meilleure défense... Mais il était terrorisé et la maladie embrumait ses idées.

Il ne craignait pas la mort. Parfois, il se disait que sa quête l'avait conduit jusque-là. Il appréhendait davantage de rester en vie et redoutait ce qu'il risquait de devenir. Peut-être celui qui le cherchait se contentait-il de chasser avec indolence, mais lorsqu'il ressentit une troisième caresse, il comprit que c'était peu probable. D'une façon ou d'une autre, il avait dû se trahir. Il avait toujours su qu'ils finiraient par le retrouver. Mais jamais il n'aurait cru se faire prendre dans un tel état de faiblesse.

Il lutta pour se fondre le plus possible dans la forme qu'il avait adoptée, pour se perdre dans l'animal. Il y parvint.

Au quatrième grésillement de magie, celle du traqueur, c'en fut trop pour le loup. Contrairement au mage tapi en lui, le loup ne réfléchissait pas, il se fiait à son instinct. S'il avait peur, il attaquait ou fuyait. Il n'y avait personne à attaquer, alors il s'enfuit.

Une fois épuisé, le loup parvint enfin à rassembler son humanité – amusant, pour un loup, n'est-ce pas ? –, puis il se ressaisit et cessa de courir. Ses côtes l'élançaient à chaque respiration ; les durs coussinets de ses pattes avaient été cisaillés par des cailloux et des cristaux de glace dans cette contrée où le soleil ne faisait jamais totalement fondre le présent de l'hiver. Il tremblait, bien qu'il se sentît chaud, fébrile. Il était mal en point.

Il ne pouvait pas passer sa vie à courir. Le loup n'était pas le seul à avoir besoin de s'échapper, et il aurait beau cavaler, il ne sauverait pas sa peau.

Il ferma les yeux, mais cela n'empêcha pas la douleur de lui vriller le crâne en cadence, au rythme des pulsations de son pouls. S'il ne mourait pas sur place, il devrait se trouver un abri. Un endroit au chaud, où il pourrait se reposer et guérir. Par chance, il s'était dirigé vers le sud et l'été battait son plein. Au cœur de l'hiver, son seul recours aurait été de regagner les grottes qu'il avait fuies.

Un tas de feuilles sous un fourré de trembles attira son attention. S'il était assez épais pour être sec en dessous, il pourrait s'y réfugier. Il descendit la colline et se dirigea vers les arbres.

Il ne remarqua rien. Le sol céda sous son poids si vite qu'il se retrouva gisant sur un amas de pieux pourris à trois mètres sous terre avant de comprendre ce qui venait d'arriver.

C'était une vieille chausse-trape. Il se releva et se rendit compte qu'il avait eu moins de chance qu'il le pensait. Les piquets s'étaient brisés lorsqu'il les avait heurtés, tout comme sa patte arrière. S'il n'avait pas été si abattu, si fatigué, il aurait pu faire quelque chose. Il avait appris des années plus tôt à passer outre à la douleur quand il utilisait sa magie. Mais cette fois, malgré ses efforts, il ne parvint pas à s'en séparer. La fièvre qui secouait son corps de frissons l'en empêchait. Privé de pouvoirs et avec une patte cassée, il était coincé. À en juger par le bois qui moisissait, personne ne surveillait la trappe. Personne pour le secourir ou abréger ses souffrances. Il succomberait donc à une mort lente.

Cela ne le dérangeait pas, car bien plus qu'être libre, il désirait par-dessus tout ne pas se faire prendre.

Il se trouvait dans un piège, mais ce n'était pas Son piège.

Peut-être, songea le loup en vacillant de nouveau, serait-ce une bonne chose de ne plus cavaler ? Sous lui, la terre était froide et humide. La fraîcheur qui l'entourait apaisait les bouffées de chaleur causées par la fièvre et son périple effréné. Tremblant de froid et de douleur, il attendit avec patience – et même avec plaisir – que la mort vienne et l'emporte.

— Si tu vas sur les Terres Boréales en été, tu évites les tempêtes de neige, mais pas la boue.

Aralorn, Page d'état-major, Messagère et Éclaireuse du Sixième Bataillon, donna un coup dans un caillou qui décrivit un arc dans le ciel avant de retomber sur le sentier boueux à quelques pas d'elle dans une désagréable projection d'éclaboussures.

Ce n'était pas un vrai chemin. S'il ne menait pas directement depuis le village au camp fort bien exploité où était postée son unité, elle l'aurait qualifié de piste à cerfs et n'aurait jamais cru que des pieds humains aient pu le fouler un jour.

— J'aurais pu leur dire, moi, reprit-elle. Mais personne ne m'a demandé mon avis.

Elle avança d'un pas et son pied gauche s'enfonça de quinze centimètres dans une parcelle identique à la précédente qui, jusque-là, avait supporté son poids sans problème. Elle le retira et le remua pour en ôter l'épaisse couche de bourbe, en vain. Lorsqu'elle recommença à marcher, sa botte toute crottée pesait deux fois plus lourd.

— Je suppose, poursuivit-elle résignée tandis qu'elle pataugeait plus avant, qu'entraînement ne rime pas avec amusement et que, parfois, on peut avoir à se battre dans la boue. D'ailleurs, on en trouve aussi dans des endroits plus chauds. On pourrait partir chasser des uriah dans les anciens Grands Marais. Ce serait un bon exercice, et utile avec ça, mais qui accepterait de nous rétribuer ? Nous autres, Mercenaires, sommes contraints de chômer si personne ne nous paie. Nous voilà donc coincés, littéralement en ce qui concerne nos chariots de marchandises, contraints d'exécuter des manœuvres dans la boue glaciale.

Son auditeur compatissant soupira et lui donna un coup de tête. Elle frotta les pommettes grises de son cheval sous les sangles en cuir de sa bride.

— Je sais, Sheen. On pourrait y être dans une heure si on se hâtait, mais encourager un comportement stupide serait insensé.

L'un des fourgons était tellement embourbé qu'un des essieux avait cédé quand ils avaient tenté de le dégager. Aralorn avait été dépêchée dans la bourgade la plus proche pour chercher un forgeron capable de réparer les dégâts, car celui qui les accompagnait s'était cassé le bras en essayant de déloger l'engin.

Qu'il y ait un village non loin de leur campement en ces contrées boréales était en soi une surprise, même s'ils ne s'étaient pas encore enfoncés à l'intérieur des terres. Sa présence expliquait sans doute pourquoi les troupes de mercenaires avaient été envoyées là pour s'entraîner et non pas à huit lieues à l'est ou à l'ouest.

L'essieu réparé fut attaché dans le sens de la longueur sur le côté gauche de la selle de Sheen, avec un sac de poids fixé à l'étrier droit afin d'équilibrer la charge. Cela rendait la chevauchée malaisée, c'est pourquoi, entre autres raisons, Aralorn marchait.

— Si j'arrive au camp trop tôt, notre illustre et inexpérimenté capitaine ordonnera la réparation du chariot sur-le-champ. Il nous obligera à quitter un agréable campement pour marcher encore pendant des lieues jusqu'au coucher du soleil et on devra passer la nuit à chercher un autre endroit décent où bivouaquer.

Le capitaine était un bon bougre et deviendrait un excellent chef, un jour. Mais pour l'heure, il s'inquiétait surtout de prouver sa bravoure, ce qui lui faisait perdre tout sens commun. Il avait besoin d'être dirigé correctement par quelqu'un d'un peu plus compétent.

— Mais s'il fait noir lorsque je me présente avec l'essieu, il lui faudra attendre l'aube pour repartir, expliqua-t-elle à Sheen. À la lumière du jour, il sera plus facile de procéder aux réparations et, en plus, on aura profité d'une bonne nuit de sommeil. Toi et moi pourrons trotter sur les derniers mètres, histoire de suer un peu et de pouvoir affirmer que c'est le forgeron qui nous a retardés !

Son cheval de bataille releva brusquement la tête. Il s'ébroua, aspira l'air par ses naseaux qui frémirent et aplanit ses oreilles, alerté par son flair.

Aralorn ôta d'un coup de pouce la lanière qui retenait son épée dans son fourreau et inspecta les alentours d'un regard attentif. Il ne s'agissait pas d'une personne ; sa monture lui en aurait signalé la présence d'un simple mouvement d'oreilles.

L'odeur du sang avait pu stimuler l'ardeur combative de son destrier, songea-t-elle. À moins qu'il ait perçu quelque prédateur. Après tout, ils traversaient les Terres Boréales qui abritaient ours, loups et bien d'autres créatures assez grandes pour inquiéter Sheen.

L'étalon gris poussa un hennissement aigu de défi qui retentit sans doute des lieues à la ronde. Aralorn ne pouvait qu'espérer que son capitaine n'ait rien entendu. Quoi qu'ait ressenti son compagnon, cela se trouvait dans la rangée de trembles, à quelques pas plus haut sur la colline. De plus, cela ne semblait pas pressé de les attaquer, car rien ne répondit à l'appel de Sheen : ni cri de mise en garde, ni même quelque bruissement en retour.

Elle aurait pu se contenter de passer son chemin. À l'évidence, la chose ne s'était pas encore montrée, elle ne risquait plus de le faire. Mais où était le plaisir dans tout ça ?

Elle laissa tomber à terre les rênes de Sheen. Il se tiendrait tranquille le temps qu'elle revienne, ou du moins jusqu'à ce que la faim le tenaille. Aralorn sortit son couteau et se glissa dans l'épais bosquet de trembles.

Il l'écouta parler et flaira son cheval. Il les avait aussi entendus s'approcher plus tôt dans la journée ; en tout cas, il en avait eu l'impression. Cette fois, le destrier s'agitait, car le vent qui balayait les feuilles avait dû porter l'odeur du loup jusqu'à ses naseaux.

Il attendit qu'ils s'en aillent. *Ce soir*, songea-t-il avec espoir. Cela ferait alors trois nuits qu'il passait ici ; ce serait peut-être la dernière. Mais en son for intérieur, il savait bien à quoi s'en tenir : on ne pouvait mourir de faim ou de soif qu'au bout de plusieurs jours. Pour le moment, il était encore trop fort. Son heure ne viendrait pas avant le lendemain matin, au plus tôt.

L'idée de la mort tant attendue lui avait procuré quelque distraction et seuls des bruits de pas lui signalèrent qu'on s'approchait. Il ouvrit les paupières et aperçut une femme de constitution robuste et au visage insignifiant, exception faite de ses grands yeux vert lagon, qui se penchait par-dessus le bord du fossé. Elle portait l'uniforme des mercenaires, et ses mains étaient couvertes de boue et de callosités.

Il ne voulait pas voir ses yeux, refusait de ressentir le moindre intérêt à son égard. Tout ce qu'il souhaitait, c'était qu'elle l'abandonne à son destin et le laisse mourir en paix.

— La peste les emporte ! fulmina-t-elle la gorge serrée, avant de se radoucir. Depuis combien de temps es-tu là, mon beau ? cajola-t-elle.

Le loup reconnut la menace que représentait son épée lorsqu'elle se laissa glisser le long de l'autre paroi du fossé pour camper au-dessus de lui, un pied de chaque côté de ses hanches. Il grogna, puis roula sur le flanc prêt à se relever ; il avait oublié l'espace d'un instant qu'il voulait mourir. L'effort, la maladie et sa patte qui l'élança quand il la remua le firent frissonner. Il s'étendit de nouveau sur le dos et aplatit les oreilles.

— Chut ! murmura-t-elle avec douceur, puis, sans qu'il pût se l'expliquer, elle rangea son arme dans son fourreau malgré l'agressivité dont il avait fait preuve. Pas très longtemps, il me semble. Qu'est-ce que je vais bien pouvoir faire de toi ?

Va-t'en, pensa-t-il. Il grogna à son attention, l'air aussi menaçant que possible, et sentit ses babines se décoller de ses crocs et son pelage se hérisser sur son dos.

Son expression ne correspondait pas à celle qu'il attendait. Aucune personne saine d'esprit ne se serait intéressée à ce loup hostile dont elle se préoccupait tant. Elle aurait dû le craindre.

Au lieu de quoi…

— Pauvre petit, susurra-t-elle sur le même ton enjôleur. Commençons par te sortir de là, d'accord ?

Elle détourna son regard du sien et s'agenouilla auprès de lui pour examiner ses hanches, chantonnant doucement tandis qu'elle s'approchait davantage.

Il ne put s'empêcher de remarquer qu'elle n'exhalait pas la peur. Tous le redoutaient. Sans exception. Même Lui, et tous ceux qui le recherchaient. Il émanait d'elle une odeur de cheval et de transpiration mêlée à un parfum plus doux, dépourvue du moindre soupçon d'appréhension.

Il gronda et elle referma la main sur son museau. Saisi d'étonnement, il cessa de grogner. Elle ne pouvait pas être aussi stupide !

— Chut ! (Sa voix se fondit dans la mélodie qu'elle fredonnait et il se rendit compte qu'elle puisait ainsi de la magie de la terre autour d'eux et sous leurs pieds.) Je veux juste jeter un coup d'œil.

Sa propre réaction, tout comme le comportement de la jeune femme, ne manqua pas de le surprendre, mais il la laissa faire. Il aurait pu lui trancher la gorge ou lui briser la nuque tandis qu'elle l'examinait sous toutes les coutures. Mais il n'en fit rien et il ignorait pourquoi.

Il aurait pu la tuer et cela ne lui aurait pas posé de problèmes. Après tout, il avait ôté la vie à bon nombre d'individus. Mais c'était avant. Il ne voulait plus recommencer. Cela expliquait peut-être, en partie, son attitude.

Il savait qu'elle essayait de l'aider, mais il ne souhaitait pas être sauvé. Il désirait mourir.

Elle l'encercla et l'enveloppa de sa magie comme d'un voile de protection. Le loup poussa un léger gémissement et se détendit, laissant le magicien en lui seul maître à bord pour la première fois depuis que le mal l'avait frappé. Peut-être depuis plus longtemps.

Le mage connaissait ces enchantements et n'en fut pas affecté. De plus, se força-t-il à admettre, cette magie-là n'était pas coercitive. Il maîtrisait assez le sujet pour lire les intentions de la femme : elle ne voulait pas transformer le loup en chien domestique, elle souhaitait simplement qu'il se calme.

Néanmoins, il choisit de l'épargner pour une tout autre raison que son obligeance. Cela faisait très longtemps, trop pour qu'il s'en souvienne, qu'il n'avait pas éprouvé le moindre intérêt pour quelque chose et elle avait éveillé sa curiosité. Jusqu'à présent, il n'avait rencontré qu'un seul praticien de magie verte ou sauvage. Ceux qui étaient encore en vie se cachaient des humains. Et pourtant, il y en avait une devant lui, vêtue des habits des mercenaires.

Elle put le porter, ce qui l'étonna car elle ne pesait guère plus que lui, mais ne parvint pas à le hisser assez haut pour atteindre le rebord du fossé. Alors elle le reposa.

— Je vais avoir besoin d'aide, lui dit-elle en grimpant jusqu'au sommet.

Elle-même faillit ne pas réussir à sortir du piège. S'il avait été arrondi, elle n'y serait pas arrivée.

Lorsqu'elle le quitta et emporta sa magie avec elle, l'affliction le gagna comme si on venait de le priver du réconfort douillet d'une couverture. Après son départ, il se rendit compte, enfin, que la musique avait atténué sa douleur et l'avait apaisé, même si, en tant que mage, il demeurait toujours sur ses gardes.

Il entendit les mouvements du cheval ainsi que le grincement du cuir, puis quelque chose de lourd heurter le sol. La bête s'approcha du fossé et fit halte.

Lorsque la mercenaire qui maîtrisait la magie verte sauta de nouveau dans le trou qui avait failli lui servir de tombeau, elle tenait une corde.

Il aurait été normal que le loup s'agite tandis qu'elle l'attachait avec un harnais de fortune qui soutenait tant bien que mal sa patte cassée. Mais il se montra docile et aussi doux qu'un agneau pendant qu'elle s'affairait. Quand il fut harnaché comme elle le souhaitait, elle se hissa une seconde fois hors du fossé.

— Allez, Sheen ! lança-t-elle et il se dit qu'elle s'adressait sans doute au cheval.

L'ascension ne fut pas des plus plaisantes. Il ferma les yeux et s'abandonna à la douleur pour qu'elle l'emmène où bon lui semblait. Quand il fut étendu au sol, elle le détacha.

Enfin libre, il resta là où il était tombé, trop faible pour courir. Peut-être trop curieux aussi.

Chapitre premier

Quatre ans plus tard

Aralorn faisait les cent pas, le cœur battant avec excitation et nervosité.

Sur le coup, l'idée lui avait semblé judicieuse. Elle comptait se faufiler déguisée en servante – elle savait bien jouer les domestiques – car les gens ne se gênaient pas pour parler devant les serviteurs. Puis elle avait vu cette esclave qui venait d'être vendue à Geoffrey ae'Magi en personne, dont Aralorn devait infiltrer et observer la cour…

Si la jeune femme n'avait pas eu les yeux gris-vert des races antiques, pareils à ceux d'Aralorn, peut-être n'aurait-elle pas cédé à l'impulsion. Mais il avait été aisé de la libérer et de la renvoyer chez elle en compagnie de connaissances qui l'aideraient à regagner son foyer saine et sauve. Même si Aralorn avait vécu toutes ces années à Sianim, elle était avant tout citoyenne de Reth et méprisait l'esclavage. Elle avait utilisé les pouvoirs hérités de la lignée de sa mère pour transformer sa silhouette et ses traits afin de revêtir l'apparence de la captive et prendre sa place. Ç'avait été un jeu d'enfant.

Il ne lui était jamais venu à l'esprit que les esclaves pouvaient rester enfermés jusqu'à ce qu'on ait besoin d'eux. Elle pensait qu'on lui donnerait du travail. Tout le monde savait que l'Archimage se passionnait avant tout pour la magie et ne se livrait que rarement à des plaisirs plus charnels. Elle s'était doutée que la fille avait été achetée pour servir un but bien précis et non pour rester cloîtrée dans une chambre pendant des semaines.

Quatre jours plus tôt, alors qu'Aralorn se préparait à s'échapper sous un autre déguisement, elle avait été amenée dans le grand hall du palais de l'ae'Magi et placée dans l'immense cage en argent.

— Elle servira de décoration pendant le bal, dit le serviteur qui l'y enferma, en réponse à la question de son acolyte. Ce ne sera pas avant plusieurs jours, mais il voulait l'avoir ici pour pouvoir l'admirer en même temps que les autres ornements.

Un ornement. L'ae'Magi s'était offert une esclave pour embellir son grand hall.

Cela ne ressemble guère à l'Archimage, avait songé Aralorn. Devenir ae'Magi requérait plus que du pouvoir. L'homme ou la femme dépositaire de cette autorité incarnait aux yeux de ses pairs la vertu inébranlable. Une personne à qui l'on pouvait confier les rênes pour gouverner tous les autres mages, du moins ceux qui se trouvaient à l'ouest des Grands Marais, pour éviter qu'éclate une nouvelle guerre.

Acheter un être humain afin de l'utiliser comme décoration semblait... mesquin pour un homme comme l'ae'Magi. C'était, en tout cas, ce qu'elle avait alors pensé.

Quatre jours plus tôt.

Aralorn frissonna. Sur le marbre, ses chaussures ne produisaient aucun bruit. De toute façon, la musique recouvrait tout et personne n'aurait pu l'entendre.

Au-delà des barreaux d'argent de sa cage, le grand hall du palais resplendissait. Que les faits l'attestent ou non, la salle était réputée pour avoir près de mille ans, et devait sa magnificence à un bon entretien et à une restauration judicieuse plutôt qu'à la magie.

Même si cette pièce constituait le cœur du palais, la tradition voulait qu'aucune magie n'y fût pratiquée. Les dirigeants des hommes s'y rendaient pour traiter avec l'ae'Magi, et l'absence de charme, sortilège et envoûtement prouvait à tous qu'ils demeuraient libres de leurs choix. Aralorn savait désormais que l'ae'Magi actuel ne s'embarrassait guère de la tradition et soumettait à sa volonté... à peu près n'importe qui.

Ce premier jour, elle fut stupéfaite lorsque la pierre sous ses pieds vibra sous l'effet de la magie. Elle promena son regard à travers la pièce. Vieille de dix siècles, elle avait été préservée grâce au travail minutieux des meilleurs artisans disponibles. Et l'ae'Magi avait saturé la roche de magie. Après tout, qui aurait pensé à vérifier ? Et quand bien même quelqu'un l'aurait fait, il aurait suspecté un autre ae'Magi, un de ses prédécesseurs, car Geoffrey n'aurait jamais défié la coutume.

En cette soirée, la salle était richement décorée pour le plaisir des invités, qui dansaient sur la piste avec allégresse. L'après-midi déclinait et les rayons du soleil perçaient à travers les lucarnes de cristal en forme de larmes, taillées le long des plafonds qui se dressaient vers le ciel. De pâles piliers s'enfonçaient dans le sol en marbre ivoirin, poli avec soin, qui réfléchissait les teintes chamarrées des costumes des danseurs.

La cage d'Aralorn trônait sur une plateforme surélevée contre le seul mur dépourvu de porte. Depuis ce perchoir, elle pouvait observer toute l'assemblée et se laisser contempler en retour. Ou plutôt les invités pouvaient-ils admirer l'illusion dont l'ae'Magi avait enveloppé sa geôle.

En lieu et place de la grande femme aux cheveux blond cendré que l'ae'Magi avait achetée pour parer le hall de son extraordinaire beauté, les spectateurs voyaient un faucon des neiges aussi rare et sublime, lui avait-il dit, que son esclave, mais bien moins sujet à controverse. Certaines personnes, lui avait-il expliqué tout en léchant le sang qui dégoulinait de ses mains, n'aimaient point l'esclavage. Quant à lui, il abhorrait la polémique.

Il avait décoré la pièce dans laquelle se trouvait son esclave pour son propre amusement. La déguiser en prédateur d'exception n'était qu'une simple plaisanterie à l'intention des invités venus se divertir.

Un carillon retentit, annonçant de nouveaux visiteurs. Aralorn serra ses bras autour de son torse quand l'ae'Magi salua ses convives d'un sourire chaleureux. Le même qu'il avait arboré la veille lorsqu'il avait tué un jeune garçon pour lui dérober sa magie.

Le sol en pierre était devenu rouge de sang, mais il avait été nettoyé de fond en comble, et seul un individu capable de sentir la magie pouvait discerner le voile qu'avait laissé cette mort impure. Ou pas. Après tout, l'ae'Magi était le seigneur des mages et c'est lui qui délimitait l'étendue de leurs pouvoirs.

Voilà qu'elle s'effrayait de nouveau. Cela ne lui était d'aucune utilité. Aralorn se mordit la lèvre et, dans l'espoir de se distraire, contempla les nobles qui dansaient. Elle n'éprouvait aucune difficulté à associer des noms et des pays à leurs visages, ce qui faisait d'elle une espionne des plus précieuses.

L'ae'Magi avait tué un vieillard, dépourvu de toute magie – humaine ou verte –, et avait utilisé l'énergie engendrée par sa mort pour teinter les murs du grand hall d'un blanc éclatant. « Une illusion, lui avait-il expliqué. Cela requiert du pouvoir et je n'aime pas gaspiller le mien alors qu'il me sera utile tôt ou tard. »

Cela s'était passé au cours de la première nuit. Lors de la deuxième, il avait amené un homme, l'un de ses propres gardes. Avec son sang, l'ae'Magi avait pratiqué un sort si immonde que la peau d'Aralorn en portait encore l'odeur.

Le pire avait été le petit garçon. Rien qu'un enfant, et pourtant…

Les dirigeants des royaumes de l'Alliance d'Anthran se comptaient par dizaines. Certains faisaient partie de l'Alliance depuis des siècles, d'autres depuis beaucoup moins longtemps. L'Impératrice de l'Alliance manquait à l'appel, mais elle n'avait que six ans et ses tuteurs ne la perdaient pas de vue de peur qu'un de ses sujets ne décide de la destituer au profit de sa cousine. Ce n'est pas parce qu'ils étaient alliés qu'ils étaient loyaux. Grâce aux querelles au sein de l'Alliance, les coffres de Sianim ne désemplissaient pas.

Peu à peu, elle parvint à oublier les yeux éteints du garçon et se concentra sur les dates et les événements politiques, mais elle continuait à arpenter sa cage avec nervosité. Certes, elle avait découvert avec horreur quel genre d'homme s'était emparé du pouvoir du Mage suprême, mais ce n'était pas ce qui l'empêchait de s'asseoir. C'était la peur. L'ae'Magi la terrorisait.

Le spectacle qu'offrait la chorégraphie tenait du kaléidoscope : les couleurs chatoyantes des riches étoffes virevoltaient à travers la pièce, puis s'arrêtaient et reprenaient pour tourbillonner de plus belle. Cela ressemblait plus aux rouages d'une machine qu'à une danse exécutée par des personnes en chair et en os. Peut-être était-ce délibéré ; un autre divertissement pour l'ae'Magi ? Il aimait que les gens lui obéissent au doigt et à l'œil sans en être conscients.

Elle aperçut la Duchesse de Ti et le Représentant de l'Alliance d'Anthran qui dansaient en toute cordialité. Dix ans auparavant, le Représentant avait mandaté l'assassinat du plus jeune fils de la Duchesse. S'en était suivi une querelle sanglante, un fléau qui avait jonché de cadavres les quatre coins de l'Alliance.

Le Représentant prononça quelques paroles, puis tapota l'épaule de la Duchesse. Elle rit de bon cœur en retour, comme si elle n'avait pas instigué l'exécution particulièrement violente de la troisième épouse du Représentant à peine un mois auparavant. Elle avait dû trouver que c'était là une ruse habile pour forcer l'autre à baisser sa garde, mais le Représentant n'était ni particulièrement avisé ni spécialement intelligent. Aralorn se demanda si l'effet du sortilège que l'ae'Magi avait sans conteste jeté sur ses invités n'avait touché qu'eux et s'il perdurerait après cette soirée. Quelle était, au juste, l'étendue de son pouvoir ?

Quand les musiciens firent une pause, la foule s'attroupa autour de l'Archimage, Geoffrey ae'Magi, attirée par ses yeux scintillants et son sourire malicieux telle une nuée de papillons entourant un massif de coralis. À peine l'insecte se posait-il sur la fleur écarlate et délicieusement odorante que les pétales se refermaient et la fleur digérait sa malheureuse proie au cours des semaines suivantes.

Parfois, le goût d'Aralorn pour la collecte de détails insignifiants ne constituait pas un atout.

Les cheveux noirs bleutés de Geoffrey ae'Magi, ses pommettes saillantes et son sourire semblable à celui d'un enfant pris la main dans le sac lui conféraient une beauté aussi envoûtante que celle de la coralis.

Ce n'était pas la première fois qu'Aralorn se trouvait en sa présence. Le Maître Espion aimait l'envoyer en mission au sein de l'élite, dont l'ae'Magi faisait partie, car elle parvenait toujours à s'en sortir sans se trahir. À l'époque, l'aura de magie qui émanait de lui ne l'avait pas alarmée ; il était, après tout, le mage le plus puissant au monde. Au début, sa splendeur lui avait coupé le souffle, puis elle avait décidé assez vite que son charme provenait d'abord de sa douce bonté et de sa capacité à se moquer de lui-même. Quatre jours plus tôt, Aralorn, comme toute femme qui avait un jour posé les yeux sur lui, était sur le point de tomber amoureuse de Geoffrey ae'Magi.

Elle cessa de le regarder et reporta son attention sur la pièce. Tandis qu'elle admirait l'Archimage, quelqu'un s'était arrêté à côté du pilier le plus proche de sa cage.

Adossé avec indolence contre la colonne, un jeune homme, petit et aux épaules carrées, vêtu des couleurs de la maison royale de Reth, observait, lui aussi, la foule. C'était Myr, Prince… non, désormais Roi de Reth. Il avait un visage anguleux, aux traits puissants, que l'on aurait pu trouver beau. Son menton trahissait une légère opiniâtreté qu'il avait héritée de son grand-père paternel, un guerrier et un roi exceptionnels.

Son apparition ne la surprit pas ; comme elle s'en était doutée, c'était à sa vue que l'ae'Magi avait essayé de soustraire son esclave. Cependant, l'expression de dégoût qu'il arbora l'espace d'un instant, tandis qu'il contemplait l'assistance, jura avec les sourires idiots qu'affichaient les autres convives et ne manqua pas d'attirer l'attention d'Aralorn.

Contre toute attente, il changea de position et croisa son regard. Il se hâta de baisser les yeux, puis commença à se faufiler jusqu'à elle en contournant la foule. Lorsqu'il atteignit la plate-forme, il pencha la tête afin que personne ne puisse lire sur ses lèvres et demanda à voix basse :

— Avez-vous besoin d'aide, mademoiselle ?

Interdite, elle jeta un coup d'œil au miroir qui couvrait l'arrière de la cage. Son illusoire apparence de faucon des neiges, œuvre de l'ae'Magi, s'y reflétait toujours.

Elle savait que Myr n'était pas un mage. De toute façon, il n'aurait pas pu le lui cacher, car dans les veines d'Aralorn coulait un sang puissant. Elle l'avait hérité de sa mère. D'habitude, les mages humains qui utilisaient une énergie domestiquée ne percevaient pas la magie verte, mais l'inverse n'était pas vrai. Cependant, Aralorn était persuadée qu'il avait bien vu une femme et non pas l'oiseau rare que l'ae'Magi exhibait devant ses invités.

Les habitants de Reth croyaient descendre d'un peuple réduit en esclavage qui s'était rebellé et avait tué ses maîtres. Ils apprenaient au berceau que la capture et la possession d'un autre être humain représentaient un péché dépassant l'entendement.

Et pourtant, même pour le Roi de Reth, proposer d'aider une captive de l'ae'Magi à s'enfuir constituait un acte intrépide. La plupart des mages de Reth devaient obéissance d'abord à l'ae'Magi, ensuite à leur roi. Cette obédience était garantie par leur propre magie. Une action contre l'ae'Magi pouvait déclencher une guerre civile dans le royaume de Myr. Sa proposition était sincère et dénotait la jeunesse de ce nouveau roi.

Peut-être fut-ce son offre imprudente qui l'interpella, ou bien la jeune mercenaire née à Reth considérait-elle encore Myr comme son souverain. Quoi qu'il en soit, elle lui répondit sous sa véritable identité, non pas comme l'esclave dont elle jouait le rôle pour l'ae'Magi.

— Non, répliqua-t-elle. Je suis ici en tant qu'observatrice.

À en croire certaines rumeurs, la famille royale de Reth engendrait à l'occasion des descendants immunisés contre la magie. C'est ce que racontaient certaines légendes et Aralorn en faisait collection.

— Une espionne. (Ce n'était pas une question.) Vous devez venir de Sianim ou de Jetaine. Ce sont les seuls à employer des femmes pour effectuer des missions aussi délicates que celle-ci.

À Reth, l'on accordait de l'importance aux femmes. Elles disposaient d'un certain pouvoir politique, mais ne prenaient pas part aux combats, ne se mettaient pas en danger.

— On me paie pour mes services, précisa Aralorn en esquissant un sourire.

— Une mercenaire de Sianim.

Elle acquiesça.

— Pardonnez ma curiosité, mais comment êtes-vous parvenu à voir à travers l'illusion du faucon des neiges dont l'ae'Magi a enveloppé la cage ?

— C'est donc cela, votre déguisement ? (Son sourire lui donna l'air plus juvénile qu'il l'était en réalité.) Et moi qui me demandais pourquoi personne ne complimentait la splendide jeune femme qu'il gardait dans cette cage !

Intéressant. L'enchantement de l'ae'Magi ne perturbait en rien sa vision, mais il ne percevait pas sa véritable apparence. Personne n'avait jamais qualifié Aralorn de splendide. Pas sur ce ton. Peut-être ne lui avait-il pas offert de la libérer par pur altruisme ? En vérité, cela tombait sous le sens. Quand elle avait emprunté les traits de la captive, la magie l'avait transformée – contrairement au sortilège de l'ae'Magi qui n'altérait que les perceptions d'autrui.

Elle se sentit épiée, leva discrètement les yeux et aperçut l'ae'Magi à dix pas d'eux, qui contemplait Myr avec fascination.

Tout jeune et impétueux qu'il était, ce dernier n'était pas idiot. Il remarqua la subtile tension de son corps.

— Quelle merveille…, murmura-t-il tout bas, mais un brin plus fort qu'auparavant. Je me demande si tu es dressé pour la chasse.

— Ah ! Je vois que vous admirez mon faucon, Majesté ?

La voix caverneuse et vibrante de l'Archimage aurait pu appartenir à un musicien. Elle était aussi éblouissante que son physique.

Myr se raidit soudain, comme pris par surprise, et tourna la tête vers l'ae'Magi qui s'avança d'un pas nonchalant et se planta devant la cage décorée.

— N'est-il pas extraordinaire ? poursuivit-il. Je l'ai acheté il y a près d'un mois à un marchand itinérant. Il a été capturé, je crois, quelque part sur les Terres Boréales… J'ai pensé qu'il agrémenterait cette pièce à merveille.

Il désigna avec indifférence le reste du hall.

Aralorn avait appris à interpréter les intonations que prenait l'Archimage et, cette fois-là, sa voix avait sonné un peu trop désinvolte. Elle se demanda s'il connaissait, lui aussi, ces histoires à propos de la lignée royale de Reth et de son don surprenant.

Reth était un petit pays, mais sa richesse agricole et minière était considérable. Sans compter qu'il possédait une armée bien entraînée, héritage du grand-père de Myr. Elle s'était battue pour maintenir l'indépendance du royaume chaque fois que l'Alliance d'Anthran avait essayé de l'annexer au cours des derniers siècles. Myr était novice et certaines factions politiques conservatrices auraient préféré qu'il soit un pantin du même acabit que son père. Néanmoins, la plupart des maisons le soutenaient, de sorte que Myr devait être protégé du tout-venant, l'Archimage inclus. Elle ignorait pourquoi elle pensait que ce dernier aurait pu s'en prendre à Myr. Peut-être, en son for intérieur, pensait-elle encore devoir allégeance à la lignée royale de Reth, ce qui la conduisait à surprotéger son roi. À moins que ce ne fût l'attitude de l'ae'Magi qui se comportait comme un chat épiant un trou de souris.

Le paisible intérêt qu'elle lisait sur son visage donna la chair de poule à Aralorn.

Soyez prudent, recommanda-t-elle à Myr en silence.

Ce dernier se tourna vers le magicien un sourire aux lèvres. Il affichait une confiance inhabituelle pour un garçon de son âge.

— Oui, la nuance ivoire est identique à la couleur du marbre. Il est peu commun de croiser un faucon des neiges si loin dans le sud. Il a dû vous coûter une fortune !

Les deux hommes discutèrent longuement de fauconnerie, un sujet qui, comme le savait Aralorn, n'intéressait ni l'un ni l'autre. Lorsqu'ils l'eurent épuisé, l'ae'Magi changea brusquement de propos.

— Mon cher Myr, reprit l'Archimage, acceptez mes condoléances pour la mort prématurée de vos parents. Je n'ai pas eu l'occasion de m'entretenir avec vous lors des funérailles. J'ai envoyé une note, bien entendu, mais je désirais vous parler face à face.

Myr voulut prendre la parole, mais l'ae'Magi posa ses longs doigts élancés sur son épaule, empêchant avec succès le jeune roi de s'exprimer.

— Si vous avez besoin de quelque chose, n'importe quoi, n'hésitez pas à vous adresser à moi. En tant qu'ae'Magi, je dispose de relations et d'un pouvoir considérable ; mon aide pourrait vous être précieuse. L'ascension au trône n'a jamais été aisée, surtout aujourd'hui avec les uriah qui rôdent dans les forêts de l'est. Sans mentionner les perpétuelles factions adverses ou… (Il marqua une hésitation, puis remua la main d'un air entendu.) d'autres ennemis.

Avec un intérêt professionnel, Aralorn décela une pointe de culpabilité dans la voix du sorcier. Il jouait son rôle avec maestria, ce qui lui rappela que les précédents dirigeants de Reth avaient été tués après avoir quitté l'une des fêtes sophistiquées de l'ae'Magi. Jamais personne n'avait sous-entendu que l'accident avait pu avoir des causes bien plus sinistres. Elle non plus n'y aurait pas pensé d'elle-même, mais après ce qu'elle avait appris ces derniers jours, Aralorn aurait été étonnée de découvrir que l'Archimage n'était pas impliqué dans la mort du roi.

Elle se demanda si Myr connaissait les raisons de l'intérêt apparent que lui portait l'ae'Magi. Elle pouvait presque flairer le dessein du mage, mais ne parvenait pas à en deviner le motif. Myr suspectait quelque chose et laissait transparaître sa méfiance, malgré ce simulacre de courtoisie.

Le roi inclina brièvement la tête pour remercier l'ae'Magi sans accepter son offre.

— Je sais que mes parents vous comptaient parmi leurs amis. Je vous sais gré de votre proposition. (Il lui adressa un sourire empreint de regrets.) J'ai été ravi de discuter avec vous, mais si vous voulez bien m'excuser… (Il se pencha plus près, comme s'il avouait un embarrassant secret.) J'ai fait l'acquisition d'un nouvel étalon et je ne suis pas sûr de pouvoir lui faire confiance sur les sentiers une fois la nuit tombée. (L'expression d'impatience disparut de son visage l'espace d'un instant.) Après ce qui est arrivé à mes parents, messire, je me sens obligé de redoubler de prudence.

Lui lançait-il une pique ? *Garde-toi de le provoquer*, pensa-t-elle. *Ne le tente pas.*

Le magicien sourit avec compréhension.

— Je m'occupe de rassembler votre suite.

Myr secoua la tête.

— Je l'ai laissée dehors avec l'ordre de me retrouver une heure avant le coucher du soleil.

— Que les dieux vous accompagnent, dans ce cas. (L'Archimage marqua une pause.) Vous savez, j'espère, à quel point votre père était fier de votre courage et de votre vigueur. Vous faites honneur à votre lignage. J'aurais souhaité que mon propre fils vous ressemble davantage.

Les oreilles sensibles d'Aralorn perçurent l'affliction dans la voix du mage ; elle manquait de naturel. Elle se demanda pourquoi elle n'avait jamais remarqué, avant d'être envoyée en mission dans son palais, que ses émotions étaient toujours calculées au millimètre près.

— Seigneur Cain ne saurait être qualifié de pleutre ou de faible, messire, rétorqua Myr d'un ton empreint de sympathie, aussi mesuré et faux que celui de l'Archimage.

Il aurait mieux fait de le remercier et de quitter les lieux, de disparaître hors de sa vue, puis d'espérer que l'ae'Magi oublie tout de Reth et de son jeune souverain.

— Je vous l'accorde, admit l'Enchanteur. Je pense qu'il aurait été préférable pour chacun de nous qu'il eût été un lâche. Il aurait causé moins de malheurs.

L'ae'Magi pratiquait la magie noire en secret, mais son fils l'avait exercée au vu et au su de tous.

Aralorn n'avait jamais rencontré Cain : il s'était évaporé dans la nature avant qu'elle prenne ses fonctions actuelles, ce qui ne l'avait pas empêchée d'entendre les rumeurs qui, de bouche à oreille, n'avaient de cesse d'empirer. Or Myr devait le connaître ; l'ae'Magi et son fils visitaient souvent la cour de Reth du temps de son grand-père.

Les histoires dépeignaient l'ae'Magi comme un père endeuillé, contraint d'arracher son rejeton à la magie avant de le bannir. Aralorn suspectait la mort du garçon plutôt que son exil. Il aurait été malvenu que l'on cherche à savoir comment ce dernier avait pu en apprendre autant sur les sortilèges interdits. Comme il le lui avait expliqué lui-même, l'ae'Magi préférait éviter toute controverse.

— Quoi qu'il en soit… (L'ae'Magi écarta avec un effort apparent le souvenir de son fils.) Vos serviteurs doivent vous attendre.

— Oui, je ferais mieux de me hâter. Je ne manquerai pas de me rappeler votre gracieuse offre d'assistance si jamais j'ai besoin d'aide, soyez-en assuré.

Après quoi Myr esquissa une ultime révérence et s'en alla.

Les yeux rivés sur la large carrure de Myr, l'ae'Magi le regarda arpenter la pièce en souriant. La légère imperfection d'une canine supérieure ébréchée ajoutait un charme à la courbe irréprochable de ses lèvres.

— Quel enfant fort intelligent tu es devenu, Myr ! ronronna-t-il presque d'une voix empreinte d'approbation. Tu ressembles à ton grand-père un peu plus de jour en jour.

L'heure était avancée lorsque la foule commença à se dissiper et, quand tous les invités eurent quitté les lieux, la nuit était tombée depuis longtemps. Chaque départ ravivait l'inquiétude d'Aralorn, car la faible protection que lui garantissait la présence des convives disparaîtrait bientôt. Après avoir escorté le dernier couple jusqu'à l'extérieur, l'ae'Magi s'approcha à pas lents de la cage.

— Bien, dit-il se balançant doucement sur ses talons, le Rethien ne voit pas mon adorable oiseau des Terres Boréales.

— Mon Seigneur ? demanda-t-elle d'un ton neutre.

Elle avait eu une partie de la nuit pour ressasser l'incident et était persuadée que l'Archimage avait deviné la vérité. Elle avait également eu tout le loisir de parvenir à la conclusion suivante : si l'ae'Magi pensait que Myr était immunisé contre la magie, principale source de son pouvoir, les jours du roi étaient comptés.

L'Archimage sourit et appuya l'index contre un des barreaux d'argent, l'air maussade.

— Quand il t'observait, ses pupilles étaient rivées sur tes yeux et non sur l'endroit où ceux du faucon auraient dû se trouver.

La peste t'emporte ! songea Aralorn. L'ae'Magi passa une main à travers les barreaux et lui caressa la nuque. Elle s'adossa à lui et frotta sa joue contre sa paume, se forçant à obéir à la vague compulsion du sort charismatique qui avait ravi ses invités toute la soirée, au lieu de s'élancer en arrière pour se recroqueviller dans un coin de la cage.

L'ae'Magi lui souleva le visage afin de plonger son regard dans le sien et reprit sur une intonation dominante :

— Je me demande comment il a réussi à briser mon illusion !

Il ne s'attendait pas qu'une esclave comprenne ce qui avait pu se passer, sa question était rhétorique, mais il venait de lui ouvrir une brèche… Elle s'apprêtait à souffrir.

— Mais il n'a pas rompu votre enchantement, Maître, répondit-elle d'une voix hésitante.

Il la dévisagea d'un air stoïque et elle cessa de combattre l'envie de se rouler en boule. Il esquissa un léger mouvement du doigt et elle hurla lorsque son corps se tordit sans qu'elle pût le maîtriser, foudroyée par sa magie.

La douleur qu'il lui infligeait empirait un peu plus chaque fois. Aralorn observait ses tendons se tendre et s'étirer, comme pour protester contre les sensations qu'ils enduraient. Quand cela s'arrêta enfin, elle s'abandonna aux frissons qui la secouaient et se dit qu'elle remplissait ainsi son rôle. Elle n'essaya pas de les réprimer, mais ne put s'empêcher de se demander si elle y serait parvenue.

Alors qu'elle gisait immobile, l'ae'Magi lui souffla tout bas :

— Je n'aime pas être contredit, mon enfant. Il savait que tu n'étais pas un faucon.

C'était fini. Terminé. Il ne recommencerait sans doute plus cette nuit. Ou alors, il lui laisserait au moins le temps de récupérer. Elle pouvait toujours s'en persuader.

— Oui, mon Seigneur, reprit-elle la gorge serrée, allongée dans la cage. Bien sûr. Je n'ai pas voulu vous contredire, comment le pourrais-je ? Je vous avais mal compris. Vous saviez que son magicien avait rompu le charme, comment le roi aurait-il pu me voir sinon ?

— Quel magicien ? s'enquit l'ae'Magi d'une voix stridente, presque inquiète.

— Il se tenait de l'autre côté, derrière ce pilier.

Elle désigna d'un geste vague l'extrémité de la pièce et le mage se retourna aussitôt comme s'il s'attendait à y trouver encore quelqu'un.

— Qu'est-ce qui te fait croire qu'il s'agissait d'un magicien ?

— Il faisait les mêmes gestes que vous parfois. Il est parti avec le jeune roi, chuchota Aralorn d'une voix de fillette terrorisée, dénuée de colère et de protestation.

Ceux qu'il soumettait à sa volonté ressentaient la douleur, mais ils le vénéraient même s'ils tremblaient de peur à l'idée de ce qu'il pourrait faire. Elle en avait été témoin.

— À quoi ressemblait-il ?

— Je ne sais pas, il est resté dans l'ombre. Il était vêtu de bleu, mon Seigneur.

La couleur préférée de l'ae'Magi ; un bon tiers de l'assemblée portait des nuances de bleu.

— Que t'a dit le garçon ?

Il accentua le mot « garçon » sans raison apparente si ce n'était qu'il devait le préférer à « roi ».

— Je ne m'en souviens pas…

Le sortilège de l'Archimage, quoi qu'il soit, n'affecta pas seulement le corps d'Aralorn, même si elle sentit ses muscles se crisper si fort qu'elle eut l'impression d'entendre ses os se briser. La douleur diminua sa résistance naturelle aux autres enchantements et, peu à peu, le sentiment de honte désormais familier s'insinua en elle. *Elle devrait se plier en quatre pour le satisfaire. Pourquoi ne se montrait-elle pas plus obéissante ? Regardez ce qu'elle le forçait à faire !* Cela cessa aussi vite que c'était arrivé, la laissant en pleurs, secouée de frissons et impuissante.

— Quand je te pose une question, j'attends une réponse, reprit-il d'un ton suave.

— Il m'a demandé si je voulais être libérée. J'ai répondu que je souhaitais rester ici. Je ne vis que pour vous servir, mon Seigneur. C'est un honneur pour moi de servir l'ae'Magi… (Elle laissa sa voix se briser.)

C'est ça, se félicita-t-elle en silence. *Apaise-le, joue ton rôle.*

Les sanglots qu'elle poussait tandis qu'elle ravalait ses larmes, suivis de gémissements, ajoutèrent une touche d'authenticité. Cela tenait presque du grand art. Quel dommage qu'elle n'eût jamais pensé à s'en servir à dessein !

Il tendit une main vers elle, contre laquelle elle se pressa, s'approchant de lui le plus possible, même si la douleur avait disparu et, avec elle, tout l'effet de sa magie. Elle regretta presque que les sorts qu'il utilisait pour augmenter son charisme ne fussent pas aussi efficaces sur elle que ceux dont il se servait pour la torturer. Au lieu de quoi, elle devait lutter contre une irrépressible envie de mordre ces doigts manucurés ou de vomir. Le bord froid et métallique de la cage s'enfonça dans son flanc.

— Que lui as-tu raconté d'autre, petite ?

Aralorn s'éloigna de lui et, de ses yeux écarquillés, lui lança un regard quelque peu confus, bien qu'elle se sentît retrouver un semblant de lucidité.

— Auriez-vous souhaité que je lui parle davantage ? Je n'ai rien dit de plus, car j'ignorais quel était votre désir.

Les yeux grands ouverts, elle semblait le supplier de ne pas lui en vouloir, s'efforçant de ne pas se crisper en prévision de la douleur aiguë et déchirante.

— Non. Tu as bien fait. (Il lui caressa la joue d'un air absent.) J'ai travaillé sur d'autres projets ces derniers jours et n'ai pas eu le temps de m'occuper de toi. Demain, une fois que j'aurai achevé ce sort, tu me seras utile.

Si elle doutait de la signification de son propos, la main du mage qui descendit avec délicatesse le long de sa poitrine lui clarifia le fond de sa pensée. L'ae'Magi, persuadé – et ravi – qu'elle frissonnait de désir sous ses doigts, lui adressa un sourire affectueux, puis, chantonnant une douce mélodie, se dirigea d'un pas léger vers une arcade.

Aralorn contempla son image dans le miroir à l'arrière de la cage. L'ae'Magi avait dû rompre son enchantement car elle ne voyait plus d'oiseau. Ses fins cheveux blonds semblaient onduler à la lumière vacillante des torches. Le visage fragile, dénué d'expression, qui l'observait en retour était d'une beauté ravissante. Quelques perles de sueur luisaient à peine sur son front et ses yeux d'un vert lagon brumeux paraissaient hagards et vulnérables.

Soudain irritée par cette fragilité, Aralorn tira la langue à son reflet. Cela ne l'aida pas à se sentir mieux.

Elle serra les bras autour de ses jambes avec fermeté. La tête repliée sur les genoux, elle écouta les sons que les serviteurs faisaient tandis qu'ils couvraient les cheminées et éteignaient les torches. Elle s'évertua à analyser le sentiment de panique qui s'emparait d'elle dès qu'elle repensait à la caresse si intime de l'Archimage.

— Patience, Aralorn, patience, s'enjoignit-elle d'une voix presque inaudible. Si tu fuis maintenant, si tant est que tu y parviennes, il doutera de tes révélations au sujet de Myr, ce qui, de toute façon, n'aura peut-être plus d'importance à long terme. (Elle rejeta les cheveux en arrière et s'adressa à son reflet sur un ton de plaisanterie macabre.) Mais si je ne m'échappe pas, je vais finir par craquer et lui avouer tout ce que je sais, depuis le nom de mon premier poney jusqu'à la calvitie d'Audreas le Vaniteux.

C'était la vérité. Quatre jours, sans compter le temps qu'elle avait passé enfermée seule ; un cinquième ici l'anéantirait. Et puis, il fallait bien que quelqu'un informe le Maître Espion de ce qui se tramait dans le palais de l'ae'Magi.

Sa décision prise, elle attendit que les bruits dans le château s'atténuent et que la lune monte haut dans le ciel, révélée par les clairs panneaux du plafond.

Une fois plus ou moins certaine que ceux qui étaient partis se coucher dormaient à poings fermés, elle s'agenouilla devant la porte de la cage. Elle la saisit de part et d'autre et se mit à marmonner tout bas, se laissant parfois aller à chanter ou psalmodier pour aider à focaliser sa magie. Elle dissipa l'incertitude toujours prête à infiltrer ses pensées : le moindre doute pouvait nuire au frêle don qu'elle possédait. Elle rendit grâce à la vanité de l'ae'Magi qui l'avait poussé à privilégier l'argent précieux plutôt que le fer, auquel cas elle serait restée prisonnière jusqu'à ce que ses os tombent en poussière.

D'abord ses doigts, puis ses paumes commencèrent à irradier d'une lumière verte phosphorescente. Petit à petit, elle s'étendit au métal entre ses mains. Lorsque la douce lueur oscillante enveloppa l'intégralité de la porte, Aralorn la traversa sans défaire les sorts jetés sur les serrures. Les maléfices que l'Archimage avait infligés à son corps la faisaient encore souffrir, mais d'ici à deux jours, elle ne sentirait plus rien. En tout cas, la douleur ne la ralentirait pas trop, et pour l'heure, c'était tout ce qui l'inquiétait.

L'éclat de sa magie s'éteignit, plongeant le grand hall dans une obscurité totale. Elle demeura immobile et attendit que ses yeux s'habituent à la pénombre avant de s'aventurer dans la pièce.

Seules les lucarnes au plafond fournissaient un mince éclairage, celui du pâle reflet de la lune, ce qui ne l'aida guère à se frayer un chemin jusqu'aux portes. Elle franchit la première qu'elle put trouver et espéra que c'était l'une des deux qui traversaient le mur extérieur du château.

Elle s'accroupit, posant de temps à autre la main par terre pour garder l'équilibre. C'était étrange, mais les gens avaient tendance à regarder à hauteur des yeux. Par conséquent, son point d'observation en contrebas devrait lui permettre d'apercevoir les gardes avant qu'ils la voient. Sa position offrait aussi l'avantage secondaire d'en faire une cible moins importante si elle venait à être repérée.

Le couloir était un brin plus éclairé que le grand hall. Le sol en pierre était sec et froid, et elle effleura les murs avec délicatesse. Elle prit plus de temps qu'elle ne l'aurait pensé à dénicher la petite ouverture qu'elle cherchait.

Saisie de panique, elle éprouva l'irrésistible tentation de dévaler le corridor à l'aveuglette. *Voilà,* songea-t-elle avec ironie, *ce que doit ressentir un faisan à l'instant où il s'élance hors de sa cachette sous la trajectoire des flèches.* Elle brava son effroi et s'efforça de le refouler afin qu'il ne resurgisse pas avant qu'elle en ait terminé.

Elle s'était presque décidée à étudier un autre moyen de fuir, lorsqu'elle trouva enfin ce qu'elle recherchait. À quelques centimètres de la rangée inférieure de pavés, elle frôla du bout des doigts l'une des extrémités d'un tuyau coupé à ras du mur. Aralorn bénit en silence le vieil homme rencontré une nuit dans une taverne qui lui avait narré cette histoire.

Plusieurs siècles auparavant, l'un des apprentis de l'ae'Magi de l'époque avait découvert un ancien sort de pluie dans un livre qu'il lisait alors que le maître s'était absenté. Trois semaines plus tard, au retour de l'Archimage, le palais était inondé et l'apprenti campait à l'extérieur. L'Archimage avait aussitôt drainé le bâtiment en plaçant le long des couloirs extérieurs un conduit d'évacuation après chaque parcelle de seize pierres.

Elle caressait en ce moment même l'un de ces tuyaux de vidange. Il était plus gros qu'elle l'avait espéré. Il mesurait près de quatre doigts de diamètre et transperçait l'épais mur de pierre du château pour déboucher dehors. L'air qui en sortait sentait les douves, le parfum de sa liberté.

Elle inspira un bon coup et se concentra. Un fourmillement familier parcourut son corps, dominant toutes les autres sensations qu'elle pouvait éprouver. Les sens paralysés, Aralorn focalisa son attention sur chacune des parties de son anatomie qui prenait tour à tour la forme des membres du rongeur, d'abord le nez, puis les moustaches. Au bout d'un moment équivalent à trois grandes inspirations, une minuscule souris apparut, tapie, à sa place.

Aralorn-la-souris recula contre le mur en dessous de la conduite et attendit pendant une minute que l'ae'Magi accoure, alarmé par la magie dont elle venait de se servir. En vain. D'ordinaire, les magiciens humains n'étaient pas assez sensibles pour détecter l'utilisation de la magie, mais l'ae'Magi était un cas à part.

La souris s'ébroua brièvement, remua les moustaches et gratta un endroit qui la démangeait, là où le fourmillement n'avait pas cessé de faire effet, puis grimpa dans le conduit.

Il y faisait noir, elle s'en accommoda, et il y sentait mauvais, ce qui la dérangea plus. Siècle après siècle, des dépôts de vase s'étaient accumulés au niveau de l'ouverture, et si d'autres rongeurs ne s'y étaient pas fourrés (peut-être pour échapper à l'un des matous du château), son plan n'aurait jamais fonctionné. Pour l'heure, elle pataugeait jusqu'au ventre dans une matière visqueuse. Occupée à ne pas penser aux composants de cette fange, elle faillit tomber du tuyau et atterrir dans les douves quelques mètres plus bas. Une cascade des plus athlétiques, mais fort peu élégante, lui sauva la mise.

En équilibre sur le rebord du vieux conduit en cuivre, Aralorn frissonna, en proie à une inquiétude fébrile. Presque. Elle y était presque. Un dernier obstacle et elle serait dehors.

La petite souris enrobée de boue bondit. L'air se brouilla et une oie blanche battit des ailes avec maladresse au-dessus de l'eau, de la vase dégoulinant encore de l'une d'elles. Nombre d'oiseaux volaient mieux que l'oie domestique ; la plupart, en vérité. L'oie arrivait à peine à planer de manière convenable, mais Aralorn ne pouvait pas se transformer en un autre volatile.

Entravée par le vent humide, elle ne parvint pas à prendre de l'altitude. Elle atterrit à quelques centaines de mètres des douves, devant les arbustes qui marquaient l'entrée des bois entourant le château. Elle lissa ses plumes et se dandina en direction de la forêt, veillant à étirer son aile souillée le plus loin possible du reste de son corps.

Une forme noire surgit de l'ombre, ses crocs ivoirins captèrent la lueur de la lune lorsqu'elle s'arrêta en plein milieu du chemin d'Aralorn. L'oie criailla et recula. Aralorn reprit forme humaine juste à temps et tomba sur la croupe plutôt que sur la queue.

Sur sa propre croupe. Elle avait retrouvé son apparence, ses cheveux bruns et courts, son visage banal. Sa colère avait accéléré sa métamorphose.

— Par la sainte scrofulaire d'Allyn ! bredouilla-t-elle, employant le juron préféré de son père.

Il n'y avait pas lieu de faire un scandale. La frayeur qu'elle avait ressentie au cours des derniers jours lui suffisait pour le restant de sa vie, et même pour ses neuf prochaines réincarnations.

— Loup, as-tu perdu la tête ?

Consciente de la proximité du palais, elle baissa le ton et poursuivit d'une voix plus douce sans pour autant manquer de conviction. Cependant, sa colère s'évanouit en pur soulagement et la brutale transition l'étourdit.

— J'aurais pu mourir de peur ! (Elle porta la main à son cœur dans un geste théâtral.) Qu'aurais-tu fait, alors ? Pourquoi ne m'as-tu pas avertie de ta présence ?

Le loup campait face à elle, étrange et farouche, avec la rigidité propre aux créatures sauvages. Il avait cessé de grogner devant les chuchotements énervés d'Aralorn et il attendit un moment après qu'elle eut terminé, comme s'il voulait s'assurer qu'elle avait bien fini.

Il prit la parole de sa voix macabre, grave et rocailleuse et dénuée de passion mais ne répondit pas à sa question.

— Tu aurais dû me dire que tu comptais espionner l'ae'Magi. Si j'avais su que tu envisageais le suicide, je t'aurais tuée moi-même. Au moins, tu aurais péri d'une mort douce, comparée à ce que Lui t'aurait fait endurer.

Il la dévisagea avec froideur de ses yeux dorés insondables.

Un mage vert pouvait parler sous une forme animale, même si cela requérait de la pratique et une bonne dose d'efforts assez désagréables. Or, Loup n'était pas un mage vert. En tout cas, elle n'avait pas encore réussi à deviner ce qu'il était. Ceux, qui, parmi les mages humains arrivaient à se métamorphoser pouvaient s'estimer heureux s'ils parvenaient à retrouver leur apparence initiale. Loup constituait une énigme qui ne cessait de la fasciner car il ne rentrait dans aucune catégorie.

Une énigme rassurante, malgré tout.

Elle l'observa pendant un moment.

— Sais-tu, reprit-elle après avoir pesé ses mots, que c'est la première fois que j'entends quelqu'un dire du mal de lui ? J'ai même demandé pourquoi on m'envoyait l'espionner et rien de tout ça ne m'a semblé étrange.

D'un signe de la tête, elle désigna le château qui trônait au sommet des montagnes et dont la sinistre silhouette assombrissait presque le ciel à l'est.

— D'après la Taupe, certains ourdiraient un complot pour assassiner l'ae'Magi. Je devais enquêter sur le sujet et avertir l'Archimage si nécessaire.

Elle retrouva son habituel sourire, et s'il paraissait un tantinet coincé, ce n'était pas grave. Sauvée. Elle en avait réchappé, Loup se trouvait à ses côtés et elle était sauve.

— Si un tel complot existe, je ne peux qu'encourager de bon cœur les instigateurs.

— Son habileté à aveugler les autres, sans même recourir à la moindre magie, me surprendra toujours, rétorqua le loup.

Il jeta un coup d'œil au château, puis au loin. Ses yeux jaunes étincelaient, chatoyaient d'une lueur qui ne provenait pas uniquement du reflet de la lune. De nouveau, il regarda en arrière, comme s'il ne pouvait résister à une impulsion. Un grognement rauque s'éleva dans sa gorge, et la fourrure de son dos et de sa nuque se hérissa.

Avec prudence, Aralorn posa la main sur son pelage pour le rassurer. Depuis le temps qu'elle le connaissait, il s'était toujours montré farouche et difficile à amadouer. Elle l'avait déjà vu tuer à plusieurs reprises, et pourtant, c'était la première fois qu'il semblait aussi énervé.

— Qu'est-ce qui ne va pas ?

Le loup se tut et garda la gueule baissée un moment. Puis il s'ébroua et expliqua d'une voix douce :

— Rien. C'est peut-être la lune. Parfois, elle a cet effet sur moi.

— La lune. (Elle acquiesça d'un air solennel.) Ce doit être ça.

Elle croisa ses yeux et releva un sourcil. Il lui rendit son regard. Aralorn abdiqua sans résister, consciente qu'il était tout à fait capable de continuer ce petit jeu toute la nuit.

— On y va, ou tu veux attendre l'ae'Magi pour l'anéantir et restaurer le bien et la lumière sur la Terre ?

Le loup lui décocha un sourire bestial.

— Si on le tuait, le bon peuple préférerait nous écarteler au lieu de nous acclamer comme les sauveurs de l'humanité. Allons, hâtons-nous ! Qu'on ne soit pas obligés d'éliminer l'ae'Magi !

À en juger par le sarcasme dans sa voix, il estimait que leurs chances de détruire l'Archimage étaient presque nulles.

Il fit demi-tour et se dirigea vers les arbustes ; Aralorn lui emboîta le pas.

À plusieurs centaines de mètres de l'orée du bois, son étalon gris l'attendait, attaché aux arbres. À leur approche, il les salua d'un hennissement. Aralorn rit lorsque l'animal posa les lèvres sur la simple tunique qu'elle portait, puis recula, à l'évidence écœuré par son goût.

— Hé bien ! Comment es-tu venu jusqu'ici, Sheen ?

Elle adressa un coup d'œil au loup, puis lui avoua :

— Merci. L'idée de rentrer à pied ne m'enchantait guère.

Au fil des ans, elle avait appris à ne pas trop le questionner. En particulier parce qu'il refusait de lui répondre. S'il voulait être un loup, qui était-elle pour discuter ses choix ? Néanmoins, une personne dépourvue de doigts aurait rencontré des difficultés pour nouer les rênes en tissu bigarré à l'arbre.

Aralorn les délia et grimpa, avant de redescendre pour raccourcir les étriers. Elle poussa un profond soupir tandis qu'elle délaçait les liens de cuir tressés à travers la selle pour maintenir les étriers à hauteur égale. Celui qui avait monté son cheval en dernier avait des jambes plus longues qu'elle.

— Sheen, combien de fois t'ai-je demandé de ne pas te laisser enfourcher par des inconnus ? Qui sait où ils risquent de t'emmener ?

Elle se gardait d'interroger le loup à voix haute, mais ne se privait pas de lui rappeler qu'elle coopérait de son plein gré et qu'elle n'était pas dupe.

Le loup pencha la tête d'un côté, un éclair d'amusement traversa ses yeux. Elle rit et continua à défaire les liens. Il avait même pensé à lui rapporter son épée et ses poignards.

Elle se disait parfois qu'il était peut-être un changeforme renégat, un membre du peuple de sa mère, même s'il était dépourvu des yeux gris-vert propres à cette race. Une créature plus douée qu'elle et capable de lui cacher sa véritable essence. Cela paraissait improbable, cependant son existence même constituait une énigme.

Il était fort peu probable qu'il fût un mage humain, car la magie traditionnelle ne convenait pas à la métamorphose. Au lieu de se fondre dans les forces de la nature, elle cherchait à les maîtriser et exigeait une concentration incroyable, impossible à maintenir pendant de très longues périodes. La capacité à se transformer en animal et à en garder l'apparence durant des jours requerrait la puissance de l'ae'Magi… ou de son fils.

Les doigts d'Aralorn, d'ordinaire habiles, faiblirent devant leur tâche habituelle. Elle s'arrêta et étudia, comme si elles lui étaient étrangères, ses mains qui tremblaient sans son consentement.

En proie à une peur irrationnelle, elle luttait pour ne pas se laisser gagner par la suspicion. Loup ne pouvait pas être un mage humain, songea-t-elle de nouveau. Elle jeta un coup d'œil furtif à son compagnon, puis à sa selle. Le fils de l'ae'Magi avait disparu six ans plus tôt. Il existait des praticiens de magie verte en dehors de son peuple et, malgré toutes les histoires qu'elle avait pu collecter, jamais elle n'avait entendu parler d'un mage humain, ae'Magi ou non, capable de prendre la forme d'un animal et de la garder aussi longtemps. Cependant, ce sentiment de panique refusait de quitter son corps ; il était difficile de raisonner lorsqu'on était terrorisée. Elle l'avait déjà remarqué.

Elle tourna de nouveau la tête vers Loup. Il croisa son regard et le soutint, ses yeux d'or aussi énigmatiques que deux perles d'ambre. Elle se rappela l'agonie fébrile dans laquelle ils flamboyaient la première fois qu'elle l'avait rencontré.

Elle avait mis une semaine pour soigner sa jambe, mais il avait combattu la fièvre pendant près d'un mois. Il était parti dès qu'il avait été capable de tenir sur ses pattes, au moins pendant quelques heures. Un jour, elle s'était lancée à sa recherche et l'avait retrouvé en train de l'observer de ses yeux rusés et incommodants. Depuis ce jour, il allait et venait, restait au loin parfois pendant plusieurs mois, puis réapparaissait au gré de son humeur.

Elle se remémora le temps que cela lui avait pris pour qu'il se fie à elle. Le loup ne l'avait pas autorisée à le toucher du jour au lendemain et n'avait accepté de manger la nourriture qu'elle lui donnait qu'après une longue période. Gagner sa confiance avait demandé un travail de longue haleine, mais au bout d'un an, il avait fini par lui révéler qu'il était bien plus qu'un simple animal sauvage. Elle compara sa distance au sourire facile et au timbre magnifique de l'ae'Magi. Si elle rencontrait un jour un cadavre doué de parole, elle l'imaginait avec une voix semblable à celle de son loup.

Le loup l'observa et vit les stigmates que lui avaient laissés les jours passés en compagnie de l'ae'Magi. Il remarqua le tremblement de ses mains et sentit la peur mêlée à sa sueur. Il constata qu'elle se dissimulait derrière son entrain habituel comme derrière un masque et perdit tout espoir qu'elle ait réussi, par miracle, à réchapper sans encombre des jeux de l'ae'Magi. Le désir de tuer l'Archimage grandit dans ses tripes et il le garda pour s'en servir plus tard. Il décela la peur dans ses yeux, mais comprit, lorsqu'il s'avança pour la réconforter, que c'était lui qui la terrorisait.

Il s'arrêta aussitôt. C'était là la seule réaction qu'il n'avait pas anticipée. En quatre ans, ses yeux n'avaient jamais reflété la frayeur qu'il était habitué à voir chez tous ceux qu'il avait rencontrés. Pas même lorsqu'elle aurait eu raison de le craindre.

La douloureuse amertume qu'il connaissait si bien le pressa de fuir. Partout ailleurs, il serait parti sans regarder en arrière, mais ici, si près du château, elle courait encore un grand danger. Déjà, il pouvait sentir l'excitation des « créatures » de l'ae'Magi. Elle ne parviendrait pas à les semer toute seule, malgré son entraînement et sa redoutable quoique étonnante virtuosité au combat rapproché : elle était trop menue pour être aussi dangereuse. Et après avoir passé trois semaines enfermée, elle n'était pas au mieux de sa forme. Alors il attendit.

Peu importe qui il était ou ce qu'il était, il ne ressemblait en rien à l'ae'Magi. Elle s'effrayait de son ombre, voilà tout. Or, cette certitude l'avait frappée trop tard ; elle le comprit lorsqu'elle remarqua Loup qui demeurait immobile.

Elle s'accroupit pour le regarder dans les yeux. Elle n'eut pas à se baisser beaucoup ; il était grand, contrairement à elle.

— Je suis désolée. C'est juste que… je suis un peu perturbée, expliqua-t-elle en s'efforçant de rire, puis elle lui tendit une main tremblante. Comme tu peux le constater, il a ébranlé toutes mes certitudes.

Elle bougea la main pour le toucher, mais il s'écarta sans un bruit.

Elle l'avait blessé, elle le savait, mais avant qu'elle ait pu réparer son erreur, l'étalon s'ébroua doucement. Elle se tourna vers Sheen, et le vit remuer les oreilles d'avant en arrière et trépigner d'une jambe sur l'autre avec inquiétude.

— Uriah, commenta le loup, sans lui adresser un regard. Si même Sheen arrive à flairer leur présence, c'est qu'ils ne sont pas très loin. Nous ferions mieux de reprendre la route. Il y a des vêtements plus appropriés pour monter à cheval dans les sacoches. Enfile-les. On risque de chevaucher pendant un moment.

Elle s'essuya de son mieux sur la modeste tunique d'esclave qu'elle portait. Dix années de service en tant que mercenaire avaient eu raison de la pudeur aristocratique qu'elle avait pu éprouver par le passé. Elle se hâta néanmoins de passer les habits propres, car chaque seconde leur était utile pour éviter toute confrontation avec les uriah.

Elle enfourcha la selle et laissa le loup les diriger. Le terrain rocailleux et l'obscurité les contraignaient à un trot rapide. Si les uriah avaient été plus proches, elle aurait accéléré la cadence au risque de tomber, mais pour l'heure il était inutile de céder à la panique.

En fouillant les sacoches pour en retirer ses vêtements, Aralorn avait trouvé des galettes d'avoine. Elle en sortit deux, dégusta l'une tandis qu'elle chevauchait et donna l'autre à son cheval qui savait comment manger et trotter en même temps. Puis elle en offrit une au loup, qui la refusa. Elle le laissa décider du chemin ; elle savait qu'il ferait de son mieux pour les débarrasser des uriah.

Les uriah, créatures à l'apparence vaguement humaine, ressemblaient aux morts plutôt qu'aux vivants, mais étaient presque impossibles à tuer. La faim vorace qui les gouvernait les dotait de la férocité d'un Berserker. D'ordinaire, ils peuplaient surtout les régions orientales les plus reculées, situées en bordure des infranchissables Terres Marécageuses. Mais au cours de la dernière décennie, ils avaient commencé à apparaître en des lieux inattendus. Cependant, il était très rare d'en rencontrer dans les lointaines contrées de l'ouest. Surtout que l'ae'Magi pouvait sans doute…

— Imbécile ! s'écria-t-elle à voix haute.

Le cheval de bataille, un brin effrayé par l'ignoble odeur qui les suivait et irrité par la lenteur de leur allure, manifesta son agacement devant le bruit inopiné et décocha une méchante ruade. Elle évita la chute de justesse et passa un moment à le calmer pour qu'il cesse enfin de se cabrer.

— Cette soudaine multiplication des attaques d'uriah, leur apparition dans des endroits où ils n'avaient jamais posé le pied… Tout ça, c'est lui, n'est-ce pas ?

Le loup attendit qu'elle ait terminé sa démonstration.

— Ils lui appartiennent, se contenta-t-il d'affirmer, puis, sans épiloguer davantage, il poursuivit sa route laissant Aralorn le talonner de son mieux.

Le soleil commençait à se lever sur les taciturnes voyageurs. Au début, Aralorn demeura silencieuse, car elle ignorait comment réparer les dégâts causés par sa méfiance à l'égard de Loup. Puis, au bout d'un moment, ce fut la fatigue qui l'empêcha de parler. Après trois semaines sans exercice, elle avait l'impression de se remettre d'une longue maladie. Malgré l'épuisement, lorsque Loup s'arrêta et déclara qu'ils allaient faire halte pour l'après-midi, elle protesta.

— Si on ne fait pas une pause maintenant pour laisser le cheval brouter et se reposer, demain tu seras obligée de marcher, prit-il le temps de lui expliquer d'une voix distincte qu'elle perçut malgré son abattement.

Elle acquiesça, consciente qu'il avait raison, mais le désir de fuir loin du château primait son bon sens, aussi ne quitta-t-elle pas sa monture. Le destrier arqua la nuque et souffla, comme s'il se tenait prêt pour le combat, en réponse aux invisibles signaux qu'émettait sa cavalière.

Loup se tint coi jusqu'à ce qu'il aperçût Aralorn en train de vaciller de fatigue sur sa selle.

— Je monterai la garde, Dame. Je sais reconnaître la proximité de l'ae'Magi ou de ses pantins et je ne les laisserai pas te capturer, poursuivit-il d'une voix plus douce.

Elle hocha la tête de nouveau, mais cette fois descendit et, guidée par son instinct plus que par sa volonté, commença à déharnacher son cheval. La selle si légère sembla peser plus lourd que dans ses souvenirs et elle dut fournir un effort considérable pour tendre les bras afin de lui ôter la bride, mais elle y parvint. Sheen ne risquait pas de s'enfuir, même libéré de toute contrainte.

Elle déplia la natte de couchage et s'y glissa sans même épousseter ses vêtements. Le loup s'étira à ses côtés et la chaleur de son corps massif la préserva des frissons causés par la terreur persistante bien mieux que les couvertures. Avant de sombrer dans la torpeur, Aralorn entendit le bruit réconfortant de l'étalon qui mâchait l'herbe.

Chapitre 2

Le souffle court et saccadé, Aralorn inspira et effleura d'une main tremblante ses joues humides. En sueur, et encore à moitié empêtrée dans le rêve qui la tourmentait, elle se recroquevilla sous sa couverture et plaqua ses paumes contre ses oreilles pour étouffer la voix sensuelle et suave de l'ae'Magi.

Elle avait combattu au sein de l'armée régulière et savait que les cauchemars faisaient partie du paysage. Ils finiraient par se dissiper, mais pour l'heure, à peine dérivait-elle vers le sommeil que ses songes la ramenaient vers l'Archimage et l'élégante ossature de sa main brandissant le poignard d'argent orné dont il se servait pour massacrer ses victimes sacrificielles. Les sortilèges de l'ae'Magi étaient tels que le jeune garçon aux yeux bruns, pas plus âgé que certains de ses frères la dernière fois qu'elle les avait vus, sourit lorsque l'Archimage dégaina sa lame. Il faisait enfin jour quand elle ouvrit les yeux et la terre sous le cuir qui constituait le revêtement externe de sa couche procurait une tout autre sensation que le marbre.

Elle se redressa d'un mouvement brusque et essuya ses joues moites. Non loin de là, Sheen somnolait, la patte arrière levée et son nez busqué baissé presque au niveau de ses genoux. Près de lui, Loup restait immobile, le museau posé sur les pattes. Il évitait le regard d'Aralorn. Elle savait qu'il avait dû l'entendre s'agiter, par conséquent le manque d'attention de Loup était délibéré. Le sursaut de peur momentané qu'il lui avait inspiré l'avait froissé. Elle ne s'était pas rendu compte que son opinion lui importait tant. Il ne semblait pas se soucier de ce que les gens pouvaient penser de lui.

Elle s'adressa à lui, bien qu'il eût le dos tourné.

— Cet endroit, ça… déforme tout. La magie est omniprésente dans le palais, l'air y devient pesant et quand je respirais… Il adore ça… Faire des autres ses marionnettes, c'est un jeu pour lui. Le pouvoir.

Elle ressentit un léger frisson et poursuivit.

— Je l'ai regardé s'abreuver du sang d'un enfant qu'il venait de tuer et je me suis surprise à m'émerveiller du reflet splendide de la lueur des chandelles dans ses cheveux. C'est… désagréable de douter de l'authenticité de ses sentiments.

Elle replia ses jambes vers elle pour les entourer de ses bras. Elle avait pris la parole afin d'expliquer à Loup son attitude, de lui prouver qu'elle ne se méfiait pas de lui mais de ses propres perceptions. Une fois qu'elle eut commencé à parler, elle fut incapable de s'arrêter.

— Je n'avais jamais eu si peur de toute ma vie, murmura-t-elle. J'ai toujours pensé que j'étais dotée d'une volonté de fer, mais même le sang de ma mère ne m'a pas aidée à résister aux sorts. J'ai été incapable de surmonter ce sentiment qui m'incitait à le satisfaire.

Sa voix se brisa. Pendant un long moment, seuls résonnèrent les bruits de la forêt, le vent dans les arbres, le murmure d'un ruisseau voisin, le chant d'un criquet.

Elle soupira.

— J'aurais pu y arriver vers la fin… après avoir compris la nature de ces sortilèges et comment il les forgeait, mais je n'ai pas pu, car je devais agir comme s'ils fonctionnaient sur moi. Je me dis parfois que je n'avais peut-être pas envie de lutter parce que ses enchantements m'aidaient à me sentir mieux… (Elle se serrait si fort qu'elle aurait sans doute des bleus le lendemain matin. Le souffle saccadé, elle inspira et reposa le front contre ses genoux.) Je n'arrive pas à le chasser de mon esprit. Je crois que c'est dû en partie à sa magie, mais je vois son visage chaque fois que je ferme les yeux.

Doucement, Loup se leva et quitta sa place. Il s'assit et se pressa contre elle. Elle cessa de serrer ses jambes et laissa courir sa main dans l'épaisse fourrure.

Il insinua sa truffe froide sous son bras, et de sa langue chaude et humide il lui lécha le menton. Elle poussa un cri perçant, puis recula, saisie d'un rire chevrotant, et s'essuya avec ses manches.

Il sourit à la manière des loups et roula sur le dos. Elle lui frotta le ventre (caresse qu'il n'autorisait pas en public) et il remua bruyamment une patte postérieure d'avant en arrière quand elle effleura précisément la zone qu'il fallait.

Une fois assuré qu'il avait réussi à lui remonter le moral, il déclara de son habituelle voix caverneuse, assez incongrue de la part d'un loup qui se faisait caresser l'abdomen :

— Ne t'inquiète pas pour ça, Dame. Les jours passés dans cet endroit importent peu, on en ressort toujours l'esprit sens dessus dessous. Nos pensées et nos perceptions se distordent et se mêlent aux émotions qu'il veut nous faire éprouver pour former un nœud inextricable qui dérouterait même un marin. (Son timbre était plus doux et sonnait comme du velours sur du gravier.) Le temps nous aidera.

— Je sais, répondit Aralorn avant de poursuivre sur un ton plus léger, mais les dix années à venir ne m'enchantent guère.

Loup roula sur lui-même avec une célérité inattendue et lui mordilla la main avec douceur en réponse à son sarcasme. Sans l'exprimer, elle avait décidé que leur discussion était bien trop sérieuse et il approuva de manière tacite.

Aralorn pencha la tête de côté et un sourire malicieux retroussa ses lèvres.

— Tu veux te battre, c'est ça ?

Elle le plaqua au sol et amorça un combat qui les laissa tous deux gisant à terre, pantelants.

— Tu vas dormir, maintenant ? demanda-t-il d'une voix rocailleuse, même pour lui. Je te réveillerai quand il sera l'heure de lever le camp.

Elle acquiesça et roula sur elle-même pour atteindre son tapis de couchage, car elle ne souhaitait pas gaspiller son énergie à se relever et marcher. Elle marmonna un « bonne nuit » en avalant la moitié des consonnes. Loup se frotta la truffe contre sa joue et poussa un léger aboiement avant de se blottir contre elle.

En fin de compte, ce fut Sheen et son hennissement haut perché dans la nuit qui les réveillèrent tous les deux.

Les yeux à peine ouverts, Aralorn se redressa d'un bond et replia sa natte. Elle mit un peu plus de temps à brider et seller sa monture car la bête têtue refusait de se tenir tranquille. Tout en s'affairant, elle observait du coin de l'œil le loup qui contemplait la pénombre. À son signal, elle laissa tout ce qui n'était pas encore attaché à la selle et enfourcha son destrier, déjà au trot. Même s'il n'était pas un cheval de course, Sheen maintenait une allure tout à fait honorable tandis qu'il emboîtait le pas au loup. Ils distançaient les uriah de peu, car ils entendirent sans peine les hurlements que poussèrent les monstres infâmes lorsqu'ils découvrirent leur campement.

Pour en avoir combattu par le passé, Aralorn savait que les uriah étaient plus rapides que n'importe quel cheval, et de toute évidence plus rapides que

Sheen. Les créatures les suivaient de près et se rapprochaient dangereusement. Elle dégaina son épée et ralentit Sheen pour se préparer à les affronter.

Le loup remarqua que ce dernier freinait sa cadence et se précipita en arrière pour lui mordiller le talon, esquivant avec agilité le coup bien placé lancé par la bête entraînée au combat.

— Non, grogna Loup à l'attention d'Aralorn. Tu n'as aucune chance contre eux, ils sont trop nombreux. Si tu continues sans moi, j'arriverai à les semer.

Puis il changea de cap, mais Aralorn dirigea Sheen pour lui barrer la route. Elle secoua la tête et haussa le ton afin de couvrir les hurlements des uriah.

— Ils sont après moi. Ils ne te suivront pas, et s'ils le faisaient, alors tu devrais les combattre seul. Ensemble, nous pourrions réussir.

— Tu es plus futée que ça, Dame ! rétorqua-t-il un filet d'impatience dans la voix. Contre deux ou trois, à la rigueur, mais ils sont beaucoup plus nombreux. Ne t'inquiète pas pour moi, je n'ai besoin de personne pour les distancer. (Puis, le loup marqua une pause comme pour choisir ses mots avec soin.) S'ils ont le choix entre nous deux, c'est moi qu'ils pisteront.

— Comment ça ? demanda-t-elle.

Puis sans le laisser répondre elle s'écria :

— Bon sang, Loup, toi et tes mystères ! Tant pis. On n'a pas le temps de polémiquer.

Il devenait difficile de parler tout en empêchant Sheen de s'emballer alors que les hurlements se rapprochaient.

Il exhiba ses crocs en un semblant de sourire, comme seul un loup pouvait le faire.

— Dame, ce n'est pas la première fois que j'ai affaire à eux. Et ce ne sera pas la dernière.

Elle ne voulait pas se séparer de lui. Si elle n'avait pas su qu'il était bien plus qu'un loup ordinaire, l'idée de l'abandonner ne lui aurait même pas traversé l'esprit. Néanmoins, contre une armée d'uriah, elle aurait été pour lui un obstacle plutôt qu'une aide. Elle entendit les gémissements des créatures, qui venaient de repérer leurs proies, croître avec rapidité.

— Tu as raison, rétorqua-t-elle soudain. Rendez-vous à Sianim. Mais par pitié, Loup, ne les laisse pas ruiner ta fourrure !

Sur quoi, elle tourna, la bride dirigeant Sheen vers leur destination initiale, et le talonna. Le loup resta sur le chemin des uriah et les observa s'approcher de ses yeux d'ambre. Quand leurs cris devinrent encore plus frénétiques, il s'élança à vive allure afin de les entraîner loin de la route empruntée par ses compagnons. Aralorn regarda derrière elle et constata que Loup avait vu juste : les hideuses formes humanoïdes suivirent le loup, sans même prêter attention à elle.

Elle se demanda, sans éprouver cette fois la panique de la veille, qui était ce loup au juste. Il ne s'agissait en aucun cas d'une nouvelle énigme. Elle avait déjà dressé une liste de ses identités possibles. Certaines demeuraient vagues, d'autres reprenaient les noms de personnages spécifiques et, ce jour-là, elle venait d'y rajouter Cain, le fils de l'ae'Magi. D'après elle, Cain était plus jeune que Loup et jamais elle n'avait flairé sur ce dernier le moindre effluve de magie humaine. Elle aurait été étonnée que Cain ne fût pas enterré auprès des autres personnes que l'ae'Magi avait tuées et dont il avait volé les pouvoirs à des fins personnelles. Pourtant, la façon dont les créatures de l'ae'Magi s'étaient élancées à la poursuite du loup n'avait pas manqué de piquer sa curiosité.

Aralorn voyagea la nuit et dormit, ou du moins essaya de se reposer, pendant la journée. Non pas que cela fût moins dangereux, mais elle ne supportait pas de se réveiller en plein cauchemar, seule dans l'obscurité. Parfois, elle galopait des lieues durant sans rien apercevoir. La solitude ne la dérangeait pas, elle avait l'habitude de se déplacer seule.

Elle ne possédait rien qui eût de la valeur, excepté son destrier et son épée qui tous deux faisaient office d'armes de dissuasion et de trophées. Au soir du troisième jour, elle quitta les cimes boisées pour les Basses Terres et leurs monts et vaux plus hospitaliers. Elle gagna en rapidité et, au bout d'une journée, commença à entrevoir Sianim au loin.

La cité fortifiée trônait au sommet d'un plateau au cœur d'une vaste vallée. Dans un rayon de huit cents mètres, il n'était permis de faire pousser que de l'herbe et la hauteur en était limitée. Le plateau lui-même était encaissé et la route, étroite et murée, qui menait à l'unique porte de la ville ne pouvait être franchie que par trois cavaliers de front. Ce chemin exigu, excellent pour la défense, se révélait un calvaire pour organiser les allées et venues de larges groupes de soldats à l'intérieur et hors de Sianim.

Ses origines étaient enfouies sous les cendres des siècles passés : même les plus anciens manuscrits connus la mentionnaient comme une cité florissante. À l'origine, elle constituait un centre de commerce, mais les petites troupes employées par les marchands pour escorter leurs convois attirèrent les mercenaires des quatre coins du continent. Ceux qui désiraient s'offrir leurs services se mirent à affluer à Sianim. De fil en aiguille, les mercenaires finirent par constituer le cœur de l'économie de la ville. Une école y fut bâtie, où l'on enseigna les arts de la guerre, et Sianim finit par devenir une cité de guerriers professionnels.

Les mercenaires de Sianim comptaient parmi les plus fines lames au monde. Mise à part l'école militaire de Jetaine, qui présentait l'inconvénient de n'accepter aucun mâle entre ses murs, Sianim était sans égale. En plus d'entraîner ses propres troupes de mercenaires, la ville assurait la formation des soldats de divers royaumes et principautés en échange d'une somme considérable. Les gardes d'élite de la plupart des souverains étaient formées à Sianim.

Comme la politique et la guerre allaient de pair, la cité possédait aussi un réseau d'espions qui n'aurait pas manqué d'étonner un étranger. Il était dirigé par un svelte et menu érudit.

Après avoir mis son cheval à l'écurie, Aralorn se rendit à son minuscule bureau, caché dans un labyrinthe situé à l'arrière du bâtiment du gouvernement dans le centre de la ville.

Quelqu'un devait être averti au plus vite du danger que représentait Geoffrey ae'Magi.

Marches et étroits couloirs reliaient de petites pièces occupées par les bureaucrates chargés du fonctionnement efficace et rentable de la cité mercenaire, à coups de taxes, licences et autres formalités. Tout au fond d'un escalier dissimulé derrière une porte vétuste, qui s'ouvrait et se fermait sans difficulté et sans bruit, se trouvait une grande salle éclairée par une fenêtre – elle n'avait jamais réussi à déterminer laquelle depuis l'extérieur. Cette pièce abritait l'homme dont les doigts trempaient dans le puits des rumeurs et de la politique qui dirigeaient le monde.

Aralorn ouvrit la porte sans frapper. Si le Maître Espion n'avait pas souhaité être dérangé, celle-ci aurait été verrouillée. Elle referma derrière elle, s'assit sur une chaise à l'apparence miteuse et attendit patiemment que Ren, connu sous le sobriquet plus ou moins affectueux de « la Taupe », s'aperçoive de sa présence.

Perché sur son bureau délabré, mais solide, adossé à l'étagère d'une bibliothèque, il lisait à voix haute quelque citation extraite d'un recueil de poèmes de Thyre. À peine plus âgé qu'Aralorn, il ressemblait à un homme que l'on aurait laissé sécher à l'air libre, puis abandonné à son sort.

Ses cheveux étaient tellement décolorés et épars qu'ils ne dissimulaient plus son cuir chevelu. Ses mains tachées d'encre semblaient douces et étaient dénuées de callosités ; pourtant la jeune femme savait que son maître maniait l'épée à la perfection. D'ailleurs, avant sa venue à Sianim, il avait gagné sa vie comme duelliste dans plusieurs cités de l'Alliance pendant plusieurs années. Seuls ses yeux perçants contrastaient avec son apparence vaporeuse et, à ce moment précis, elle ne pouvait les voir, vu qu'ils étaient occupés à lire.

Thyre ne comptait pas parmi les auteurs préférés d'Aralorn, elle trouvait ses rimes trop alambiquées. D'ordinaire, elle aurait déniché un ouvrage de l'impressionnante bibliothèque de Ren et commencé à le feuilleter jusqu'à ce qu'il se décide à lui poser des questions ; cette fois, elle se contenta de s'asseoir en silence pour l'écouter et finit par s'étendre sur le banc capitonné et clore les paupières. Comme Thyre était connu pour son style verbeux, elle avait tout le temps de se délasser.

Quand Ren eut terminé, elle somnolait avec sérénité et le son ténu que produisit le livre lorsqu'il le rangea sur l'une des nombreuses étagères la fit sursauter. Il lui servit un verre de la bouteille posée sur son bureau et le lui offrit.

Aralorn l'accepta, puis y trempa les lèvres avec précaution. Les récipients que Ren gardait sur sa table pouvaient contenir aussi bien de l'eau que du Wyth, également qualifié avec affection d'« Echarp'Dragon ». Ce jour-là, il s'agissait de jus de *fehlta*, une boisson légèrement alcoolisée, mais elle le reposa à l'extrémité du bureau. Elle avait la triste impression qu'elle n'avalerait plus de substance susceptible d'embrumer son esprit avant un bon moment. Elle se rassit sur le banc et attendit, encore et encore…

Quand Ren se décida enfin à parler, elle décela dans sa voix une pointe de nervosité.

— Tout s'est déroulé sans accroc, comme d'habitude, je suppose, hmm ? Aussitôt rentrée, aussitôt sortie, et de retour parmi nous.

— Oui. Je…

Il l'interrompit sans lui laisser le temps de poursuivre.

— Lui as-tu mentionné la tentative d'assassinat ?

Ren contourna son bureau d'un pas nonchalant et regagna son siège.

— Non, le…

— Bien, déclara-t-il, lui coupant la parole une fois de plus. J'aurais détesté qu'il nous en veuille, ou pense que nous l'espionnions, même si, à mon avis, cela ne l'aurait pas dérangé. Il aurait compris, j'en suis sûr, que nous recueillons des informations dès que nous le pouvons. Tu auras sans doute réussi à arrêter les assassins. À moins que tu aies découvert que la rumeur sur laquelle je t'avais envoyée enquêter n'était, en effet, rien de plus que cela.

Aralorn tapota le bras du fauteuil et admira Ren. Ses babillages ne la gênaient pas, il s'exprimait toujours ainsi. Il lui avait expliqué un jour que cette attitude déconcentrait les gens. Ceux-ci avaient alors tendance à révéler des choses qu'en temps normal ils auraient dissimulées, simplement pour le faire taire. Elle avait expérimenté la technique en diverses occasions et l'avait jugée plutôt efficace.

Ce qui l'ennuyait, en revanche, c'était qu'il n'écoutait pas. D'ordinaire, il prêtait une oreille attentive à tout ce qu'elle racontait, puis l'interrogeait pendant des heures sur ce qu'elle avait entendu ou observé. Cela ne lui ressemblait pas de gloser sur n'importe quoi ou d'empêcher quelqu'un de parler. Il n'avait jamais, pas même une seule fois, coupé la parole à un interlocuteur. Ses yeux d'un noir éclatant, pénétrants, bougeaient avec nervosité.

Elle ne l'avait encore jamais vu embarrassé, c'est pourquoi elle mit un moment à identifier l'émotion qui venait d'empourprer le visage de son maître. Ren était honteux de l'avoir envoyée espionner l'ae'Magi. Le même Ren qui l'avait chargée un jour de surveiller son propre frère.

Elle veilla à dissimuler son inquiétude. Elle sentait que quelque chose ne tournait pas rond, mais refusait de se fier à cette impression. Elle souhaitait faire son rapport sans mentir plus qu'à l'accoutumée : tout le monde, y compris Ren, ignorait qu'elle était capable de changer son apparence. Les changeformes utilisaient la magie sauvage et elle vivait dans un monde qui avait appris à craindre la magie pratiquée sans limitation stricte.

Elle souhaitait réprimer l'angoisse persistante engendrée par les réactions inhabituelles de la Taupe, mais n'y parvint guère. Hantée par les images des invités dociles qui peuplaient la salle de bal de l'ae'Magi, elle pencha la tête et attendit.

Elle n'avait jamais entendu personne médire de l'ae'Magi. À part Loup. Les gens que l'ae'Magi avait conduits à se sacrifier pour sa magie étaient venus de leur plein gré. Seul Loup connaissait sa nature véritable et il ne lui en avait pas parlé avec précision avant d'être certain qu'elle comprenne dans quel pétrin elle s'était mise.

Tandis que Ren soliloquait, elle réfléchit avec attention à ce qu'elle allait lui raconter et patienta pendant qu'il passait d'un sujet à l'autre jusqu'à ce qu'il se décide à l'interroger au sujet de sa mission.

Aralorn lui fournit une brève description de sa méthode d'infiltration, bien entendu incorrecte. Un jour, Ren se rendrait compte à quel point elle était peu douée pour crocheter les serrures en fer et l'étendue de sa déception serait immense.

Ren devait apprendre la vérité sur l'ae'Magi, mais sans vraiment savoir comment, elle se retrouva à lui brosser le portrait en long, en large et en travers des nombreux chefs d'État présents lors du bal en lui fournissant le plus de détails possible quand il le demandait. De toute évidence, tout ce qui le contrariait, c'était qu'elle ait espionné l'ae'Magi, car en temps normal il demandait toujours un récit complet. Il était capable de tirer des conclusions surprenantes des détails les plus insignifiants.

— Vêtu d'une cape rouge ? s'enquit-il quand elle lui eut décrit ce que portait l'un des demi-princes d'Anthran. Il s'agit un cadeau du mari de sa sœur. Il semblerait que les pourparlers de paix entre leurs territoires aient repris. Nous allons pouvoir retirer nos troupes pour les employer ailleurs.

Elle évita le sujet lorsqu'il l'interrogea à propos de Myr et lui raconta seulement qu'elle l'avait vu discuter avec l'ae'Magi, mais qu'elle se trouvait trop loin pour saisir leur conversation. Elle aurait tout le loisir d'informer Ren de l'intéressant talent du jeune roi lorsqu'elle aurait découvert ce qui incitait le Maître Espion à agir de façon si curieuse.

Pour détourner son attention de Myr, Aralorn poursuivit sur la portée initiale de sa mission et affirma avec prudence :

— Je n'ai déniché aucune information concernant une tentative d'assassinat. Si un complot se trame, il ne provient pas de l'intérieur du château. Je suis persuadée que si cela devait se produire, l'ae'Magi serait tout à fait capable de se défendre sans notre aide. (Elle marqua une pause pour se laisser le temps de peser ses mots.) Je suis partie plus tôt, je sais. Mais je me sentais tellement mal à l'aise.

« Mal à l'aise », c'était le terme. Au point de se recroqueviller à l'intérieur de cette cage comme une boule de gelée tremblotante.

— J'ai pensé qu'il valait mieux quitter les lieux avant qu'il devine mon identité et s'en offusque. Si l'on venait à découvrir que Sianim espionne l'ae'Magi, la moitié du monde se déchaînerait contre nous.

— Ah ! oui ! Je comprends très bien, acquiesça Ren avant de choisir un autre manuscrit, méthode qu'il utilisait habituellement pour congédier un visiteur.

Quelque chose ne tournait pas rond, en effet, et elle en avait désormais le cœur net. Aux yeux du Ren qu'elle connaissait, le fait de se sentir « mal à l'aise » ne constituait pas une raison valable pour abandonner une mission plus tôt que prévu et jamais il n'aurait accepté une excuse aussi vague sans prendre auparavant le soin de la démolir point par point. Triste et désœuvrée, elle sortit de la pièce.

Une fois seul, Ren reposa son livre et se frotta les mains avec une infinie satisfaction. Si la prestation qu'il venait d'offrir n'incitait pas Aralorn à réfléchir, alors rien n'y parviendrait. Il fallait qu'elle se montre suspicieuse et sceptique, mais également prudente.

Il avait un pressentiment à son sujet. Elle avait réchappé à bien trop de situations qui auraient dû lui être fatales. Et puis, ces yeux… Il avait déjà vu cette couleur. Il employait des mages à son service, mais ils ne lui étaient pas d'une grande utilité. Le cabinet de l'ae'Magi existait pour les surveiller.

Elle était venue le trouver sur-le-champ et elle paraissait bel et bien effrayée, songea-t-il, même s'il s'enorgueillit d'être le seul capable de déceler cette émotion en elle.

Il ne pouvait courir le risque de s'exposer pour l'avertir. L'ae'Magi disposait de ses propres moyens d'information… et si quelqu'un devait être soumis à l'œil vigilant de l'Archimage, c'était le Maître Espion de Sianim.

Il se frotta le torse et pressa contre sa peau l'amulette qu'il portait autour du cou. Le cadeau d'un ami, un autre mage, censé annihiler toute magie dirigée contre son porteur. Elle datait de l'époque de l'ancienne Guerre des Sorciers et, comme le lui avait précisé son ami, était peu susceptible de posséder encore le pouvoir de repousser un sort orienté précisément contre lui. Il la lui avait offerte plus comme une curiosité, d'un collectionneur à un autre.

Il n'était toujours pas persuadé de son bon fonctionnement, mais il la gardait jour et nuit, depuis plusieurs mois déjà. Jusqu'à présent, il semblait immunisé contre l'étrange ferveur qui semblait s'être emparée de la plupart des personnes d'ordinaire sensées auxquelles il s'adressait quand il le décidait. Il se caressa de nouveau le torse avec inquiétude, même si mère lui avait appris que le tracas ne faisait de bien à personne.

Si Aralorn marchait à pas de loup, ce n'était pas intentionnel, mais plutôt par habitude : plongée dans ses pensées, elle errait le long des rues pavées. Elle salua quelques connaissances d'un air absent, mais ne s'arrêta pas pour discuter. Elle tremblait un peu, même s'il faisait assez chaud. Pourquoi Ren se comportait-il comme s'il ne soupçonnait pas l'ae'Magi ? Ren nourrissait des soupçons à l'égard de tout le monde.

Plus par chance que dessein, elle trouva le dortoir où elle entreposait ses maigres possessions et regagna sa chambre.

Après son absence prolongée, celle-ci sentait le renfermé et avait besoin d'un bon coup de balai. Seuls quelques éléments de mobilier usagé étaient disposés çà et là, mais la pièce était si petite que cela suffisait à donner une impression de désordre. Elle y passait si peu de temps que l'espace et le rangement lui importaient peu.

Aralorn éternua, puis, sans faire attention au fauteuil miteux, elle s'assit à même le sol en pierre, dépourvu de tous tapis, peaux ou fourrures.

C'était la première fois que Ren semblait inquiet à propos de l'endroit qu'il l'avait envoyée espionner. Il se souciait peu de politique et préférait en laisser le loisir aux hommes d'État à qui il distillait des bribes d'information choisies. En revanche, il avait soif de connaissance, comme d'autres étaient avides de nourriture ou de sexe. C'était auprès de lui qu'elle avait glané bon nombre de contes, légendes et anecdotes dont elle faisait collection.

Il n'était pas du genre à accorder des traitements de faveur. Lorsqu'elle avait commencé par refuser la mission auprès de l'ae'Magi, il lui avait ri au nez avant de lui citer son proverbe préféré : « Celui qui agit bien n'a pas à craindre l'examen. » Il l'employait si souvent et le déclamait avec tant de fierté qu'elle le soupçonnait de l'avoir inventé.

Quand il l'avait expédiée au palais, il lui avait bien fait comprendre que son objectif principal, sous couvert d'enquêter sur « le complot d'assassinat », était de recueillir des informations sur Geoffroy ae'Magi lui-même. Pourquoi l'envoyer en personne alors qu'une simple note d'avertissement aurait suffi pour prévenir l'archimage ? Sur le moment, elle avait déjà remis en doute l'existence d'une telle conspiration qui, d'après elle, trouvait surtout place dans l'esprit tortueux et préoccupé de la Taupe.

Tout cela la ramena à sa première question : pourquoi Ren se souciait-il qu'elle ait espionné l'ae'Magi ? L'ae'Magi avait-il envoûté Ren ? Si oui, à quelle fin ? Et pis encore, qui d'autre avait-il ensorcelé ?

Aralorn resta assise à méditer un moment sans toutefois parvenir à une subtile conclusion. Mieux valait cela plutôt que de se tracasser au sujet du loup, même si elle ne pouvait s'en empêcher. Se faire du souci pour l'un s'avérait tout aussi utile que de s'inquiéter pour l'autre, et comme elle attachait une grande importance à l'utilisation effective de ses ressources, elle accorda à chacun une durée égale.

Au bout du compte, épuisée physiquement et moralement, elle ôta ses vêtements et les jeta à terre. Elle s'étendit avec précaution et étira chacun de ses muscles jusqu'à ce qu'ils soient assez détendus. Elle tira à elle l'étoffe qui recouvrait son lit de camp, veillant à garder le plus de poussière dessus, puis elle s'effondra sur sa couche et s'endormit.

Le cauchemar l'assaillit de nouveau, moins terrifiant que ceux qu'elle avait faits les premiers temps, mais tout de même assez horrible. Somnolant à moitié, elle effleura le mur contre lequel son lit était adossé et, l'espace d'un instant, elle crut qu'elle était revenue dans la cage.

Elle roula aussitôt sur elle-même pour s'en éloigner et bascula par terre dans un bruit sourd, bien réveillée cette fois et entourée d'un nuage de poussière produit par la couverture qu'elle avait entraînée dans sa chute.

Elle éternua à plusieurs reprises, jura et essuya ses yeux larmoyants. De toute évidence, elle ne se rendormirait pas de sitôt, alors elle alluma une petite lampe et se rhabilla. Elle enfila sa tenue d'entraînement : bottes de cuir jusqu'aux genoux, pantalon ample et tunique.

La nuit était tombée, mais ce qu'il y avait d'agréable dans le fait d'être de retour chez elle, à

Sianim, c'était que même en plein cœur de l'été, réputé agité, on pouvait toujours croiser dans les arènes des âmes désireuses d'échanger quelques passes. Les mercenaires préféraient souvent les horaires décalés. Elle ceignit son épée et s'arma de ses poignards, puis se faufila par la fenêtre avant d'atterrir sur l'étroit rebord situé juste au-dessous.

À pas de loup, elle longea le passage ténu jusqu'à ce qu'elle puisse se laisser choir sur le toit du bâtiment adjacent, d'où elle pourrait sauter sans difficulté. Il aurait été plus facile d'emprunter les issues normales, mais toutes les occasions étaient bonnes pour s'entraîner.

Dehors, les torches avaient déjà été allumées, mais les rues ne désemplissaient pas pour autant. Une rixe amicale se poursuivait dans l'une des tavernes et les spectateurs pariaient sur son issue.

Elle prit une profonde inspiration. Sianim sentait la sueur, l'écurie, la poussière, et… la liberté.

Aralorn avait grandi oppressée par les contraintes infligées aux femmes au sein de l'aristocratie, même aux bâtardes comme elle. Reth avait peut-être interdit l'esclavage, mais les femmes de haute naissance restaient prisonnières d'une muraille de règles si solide qu'elle aurait restreint n'importe quelle bête de somme. Sans le soutien de son père, elle aurait été forcée d'endosser un rôle traditionnel.

Le jour où la fille illégitime du Lion de Lambshold était venue trouver son père pour lui faire part de ses objections quant aux incessantes leçons de broderie et de bienséance auxquelles son épouse les contraignait, ses sœurs et elle, il avait éclaté de rire, puis lui avait appris à monter à cheval comme un homme. Il lui avait également enseigné l'art de manier l'épée et le bâton. Et lorsqu'elle avait quitté la maison, il lui avait offert son destrier préféré.

Elle avait tenté sa chance à Jetaine, mais avait découvert que les femmes y étaient esclaves de leur haine des hommes. Aralorn n'avait jamais entretenu d'animosité à l'égard de la gent masculine, elle souhaitait simplement éviter de passer sa vie à coudre, assise dans un coin. Elle s'était souvent demandé ce qu'elle serait devenue si elle était née fille de marchand, ou dans une famille où il fallait travailler pour subsister, si elle n'avait pas été une aristocrate qui devait avant tout servir de décoration.

Elle ne pouvait s'imaginer comme élément ornemental sans trouver cela absurde. Avant même d'écoper de ses cicatrices de guerre, elle était petite, quelconque et bien trop avide de partager son opinion.

Deux hommes robustes, vêtus du costume à capuche rugueux des fermiers qui approvisionnaient le village, la suivaient depuis plusieurs pâtés de maisons et voilà qu'ils approchaient assez pour qu'elle y fasse attention. Même si Sianim comptait dans ses rangs bon nombre de femmes, les étrangers pouvaient s'avérer ennuyeux : ils avaient tendance à supposer qu'une fille habillée en pantalon et armée d'une épée était de mœurs légères, prête à coucher avec le premier venu. Un simple refus pouvait entraîner une bagarre.

Elle remarqua du coin de l'œil que le duo s'éclipsait derrière une charrette devant laquelle elle venait de passer. D'instinct, elle porta la main gauche à son arme. La droite brandissait déjà le poignard. L'une des brutes chuchota à l'autre, assez fort pour qu'elle puisse entendre :

— Doucement, Talor, espèce de bœuf pataud ! Elle nous a encore repérés. Je t'avais dit de changer de chaussures. Elles font trop de bruit.

Elle éclata de rire et fit volte-face, puis elle glissa à la dérobée son couteau à l'intérieur du fourreau dissimulé dans sa manche.

— Vous vous améliorez. Je vous ai vraiment pris pour deux étrangers à l'affût d'une proie cette fois !

Le second donna une bourrade au premier.

— Tu vois, Kai ? Je t'avais bien dit qu'on arriverait mieux à se fondre dans cet environnement. Qui prêterait attention à deux bouseux dans cet endroit ?

Kai haussa un sourcil avec nervosité, parvenant à garder, malgré la boue sur ses vêtements, une allure altière.

— Quand même, si tu avais porté les chaussures que je t'avais demandé de…

Il n'acheva pas sa phrase et afficha le sourire coquin qu'il partageait avec son frère jumeau. Avec une décontraction étudiée, il sortit de la peau de son personnage imaginaire et enroula son bras autour du cou d'Aralorn.

— Eh bien ! Ma chère, il semblerait que tu sois à ma merci.

Ou du moins, c'est ce qu'il avait essayé d'articuler. *En réalité*, pensa Aralorn, *le dernier mot sonna plus comme « eyah » que « merci »*. Aralorn se tourna vers Talor.

— Je devrais me baigner dans la fange plus souvent. On dirait que ça marche mieux que de le projeter à terre et de le ridiculiser comme je l'ai fait la dernière fois qu'il s'est hasardé à m'embrasser. Tu ne crois pas ?

De vieux amis : de quoi soulager l'effrayante sensation d'être seule au monde. Elle avait servi à leurs côtés jusqu'à ce que le Maître Espion la convoque pour l'informer qu'elle changeait d'affectation. Son talent pour manipuler ses supérieurs ainsi que sa capacité à agir sans attendre des ordres directs n'étaient pas passés inaperçus. Ren avait vu juste : elle était taillée dans l'étoffe des espions plus que dans celle des guerriers. Cela n'en restait pas moins une profession solitaire et elle chérissait ses amis du bon vieux temps. Surtout ceux qui étaient assez intelligents pour qu'elle n'ait pas à leur mentir. Talor et Kai étaient futés et savaient toujours quand il fallait éviter de poser des questions.

Talor se fit sérieux, mais Kai lui coupa la parole sans même lui laisser le temps d'ajouter quoi que ce soit.

— Dites-moi, mademoiselle, quel est donc le scélérat qui vous a refilé ce parfum ? Par ma foi, il doit être maudit. Autorisez-moi à l'abattre pour vous, que vous puissiez de nouveau exhaler votre délicate fragrance naturelle.

— Je m'étais presque habituée à sentir comme ça, avoua-t-elle avec sincérité.

Elle se rappela avoir dormi tout habillée sur son lit. Elle allait devoir enlever draps et couvertures et les porter au lavoir.

— Je me dirigeais vers la piste d'entraînement, mais je crois que je vais d'abord faire un détour par les bains. Qui est partant pour s'amuser ?

Le visage de Kai s'illumina de manière comique et elle ajouta :

— Dans l'arène.

Kai s'inclina à ses pieds.

— À mon grand regret, j'ai déjà un engagement. (Il lui décocha un large sourire.) Tu te souviens de la rouquine de la 32e ?

— Hmm…

Elle haussa un sourcil, secoua la tête et lança d'un ton empreint d'une tristesse exagérée :

— Pauvre petite, condamnée à avoir le cœur brisé !

Puis elle lui rendit son sourire et ajouta :

— Amuse-toi bien, Kai.

Il les salua et s'éloigna d'un pas nonchalant. Aralorn dévisagea Talor et lui demanda :

— Il a vraiment rendez-vous avec Sera ?

Il éclata de rire.

— Ça m'étonnerait. Mais il s'arrangera pour en avoir un. Il a surtout du mal à avaler la pilule depuis la dernière fois que tu l'as battu. Toute l'escouade l'a charrié pendant des semaines parce qu'il avait perdu contre une femme. Moi, par contre, je n'ai aucune fierté, et une fois que tu te seras débarrassée de l'injuste atout que tu détiens pour le moment – il se boucha le nez pour lui montrer de quoi il parlait –, je t'attendrai à *L'Auberge du Faucon et du Chien*.

— Marché conclu.

Elle fit mine de le saluer d'une révérence, puis prit la direction des bains.

Dans l'un des cercles d'entraînement dont disposait, comme beaucoup de tavernes alentour, *L'Auberge du Faucon et du Chien*, Aralorn affronta Talor avec prudence, armée d'un bâton long qu'elle tenait lestement à deux mains.

En temps normal, ils avaient le même niveau dans cette discipline – bien que Talor maniât l'arme mieux que son frère –, mais Aralorn était encore un peu rouillée. Ils se battaient souvent l'un contre l'autre, car personne ne souhaitait se mesurer à eux, peu importât la taille du bâton.

Pour s'échauffer, ils commencèrent par une série de variations autour des figures habituelles et, plutôt que de viser des parties du corps, ils devaient plutôt toucher une petite plaque de métal accrochée à leur ceinture. D'habitude, une troisième personne tenait lieu d'arbitre, décidait de la loyauté des coups et comptait les points au son du bois heurtant le métal. Mais Talor et Aralorn étaient des vétérans. Ils se battaient pour le plaisir de la compétition et se souciaient peu du vainqueur ou du vaincu.

Ils avaient choisi le cercle situé au sous-sol de la taverne plutôt que celui de l'étage principal. Il n'y avait donc aucun spectateur. D'un commun accord, ils convinrent de se reposer un peu avant de délaisser les figures classiques pour passer à un combat réel.

— Alors, c'était quoi cette odeur tout à l'heure ? Elle me rappelait quelque chose, mais impossible de la définir. Ça sentait l'urinoir, mêlé à des effluves de lisier, lança Talor d'une voix un brin chancelante, car il était en train de s'étirer.

À bout de souffle, malgré leur entraînement somme toute modéré, Aralorn s'adossa sans honte à l'un des murets à hauteur de taille qui entouraient le cercle. Elle payait les jours passés enfermée et la longue chevauchée pour rentrer à la maison.

Elle essaya de trouver une excuse pour l'odeur de douves, puis décida qu'il n'y avait pas de mal à le mettre au courant de ses agissements. Kai et Talor ne posaient pas de questions et ils savaient aussi quand garder la bouche fermée. Maintenant qu'elle avait quitté le palais, elle pouvait bien raconter ce qu'elle y avait fait. Et puis, cela lui ferait du bien de partager ses découvertes avec Talor. Pourtant, elle ne comptait pas lui parler du comportement de Ren. Il fallait encore qu'elle réfléchisse à ce qui venait d'arriver.

—À moins que tu aies rendu visite à l'ae'Magi dernièrement, répondit-elle, ça m'étonnerait que tu connaisses cette odeur. Si seulement l'honnêteté et le parfum de l'ae'Magi égalaient la puanteur des douves de son château…

Seuls ses réflexes conditionnés lui permirent de lever son bâton pour parer le coup qu'il dirigea vers son visage. La force brute du choc lui engourdit les mains, car elle n'avait pas brandi son arme de manière convenable.

Elle passa sous le bras de Talor pour rejoindre le centre de l'arène et avoir ainsi plus d'espace pour manœuvrer. Son mouvement lui donna également l'occasion de parler.

—Qu'est-ce qui te prend ?

Talor la poursuivit, défiguré par la haine.

—Espèce de chienne, vaine, mauvaise ! Comment oses-tu aiguiser ta langue sur l'ae'Magi ?

La rage de l'homme gênait la synchronisation et la précision de ses attaques. C'est ce qui la sauva. Elle parvint à plusieurs reprises à esquiver ou à rendre les coups féroces.

Cet accès de colère ne ressemblait pas à Talor : un bon guerrier s'efforce de garder son sang-froid en toute occasion. Elle savait que quelque chose de terrible venait d'arriver, mais face à cet impitoyable déluge, elle n'eut guère le temps de tergiverser ni d'analyser la situation. Elle fit le vide dans son esprit et concentra tous ses efforts sur sa survie.

Il finit par la déséquilibrer en la frappant derrière les genoux. Elle tomba sur les fesses et, dans sa trajectoire, le bâton de son rival lui remonta les jambes. Elle se redressa d'une roulade. Dès qu'elle fut debout, elle se mit en garde pour essayer de protéger son visage et son torse.

La manœuvre l'avait obligée à quitter son adversaire des yeux et elle entrevit à peine le mouvement soudain qui tentait de déloger sa défense. Au lieu du coup de taille traditionnel, Talor avait choisi l'estoc. L'extrémité du bâton la heurta en plein plexus solaire et lui coupa le souffle. Sans le gambison qu'elle portait sous sa tunique, elle aurait eu les côtes cassées. S'il l'avait touchée quelques centimètres plus haut, le coup lui aurait été fatal, protection ou pas.

Elle esquiva hâtivement en plongeant sur le côté. C'était une manœuvre désespérée qui exposait son dos et elle savait que ses mouvements étaient considérablement ralentis après le coup qu'elle venait de recevoir. Elle anticipa l'impact, consciente qu'elle n'avait aucune chance d'esquiver l'épieu métallique.

Mais le coup ne vint pas. Elle roula, puis se redressa, le bâton en équilibre et les poumons en feu.

Talor se tenait au milieu de l'arène, appuyé sur son arme. Il secoua la tête comme un chien mouillé, puis la regarda dans les yeux, l'air perplexe et abasourdi.

— Je ne sais pas ce qui m'a pris… Tu vas bien, Aralorn ?

— Ça va, haleta-t-elle. (Son diaphragme n'avait pas retrouvé son fonctionnement normal.) Ne…

t'inquiète pas pour ça. Il n'y a pas eu de mal et je… j'avais besoin d'un bon entraînement. Tu t'es amélioré, mais tes retours sont encore un peu lents… Surveille tes mains. Quand tu es en colère, tu agrippes ton arme avec trop de fermeté et ton adversaire peut sans peine te forcer à la laisser tomber.

Dès qu'elle eut retrouvé son souffle, elle s'adressa à lui sur un ton plus enjôleur afin de lui faire oublier ce qui venait de se produire. Si ce qui avait incité son ami à agir de la sorte était bien ce à quoi elle pensait, alors mieux valait qu'il oublie l'incident. Montrer son inquiétude risquerait de lui faire plus de tort que de bien. L'ampleur et l'étendue des pouvoirs de l'ae'Magi effrayaient Aralorn. Il était fort possible qu'il ait choisi de faire de Ren l'une de ses marionnettes. Talor, quant à lui, n'avait aucune importance stratégique. S'il était affecté, alors elle devait se rendre à l'évidence : la plupart des habitants de Sianim devaient être contaminés par la magie de l'Archimage. Ils appartenaient tous à l'ae'Magi. La concentration de pouvoirs que cela requérait la terrifia.

Talor accepta le refuge qu'elle lui offrait.

— Tu dois mieux surveiller les yeux de ton adversaire. Tu regardes trop son corps, ce qui t'empêche d'anticiper ses actions. Si tu avais fait plus attention, tu aurais pu éviter le dernier coup.

Elle laissa tomber son bâton et lui adressa le salut traditionnel qui marquait sa reddition.

— Très bien, tu as gagné. Tu as réduit ma réputation en miettes. Accorde-moi la faveur de n'en rien dire à ton frère. La dernière fois que tu m'as battue, il m'a défiée, puis j'ai dû supporter sa moue pendant une semaine.

Elle mit un point d'honneur à se comporter comme si de rien n'était.

— Ça n'a duré qu'une semaine pour toi parce qu'on devait aller en manœuvres. Il a fait la tête pendant presque un mois. Promis, je ne lui en parlerai pas. Et puis… (Il arbora une pose à l'évidence forcée et la jaugea avec dédain.) Un homme ne doit pas se vanter d'avoir battu une femme, c'est inconvenant.

Malgré l'humour dont il faisait preuve, Aralorn voyait bien qu'il se sentait mal à l'aise. Si seulement elle n'éprouvait que de la gêne. Elle ne fut donc pas surprise lorsque Talor prit congé. En temps normal, ils auraient bu quelques verres avant de se séparer. Au moment où elle se tourna pour le regarder s'éloigner, elle remarqua le loup allongé sur le seuil de la porte, le museau posé sur ses pattes avant. Talor s'arrêta et lui caressa l'échine. Loup répondit par un léger mouvement de queue, mais ne détourna pas ses yeux jaune pâle du visage d'Aralorn.

Elle attendit que Talor fût parti, puis se laissa tomber à terre, épuisée, le dos contre la barrière. Elle tapota l'espace à côté d'elle en signe d'invitation. Avec obligeance, le loup se leva, trotta jusqu'à elle et reprit sa pose détendue, posant cette fois le menton sur les tibias d'Aralorn.

Ils restèrent assis dans cette position pendant un moment. Aralorn passa la main dans son épaisse fourrure, séparant le manteau noir touffu du sous-poil, plus doux et plus clair. Quand elle eut retrouvé sa respiration normale, elle brisa le silence.

— C'est bon de te revoir, observa-t-elle. J'en déduis qu'ils ne t'ont pas tué.

— Voilà une hypothèse fort peu risquée, rétorqua-t-il d'un ton encore plus évasif qu'à l'accoutumée.

Elle lui décocha un sourire dénué d'enthousiasme.

— Tu observais depuis longtemps ?

— Assez pour remarquer que tu t'es mise dans un sacré pétrin et que tu as failli laisser ce jeune idiot malhabile t'expédier dans l'autre monde.

Elle ne put s'empêcher de mordre à l'hameçon.

— Malhabile ? Je te signale qu'il fait partie des meilleurs à manier le bâton dans tout Sianim. C'est même le deuxième dans cette discipline.

— Et tu es la première ? demanda-t-il un filet d'amusement dans la voix.

Elle le tapa avec délicatesse du plat de la main.

— Tu le sais très bien.

— J'ai eu comme l'impression qu'il t'avait battue. Il se pourrait que tu passes en seconde position. (Il marqua une pause et reprit plus bas.) Tu as fini par te rendre compte que les gens se montraient quelque peu susceptibles lorsqu'il était question de l'ae'Magi, n'est-ce pas ?

Elle le jaugea avec attention.

— Est-ce que ça dure depuis longtemps ?

Il acquiesça d'un grognement.

— Je m'en suis aperçu pour la première fois il y a près d'un an, mais ces derniers temps, ça s'est intensifié.

— Ça ressemble à une variation des envoûtements dont il use au château, mais je n'aurais jamais cru quelqu'un capable de créer un sort de cette ampleur sans aide, déclara Aralorn dubitative.

— Il n'y arrive pas tout seul, rétorqua le loup. Il a commencé petit. Dans les villages voisins du palais de l'ae'Magi, on trouve bon nombre d'habitants doués de magie. C'est ce qui arrive quand on forme autant de jeunes magiciens virils au sein du palais pendant plusieurs centaines de générations, expliqua-t-il d'un ton ironique. Les adultes qu'il ne parvenait pas à soumettre, il les tuait parce que leur mort renforçait davantage sa puissance que celle de gens dépourvus de magie. Mais par-dessus tout, il était friand d'enfants, dont le pouvoir était encore brut et sauvage…

Aralorn frémit et se frotta les bras comme si elle avait froid.

— Tu as vu ce qu'il infligeait aux gamins, poursuivit Loup d'une voix plus douce. Il y a quinze ans, si tu te fendais d'une remarque négative au sujet de l'ae'Magi, seuls les villageois autour de son domaine se montraient aussi offensés que Talor. Aujourd'hui, seuls des vieillards arpentent les rues de ce village. Tous les autres sont morts. Il s'est emparé d'eux et les a utilisés à ses fins. Les gens sont touchés par les envoûtements de l'ae'Magi jusqu'à Sianim. Il a besoin d'autres proies pour continuer à accroître la puissance de sa magie, c'est pourquoi il cherche ailleurs. Sianim subit, à mon avis, l'effet collatéral de son intérêt principal.

— Où se trouve son intérêt principal ? s'enquit-elle.

— Là où la magie est la plus forte. Où la plupart des villageois possèdent le don de concevoir des charmes. Où la magie a pu s'épanouir, protégée par de puissants souverains des persécutions dont furent victimes les utilisateurs de magie au lendemain des grandes guerres.

— À Reth, répondit-elle.

— À Reth, répéta-t-il.

— Quelle plaie ! lança-t-elle, et elle le pensait.

Chapitre 3

L'auberge se trouvait à mi-chemin entre le hameau du nom de Torin et celui, encore plus petit, de Kestral. Douillette et chaleureuse, elle avait été construite afin de repousser le froid mordant des hivers boréaux. Lorsque la neige recouvrait le sol d'un épais manteau, elle devait avoir l'air pittoresque, confortablement nichée au creux d'une étroite vallée entre les majestueuses montagnes du versant nord de Reth. Mais dépourvu de ce cache-misère, le bâtiment montrait les premiers signes de délabrement.

Le gîte avait connu des jours prospères grâce aux trappeurs des Terres Boréales. Ces derniers apportaient les lourdes peaux de bêtes qui peuplaient les sauvages étendues montagneuses du nord. Chaque été pendant des ans, les marchands des quatre coins du pays avaient afflué à Kestral, car les chasseurs solitaires refusaient de descendre davantage vers le sud. Pourtant, au cours des dernières années, leur nombre n'avait cessé de diminuer et les fourrures qu'ils proposaient désormais à la vente valaient à peine le coup d'être possédées. L'auberge, comme les villages, en souffrait.

Les Terres Boréales baignaient depuis toujours dans un voile de sinistre mystère. Une région dont les personnes sensées se tenaient éloignées. Les trappeurs qui y séjournaient ne manquaient jamais de conter les histoires des Howlaas qui hurlaient, invisibles, face au blizzard pour rendre les hommes fous. Ils racontaient celle du Vieil Homme de la Montagne, une créature qui n'était pas humaine – peu importait son nom – et qui, d'un souffle, pouvait enrichir un homme ou le transformer en bête.

Mais dernièrement, de nouveaux récits venaient compléter les anciens, même si les conteurs étaient moins nombreux. Une nuit, le partenaire d'un des hôtes disparut, laissant derrière lui ses draps, ses couvertures et ses vêtements malgré la neige qui recouvrait la route d'un épais linceul. Un oiseau géant voltigea au-dessus d'un campement qui abritait quatre corps frigorifiés assis autour d'un feu ardent. L'un des chasseurs jura qu'il avait vu un dragon, même si tout le monde savait que cette race était éteinte depuis la dernière Guerre des Sorciers.

Sans les trappeurs ou les marchands qui s'y rendaient pour acheter leurs fourrures, l'auberge dépendait des sorties nocturnes des fermiers locaux, plus que des pensionnaires occasionnels. La cour, autrefois bien ordonnée, était désormais jonchée de crottin de cheval et d'excréments d'animaux, quadrupèdes comme bipèdes.

À l'intérieur, des chandelles de suif crépitaient, éclairant des murs grossièrement taillés qui auraient conféré une apparence souillée à une foule plus présentable que celle qui occupait les lieux. Des cruches en bois ébréchées contenant un breuvage non identifiable mais fortement alcoolisé ornaient les tables, elles-mêmes noires de graisse et de bien d'autres substances encore moins ragoûtantes.

Affairée à pourvoir aux besoins des clients disséminés aux quatre coins de la salle, une femme trottait avec insouciance d'un bout à l'autre de la pièce pour remplir les pichets et semblait apprécier les caresses auxquelles n'échappait aucune serveuse digne de ce nom. Elle n'était pas très propre, tout comme le reste de l'assistance. Elle était plus âgée qu'elle le prétendait, mais l'éclairage blafard dissimulait sa chevelure grise et son goût pour la gent masculine suffisait à lui faire pardonner ses défauts.

La seule autre femme présente passait la serpillière sur le plancher irrégulier. Encore aurait-il fallu que l'eau et le chiffon qu'elle utilisait soient moins sales que le sol. L'ourlet trempé de sa jupe enlevait la saleté accumulée aussi bien qu'un balai.

Tandis qu'elle longeait les tables, elle évitait avec adresse les mains baladeuses des clients qui tentaient de la tripoter – même si elles n'étaient pas nombreuses. La clientèle se composait pour la plupart d'habitués et ils savaient qu'à se montrer trop entreprenants, ils risquaient de finir la tête dans le seau.

Ses cheveux blond délavé étaient plaqués contre sa nuque en un chignon anarchique. Le rictus mécontent qui déformait ses lèvres fines à chaque passage de loque n'arrangeait pas son visage banal. « Mécontent », un terme bien faible pour qualifier l'était d'esprit d'Aralorn.

Un mois après son retour du palais de l'ae'Magi, Ren l'avait convoquée dans son bureau pour lui annoncer qu'il l'envoyait au milieu de nulle part afin de garder un œil sur les habitants du coin. La seule raison qui lui venait à l'esprit pour justifier une telle rétrogradation, c'était que Ren ne lui faisait plus confiance ; un jugement qu'il partageait avec le reste de Sianim. Tout le monde avait fini par savoir ce qu'elle avait raconté à Talor et même ses plus proches amis la fuyaient comme la peste. Et Ren n'avait pas daigné discuter du sujet.

Aralorn avait passé presque un mois entier à laver les sols, frotter les tables et servir une bière de piètre qualité. Même si l'auberge n'engrangeait pas beaucoup de bénéfices, les affaires tournaient bien grâce au penchant exacerbé pour la boisson et l'infidélité des habitants des deux hameaux. Si la taverne s'était trouvée en plein cœur d'une ville animée, Aralorn aurait pu récolter des informations utiles pour Ren. Or, elle était surtout fréquentée par des vagabonds, des « pères de famille » ivrognes et, plus rarement, par un bandit de grand chemin aux abois : les spécimens les plus talentueux et impitoyables de son espèce étant partis rejoindre des prairies plus prospères.

Depuis son arrivée, l'événement le plus prodigieux dont Aralorn avait entendu parler s'était produit le jour où la fille du chef de Kestral s'était enfuie avec un dénommé « Harold le Rat ». Quand le bandit était revenu l'air plus malheureux qu'à l'accoutumée, accompagné d'une femme qui le dépassait de quinze bons centimètres et qui n'avait eu de cesse de le houspiller depuis le moment où ils avaient mis le pied dans l'auberge jusqu'à leur départ, Aralorn en avait conclu qu'il devait s'agir du mystérieux Harold et lui avait adressé ses silencieuses condoléances.

En temps normal, sa mission ne lui aurait pas déplu, surtout qu'elle avait pu ajouter quelques anecdotes à sa collection grâce aux quelques trappeurs qu'elle avait rencontrés. Or elle bénéficiait du discutable privilège de savoir que l'ae'Magi s'efforçait de recréer le pouvoir que les mages détenaient avant la Guerre afin d'en faire un usage exclusif.

Elle devrait faire quelque chose, mais que les dieux lui pardonnent, elle ignorait quoi. Si elle partait sans en avoir reçu l'ordre ou sans impératif urgent, elle risquait, dans le meilleur des cas, d'être bannie de Sianim. S'ils la retrouvaient, elle serait sans doute pendue.

Ce soir-là, elle était de fort méchante humeur. Cela provenait peut-être du fait que l'aubergiste devait se charger de la cuisine, car sa femme était malade. La nourriture était donc encore plus immangeable qu'à l'accoutumée et la majorité des clients finissaient par vomir par terre. En effet, il ne leur restait rien d'autre à faire que boire et l'alcool qu'on leur servait n'était pas non plus de première qualité. D'ailleurs, à en croire l'état des malheureux imbéciles qui s'en abreuvaient, il devait même être un brin toxique.

La corvée de nettoyage incombait à Aralorn, dernière serveuse embauchée. Vu les outils qu'on lui avait fournis, cela consistait surtout à déplacer les immondices jusqu'à ce qu'ils se mêlent au reste de la crasse qui recouvrait le plancher. La lessive additionnée à l'eau lui rongeait les mains et la puanteur de l'auberge lui piquait presque autant les narines.

Elle plongea la serpillière à l'odeur fétide dans son seau rempli d'un liquide toujours plus putride et, pour s'occuper l'esprit, songea à toutes les tortures qu'elle infligerait à Ren la prochaine fois qu'elle le verrait. Tandis qu'elle frottait, tout en fredonnant un air guilleret pour accompagner ses pensées, un soudain silence s'abattit sur la pièce.

Aralorn releva la tête pour voir la cause de ce calme inhabituel. Au milieu de la fange et de l'obscurité de l'auberge, les éclatants costumes de deux hommes en habits de cour juraient de manière tout à fait incongrue.

Il ne s'agissait pas de nobles, pour sûr, mais de pages ou de messagers royaux qui se chargeaient, en général, de délivrer des missives depuis la cour au fief d'un seigneur. Que diable venaient-ils faire dans cette minuscule taverne des plus anodines ? Sans se faire remarquer, Aralorn se faufila jusqu'à un meilleur poste de guet et observa la suite avec attention.

L'un des hommes resta près de la porte, tandis que l'autre avança au centre de la pièce. Il articula avec soin pour éviter que son étrange accent de la cour empêchât les locaux de comprendre le message qu'il avait appris par cœur.

— Salut à la population ! Nous vous apportons de tragiques nouvelles. Deux semaines plus tôt, Myr, votre souverain, ébranlé par le trépas de ses parents, a attaqué et tué plusieurs de ses propres gardes. Traumatisée par son geste, Sa Majesté s'est emparée d'un cheval et a fui le palais royal. Geoffrey ae'Magi a consenti à la requête de l'Assemblée et accepté la régence de Reth jusqu'à ce que le roi Myr soit retrouvé et ait retrouvé la raison. L'ae'Magi a demandé au peuple de Reth de chercher son roi afin qu'un remède puisse lui être administré. Son esprit étant malade, l'usage de la force pourrait, malheureusement, s'avérer nécessaire pour le retenir. Comme il s'agit là d'un crime puni de mort, le Régent a accordé sa grâce. Si le roi peut être conduit à l'ae'Magi, il aura toutes les chances d'être soigné. Vous êtes ses loyaux sujets, il est donc de votre devoir de capturer Myr.

» Nous comprenons qu'un voyage jusqu'au palais royal constitue une difficulté financière considérable, ainsi serez-vous récompensés comme il se doit pour le service rendu à la Couronne. Celui qui ramènera Myr dans la capitale ou le maîtrisera et avertira la cour recevra mille écus. J'ai été autorisé à délivrer cet avis aux citoyens de Reth sur ordre du Régent, Geoffrey ae'Magi.

Il répéta le message, mot pour mot, deux fois, puis se pencha pour saluer la foule avant de quitter l'auberge, talonné par son compagnon.

Pour un aubergiste ou un paysan, mille écus représentaient une somme impossible à amasser en une seule vie de dur labeur. *Une récompense, ça me ferait mal, tiens!* pensa Aralorn. Il s'agissait purement et simplement d'une combine « légale » pour mettre la tête de Myr à prix.

Tandis qu'elle errait entre les tables, elle saisit des bribes de conversations et découvrit que la plupart des gens semblaient penser que l'ae'Magi leur avait rendu un fier service en s'emparant du trône. Les avis différaient sur le traitement qui devrait être réservé au roi. Elle entendit un vieux fermier annoncer que tous les moyens devaient être déployés pour capturer Myr et le ramener à la cour où il serait soigné, « le pauvre gars ». Des murmures approbateurs s'élevèrent de sa tablée en guise de réponse.

Olin, le tanneur de Torin (plus qu'éméché) prit la parole :

— Quiconque se soucie de Reth devrait tuer Myr et demander à l'ae'Magi de devenir notre souverain. Qui voudrait d'un roi capable de s'en prendre à ses propres sujets sans aucune raison ? Imaginez ce que ça ferait d'être gouverné par l'Archimage ! On n'aurait plus à s'inquiéter de ces Darraniens qui cherchent à s'octroyer nos mines à l'ouest, du côté de la frontière, tonna-t-il, avant de s'arrêter pour éructer. Et puis, avec le magicien le plus puissant au monde, on pourrait même chasser ces monstrueux uriah de nos forêts ! On revendiquerait l'intégralité des Terres Boréales. Et alors, on retrouverait notre richesse !

Les clients de l'auberge s'agitèrent, embarrassés, et décidèrent de changer de sujet, sans toutefois contester ce qui venait d'être dit.

Encore une preuve, si Aralorn en avait eu besoin, que ce dont l'avait avertie Loup était en train de se produire. Reth adorait son séduisant prince, qui promettait de devenir un puissant guerrier ainsi qu'un grand chef d'État. Le fait qu'il fût le portrait craché de son grand-père, qui avait été, de l'avis de tous, un très grand roi, ne gâchait rien. Deux ans auparavant, la dernière fois qu'Aralorn avait travaillé à Reth, les paroles d'Olin auraient provoqué un débat houleux, voire une rixe.

D'un pas furtif, Aralorn porta le seau dehors pour le vider, puis, sa tâche accomplie, se dirigea vers les écuries où se trouvait Sheen.

Ren l'accablait de reproches chaque fois qu'elle emportait le destrier avec elle en mission, car il était bien trop beau pour passer inaperçu. Quand il partait au combat, Talor ne se séparait jamais d'une vieille pièce porte-bonheur. Voilà qui devait être plus pratique qu'un cheval !

Elle avait fait de son mieux pour dissimuler la valeur de sa monture. Sheen avait appris il y avait longtemps à boiter sur commande, ce qui aidait quelque peu. Elle évitait aussi de le panser, mais quiconque s'y connaissait en équidés pouvait voir qu'il n'avait rien d'un vulgaire canasson.

À l'auberge, elle n'avait pas manqué de signaler que son cheval constituait l'unique héritage que lui avait laissé son vieux protecteur à sa mort. L'aubergiste n'avait pas cherché à en savoir plus. Il s'était contenté de retenues sur son salaire hebdomadaire pour les gains de saillie payés pour Sheen.

Lorsqu'elle s'adossa à la porte de la stalle, Aralorn érafla la saleté du bout du pied. Sheen s'avança jusqu'à elle et posa la tête contre son épaule. Elle lui gratta la mâchoire avec prévenance.

— La dernière fois que j'ai croisé Myr, il n'avait pas l'air désespéré au point de devenir fou furieux, lui confia-t-elle. Pratique, n'est-ce pas, que l'Assemblée ait décidé de nommer l'ae'Magi Régent ? Je me demande comment il s'y est pris. Il n'y a qu'à Reth et nulle part ailleurs qu'un mage, peu importe son type, peut s'emparer du trône avec la bénédiction du peuple. Pourtant, l'Assemblée compte quelques sorciers très puissants. Difficile à croire qu'il ait pu soumettre ses membres par magie sans que personne s'en aperçoive.

L'étalon poussa un petit hennissement et Aralorn lui offrit la carotte qu'elle avait subtilisée avant que celle-ci ne termine sa vie dans une graisseuse marmite de ragoût. Elle enfonça ses doigts dans l'épaisse crinière gris-noir de Sheen tandis qu'il mâchait.

— Avec ce que j'ai appris, je pourrais retourner voir Ren, mais vu sa présente attitude à l'égard de l'ae'Magi, j'ignore ce qu'il ferait... De toute façon, il doit déjà être au courant. Sans doute le soutient-il, lui aussi, comme tous ces imbéciles de l'auberge, et pour la même raison.

Elle s'agrippa aux crins du cheval et chuchota :

— On devrait se mettre à la recherche de Myr, qu'en penses-tu ? Myr est immunisé contre la magie, c'est le héros idéal pour s'opposer à l'ae'Magi. Une espionne paria de Sianim ne suffira pas à changer le cours des choses, mais je pourrais toujours aider pour la stratégie. Et, au moins, je pourrais lui expliquer pourquoi tout le monde lui a soudain tourné le dos.

Il y eut un bruit. Elle se figea un instant, mais ce n'était que le vent qui faisait bringuebaler une planche brisée contre l'une des portes de la stalle.

Elle préféra néanmoins baisser la voix.

— Si seulement j'avais un moyen de contacter Loup. Tel que je le connais, il pourrait sans doute nous dire avec précision où s'est réfugié Myr. (Loup s'avérait regorger d'informations fort utiles quand il choisissait de les partager.) On risque de mettre un certain temps à le retrouver. (Elle marqua une pause, puis sourit.) Mais quitte à me lancer dans une mission désespérée, j'aime mieux chercher Myr que m'échiner à nettoyer ce plancher un jour de plus. Nous commencerons par interroger ces messagers pour découvrir ce qu'ils savent.

Sa carotte terminée, Sheen lui donna des coups de tête avec impatience pour recevoir la suite.

— Eh bien, Sheen, qu'en penses-tu ? Doit-on abandonner notre poste et partir à la chasse au monarque disparu ?

Sheen remua avec enthousiasme sa tête grise contre la main d'Aralorn lorsque celle-ci toucha un endroit qui le démangeait particulièrement. On aurait juré qu'il opinait du chef en réponse à sa question.

La lassitude qui accablait la jeune femme s'était envolée. Comme un chien d'arrêt à qui on avait lâché la laisse, elle avait enfin un objectif. Elle se faufila dans la cuisine et remercia sa bonne étoile, car la pièce était déserte. Elle put entendre l'aubergiste se disputer avec quelqu'un dans la salle commune. Il semblait parti pour un bon moment, ce qui arrangeait bien son affaire.

Elle repéra une grande nappe à peu près propre qu'elle déplia afin d'y disposer des provisions pour le voyage : pain, fromage et viande fumée.

Elle monta à l'étage avec précaution, sans croiser personne, et se glissa dans la chambre qui avait appartenu à l'unique fils de l'aubergiste. Il était mort l'hiver précédent des suites d'une maladie et personne n'avait encore eu le cœur de débarrasser la pièce. Tout y était rangé et impeccable. Elle éprouva soudain l'impression que si l'auberge connaissait des jours difficiles, cela n'était pas uniquement dû à la conjoncture. Elle expliqua dans un doux murmure ce qu'elle était en train de faire au cas où l'esprit du jeune garçon errerait dans les parages.

Elle ouvrit la malle au pied du lit et y trouva une cape, un pantalon en cuir et une tunique. Des vêtements solides, ordinaires, qui convenaient bien pour un voyage. Au fond, elle repéra une paire de bottes robustes ainsi que des gants de cavalier. Elle enveloppa l'ensemble de son butin dans la cape et se hâta de sortir de la pièce pour rejoindre le grenier et sa chambre par l'échelle.

Elle tira son épée cachée à l'intérieur de son matelas en paille. (La plupart du temps, elle dormait à même le sol car la vermine risquait moins d'y grouiller.) Avant de glisser le fourreau à sa ceinture, elle dégaina l'arme par habitude pour s'assurer que la lame ne nécessitait ni affûtage ni nettoyage. Elle l'avait dénichée dans l'un des nombreux débarras du château de son père. L'étrange lustre d'or rosé du métal l'avait intriguée. C'était également la seule arme dans tout le palais qui lui convenait : son père descendait d'une lignée d'individus grands et musculeux, ce qu'elle n'était pas. Sheen mis à part, c'était l'unique héritage qu'elle avait emporté lorsqu'elle avait quitté son foyer.

Elle n'avait rien d'une fine lame. À force d'entraînement et de pratique, elle avait fini par la maîtriser assez pour pouvoir l'utiliser avec efficacité contre des bêtes telles que les uriah, des monstres trop énormes pour être tués en un clin d'œil avec une dague et difficiles à terrasser au bâton. Des créatures qui ne portaient pas d'épées.

Elle se débarrassa avec joie de la robe de servante crasseuse qu'elle laissa glisser par terre, revêtit à la place les vêtements volés et se rendit compte, sans s'en étonner, qu'ils la serraient aux hanches et à la poitrine, mais que partout ailleurs elle flottait dedans. Les bottes, en particulier, étaient gigantesques. Si le fils de l'aubergiste avait survécu, il aurait eu une taille de géant.

Le peuple de sa mère possédait la faculté de changer de sexe comme d'autres changeaient de chaussures, mais Aralorn n'avait jamais réussi à prendre une forme masculine. Peut-être était-ce dû à son sang à moitié humain, ou peut-être n'avait-elle jamais essayé de toutes ses forces. Par chance, le garçon dont elle s'était approprié les vêtements était plutôt élancé. Elle n'eut donc aucun mal à se transformer en une longiligne et anguleuse femme androgyne – aux pieds immenses – qu'on pouvait confondre avec un homme.

Une fois habillée, elle constata avec satisfaction qu'elle ressemblait assez à un jouvenceau ni riche ni pauvre. Un fils de fermier… ou d'aubergiste. Quelqu'un qui pouvait monter un robuste cheval de trait sans que cela paraisse louche.

Elle abandonna la plupart des affaires qui se trouvaient dans sa chambre. Elle emporta cependant les pièces de cuivre qu'elle avait gagnées ainsi que les quelques écus qu'elle gardait toujours sur elle en cas d'urgence.

Elle referma la porte et s'assura que le baluchon qu'elle portait n'avait pas l'air bizarre. Tandis qu'elle descendait l'escalier, elle croisa l'autre serveuse. Aralorn salua la femme d'un franc sourire et la frôla sur son passage sans que celle-ci sourcille.

Une fois dans l'écurie, Aralorn sella Sheen. Elle fourra la cape et la nourriture dans ses profondes sacoches. Elle vola un sac de céréales vide de la pile, le remplit d'avoine, puis l'attacha à la selle. D'une des besaces, elle sortit un petit bocal de pâte blanchâtre. Elle dessina avec soin sur les encolures du cheval des taches blanches semblables aux traces que peut laisser avec le temps le collier des bêtes de somme. Pas un vulgaire canasson, mais il pouvait passer pour le cheval de trait de valeur d'un propriétaire terrien.

Sur la route, elle hésita avant de prendre à droite en direction de Kestral. C'était le chemin qu'avaient emprunté les deux messagers. Si elle parvenait à les retrouver, déguisée en jeune fermier, elle pourrait leur poser des questions sans se faire trop remarquer, ce qui lui aurait été impossible en tant que serveuse. Une autre raison la poussait à choisir le nord : les montagnes constituaient le meilleur refuge pour qui chercherait à se cacher d'un mage humain. La magie humaine fonctionnait moins bien dans les massifs des Terres Boréales que dans le reste du pays. Certaines histoires qu'Aralorn connaissait attestaient même de l'existence de lieux où elle était impuissante. À l'inverse, les utilisateurs de magie verte, lui avait appris le frère de sa mère, trouvaient qu'il était plus aisé de la pratiquer dans le nord. Elle en avait elle-même fait l'expérience.

Comme Myr était originaire de Reth, Aralorn supposait sans trop s'en inquiéter qu'il devait avoir connaissance de la protection partielle qu'offraient les Terres Boréales. De tels lieux, aussi faciles d'accès et susceptibles de le mettre à l'abri des manœuvres de l'ae'Magi, demeuraient rares. Malheureusement, ce dernier devait se douter que Myr se rendrait d'instinct dans le nord, ce qui expliquait l'envoi de messagers dans les villages aux alentours de Reth, d'ordinaire négligés.

L'été touchait à sa fin, mais l'air était vif à cause des vents glacés. Les rafales cinglantes s'abattaient sur le nord tout au long de l'année et Aralorn bénit les gants de cuir souple et la chaude cape qu'elle portait.

À quelques lieues au sud de la route, elle changea de cap pour emprunter un sentier que le bandit de grand chemin avait décrit un jour alors que, à moitié soûl, il se vantait d'avoir échappé à un marchand furieux. Le raccourci traversait la montagne au lieu de serpenter à son pied. Avec un peu de chance et grâce au puissant animal qu'elle chevauchait, elle pourrait gagner une heure sur son trajet.

Sheen s'ébroua et attaqua la montée de bon cœur, son vigoureux arrière-train poussait avec aise son poids et celui d'Aralorn le long du perfide versant à pic. Néanmoins, sa corpulence et ses larges sabots le désavantageaient sur ce terrain rocheux et irrégulier, et Aralorn le força à ralentir la cadence. Sheen grogna et secoua la tête pour manifester son impatience.

— Du calme, mon beau ! Pourquoi te presser ? La route risque d'être encore longue, surtout si on voyage de nuit. Ménage tes forces, tu en auras besoin.

Gardant toujours à l'esprit que quelqu'un pouvait l'entendre, elle avait pris la voix d'un garçon et parlé tout bas.

Une oreille tachée de noir à l'extrémité remua vers l'arrière. Sheen effectua un petit saut en cambrant le dos en guise de protestation, puis adopta une allure mesurée, ne brisant le rythme qu'occasionnellement pour franchir, d'un saut, un obstacle sur son chemin.

Tandis que le soir tombait, la lumière commença à faiblir et Aralorn ralentit son destrier au pas. Dans l'obscurité totale, la vue de Sheen était meilleure que celle d'Aralorn, mais au crépuscule il ne voyait pas les pierres ni les racines dissimulées par les ombres. Ils devraient marcher ainsi pendant encore quelques lieues jusqu'au coucher du soleil, avant de pouvoir accélérer de nouveau.

Le vétéran se mit à s'ébrouer et sursauter au moindre bruit, rendu nerveux par sa vision réduite. Soudain, un éclair de magie jaillit tout près. Aralorn n'eut pas le temps d'en localiser la provenance, car c'en fut trop pour Sheen qui piqua hors du sentier en direction du flanc raide et arboré de la montagne.

Elle s'enfonça dans sa selle et s'agrippa tandis qu'il frôlait les troncs d'arbres et sautait par-dessus les buissons.

— Calme-toi donc, espèce de vieux froussard ! Tout va bien. On ne risque rien si ce n'est se faire attraper par des fantômes, des goules ou d'autres créatures sympathiques friandes d'imbéciles qui chevauchent dans les bois à la nuit tombée.

Le versant plongé dans les ténèbres était trop dangereux pour qu'elle se permette de tirer sur sa bride, surtout à l'allure où il avançait, alors elle le cajola et le tapota délicatement avec les rênes – exprimant une requête plutôt qu'un ordre.

Il abaissa sa croupe pour glisser le long de la pente au lieu de la dévaler et s'arrêta quand le terrain devint plus régulier. Il profita de sa liberté de mouvement pour brouter un peu d'herbe comme s'il ne s'était pas emballé une minute auparavant.

Aralorn s'étira et observa les alentours pour se repérer. À ce moment-là, elle entendit quelque chose, un murmure qu'elle décela à peine. Sheen aussi dressa les oreilles, alerté par la rumeur. Elle se laissa guider par l'ouïe de sa monture. Lorsqu'elle parvint à localiser la direction elle-même, elle mit pied à terre et lâcha les rênes.

Elle rampa plus près, se déplaçant le plus doucement possible. À quelques mètres de Sheen, elle huma l'odeur d'un feu de camp ainsi qu'un résidu de magie au goût terne et insipide : de la magie façonnée par des mains humaines malgré la proximité des

Terres Boréales. Sans doute les restes du sort qui avait effarouché Sheen au point de l'amener à dévaler la colline, droit vers le danger, comme l'aurait fait n'importe quel bon cheval de bataille.

Elle suivit l'écho des voix d'hommes et le parfum de la fumée qui s'élevaient d'un fourré – elle dut user d'un filet de magie pour rester silencieuse lors de cette manœuvre –, et contourna un énorme rocher tombé de la falaise qui le surplombait. Elle jeta un coup d'œil de part et d'autre, et aperçut la bouche d'une grotte dont les murs à l'entrée reflétaient la lueur d'un feu qui brûlait dans ses profondeurs.

Plus fortes, les voix étaient encore trop loin pour qu'elle parvienne à les distinguer.

Ce qui est génial avec les rongeurs, pensa Aralorn tandis qu'elle changeait d'apparence, *c'est qu'on en trouve partout et qu'ils ont toujours l'air à leur place.*

La souris était la première forme qu'elle avait réussi à adopter et, depuis, elle avait redoublé d'efforts pour maîtriser une dizaine de variétés différentes ainsi que leurs plus proches parents. Musaraigne, campagnol, souris des champs… Elle avait l'embarras du choix. La souris de taille moyenne, commune dans le nord, était cependant parfaite pour trottiner à l'intérieur de la caverne et passer inaperçue.

Deux compères campaient devant une large pile de provisions qui allaient des épées à la farine, mais consistaient surtout en toiles et fourrures. Son flair aiguisé de muridé perçut le parfum de peur que dégagea l'homme le plus imposant (du moins par la corpulence) lorsqu'il s'écarta avec crainte de son compagnon. Il arborait sur la face le tatouage complexe de la guilde des marchands d'Hernal, une des villes importantes d'Ynstrah, qui se trouvait à quelques semaines de voyage vers le sud, sur le versant ouest de l'Alliance d'Anthran. Il était vêtu d'une simple chemise de nuit.

Le deuxième lui tournait le dos. Il était grand et gracile, mais quelque chose dans sa façon de bouger indiquait qu'il savait se battre. Il portait une cape dont les teintes rouge et or chatoyaient dans la lumière. Sous sa capuche, un masque d'argent délicatement ouvragé dissimulait son visage derrière une figure stylisée.

Les comédiens ambulants y avaient recours quand ils jouaient des farces, car ils permettaient à un acteur d'incarner plusieurs personnages dans une même pièce sans perdre le public. D'ordinaire, ces masques étaient fabriqués dans des matières bon marché comme l'argile ou le bois. Aralorn n'en avait encore jamais vu un en argent, même dans les représentations haut de gamme.

Chacun était conçu afin d'évoquer une émotion précise qui, la plupart du temps, ne ressemblait que de très loin à de véritables mimiques humaines. Comme elle était de noble naissance, Aralorn avait passé bien des heures mornes à mémoriser les subtiles nuances entre l'inquiétude et la compassion, la fatigue et la souffrance, le chagrin et l'échec. Elle trouva intéressant que le masque de ce personnage évoque la rage, avec ses lèvres retroussées et ses sourcils froncés.

L'homme élancé tenait un sceptre taillé dans un bois très foncé. À sa base, sculptée dans du laiton, la patte griffue d'un oiseau de proie, toutes serres écartées, brillait dans l'obscurité d'une lueur orange pâle comme s'il reposait sur des charbons ardents. Son sommet était incrusté de cristaux qui illuminaient la grotte de leur éclat bleuté.

À en juger par son bâton, il était de toute évidence à l'origine de la magie qui avait tant perturbé Sheen. S'il avait réussi à déplacer le marchand et ses biens de l'endroit où ils se trouvaient jusqu'ici en un claquement de doigts – elle supposa que l'homme n'avait pas fait le voyage en chemise de nuit –, alors il devait s'agir d'un sorcier très puissant.

Mmmh, pensa-t-elle, *cette idée de rongeur n'était peut-être pas si bonne après tout.* Un mage puissant aux aguets pourrait débusquer la souris qui n'en était pas vraiment une et risquerait de s'en irriter. À peine eut-elle commencé à reculer que ce dernier regarda par-dessus son épaule et agita les mains avec impatience. Elle n'eut même pas le temps de contrer le sort qu'elle se retrouva enfouie au fond d'un sac de cuir qui empestait la magie.

Elle essaya de reprendre forme humaine, en vain. Il l'avait piégée, et comme elle ignorait comment s'échapper, elle était coincée.

— Combien, marchand ? demanda le mage en rethien. Sa voix était déformée par un étrange accent, ou peut-être était-ce dû à la besace.

— Quatorze kiben.

Le marchand parlait aussi un bon rethien, mais sa voix était rauque et chevrotante. Aralorn remarqua, néanmoins, qu'il venait de donner un prix au moins deux fois plus élevé que la valeur des articles, à moins qu'un objet inestimable se trouvât parmi eux.

— Six.

Malgré son intonation bizarre, le magicien parvint sans difficulté à glacer de terreur le cœur du marchand, qui glapit d'une façon fort peu virile. Aralorn se dit qu'il atteindrait ce résultat sans avoir à attendre trop longtemps.

— Six, j'accepte, haleta-t-il.

Elle entendit le son des pièces passant d'une main à l'autre, puis un « pan » distinctif, suivi d'une immense vague de magie, qui, d'après Aralorn, signalait le renvoi du marchand.

Il y eut un bref silence, puis une troisième personne prit la parole.

— Ça a fonctionné.

Il semblait surpris, comme s'il en avait douté. Sa voix trahissait sa jeunesse et son appartenance à l'aristocratie, sans doute parce que Myr était à la fois jeune et noble.

Elle ne s'était pas attendue à le trouver aussi vite, à moins d'une demi-journée de cheval de l'auberge. C'était trop commode. Ren avait-il su qu'il se tramait quelque chose dans les environs ? Était-ce pour cette raison qu'il l'avait envoyée en plein milieu de nulle part ? Elle qui avait passé des mois à le maudire du plus profond de son cœur, allait-elle devoir revenir sur son jugement ?

— Espérons que notre ennemi commun ne pensera pas à interroger tous les commerçants voyageant à Reth.

Quelque chose dans le ton du magicien était familier à la jeune femme, mais cet étrange accent continuait à la déstabiliser. Elle aurait dû être capable d'en deviner la provenance. Les langues constituaient son point fort, c'était d'ailleurs pour cela que Ren l'avait sélectionnée pour la mettre en première ligne.

— Même s'il le faisait, il n'apprendrait pas grand-chose. Le marchand ignore où tu l'as amené.

Le mage grommela.

— Il sait que c'était dans le nord à cause du froid. Il sait que c'était dans les montagnes à cause de la grotte. Nous lui avons déjà fourni trop d'indices.

Myr avait dû acquiescer en silence car, quand il reprit la parole, il avait changé de sujet.

— Qu'est-ce que tu as ramassé par terre ?

— Ah ! oui ! Une simple… espionne. Petite, mais efficace.

Était-ce de l'amusement qu'elle percevait dans sa voix ?

Le sac s'ouvrit et elle se retrouva suspendue par la queue sous les yeux attentifs des deux hommes. Elle se tortilla et mordit la main qui la tenait, fort.

Le mage rit, mais desserra sa paume pour qu'elle puisse s'y asseoir confortablement.

— Mon seigneur, laissez-moi vous présenter Dame Aralorn, ancienne espionne de Sianim.

Elle fut si interloquée qu'elle faillit en tomber à la renverse. Comment connaissait-il son identité ? Après tout, elle n'était pas l'un de ces célèbres généraux. En réalité, en tant qu'espionne, elle tâchait coûte que coûte de rester incognito. De plus, personne, absolument personne ne savait qu'Aralorn pouvait se transformer en souris.

Soudain, une idée lui effleura l'esprit. Maintenant que le sac n'étouffait plus la voix, elle la reconnut. Elle était déformée par le masque, une trachée humaine, et ce curieux accent, mais elle la reconnut néanmoins. Qui d'autre pouvait avoir ce timbre macabre si particulier ? C'était Loup.

— Alors, répondit Myr d'un ton calme, Sianim m'espionne maintenant ?

Aralorn tourna son attention vers le jeune homme. Depuis la dernière fois qu'elle l'avait vu, et cela ne faisait pas si longtemps, il avait pris plusieurs années. Il était plus mince, sa bouche crispée et ses yeux, ceux du jeune garçon qu'elle avait croisés, semblaient désormais appartenir au sévère et vieux guerrier qu'avait jadis été son grand-père. Il était vêtu d'habits qu'aurait pu porter un fruste trappeur ou un marchand ambulant, rapiécés çà et là, et recousus avec soin.

Aralorn décida que la souris ne lui était plus d'aucune utilité – et qu'il était plus facile de discuter sous apparence humaine – et sauta avec agilité de son perchoir avant de reprendre sa forme normale, qui n'était pas celle que Myr aurait pu reconnaître.

— Non, mon seigneur, répondit-elle. Ou, du moins, telle n'était pas ma mission. Sianim espionne tout le monde. En réalité, cette rencontre se révèle des plus heureuses. Je vous cherchais pour vous avertir que les pages de l'ae'Magi viennent d'annoncer votre accès de folie à tous les villageois des environs.

Elle s'exprima doucement et de manière formelle pour lui laisser le temps de s'habituer à son changement d'état.

Les Rethiens nourrissaient, eux aussi, des préjugés à l'encontre des changeformes, mais au moins étaient-ils plus enclins à admettre leur existence. Comme le peuple de sa mère vivait dans les montagnes au nord de Reth et versait tous les ans un tribut au roi de Reth sous la forme d'exquises tapisseries et d'outils bien forgés, livrés de nuit par des messagers invisibles, nier l'évidence s'avérait plus difficile pour les Rethiens.

Les contes populaires recommandaient aux paysans de ne pas s'aventurer dans la forêt après le coucher du soleil s'ils ne voulaient pas servir de fourrage aux changeformes ou autres adeptes de magie verte qui pouvaient encore se tapir dans les impénétrables profondeurs sylvestres. Étant donné la rivalité que ces derniers entretenaient à l'encontre de l'envahisseur humain, Aralorn craignait que ces histoires recèlent un fond de vérité. Pourtant, la famille royale avait tendance à se montrer moins méfiante. Sans doute en vertu de la contribution annuelle, ou parce qu'elle résidait dans le sud, loin de tout bastion changeforme.

Myr jeta un coup d'œil au mage qui opina du chef avant de parler.

— Elle ne vous veut aucun mal, cela je peux en répondre.

Le manque de clarté dans sa prononciation ne provenait pas d'un quelconque assourdissement dû à la besace ; il articulait encore plus mal qu'auparavant. Peut-être à cause du masque…

— Elle possède un don pour les langues, poursuivit Loup. J'ai besoin de quelqu'un pour m'aider dans mes recherches. Si rien d'autre ne l'occupe en ce moment, nous pourrions l'emmener au camp avec nous. Elle sait se battre et, par les dieux, nous manquons de guerriers ! Et puis, elle courrait un grand danger si l'ae'Magi venait à découvrir l'identité de l'espion qui s'est infiltré chez lui.

— Vous avez espionné l'Archimage ? lui demanda Myr, un sourcil arqué.

Aralorn haussa les épaules.

— Ce ne fut pas ma mission préférée, mais sans conteste l'une des plus intéressantes.

Elle emprunta fugitivement les traits de celle qu'il avait aperçue dans le palais de l'ae'Magi, puis reprit son apparence normale.

Myr eut l'air quelque peu dégoûté – regarder le visage de quelqu'un se distordre de la sorte pouvait provoquer cette réaction –, puis il cligna des yeux à plusieurs reprises. Enfin, il sourit.

— Oui, je vois. Soyez la bienvenue, mademoiselle. Je vous invite à rejoindre notre modeste camp.

Myr la salua d'une brève révérence. Elle remarqua qu'en sa qualité de souverain mâle, il avait baissé la tête juste assez pour inviter ou accueillir avec courtoisie une femme qui n'était ni sa sujette ni membre de la royauté.

Elle, en retour, vêtue des habits du défunt fils de l'aubergiste, lui fit la même courbette que celle qu'elle aurait exécutée à la cour de son père. La noblesse de Reth exagérait les manières, elle savait donc qu'il remarquerait la subtile différence.

Il n'y manqua pas.

— Qui êtes-vous ?

Elle lui sourit comme pour s'excuser, tout en tirant sur le plastron de sa tunique, étriqué au point d'en être inconfortable.

— Dame Aralorn de Lambshold, pour vous servir.

— L'une des filles de Henrick, dit Myr, avec un soupçon d'incrédulité.

Aralorn acquiesça, sans se départir de son sourire navré.

— Oui. Je ne lui ressemble guère, n'est-ce pas ? C'est ce qu'il pensait, lui aussi. Je fus une sacrée déception pour lui.

Elle roula ses manches pour dégager ses mains.

— Non, ce n'est pas ce que j'ai voulu dire, rétorqua Myr. Je vous ai vue à la cour… il y a longtemps. Vous êtes l'aînée ?

Elle rit.

— Vous deviez avoir une dizaine d'années. Je suis sa fille aînée, en effet, mais j'ai un frère âgé d'un an de plus que moi. Nous sommes les fruits illégitimes de sa fougueuse jeunesse. Sa mère était servante au château et la mienne était une changeforme qui séduisit notre pauvre père à l'orée des bois voisins. Nous sommes quatorze en tout, alors je comprends que vous ayez du mal à vous souvenir de chacun de nous. Dans la fratrie, tout le monde ressemble à Père – un malheur pour les filles, une chance pour les garçons dont on vante le physique.

La description qu'elle donna de sa famille arracha à Myr un rire de surprise. Ses sœurs étaient toutes sublimes, blondes comme leur père, et, comme lui, elles dépassaient la plupart des hommes de dix bons centimètres.

— Comment vous êtes-vous retrouvée à Sianim ?

Elle inclina la tête et prit le temps de méditer sa réponse.

— Je tiens trop de mon père pour me contenter de savoir coudre une robe ou d'étudier l'art de la conversation. Il m'a appris à manier l'épée avec mes frères parce que je le lui ai demandé. Quand vint le temps de me rendre à la cour, il parut évident à lui comme à moi que je ferais une bien piètre dame.

Il me donna donc son propre cheval et m'envoya vivre ma vie.

En réalité, les choses avaient été bien plus compliquées, mais elle avait respecté les grandes lignes du récit. Le reste importerait peu au roi de Reth. Tandis qu'elle parlait, elle s'affairait à retrousser son pantalon. Elle finit par en couper les ourlets à l'aide de sa dague. Il n'y avait rien à faire pour les bottes.

— En vérité, cela ne m'étonne pas de la part du Lion de Lambshold. C'est le seul homme que je connaisse à se soucier si peu des conventions. Il serait bien capable d'agir ainsi.

Myr secoua la tête.

Aralorn se redressa de toute sa petite taille et poursuivit.

— Il a déclaré, si ma mémoire est bonne, que si personne n'avait le courage de lui rire au nez quand on l'appelait « Lion de Lambshold », alors personne ne jaserait au sujet d'une fille absente.

— Si vous avez fini de discuter, on ferait mieux de regagner le camp, dit Loup d'une voix rugueuse qui semblait distraite et les yeux rivés sur un point au loin.

— Quelqu'un approche ?

Myr passa de l'attitude de courtisan à celle de guerrier en une fraction de seconde.

Loup grogna avant de répondre.

— Pas ici, mais assez près pour que nous devions nous éloigner. Toute cette magie ne pouvait qu'attirer l'attention.

Aralorn les laissa ranger leurs affaires et fonça récupérer son cheval. Tandis qu'elle vérifiait la sangle, elle chuchota à Sheen :

— Je me demande ce que notre ami Loup est en train de manigancer.

Chapitre 4

Quand Aralorn se réveilla pour attaquer sa première journée complète dans le campement de Myr, il faisait encore nuit. Elle se faufila dehors à pas de loup pour ne pas déranger les deux femmes qui l'avaient accueillie dans leur logis de fortune. Elle noua la lanière du grossier rabat pour éviter que l'air glacial du matin s'insinue.

La plupart des abris avaient été improvisés afin de parer au plus pressé. La plupart n'étaient constitués que d'une couverture tendue par-dessus un mât ou une corde, dans la pure tradition des camps militaires. Seule la tente de Myr, qui la partageait sans rechigner avec une partie des plus jeunes enfants, méritait son nom.

Lorsqu'elle longea son emplacement, à côté du foyer, elle salua d'un signe de tête respectueux le dragon royal brodé sur le côté, qui la dévisagea malgré tout d'un œil menaçant. À la lueur des flammes vacillantes, ses pupilles d'un vert doré semblaient prendre vie.

Près du feu se trouvait également l'une des rares structures en bois du campement. La cuisine, guère plus qu'un appentis fermé sur trois côtés, possédait au moins l'avantage de maintenir les vivres au sec. Le cuisinier était déjà debout, affairé à hacher quelque chose à la lumière d'une lanterne, mais il prit le temps de s'arrêter pour décocher à Aralorn un regard pas plus amical que celui du dragon. Elle afficha un large sourire enjoué et poursuivit sa route.

Le camp avait été installé dans une vallée à peine plus étendue que le plus grand des hippodromes de Sianim, à une demi-journée de cheval au nord de la frontière de Reth. Longue et étroite, elle était sillonnée par un petit ruisseau qui, supposa Aralorn, devait gonfler au printemps, lorsque les névés fondaient. Par conséquent, le terrain qui bordait le cours d'eau était bourbeux et produisit de légers bruits de succion quand elle le traversa pour s'abreuver et se laver le visage.

Les abris se trouvaient tous à l'extrême est, proches du seul chemin apparent qui descendait les versants escarpés, presque à pic. Dissimulés derrière de touffus branchages, ces flancs offraient au bivouac sa meilleure défense, car ils le rendaient invisible à tous ceux qui se trouvaient en dehors du vallon.

Il avait suffi de faire courir dans la largeur une mince clôture afin de transformer la frange ouest en pâturage pour une partie du bétail : deux chèvres, quatre ânes, quelques chevaux et une vache décharnée. Ce fut dans cette direction que s'engagea Aralorn.

Consciente du caractère misanthrope de Loup, elle pensa qu'il se serait installé le plus loin possible des tentes, même si elle n'avait encore vu aucune trace de lui. Comme elle s'approchait du pré, elle fut accueillie par un doux hennissement. Sheen, seulement un brin incommodé par l'entrave en cuir souple qui liait ses jambes avant, bondit vers elle pour qu'elle lui gratte le nez. Elle l'avait attaché à l'extérieur de l'enclos pour éviter que les propriétaires des deux juments se retrouvent avec des poulains non désirés. Il la suivit un moment avant de se mettre à errer à la recherche de fourrage.

Elle ne trouva pas du premier coup le sentier à peine visible qui menait au sommet du versant abrupt près de la barrière. Les galets mal enfoncés qui jonchaient le terrain le rendaient dangereux et elle pensa avec tristesse qu'il fallait être à moitié bouquetin pour s'essayer très souvent à cet exercice. Ou à moitié loup.

Elle agrippa une touffe de broussailles et se hissa le long d'une zone particulièrement escarpée, puis déboucha contre toute attente sur une cavité qu'elle n'avait pas remarquée d'en bas. Un petit feu brûlait sans dégager de fumée à côté d'un lit de camp. Le loup, plutôt grand et émacié, tourna vers elle des yeux d'ambre et remua la queue en guise d'accueil.

Comme il ne s'en servait pas, elle s'assit sur la couchette et appuya le menton contre ses genoux remontés. D'un geste nonchalant, elle jeta quelques brindilles dans les flammes et attendit qu'il brise le silence. Fidèle à son habitude, il n'expliqua rien et l'interrogea plutôt.

— Parle-moi du bivouac, demanda-t-il avec un brin de curiosité.

— Pourquoi ? Tu es là depuis plus longtemps que moi.

Il secoua la tête.

— Raconte-moi ce que tu vois, que je sache ce qu'il me reste à expliciter.

— Eh bien, commença-t-elle, cet endroit abrite un repaire depuis plusieurs mois, sans doute depuis le début du printemps. Au départ, là où les personnes qui l'ont installé ne connaissaient pas grand-chose à la survie dans les bois, j'en déduis donc qu'ils n'étaient pas du coin. On dirait que quelqu'un s'occupe de réorganiser le campement. Si j'étais joueuse, je parierais sur Myr, car tu n'es pas du genre à t'en soucier.

Elle regarda le loup dans l'attente d'une confirmation. Il acquiesça et Aralorn poursuivit.

— D'après ce que j'ai pu constater, la plupart de ces gens n'ont rien emporté si ce n'est les vêtements qu'ils avaient sur le dos. Leur nombre doit s'élever, à peu près, à… une cinquantaine ?

— Cinquante-quatre avec toi, répondit Loup.

— Dans ce cas, plus d'un tiers sont des enfants. Ils appartiennent tous à des classes différentes : j'ai aperçu des paysans, des citadins et quelques aristocrates. Les petits sont, à ce que j'ai vu, des orphelins. Presque tous sont des Rethiens. (Aralorn s'étendit et prit ses aises.) Tous portent la marque distinctive des réfugiés et je mettrai ma main à couper que tous fuient l'ae'Magi.

Loup grogna en guise de confirmation.

— Comment sont-ils arrivés ici ? Je conçois que les habitants du nord aient pu trouver cette vallée, mais j'ai également entendu des accents du sud de Reth.

— Toi, entre tous, devrais connaître la réputation de ces montagnes, rétorqua Loup.

Aralorn fronça les sourcils.

— Je t'ai vu téléporter ce marchand et, à ma connaissance, cet exercice requiert l'utilisation d'un sort compliqué et de haut niveau. Pourtant, tu y es parvenu ici, sur les Terres Boréales.

Loup secoua la tête.

— Si nous nous étions trouvés plus au nord, je n'aurais rien tenté de tel, même si le fait que l'ae'Magi débusque la vallée était le dernier de nos soucis. Ici, les charmes mineurs ne semblent pas entravés, mais les sorts plus délicats sont plus difficiles à maîtriser. Ils affectent certaines personnes plus que d'autres ; l'ae'Magi ne s'aventurerait jamais sur les terres au nord de Reth, c'est déjà trop loin pour lui, mais je n'ai pas l'impression que ma magie en soit perturbée. (Il fit un signe de tête en direction du feu, qui s'embrasa, attisé par des flammes pourpres et or qui s'élevèrent dans une danse sauvage.) Pour autant, je n'aurais pas risqué de parier ne serait-ce que la vie du marchand, alors nous sommes descendus plus au sud.

— Les histoires sur cette particularité des Terres Boréales sont assez connues, même dans le sud de Reth, convint Aralorn, avant de lui décocher un regard entendu. Je suppose que cet endroit constituerait un repaire idéal pour quiconque chercherait à se cacher d'un magicien humain.

—Je… (Il hésita un instant et Aralorn sentit très nettement qu'il venait de changer d'avis sur ce qu'il avait prévu de dire.) J'avais déjà repéré cette vallée, même si je n'avais jamais eu l'intention d'y installer un camp de cette taille.

Il contempla le campement d'un air songeur.

—J'ignore comment ces gens l'ont trouvée. Tu peux leur demander, mais chacun te donnera une version différente. Cinquante personnes qui, pour la plupart, ne se sont jamais aventurées à plus d'une demi-lieue de leur seuil et qui décident d'errer avec insouciance jusqu'à un vallon d'altitude que même un forestier ou un trappeur auraient du mal à localiser, ça dépasse l'entendement.

Après une brève pause, il poursuivit.

—Comme tu l'as deviné, tous fuient pour ainsi dire l'ae'Magi, de la même manière que tu aurais dû quitter Sianim si tu avais formulé quelques remarques négatives de plus à son sujet. La plupart ont été chassés de leurs villages par leurs voisins.

»À part Myr, tout le monde au camp pratique un peu la magie. Les adultes ne possédaient pas les aptitudes nécessaires pour devenir apprentis mages, ce qui leur a permis d'échapper au contrôle de l'ae'Magi. Les enfants étaient encore trop jeunes pour être envoyés en formation.

— Ce contrôle, il consiste en quoi, au juste ? s'enquit-elle. Les transforme-t-il en marionnettes ?

— Pas plus que Ren ou tous les autres non-mages qui lui obéissent au doigt et à l'œil. Il leur ôte l'avantage que la magie leur offrait, et alors ils ne voient plus que ce qu'il leur dit de voir.

Aralorn se tourna pour lui faire face.

— Pourquoi n'es-tu pas sous son emprise ?

Elle pensait qu'il éviterait de répondre, comme il le faisait chaque fois qu'elle lui posait des questions trop directes. Or, Loup esquissa un mouvement qui s'apparentait à un haussement d'épaules.

— Deux possibilités : soit j'ai rompu tous liens qui pouvaient m'attacher à lui, soit j'ai manqué beaucoup trop d'entraînements.

Aralorn et Loup restèrent assis, en silence, à contempler l'agitation du camp dans la vallée en contrebas. Aralorn tendit les jambes vers le feu, qui crépitait encore avec hésitation, comme s'il attendait de recevoir un ordre.

Les yeux rivés sur le jeu des flammes rutilantes qui se reflétaient sur ses pieds dans la pénombre, elle se hasarda à poser une deuxième question.

— Depuis combien de temps viens-tu en aide à Myr ?

Elle remarqua avec amusement que son ton désintéressé ne divulguait aucune trace de la jalousie qui l'animait. Le ressentiment qu'elle avait éprouvé à l'égard de Myr l'avait surprise, mais après tout, Loup lui appartenait. Lorsqu'elle avait découvert qu'une autre personne était proche de lui, mais qu'en plus, Loup avait révélé sa nature de mage humain à un étranger, elle s'en était trouvée fort ennuyée.

Loup parla lentement.

— Cela fait longtemps que je cherche un moyen d'agir contre l'ae'Magi. J'ai eu l'occasion de constater que Myr, contrairement à la plupart des gens, ne tenait pas l'Archimage en haute estime. Il semblerait qu'il ne soit pas sensible à la magie. J'ignore encore de quelle manière il pourra desservir l'ae'Magi, mais j'ai jugé prudent de le surveiller de près. Au début, je me suis contenté de l'observer, mais après l'assassinat de ses parents, je me suis présenté à lui et lui ai proposé mon aide. Mon rôle s'est surtout limité à le conseiller et à contrer quelques sorts qui auraient pu causer des accidents mortels.

— Comme une calèche qui se renverse de manière bien opportune, suggéra Aralorn se remémorant les parents du roi.

Loup acquiesça.

— Ou la flèche d'un archer qui se perd. Des incidents face auxquels l'immunité contre la magie n'offre aucune protection. Je ne suis pas sûr de l'avoir vraiment aidé en fin de compte. La dernière attaque que l'ae'Magi a menée contre lui fut plus subtile. Sais-tu ce qui s'est passé ?

Aralorn opina du chef.

— Je travaillais encore à l'auberge quand j'en ai entendu parler pour la première fois. Des messagers de la capitale sont entrés et ont commencé à dégoiser des absurdités. À les croire, Myr, fou de douleur, aurait agressé l'un de ces hommes.

Loup poussa un grognement agacé.

— Myr se trouvait au palais dans sa cour privée lorsqu'il a été attaqué par un élémentaire. Une chance pour lui, vu que leur capacité de nuisance est surtout magique.

Peut-être avait-elle réussi, après tout, à convaincre l'ae'Magi que Myr n'était pas immunisé contre la magie, ou peut-être testait-il sa tolérance. Loup poursuivit son histoire.

— Ils ont fait tellement de bruit que je suis sorti pour voir ce qui se passait. Je pense que Myr aurait gagné même si je n'avais pas été là. (Loup haussa les épaules.) Une fois mort, le démon s'est transformé en une créature plus banale : l'un des gardes personnels du roi. Nous nous tenions encore au-dessus du cadavre quand les gardes du château ont presque tous rappliqué. Ils ont attaqué et nous sommes parvenus à nous enfuir. Et depuis, nous restons ici.

— Et maintenant ? demanda Aralorn qui dessinait dans la poussière près des couvertures.

Loup émit un son qui passa pour un rire.

— Maintenant, Myr s'échine à préparer son camp pour l'hiver, et moi, j'essaie de trouver un moyen d'agir contre l'ae'Magi.

Il s'arrêta, puis reprit sur un ton qui suintait la frustration.

— Ce n'est pas le pouvoir qui me fait défaut, mais l'entraînement. Le peu que je sais, je l'ai appris en grande partie par moi-même, et c'est insuffisant. Si seulement je parvenais à mettre la main ne serait-ce que sur un vieux mage non soumis à son emprise, je pourrais trouver quelque chose à utiliser contre lui. Au lieu de quoi, je dois compulser des piles de livres défraîchis qui s'avéreront peut-être complètement inutiles.

— Je pourrais t'aider, proposa Aralorn.

Il semblait assuré de son pouvoir. Même contre un mage assez puissant pour transformer tout Sianim en une assemblée d'adorateurs dévoués ?

— Mais il s'agit de combattre l'ae'Magi, Loup. Pas un vulgaire rebouteux !

Il ne prêta guère attention à l'inquiétude qu'elle exprimait et rétorqua :

— Si je dois parcourir tous ces manuscrits poussiéreux, autant que tu partages mes souffrances.

Il la taquinait, elle le savait. Il la connaissait bien : elle dévorerait chaque ouvrage terni par le temps avec la ferveur d'une fanatique. Elle adorait les vieux livres.

— Combien de langues maîtrises-tu ? Je t'ai entendue en parler trois ou quatre.

Aralorn haussa les épaules.

— Dialectes inclus ? Dix, peut-être douze. Parfois, j'arrive à comprendre l'essentiel dans des langues de la même famille. Père était un véritable passionné. Un jour, il s'est retrouvé au milieu d'une bataille à essayer de négocier une capitulation et la seule personne qui possédait les deux langues avait été tuée. Alors, il nous a obligés à l'étudier dès notre plus jeune âge. Après mon arrivée à Sianim, j'en ai appris plusieurs autres. Les plus vieux ouvrages, cependant, seront écrits dans celle des Anciens. Je peux en comprendre quelques mots, mais je ne la parle pas couramment.

Il lui décocha un sourire carnassier.

— Qui a dit que ça ne servait à rien de glaner contes et légendes ? (Il poursuivit sur un ton plus sérieux.) À deux, nous pouvons étudier plus de matière que moi tout seul. Si je connaissais le nom d'un magicien possédant un sort capable de l'arrêter, je gagnerais du temps. Il y a une bibliothèque près d'ici. Si tu pouvais parcourir les recueils profanes, ça me laisserait le loisir de passer les grimoires en revue.

Aralorn observa avec zèle les sauvages entendues montagneuses qui les encerclaient.

— Tu possèdes une bibliothèque dans les environs ?

— Oui.

— Oui, répéta-t-elle.

D'un air grave, il croisa son regard. Si elle ne l'avait pas aussi bien connu, elle aurait pu ne pas déceler le mince éclair d'humour au fond de ses yeux d'ambre.

— J'ai bien remarqué que tu n'avais pas tenu compte de mon inquiétude, reprit-elle. Tu parles d'affronter l'ae'Magi, je te rappelle. Te crois-tu vraiment capable de remporter la partie ?

— Non, répondit Loup tout bas. Mais avons-nous seulement le choix ?

De la vallée s'éleva le son lointain d'une cuillère en métal qu'on tapait contre une marmite : l'appel ancestral pour rassembler toute la compagnie autour du repas.

Loup roula sur ses pattes avec élégance et, dans son mouvement, prit l'apparence de la longue silhouette masquée qui représentait son aspect humain. Il tendit la main avec courtoisie pour aider Aralorn à se relever.

Elle l'accepta non sans méfiance, se rendant compte, qu'en tant qu'homme, Loup l'intimidait davantage. Néanmoins, il n'avait rien perdu de sa grâce animale. Elle le contempla avec jalousie tandis qu'il descendait avec aisance la pente qu'elle avait dû escalader à quatre pattes avant de se laisser glisser.

Une idée vagabonde lui effleura l'esprit. Une fois dans la vallée, elle lui toucha le bras pour l'arrêter.

— Loup, je crains de t'avoir mis dans le pétrin.

Elle se mordit la lèvre avec anxiété.

— Comment ça ? s'enquit-il.

— Lors du bal dans le palais de l'ae'Magi, la nuit où je me suis évadée, Myr m'a vue dans la cage alors qu'il n'aurait dû y voir qu'un oiseau. L'ae'Magi a remarqué qu'il me parlait et m'a questionnée à ce propos. Je lui ai dit que j'avais aperçu un magicien aider Myr à rompre le charme d'illusion. J'espérais ainsi ne pas dévoiler l'immunité contre la magie de Myr et le protéger de l'ae'Magi.

Elle garda les yeux rivés sur le contraste de sa main contre la soie noire de sa manche. Il lui était difficile de se rappeler que la silhouette masquée était Loup.

— Est-ce que c'est grave ?

Il secoua la tête.

— Je ne crois pas. C'est sans doute pour cela qu'il est passé des flèches perdues aux élémentaires ; ça coïncide avec ton histoire. Ne t'en fais pas, on y a survécu, alors il n'y a pas de mal.

Myr était debout et organisait le petit déjeuner avec une célérité qu'Aralorn, qui aimait aussi à diriger ses semblables, admirait avec fascination. Elle se laissa faire et accepta le bol de céréales cuites dont la quantité compensait la fadeur. Après la nourriture qu'on lui avait servie à l'auberge, elle ne comptait pas faire la fine bouche. Loup ne mangea pas et n'ôta pas son masque, une attitude qui semblait coutumière puisque personne n'y trouva à redire.

Tandis qu'elle se sustentait, Aralorn prit le temps d'observer les gens. Les présentations qu'on lui avait faites la veille, alors que la plupart des réfugiés dormaient, avaient été, par la force des choses, brèves. Elle ne parvenait à placer que quelques noms sur les visages.

Le cuisinier à l'air revêche était un forgeron d'une province du sud de Reth. Un grand serpent tatoué s'enroulait autour de son robuste avant-bras pour disparaître sous sa manche. Elle constata que, malgré son côté bourru, sa voix s'adoucissait d'une façon incroyable quand il s'adressait aux enfants. Il s'appelait Haris.

Edom s'était assis un peu à l'écart des autres. Il avait les cheveux noirs et la peau terreuse typiques des contrées ouest de Reth, héritage du métissage avec les ténébreux Darraniens. Ses mains étaient douces, des mains d'aristocrate soignées et bien entretenues. Dans le camp, il faisait figure de curiosité. Trop vieux pour être un enfant, pourtant plus jeune que tous les adultes. Arrivé il y avait peu, il semblait encore chercher sa place.

Lorsqu'elle avait rejoint la vallée, tous les petits dormaient, excepté deux garçons. À cet instant précis, les deux qu'elle avait rencontrés restaient le plus près possible de Myr. Stanis avait les cheveux roux et des taches de rousseur, trait fréquent chez les commerçants du sud, et possédait la personnalité flamboyante qui allait de pair. Le deuxième, Tobin, suivait son ami comme son ombre et ne parlait jamais. Stanis tira sur la chemise de Myr avec impatience jusqu'à ce que le jeune roi s'intéresse à lui. Puis, il se rassit sur les genoux et commença à parler en faisant de grands gestes avec les bras, ce qui paraissait un peu bizarre de la part d'un gamin de dix ou onze printemps.

Aralorn était sur le point de détourner le regard lorsqu'elle remarqua que Myr affichait soudain un vif intérêt. Il chercha Loup des yeux et lui fit signe d'approcher. Aralorn lui emboîta le pas.

— Stanis, répète à Loup ce que tu viens de m'apprendre.

Le gamin hésita un instant, mais la joie d'être au centre de l'attention générale l'emportait à l'évidence sur toute timidité qu'il pouvait éprouver face à l'impressionnant magicien.

— Hier après-midi, à l'heure du déjeuner, on a cru qu'Astrid avait disparu. Tobin et moi, on s'est dit qu'elle était peut-être allée jouer près des anciennes cryptes. Alors, on est tous montés là-haut pour voir si elle y était encore. Edom avait trop la frousse de rentrer, mais pas moi. On l'a cherchée pendant des heures. Quand on est enfin ressortis, elle attendait dehors, avec Edom.

» Elle nous a raconté qu'elle s'était perdue dans le noir. Elle s'est mise à pleurer, et un vieil homme qui connaissait son nom l'a trouvée et aidée à sortir. Edom dit qu'il n'a vu personne avec quand elle a surgi de la caverne. Haris pense qu'elle est entrée dans l'une de ces grottes, s'y est endormie et a rêvé du vieillard. Moi, je crois qu'elle est tombée sur un changeforme, et Tobin aussi. Sauf que, d'après lui, ça pourrait aussi être un fantôme.

Aralorn réprima un sourire devant le débit du garçon. Il avait presque tout récité d'un seul trait.

— Qu'en penses-tu, Loup ? Astrid n'est pas du genre à raconter des sornettes, même si ce n'est qu'une enfant. À ton avis, qui a-t-elle aperçu ?

Myr s'exprimait d'une voix calme, mais à l'évidence l'idée que quelqu'un habite dans ces cryptes (où qu'elles se situent) l'ennuyait. Loup prit la parole.

— Il est tout à fait possible qu'elle ait rencontré quelqu'un. Ces cavernes sont reliées par des passages souterrains qui traversent les chaînes montagneuses. J'ai vu bien des choses étranges dans ces montagnes et entendu des histoires encore plus mystérieuses. Je peux affirmer avec certitude que cette zone est peuplée par des changeformes. (Ni lui ni Myr ne regardèrent Aralorn, même si le jeune roi ne put réprimer un spasme nerveux.) Je garderai les yeux ouverts, mais s'il avait eu l'intention de nous nuire, je pense qu'il l'aurait déjà fait.

Myr se détendit un peu, faisant confiance au jugement de son compagnon plus âgé. Stanis paraissait content de lui : Loup avait été d'accord avec lui.

Après le petit déjeuner, Myr piégea Aralorn et, sans qu'elle comprenne comment, elle avait accepté de jouer les maîtres d'armes. Myr divisa les adultes en quatre groupes qui seraient entraînés par Aralorn, Myr, Loup et un ancien garde estropié d'un bras, au sourire mauvais, qui répondait au nom improbable de Chaton. Les trois autres professeurs étaient, d'après Aralorn, tous meilleurs qu'elle, mais par chance aucun de ses élèves n'était assez doué pour s'en rendre compte.

Tout cours pour débutants commençait toujours par des exercices de mouvements basiques. Haris le forgeron-devenu-cuisinier brandissait l'épée avec la force et l'assurance de tout bon forgeron maniant son marteau. Il apprenait rapidement d'un mot ou d'un geste. Edom avait les défauts habituels de l'adolescence : insolence et maladresse. Les autres se situaient dans la moyenne. Après trois ou quatre années de travail régulier, ils acquerraient un niveau passable. Peut-être.

Cela n'importait pas tellement, songea-t-elle. Dans un combat réel, ils étaient condamnés d'avance, quoi qu'il arrive. L'important, c'était d'occuper les gens et de leur faire sentir qu'ils œuvraient tous ensemble vers un but commun.

Elle livra son premier duel contre Haris, résolue à affronter le meilleur élève au début, quand elle était encore pleine d'énergie. C'était une bonne idée. Même s'il manquait d'expérience avec l'épée, il s'était retrouvé dans plus d'une rixe féroce. Si elle n'avait dû compter que sur sa maîtrise de la lame pour le vaincre, elle aurait pu perdre. Mais, elle n'était pas étrangère non plus à ce genre de bagarres.

Lorsqu'elle l'immobilisa enfin, Haris lui décocha un sourire sincère qu'elle lui voyait pour la première fois.

— Pour un petit bout de femme, tu te bats plutôt bien !

— Pour une brute épaisse, tu n'es pas trop mal, toi non plus ! rétorqua-t-elle, le laissant se relever. (Elle se tourna vers les spectateurs.) Voilà comment on guerroie sur un champ de bataille. Mais pas pendant les sessions d'entraînement. La lame l'a desservi plus qu'elle ne l'a aidé. S'il avait affronté aujourd'hui un adversaire en combat réel, il s'en serait mieux sorti avec un gourdin. D'ici à un mois, vous serez tous capables de démentir ce constat. Je l'espère.

Les autres lui donnèrent moins de fil à retordre, c'est pourquoi elle put leur faire cours en alliant théorie et pratique. Lorsque vint le moment de se mesurer au dernier élève, Edom, elle était à bout de souffle. Récurer l'auberge lui avait permis de se maintenir en forme, mais deux heures d'exercices à l'épée suffisaient à tester les limites de son endurance.

Elle ouvrit avec le même mouvement qu'elle avait utilisé dans les affrontements précédents : un simple coup de taille que tous avaient réussi à parer. Edom tomba, ce qui aurait dû le qualifier de parfait abruti, incapable de manier une lame. Elle entendit dans la foule quelques ricanements contenus. Pourtant, quelque chose dans sa chute l'interpella. S'il avait trébuché à cause de la puissance du coup, il n'aurait pas dû atterrir aussi loin. Elle n'était pas assez grande pour réussir à l'envoyer à une telle distance par la seule force de son coup.

Elle l'aida à se relever et lui rendit son arme. Elle lui saisit le poignet pour lui indiquer la manière correcte de parer et frappa de nouveau. Cette fois, il contra son offensive, non sans maladresse. Avec lui, elle procéda plus doucement, accélérant au fur et à mesure. Il progressait lentement ; son inaptitude manifeste au combat était des plus étranges.

Elle lui enseigna trois bottes pour entraver son adversaire, dirigeant contre lui différents types d'attaque et lui montrant comment utiliser chaque parade. La fatigue la gagnait et elle fit une erreur qu'une meilleure lame n'aurait jamais commise. Elle asséna un coup compliqué, difficile à porter et à éviter, sans l'évaluer correctement. Horrifiée, elle attendit que l'épée entaille la jambe d'Edom.

Il la bloqua.

Il n'aurait pas dû en être capable. Pas avec son niveau. Elle doutait même de sa propre capacité à parer une telle attaque. En tout cas, jamais elle n'aurait pu réaliser la combinaison qu'il venait d'exécuter. Elle recula pour le regarder dans les yeux. À voix basse, afin que personne ne puisse l'entendre à part elle, il murmura :

— Je peux t'expliquer en privé ?

Elle l'étudia pendant une minute, puis acquiesça. Elle se tourna vers les autres, les congédia et les envoya observer Myr qui continuait à se battre non loin d'eux.

Une fois qu'ils furent seuls, Edom affronta son regard. Il remua la boue du bout du pied.

— Tu… (Sa voix se brisa, il se racla la gorge et essaya de nouveau.) Tu sais que je ne suis pas tout à fait celui que je prétends être. Je ne suis même pas rethien. Je viens de Darran. J'ignore si tu es courant, mais Darran aussi est sous l'influence de l'ae'Magi.

— Darran ?

Les Darraniens haïssaient la magie. Ceux qui en maîtrisaient la pratique fuyaient ou risquaient d'être tués. Il était impossible d'imaginer des Darraniens susceptibles de soutenir l'ae'Magi.

Il remarqua son expression.

— Oui. Quand c'est arrivé, c'était plus qu'évident. Terrifiant. J'ai dit quelque chose qu'il ne fallait pas et j'ai été obligé de m'enfuir pour sauver ma peau. (Il haussa les épaules.) Pourquoi je me suis réfugié ici ? Je n'en ai aucune idée. Quelque chose… m'a guidé, je suppose. Cet endroit m'a paru aussi bien qu'un autre. J'ai trouvé dans la vallée des gens qui, comme moi, se cachaient de l'ae'Magi. Mais tous étaient de Reth. Au vu des relations actuelles entre Darran et Reth, je ne pouvais pas leur avouer que j'étais un Darranien de noble naissance.

» Alors, j'ai raconté que j'étais le fils d'un commerçant rethien. Cela m'a semblé un habile subterfuge. Comme je parle la langue avec un léger accent, je pouvais passer pour un habitant des contrées de l'ouest – et il y en a beaucoup. Cela expliquait en outre la richesse de mes vêtements.

» Puis Myr a proposé ces entraînements. Où le rejeton d'un marchand aurait-il appris l'escrime dans le style de Darran ? Voilà pourquoi j'ai joué la comédie.

Aralorn le jaugea avec attention des pieds à la tête.

— Problématique, je te le concède. Il faut que tu ailles tout révéler à Myr. Sinon, je m'en chargerai.

Elle veilla à bien accentuer sa dernière phrase. Elle avait entraîné son lot de nouvelles recrues avant de devenir espionne. Certains avaient besoin de recevoir des consignes qui sonnaient comme telles.

Edom se dérobait, elle le lisait dans ses yeux. Était-ce le fait d'obéir à un ordre, de dévoiler son secret à Myr, d'être subordonné à une femme, qui, de plus, était de toute évidence une Rethienne (les préjugés entre Darran et Reth couraient d'un côté comme de l'autre), ou tous ces éléments réunis ? Elle l'ignorait, même si elle soupçonnait un savant mélange des trois. Elle patienta pendant qu'il considérait la question et le vit ravaler sa fierté non sans effort.

— On dit qu'il n'est pas aussi partial que la plupart des Rethiens. (D'un geste, elle lui désigna le reste du campement.) Et comme nous manquons de guerriers expérimentés, Myr ne saurait se montrer trop pointilleux.

Edom la dévisagea un moment.

— Dans ce cas, autant régler ça tout de suite. (Il lui adressa un petit sourire, inspira une bonne bouffée d'air et parut de détendre.) S'il ne me renvoie pas, je serais heureux de me rendre utile, au lieu de passer tout mon temps sur la touche.

Il la salua d'une brève révérence, de l'élève au maître, et alla trouver Myr qui se battait toujours.

Aralorn s'étira avec lassitude. Épuisée comme elle était, cela lui avait fait du bien de travailler avec une épée plutôt qu'une serpillière. C'était presque aussi agréable que de s'entraîner au bâton.

L'exercice lui avait donné chaud et la sueur la démangeait, alors elle marcha jusqu'au ruisseau. Cela lui prit un moment, mais elle finit par trouver un coin assez profond pour s'y laver, avec une grande pierre plate sur laquelle elle pouvait s'agenouiller pour éviter le plus gros de la boue. Elle plongea la tête sous l'eau et apprécia la température glacée sur sa peau surchauffée.

Alors qu'elle ressortait la tête pour respirer, elle entendit une voix qu'elle avait appris à reconnaître.

— Tu vois, j't'avais dit qu'elle avait une drôle d'épée. Regarde, la poignée est en métal.

Sans se presser, Aralorn s'essuya le visage sur la manche et lissa ses cheveux dégoulinants pour qu'ils ne lui obstruent pas la vue. Stanis et son silencieux-mais-hilare compagnon, Tobin, se tenaient devant elle à l'observer. Elle dissimula son sourire lorsqu'elle reconnut la posture de Stanis : l'expression solennelle, les pieds écartés, les mains derrière le dos. Elle avait remarqué que Myr l'adoptait aussi quand il réfléchissait.

— T'as déjà tué quelqu'un ? demanda Stanis avec un intérêt macabre.

Elle acquiesça d'un air grave et remonta de nouveau les longues manches de la tunique du fils de l'aubergiste. Peut-être ferait-elle mieux de les couper, elles aussi. Les bottes lui donnaient des ampoules.

— On n'est pas censés se battre avec des armes qui n'ont pas une poignée en bois, répliqua le garçonnet avec inquiétude. Si tu tues un magicien avec ton épée, sa magie t'achèvera.

Elle aurait pu leur expliquer qu'un mage puissant au point de causer ce type de dommages n'aurait certainement que faire d'une épée. Mais elle ne voulait pas les effrayer davantage.

— C'est pour ça que je me contente de blesser les magiciens avec mon épée, leur précisa-t-elle. Pour les tuer, je me sers toujours de mon poignard. Il a un manche en bois.

— Oh ! répondit Stanis, apparemment satisfait de sa réponse.

Ils gardèrent le silence pendant un moment, puis Stanis reprit la parole.

— Tobin voulait savoir si tu pouvais nous raconter comment tu as tué quelqu'un.

— Très bien, accepta Aralorn.

Loin d'elle l'idée de rater une occasion de narrer des histoires. Ses amis roulaient des yeux dès qu'elle s'apprêtait à en débiter une, mais existait-il meilleur public que les enfants ? Elle regarda aux alentours pour dénicher l'emplacement idéal. Elle choisit une place herbeuse, assez éloignée du courant pour que la terre soit relativement sèche, et s'y assit jambes croisées. Quand ses auditeurs la rejoignirent, elle s'éclaircit la voix et commença.

C'est là que Loup la trouva. Son auditoire s'était élargi et incluait désormais la majeure partie du camp, l'armée hétéroclite de Myr captivée comme n'importe quelle troupe de mercenaires endurcis, attablés dans l'une de ses tavernes préférées. Il s'approcha en silence jusqu'à ce qu'il puisse entendre ce qu'elle disait.

— … alors, nous nous faufilâmes pour la seconde fois le long des naseaux du dragon. Nous devions faire attention aux flaques de poison qui dégoulinaient des dents de la vieille bête pendant qu'elle dormait.

Elle venait d'abandonner sa carrière et son foyer. Peu importait l'issue de toute cette aventure, elle avait désobéi aux ordres. Si elle retournait à Sianim, ce serait en tant que criminelle et déserteur. Elle le savait. Tout comme elle savait que Myr et sa joyeuse bande de réfugiés étaient voués à un sort funeste, à moins que les dieux leur accordent bonne fortune. Mais Loup ne croyait pas à la fortune, pas à la bonne fortune dans tous les cas.

Et pourtant, elle était là, à divertir ce petit groupe abattu et désespéré en faisant preuve d'un entrain inaltérable. Elle s'exprimait avec un tel sérieux que plusieurs personnes dans l'assistance opinèrent du chef, y compris, comme Loup ne manqua pas de le remarquer avec amusement, Myr.

— L'ouïe du dragon, même si on ne voit pas ses oreilles, est très aiguisée. Nous nous trouvions tous les quatre, chargés de toutes sortes de trésors, à essayer de dépasser à pas feutrés cette énorme créature capable de nous croquer en une bouchée. Nous cessâmes de respirer lorsque nous approchâmes d'elle. Nous marchâmes à pas de loup, sans faire le moindre bruit. (Elle baissa la voix en un murmure profond.) Vous vous souvenez de ces gobelets d'or serti de pierres précieuses qui avaient tant plu à Wikker ? Eh bien, quand nous traversâmes juste en face du dragon… cette bête gigantesque expira et nous eûmes l'impression de nous retrouver en pleine bourrasque tellement son souffle était puissant. Il emporta l'un des gobelets de Wikker qui atterrit droit sur le museau couvert d'écailles du monstre.

Elle ferma les yeux, l'air triste pendant un moment et attendit…

— Qu'est-ce qui s'est passé ? demanda tout bas une voix parmi la foule.

Aralorn secoua la tête et écarta les bras.

— À votre avis ? Il nous a dévorés.

S'ensuivit un bref silence, puis des rires penauds lorsqu'ils comprirent qu'elle les menait en bateau depuis le début. Loup se trouvait assez près pour entendre un Stanis, mécontent, maugréer :

— Ce n'est pas comme ça que ça devait finir. T'es censée terrasser le dragon !

Aralorn rit de bon cœur, se releva d'un bond et ébouriffa la tignasse du petit en passant à côté de lui.

— Il existe une autre fin pour cette histoire. Je te la raconterai plus tard. Pour l'instant, je crois avoir entendu l'appel du déjeuner.

Aralorn engloutit le dernier morceau de pain et de fromage qui constituait leur pitance. Lorsque Loup lui toucha l'épaule, elle s'épousseta les mains et lui emboîta le pas sans piper mot. Ils se faufilèrent hors du camp et escaladèrent un versant de la vallée. Arrivés au sommet, ils suivirent une piste à peine visible qui serpentait à travers les arbres et menait à une falaise abritant plusieurs entrées ténébreuses, dont une grande grotte qui paraissait peu profonde.

Loup la longea et la conduisit vers une bouche plus étroite une vingtaine de pas plus loin. Quand il pénétra dans l'obscur tunnel, les cristaux de son sceptre commencèrent à irradier une lumière bleu pâle. Pendant qu'ils marchaient, Aralorn n'avait pas remarqué qu'il le portait, mais elle supposa que cela n'avait rien d'anormal pour un mage mystérieux comme lui… à moins que ce ne fût dû simplement à Loup.

— Ces cavernes offriraient un meilleur abri que les tentes. Pourquoi ne les utilises-tu pas ?

Loup désigna une petite branche et arrêta Aralorn d'une main sur son épaule. Il inclina légèrement son bâton jusqu'à ce qu'elle aperçoive le trou noir droit devant eux.

— Mis à part le problème de l'éclairage – qu'on pourrait régler –, on y trouve plusieurs de ces fosses. Celle-ci est assez profonde pour être fatale et d'autres le sont encore plus. S'il n'y avait pas les enfants, on pourrait courir le risque, mais il est trop difficile de les empêcher de se promener. Nous entreposons beaucoup de provisions dans quelques-unes des grottes proches de la surface et j'ai dessiné pour Myr la carte d'une section qui est assez bien isolée du souterrain principal. S'il devient nécessaire de déplacer le camp à l'intérieur des cavernes, nous le pourrons. Mais la vallée est plus sûre.

Aralorn contempla les ténèbres à l'horizon et acquiesça. Elle veilla aussi à rester tout près de Loup pendant le reste de leur périple sous terre.

Ils débouchèrent sur une immense pièce qu'il illumina d'un geste de la main. La salle était, sans doute aucun, aussi spacieuse que le grand hall du palais de l'ae'Magi. Creusées à même la pierre, des étagères croulaient sous le poids des livres. Des caisses en bois amoncelées et disposées en rangées espacées par des couloirs exigus contenaient de nombreux autres volumes, serrés les uns contre les autres. De-ci de-là, quelques-uns, empilés, attendaient qu'on leur libère une place dans la bibliothèque surchargée.

Aralorn poussa un léger sifflement.

— Et moi qui trouvais la bibliothèque de Ren impressionnante ! On va devoir lire tous ces ouvrages ?

Loup haussa les épaules.

— Pas si on découvre quelque chose en cours de route.

Tout en parlant, il la conduisit le long de l'un des étroits chemins entre les rayons jusqu'à un espace dégagé, occupé par un bureau, sur lequel trônait un assortiment de plumes, d'encre et de papier. Deux petits bancs rembourrés étaient disposés de chaque côté de la table.

Aralorn regarda autour d'elle, puis demanda :

— Par quoi veux-tu que je commence ?

— Je me charge des grimoires. D'ordinaire, je le sais, tu arrives à reconnaître ce qui est magique, mais pour ta sécurité, laisse-moi jeter un coup d'œil avant d'en ouvrir un. Il existe des sorts qui dissimulent la magie et certains livres renferment des pièges destinés aux imprudents. Je préférerais ne pas gaspiller un temps précieux à essayer de te ressusciter, affirma-t-il.

— Tu peux faire ça ?

Sa curiosité se décelait à peine dans sa voix, même si, à sa connaissance, une telle chose ne s'était encore jamais produite. Tous ces ouvrages, il les avait bien apportés de quelque part, tout comme il avait transporté le marchand et les provisions. Elle était prête à le croire capable de ramener les morts à la vie.

— Tâchons de ne pas le découvrir, rétorqua-t-il d'un air sardonique.

— Bon, qu'est-ce que je dois chercher ? À part un ouvrage intitulé *25 Méthodes infaillibles pour anéantir un mage puissant et maléfique* ?

Il laissa échapper un bref rire avant de répondre.

— Essaie de trouver le nom d'un mage qui en a combattu d'autres. Certains de ces livres sont très anciens, ils datent d'une période où les duels entre sorciers étaient autorisés. Si je dispose d'un nom, je pourrai mettre la main sur son grimoire. Ce que tu peux faire aussi, c'est répertorier tous les objets qui pourraient nous servir. Les artefacts magiques, quand ils ne sont pas les fruits de l'imagination débordante de quelque barde, sont réputés difficiles à dénicher et nous manquons de temps pour nous lancer dans une quête.

Elle pourrait passer les livres en revue avec rigueur et méticulosité. C'était sans doute ainsi que Loup procédait. Mais parfois… Elle souffla sur ses doigts et songea de toutes ses forces qu'un coup de pouce à ce moment précis aurait été le bienvenu. Elle se contenta de puiser un mince filet d'énergie. La magie de fortune pouvait se retourner contre son utilisateur de façon tout à fait inattendue. Mieux valait jouer petit. Elle s'avança ensuite jusqu'à une étagère choisie au hasard et saisit le premier livre qu'elle aperçut. Elle laissa courir ses doigts avec délicatesse le long de la reliure métallique. À l'origine, elle était en argent, mais le temps l'avait ternie en un noir fade.

Elle put en lire le titre, car elle avait un jour réussi à amadouer Ren pour qu'il lui enseigne les mots inscrits sur les mosaïques de l'ancienne muraille située dans les plus vieux quartiers de Sianim. À contrecœur, elle le mit de côté sans l'ouvrir, parce qu'elle savait qu'il ne leur serait d'aucune utilité. Le peuple qui utilisait cette langue exécrait à tel point la magie qu'il brûlait ceux qui la pratiquaient. Il s'agissait d'une population de commerçants et ces derniers, en général, n'appréciaient guère les magiciens. Elle repensa au marchand joufflu qu'elle avait vu dans l'une des grottes et sourit ; peut-être avaient-ils des raisons, après tout, de réprouver la magie.

Elle dut s'y reprendre à plusieurs fois avant de tomber sur un livre qui lui convînt et de le passer à Loup pour inspection. Il le lui rendit avec un hochement de tête détaché et se remit au travail.

D'après Aralorn, l'ouvrage était vieux de trois cents ans et retraçait l'histoire d'une grande tribu de bohémiens qui parcouraient jadis les quatre coins du pays. Moins nombreux aujourd'hui, ils avaient tendance à rester entre eux. Celui qui avait écrit le recueil qu'elle était en train de lire croyait encore aux pouvoirs des anciens dieux, et il y avait mêlé faits historiques et mythes avec un cynisme qui ne manqua pas de la ravir. Elle prit un morceau de parchemin vierge et nota avec précaution le moindre détail qui pourrait s'avérer utile.

Son récit préféré était celui du chef de tribu jaloux marié à une femme adultère. Frustré, il rendit visite à la sorcière du village qui lui donna une statue en bronze de la taille du poing du demi-dieu Kinez le Loyal. Quand elle embrasserait un homme en sa présence, la statuette s'animerait et tuerait le malchanceux soupirant. Le mari fit placer la figurine dans la roulotte de sa femme, et après la mort de plusieurs de ses favoris, cette dernière cessa de pécher. Ou, fit remarquer l'auteur du livre, elle se trouva un autre endroit. Le chef, enfin persuadé que sa femme lui serait désormais fidèle, entra dans la caravane pour accomplir son devoir conjugal. Il oublia d'enlever d'abord la statue. Sa veuve devint matriarche de la tribu, jouit de son veuvage et régna pendant de longues et prospères années.

Loup se demandait pourquoi les mages griffonnaient tous d'une manière aussi illisible. La dextérité manuelle, condition *sine qua non* pour lancer des sorts, devrait se refléter dans une écriture correcte. La sienne était presque dénuée de défauts. Avec minutie, il vérifia à plusieurs reprises les mots qu'il s'échinait à décrypter en les confrontant à d'autres pour en comparer les lettres. Tandis qu'il écrivait le terme exact avec soin dans l'espace au-dessus de l'original, au cas où il aurait besoin de relire l'ouvrage, il entendit Aralorn glousser tout bas.

À l'abri derrière son masque, il sourit de la voir gratter le papier comme une forcenée. Son écriture ressemblait aux gribouillis qu'il venait d'essayer de déchiffrer. La main qui faisait glisser la plume était calleuse et tachetée d'encre, tout comme son visage, orné de marbrures aux endroits qu'elle avait effleurés en recoiffant ses cheveux.

À contrecœur, il revint à sa lecture.

Aralorn termina son livre et replaça le fin volume sur l'étagère. Lorsqu'elle en dénicha un autre de forme identique, Loup était plongé dans son grimoire ; alors elle s'assit et prit son mal en patience.

— Loup ! lança-t-elle soudain, troublée par une pensée étrange.

D'un geste de la main, il lui signifia d'attendre qu'il ait fini, ce qu'elle fit non sans exaspération. Enfin, il daigna lever les yeux.

— D'après toi, quelle est la différence entre la magie classique et la magie verte ? On m'a toujours expliqué que les mages humains puisaient le pouvoir en eux-mêmes, alors que la pratique de la magie verte tirait toute sa force du monde qui nous entoure. Or tu m'as dit que l'ae'Magi avait trouvé un moyen de se lier aux puissances extérieures. Que cela lui avait permis d'étendre son influence jusqu'à Reth et Sianim. Cela fait-il de lui un mage vert ? Pourtant, sa magie n'y ressemble en rien, à mon avis.

Fidèle à lui-même, Loup répondit par une autre question.

— Quel est ton niveau de formation en magie ?

Elle lui décocha un sourire.

— Basique. Vous autres, mages, n'êtes pas très enclins à partager vos connaissances, même entre vous, et les quêtes intellectuelles ne fascinent pas tellement les changeformes. Tout ce que je sais de la magie verte, c'est comment l'utiliser et je suis loin d'être une experte en la matière. Comme j'ai passé du temps auprès du peuple de ma mère, j'ai appris à maîtriser l'art de la transformation et quelques sorts mineurs. J'arrive à ressentir la différence entre les types de magie ici (elle posa un poing contre son cœur), mais je ne connais pas tout à fait leur signification.

Il acquiesça d'un grognement et marqua une pause pour choisir ses mots.

— J'ai, moi aussi, entendu cette explication. J'oserais même avancer que c'est l'opinion de la plupart des mages. Ils estiment que la magie humaine est plus puissante que la magie verte.

Il pianota sur la table, ce qui ne manqua pas de la surprendre. Lui, si réservé, si impassible, montrait par ce simple geste qu'il éprouvait des difficultés à se concentrer. C'était pour le moins inhabituel. Il finit par lancer :

— Pour les Anciens, la magie existait dans une mare secrète cachée dans le palais de la déesse de la Nature. Elle s'en servait pour assurer l'enchaînement du cycle des saisons et la pousse de l'herbe. Un jour, un homme rusé trouva le moyen de voler un peu d'eau du bassin sans que la déesse s'en aperçoive. Il s'agissait du premier mage humain.

» Représente-toi la magie comme un étang de puissance pure et primitive qui s'infiltre au fur et à mesure dans le monde naturel pour copier la nature en faisant grandir les arbres et se lever le soleil. Pour moi, le mage vert utilise une magie déjà harnachée par l'univers. Il l'oriente à sa guise pour qu'elle emprunte la voie qu'il a choisie. Il s'agit d'une magie naturelle modelée pour servir un but précis. Elle est moins dangereuse et peut-être plus facile à employer, mais elle n'est pas aussi souple que la matière sauvage.

» Si tu acceptes cette histoire – ne serait-ce que comme métaphore – alors la magie normale… humaine… (Il hésita un instant.)… du moins pour une majorité de magiciens, fonctionne par paliers. D'abord, il faut puiser dans l'étang magique. C'est comme boire avec une paille : quand on arrive à bout de souffle, le liquide cesse de s'écouler. Ensuite, le magicien s'empare du pouvoir brut qu'il vient de collecter et s'en sert pour créer un sort ou une figure. Plus il peut extraire de magie, plus il est puissant, mais il doit connaître à l'avance les motifs qu'il va utiliser pour façonner le sort et commencer pendant qu'il puise la magie afin qu'elle ne le submerge pas.

Il jeta un coup d'œil par-dessus la tête d'Aralorn. Elle regarda dans la même direction, mais ne remarqua nul détail susceptible de retenir son attention.

— S'il ne parvient pas à la modeler, il doit la libérer comme pouvoir élémentaire. La magie brute relâchée dans le monde prend la forme du feu et se consume d'elle-même. Les puissants sorciers, capables de puiser un flot de magie si important qu'une fois relâchée sans contrôle elle causera plus de dégâts qu'un simple feu de camp, se comptent sur les doigts de la main. Car le plus difficile, pour la plupart d'entre eux, c'est d'amasser la magie. La contenir et l'obliger à suivre notre volonté ne requiert en général guère plus que la mémorisation d'un ou deux sorts, même si un flux important est plus compliqué à façonner qu'une quantité plus infime.

— Est-ce qu'on va te bannir de la société secrète des mages pour m'avoir raconté tout ça ? demanda Aralorn, un brin essoufflée devant la somme d'informations qu'il venait de lui délivrer.

— Une société secrète de mages ? reprit-il d'une voix amusée, mais peu enjouée. Si une telle société existait, je m'en serais extirpé moi-même il y a fort longtemps. Crois-moi, partager quelques histoires, c'est le moindre de mes crimes.

Il baissa les yeux vers le livre posé devant lui, mais d'après elle, il ne le lisait pas.

— L'ae'Magi, aussi puissant qu'il soit, ne peut pas faire… (Tout son corps était raide et il tendit une main, paume ouverte, vers l'extérieur, elle supposa, bien qu'elle dût y réfléchir à deux fois avant de s'assurer de quel côté se situait l'« extérieur ».) Il ne peut s'emparer des pensées d'un peuple tout entier sans renouer avec des méthodes plus archaïques.

— Des méthodes plus archaïques ?

Il se voûta et continua de caresser le livre comme si ça le soulageait.

— Le palais de l'ae'Magi renferme des trésors de savoirs. Il y rapporte les livres, artefacts et autres objets qui ne peuvent être détruits. Ils y sont scrupuleusement conservés afin d'éviter toute mauvaise utilisation. Dans les manuscrits interdits, l'ae'Magi a trouvé un moyen d'extraire de l'énergie qu'il pourrait employer pour maintenir les canaux magiques ouverts plus longtemps qu'il n'y serait parvenu en temps normal. Cela lui a permis d'augmenter de façon considérable le flux de pouvoir saisissable en une seule prise, ce qui le rend plus puissant que n'importe quel mage encore en vie.

Elle l'observa et repensa à Cain, le fils de l'ae'Magi. L'ae'Magi, par ses actes, avait trahi bon nombre de personnes. Les connaissances personnelles de Loup pouvaient provenir de n'importe quel mage proche de l'ae'Magi. Peut-être de l'un de ses apprentis. Plusieurs d'entre eux étaient « morts » ou avaient disparu cinq ans auparavant, voire plus. L'étude de la magie au plus haut niveau n'était pas moins dangereuse que le métier de mercenaire.

— Avant, tu as dit que la magie humaine fonctionnait de cette façon pour la plupart d'entre vous. Ce n'est pas ton cas ? s'enquit Aralorn avec précaution.

Il riva ses yeux jaunes sur les siens à la manière d'un oiseau de proie. Il lui semblait étranger, presque hostile.

Aralorn releva le menton et refusa de se laisser impressionner.

— Comment ça se passe pour toi ? questionna-t-elle de nouveau, veillant à changer de tournure.

Soudain, il se détendit et relâcha les épaules. Avec douceur, il reprit :

— J'oublie parfois à quel point il est difficile de t'intimider. Très bien. Oui, il en va autrement pour moi. Quand j'ai commencé à pratiquer la magie, mon originalité n'a pas été évidente de prime abord. Petit à petit, j'ai travaillé sur des incantations plus puissantes, c'est alors que ma différence est apparue. La plupart des magiciens sont limités par le flux qu'ils arrivent à puiser ; moi, ce qui me limite, c'est le volume que je peux modeler pour créer un sort.

Sacré volume, songea Aralorn, qui se remémora le marchand qu'il avait téléporté.

— Je soupçonne l'ae'Magi (il marqua une pause et effleura sa main avec délicatesse), qui fut mon maître comme tu t'en doutes (lui aussi avait appris à lire en elle au cours des dernières années), de l'avoir su avant moi. C'est pourquoi il me sépara du reste de ses apprentis. À partir de ce jour, je n'eus plus personne à qui me comparer. Lorsque j'atteignis l'âge de seize ans, l'ae'Magi décida de se servir de moi pour acquérir davantage de pouvoir. Il me força à collecter toute la magie que je pouvais afin qu'il puisse en disposer.

Soudain, Loup se tut. Aralorn patienta une minute avant de demander :

— Il est arrivé quelque chose ?

Loup laissa échapper un son qui aurait pu être un rire.

— Oui, il est arrivé quelque chose. La méthode qu'il a tenté d'utiliser n'était peut-être pas au point, ou bien il n'était pas encore prêt pour maîtriser la quantité d'énergie que j'avais puisée. En tout cas, avant qu'il ait eu le temps de comprendre quoi que ce soit, j'avais détruit une grande partie de la tour dans laquelle nous nous trouvions. J'avais fait fondre les pierres. J'ignore comment il réussit à nous garder en vie, mais il y parvint. Trois mois s'écoulèrent avant que je me décide à réunir assez de magie pour allumer une bougie.

Il s'interrompit un instant pour réfléchir ou revivre ses souvenirs. Aralorn attendit patiemment qu'il continue ou non, selon son désir. Il lui en avait révélé plus sur lui-même au cours des cinq dernières minutes que depuis les quatre années qu'elle le connaissait. S'il choisissait de s'arrêter là, elle n'insisterait pas.

Au bout d'un moment, il poursuivit.

— C'est à ce moment-là qu'il se tourna vers les anciens textes. Il commença à essayer d'extraire du pouvoir des autres. Moi, il me laissa tranquille, après le désastre qu'avait provoqué notre ultime tentative. Et au fil de ses expérimentations, il découvrit qu'avec l'aide de certains rituels – prohibés bien avant la Guerre des Sorciers, s'il t'est possible d'imaginer ce que ceux-là auraient pu interdire –, il pouvait s'approprier le pouvoir des gens qui pratiquaient la magie sans entraînement, c'est-à-dire surtout des enfants. Contrairement aux autres, ils demeurent sans défense.

Il se tut de nouveau, ses yeux dorés devenus ternes.

Je devrais m'arrêter ici, pensa-t-il. Désormais, elle en savait autant sur l'ae'Magi que lui. S'il lui arrivait quelque chose, elle serait en mesure de trouver un autre mage. Certains parmi les plus puissants pouvaient sans doute se libérer de son emprise, si lui, misérable épave dont l'entraînement restait incomplet, y était parvenu. Pourtant, le désir, le besoin de lui laisser entrevoir le monstre qu'il avait été le consumait ; qu'elle cesse de penser que Loup, son loup, était une sorte de paladin, parangon d'intégrité et de justice.

— Pendant longtemps, je l'ai aidé, poursuivit-il. À sa surprise, sa voix était toujours aussi sépulcrale, empreinte de tonalités glaciales qui ne laissaient point transparaître le volcan d'émotions qui grondait en lui. On aurait cru qu'il racontait l'histoire de quelqu'un d'autre.

— Il faut que tu le saches. *J'ai besoin que tu le saches.* Même si je savais ce qu'il était. J'ai pratiqué la magie noire en toute connaissance de cause. J'ai œuvré pour réaliser sa volonté, et me suis glorifié de son pouvoir et de sa folie. Je savais ce qu'il incarnait, et pourtant, j'ai essayé de le satisfaire.

Il s'agrippa à la table d'une telle force que ses mains devinrent terrifiantes. Il s'en rendit compte, mais ne put se forcer à les décrisper. Peut-être ne s'en apercevrait-elle pas ? Peut-être ne se souciait-il pas qu'elle le remarque ?

— Qu'est-il arrivé ? demanda-t-elle, comme si elle recueillait des informations au cours d'une mission, quelque chose qui ne la concernait pas.

Comme il ne répondit pas, elle insista.

— Que s'est-il produit ? Qu'est-ce qui a changé ?

N'avait-elle pas compris ce qu'il venait de lui expliquer ? Où donc était passée sa peur ? Son dégoût ? Puis, il se souvint. Elle pratiquait la magie verte, ce n'était pas une vraie mage. Elle n'avait pas idée du mal qu'il avait fait, elle ignorait l'ignominie de ses actes. Les cris des innocents et des autres, les coupables, il les entendait encore par moments, lorsqu'il se l'autorisait.

Il relâcha soudain sa prise. Il ne voulait pas blesser Aralorn, se rappela-t-il, et s'il se laissait aller à... Elle attendait une histoire, quelque chose de plaisant, plein d'espoir, dont il pourrait parler sans raviver des événements ou des souvenirs qu'il valait mieux ne pas réveiller.

Il commença presque au hasard.

— Plus jeune, les passages du palais de l'ae'Magi me fascinaient. (C'était un bon début, il sentait le calme revenir.) Je les arpentais des heures, parfois des jours durant. (Quand il pouvait. Pendant que l'ae'Magi voyageait ou devait s'occuper des autres qui ignoraient ce qu'il faisait.) Il existe des endroits dans ces couloirs qui n'ont pas vu main humaine depuis des générations. (La découverte de ces voies obscures et sûres l'avait sauvé, songea-t-il.) Près d'un an avant mon départ du château, je trouvai une bibliothèque abandonnée. Une bibliothèque entière que personne, hormis moi, n'avait visitée depuis des lustres.

Une bibliothèque privée, avait-il pensé plus tard. L'un des ae'Magi y avait entreposé ses livres préférés afin d'en faire un usage personnel.

— Elle me fascina. Avant de découvrir cet endroit, je n'avais lu presque que des grimoires et des ouvrages du même tonneau. Des textes qu'on m'avait demandé d'étudier.

Des listes interminables, des sorts inutiles, faibles ou brisés, avait-il compris avec le recul. Des tâches pour l'occuper sans vraiment l'éduquer.

— Dans la petite pièce se trouvaient des manuscrits d'un tout autre genre. Quelqu'un avait rassemblé des livres sur les gens : contes, biographies, mythes et légendes. Ces lectures firent mon éducation.

Il hésita, comprenant pour la première fois qu'il était vraiment en train de répondre à sa question : qu'était-il arrivé pour qu'il dévie de sa voie ? Il observa Aralorn, mais son visage restait impassible. Elle était résolue à passer au crible la moindre de ses paroles. Impossible de dire ce qu'elle pensait quand elle se contentait d'écouter.

— Ce que j'appris rendit mon occupation du moment… encore plus désagréable. C'est pourquoi je partis.

C'étaient là les paroles qu'employait Aralorn pour expliquer pourquoi elle avait renoncé à jouer le rôle de la fille de l'un des héros les plus adorés de Reth. Il se demanda si ces mots servaient de couverture autant à elle qu'à lui.

Elle lui sourit et lui fit un signe de connivence. Elle avait bien saisi la référence.

Cela lui permit d'achever son histoire de façon aussi légère qu'il avait essayé de la commencer.

— Partir du château fut assez facile, mais changer ma vraie nature s'avéra plus ambitieux.

— Si tu deviens l'un de ces fieffés fanatiques qui donnent tout ce qu'ils possèdent aux pauvres et passent leur temps à ordonner aux autres de faire pareil, je me chargerai de t'offrir en pâture aux uriah.

Elle lui arracha un éclat de rire et il secoua la tête comme pour la réprimander.

— Toi, tu ferais mieux de surveiller tes paroles quand tu es près de moi. Je pourrais oublier que je me suis repenti de mes habitudes maléfiques et te transformer en créature fort peu ragoûtante !

Chapitre 5

Aralorn décida que Myr possédait l'âme d'un sergent et non celle d'un roi. Au cours de la nuit, il avait, semblait-il, décidé que la consolidation du campement primait l'enseignement du maniement des armes.

Après le petit déjeuner, tous ceux qui pouvaient enfiler une aiguille furent chargés de transformer des mètres de tissu en tentes, sur le modèle de celle de Myr, elle-même inspirée de celles qu'utilisaient les trappeurs du nord.

Une fois le projet achevé, il y aurait trois grandes tentes qui pourraient abriter la population du camp pendant l'hiver. Les toiles seraient tendues sur des structures solides, conçues pour résister au poids de la neige. À l'extérieur, on avait cousu une doublure destinée à être rembourrée d'herbe séchée pour servir d'isolant pendant la saison des frimas. Un simple mais ingénieux système de trappe permettrait d'entretenir un feu à l'intérieur de l'abri.

Ceux qui ne savaient pas coudre, ou qui furent trop lents à s'emparer des aiguilles également fournies par Myr, furent employés à construire ce qu'il avait qualifié de « principale priorité de tout camp digne de ce nom » : les toilettes.

Le risque de maladie était très réel dans les campements d'hiver et tout bon militaire connaissait des histoires de régiments décimés à cause de l'absence d'un système d'évacuation des déchets adéquat. Sur ce point, le grand-père de Myr s'était toujours montré intransigeant. Aralorn pensa, non sans amusement, que Myr ressemblait plus à son aïeul que certains au sein du camp voulaient l'admettre.

Aralorn, dépourvue d'aiguille et inquiète que Myr s'en aperçoive, chercha Loup en vain. Elle repéra Edom qui, l'air frustré, essayait de calmer les sanglots d'une fillette vêtue d'une robe violette en lambeaux.

— Je veux maman ! Elle sait toujours comment la réparer pour que son chapeau ne tombe pas.

La gamine étreignait dans sa main crasseuse une poupée d'une propreté douteuse.

— Astrid, tu sais que ta maman n'est pas là, elle ne peut pas t'aider, dit Edom avec impatience.

Il s'agissait de l'enfant qui avait été sauvée par un étranger dans les grottes de Loup. Aralorn l'observa avec intérêt. Comment une fille aussi jeune avait-elle réussi à gagner ce camp sans embûches alors qu'aucun parent ne l'accompagnait ? Peut-être quelqu'un l'avait-il amenée ? Elle demanderait à Loup. Dans l'intervalle, elle ne pouvait pas laisser Edom se débrouiller seul alors qu'il n'en menait pas large manifestement.

— Bonjour, Astrid, lança Aralorn qui n'obtint d'abord qu'un regard suspicieux.

— 'Jour, répondit la petite après une seconde d'hésitation

— Les garçons ne connaissent rien à l'habillage des poupées, reprit Aralorn qui s'accroupit pour se trouver à hauteur des yeux de la fillette.

Astrid la dévisagea avec méfiance pendant une minute, avant de lui tendre doucement le jouet et le chapeau.

Après des années passées à assumer son rôle d'aînée de quatorze enfants, Aralorn possédait assez d'expérience pour visser le chapeau en respectant l'angle exact afin qu'il s'accroche à l'entaille creusée pour le maintenir en place. Astrid saisit la poupée d'une main et de l'autre barbouilla sa joue striée de larmes.

— Pourrais-tu essayer de réunir ici tous les petits ? demanda Aralorn.

Astrid opina du chef et s'élança à toute allure.

Puis, Aralorn se tourna vers Edom.

— J'en déduis que tu es censé garder un œil sur les enfants ?

Edom roula des yeux.

— Comme d'habitude.

— Je peux te décharger un moment, si tu veux.

Il acquiesça et s'éloigna le sourire aux lèvres avant qu'elle puisse changer d'avis. *Sera-t-il aussi joyeux quand Myr l'obligera à creuser les latrines ?* pensa Aralorn.

Elle fit asseoir les enfants en demi-cercle autour d'elle. Certains obéirent avec une expression de désespoir qui lui fendit le cœur. Astrid était la plus jeune. La majorité d'entre eux avaient dix ou onze ans, à quelques années près. Il y avait plus de filles que de garçons. Des regards méfiants, enthousiastes, impatients... Les enfants constituaient un public plus difficile que les adultes, car personne ne leur avait encore enseigné qu'il valait mieux être poli qu'honnête.

Avant de commencer, elle étudia leur visage pour essayer de choisir une histoire. Au petit déjeuner, Stanis lui avait dit que la plupart d'entre eux vivaient là depuis moins d'un mois. Aucun n'avait de la famille au sein du camp et, à en juger par les larmes d'Astrid, tous se sentaient perdus.

Elle s'assit, jambes croisées, et les observa.

— Est-ce qu'il y a un conte que vous préférez ? Je ne prétends pas les connaître tous, mais au moins les plus répandus.

— *Le Marais de Kern* ? suggéra une fillette.

Le Marais de Kern narrait le romantique récit d'un garçon et de sa grenouille.

— *Le Forgeron* ! lança Tobin de sa petite voix enrouée. (Tout le monde se tourna vers lui en même temps et Aralorn devina qu'elle n'était pas la raison de son mutisme.) C'est mon papa qui me l'a racontée. Juste avant que je sois obligé de partir.

Ce n'était pas une histoire agréable, ni même une fable pour enfants, en vérité. *Mais parfois les histoires servent d'autres objectifs que le simple divertissement*, pensa-t-elle.

— D'accord, accepta-t-elle. Mais vous devrez m'aider si jamais je me trompe ou si j'oublie des détails. Vous y arriverez ?

Elle attendit qu'ils acquiescent.

— Très bien, dit-elle, puis elle s'installa confortablement et adopta l'état d'esprit adéquat. Il était une fois, à l'époque où les anciens dieux arpentaient la terre et s'intéressaient aux affaires des mortels, un forgeron qui habitait dans un petit village. Il était talentueux et son nom était connu à travers tout le pays. Bien qu'il fût un homme doux, il vivait en des temps troublés et passait une grande partie de sa journée à ferrer les puissants destriers des nobles, à réparer leurs armes, à façonner et à restaurer leurs armures.

Une main se leva.

Elle s'arrêta et pencha la tête, invitant une fillette sale, coiffée de deux tresses mal assorties, à parler.

— Il ne faisait pas ça pour s'enrichir, précisa la petite. À cause de la guerre, la nourriture était devenue très chère. Et s'il refusait de fabriquer des épées, sa famille risquait de mourir de faim.

Aralorn acquiesça.

— Il fabriquait donc ces choses pour gagner son pain, car les denrées étaient rares et précieuses. Mais la nuit, dans l'intimité de la forge, il créait d'autres choses. Parfois, il s'agissait d'outils pratiques comme des râteaux, des houes ou des boucles. Parfois, cependant, il concevait des articles simplement destinés à ravir le regard.

— Le dieu de la guerre, s'exclama un garçon, l'un des plus jeunes, en se relevant d'un bond. Le dieu de la guerre est venu. Il est venu et il a essayé de s'emparer du bel objet !

— On lève la main, s'il vous plaît, rappela Aralorn.

Le petit obéit aussitôt.

— Oui ?

— Le dieu de la guerre est venu, reprit-il d'une voix beaucoup plus polie.

— C'est exact, reconnut-elle. Temris, le dieu de la guerre, avait cassé son épée préférée lors d'un combat. Il entendit parler du talent du forgeron, et une nuit, se rendit au village et toqua à la porte de la forge.

» Le forgeron travaillait alors sur une pièce d'une beauté singulière : un petit arbre ouvragé de manière compliquée, en fer battu et fil d'argent, portant sous chaque branche un unique fruit en or.

Elle avait toujours pensé qu'il aurait plutôt dû s'agir du travail d'un orfèvre, mais c'était une vieille histoire. Peut-être qu'à l'époque un forgeron ferrait les chevaux et fabriquait aussi armures et bijoux.

— Temris l'aperçut, le convoita et, comme c'était la coutume parmi les dieux quand ils désiraient quelque chose d'un mortel, l'exigea.

— Parce qu'il était cupide, dit quelqu'un.

Elle regarda autour d'elle, mais aucune main ne se leva, alors elle ne releva pas le commentaire. Ils étaient tous assez âgés pour connaître la coutume.

— Le forgeron refusa. Il dit : « Toi qui es artisan de la guerre, tu ne peux pas posséder un objet symbolisant l'espoir de paix. »

Stanis leva la main.

— En quoi un arbre avec des fruits symbolise-t-il l'espoir de paix ?

Tobin répondit :

— D'après mon père, c'est parce qu'en temps de guerre, il ne pousse aucun fruit sur les arbres.

Aralorn observa les petits visages solennels et regretta que Tobin n'ait pas choisi une histoire plus gaie.

— Le forgeron projeta la statue à terre et sa colère était telle qu'il la brisa en mille et mille morceaux. Temris était furieux qu'un modeste forgeron ait pu lui refuser quoi que ce soit. (Aralorn baissa la voix le plus possible et articula doucement, à la manière d'un dieu de la guerre.) « Je déclare en ce jour, forgeron, qu'il ne te reste plus que trois pièces à forger et que ce seront des armes de destruction telles que le monde n'en a encore jamais vu. Ton nom leur sera à jamais lié et tu seras connu pour l'éternité comme Le Forgeron. »

» Ce dernier fut horrifié et des jours durant il resta assis seul dans sa forge, n'osant pas travailler, terrifié par les paroles de Temris. Pendant ce temps, il pria Meha, le dieu de l'amour, et demanda à ne pas être obligé de créer les instruments destinés à la destruction d'un autre homme. Peut-être sa prière fut-elle exaucée, car un jour il fut saisi d'un sursaut d'énergie qui stupéfia tout le village. Pendant trois quinzaines, il œuvra nuit et jour, sans manger ni boire, jusqu'à ce que son travail fût achevé.

— Ma maman dit que si on passe six semaines sans manger, on meurt de faim ! s'écria l'une des fillettes plus âgées.

— Pas si les dieux s'y opposent, rétorqua Tobin, farouche. Pas si on doit accomplir des choses importantes.

— Silence, s'il vous plaît ! les réprimanda Aralorn. Levez la main si vous voulez me fournir des détails pour m'aider.

Ils se rassirent et elle reprit le fil de son histoire.

— Les armes qu'il créa ne pouvaient être utilisées que par les humains et non par les dieux. Il les façonna afin qu'elles protègent les faibles des puissants. Il forgea Nekris la Flamme. Il s'agissait d'une lance constituée d'un étrange matériau : un métal rouge qui flamboyait comme le feu.

Une main se leva.

— Elle tue les monstres marins, informa le tout récent assistant d'Aralorn.

Cette dernière acquiesça.

— C'est Nekris que brandit le roi Taris pour repousser vers les abysses le dragon des mers, prêt à anéantir sa cité.

» La deuxième arme était une masse : Sothris la Noire. D'après la légende, elle aurait causé l'une des neuf morts de Temris en personne. On l'employa durant la Guerre des Sorciers pour détruire certaines des abominations créées dans la désolation des derniers jours.

» Et enfin, l'épée, Ambris, appelée aussi la Rose d'Or. Il n'existe aucune histoire à son sujet. Certains affirment qu'elle a été perdue, ou que les dieux l'ont ensevelie par peur de son pouvoir. Mais d'autres, et je partage leur avis, racontent qu'elle demeure cachée et apparaîtra au moment où on aura le plus besoin d'elle.

— Nom d'une fistule ! s'écria Stanis les yeux écarquillés. Ton épée est d'une teinte rosée et, en plus, on dirait de l'or !

Aralorn haussa un sourcil et la dégaina pour que tous les enfants puissent l'admirer.

— On dirait bien.

— Mais elle a l'air plutôt délicate, reprit un jeune garçon, âgé d'un ou deux ans de plus que Stanis, après méticuleuse inspection.

La jeune femme acquiesça d'un air grave.

— Je crois que tu as raison. Ambris est si longue que seul un puissant guerrier peut la brandir. Cette épée a été conçue pour une personne de petite taille, comme toi ou moi.

Le garçonnet lui décocha un large sourire en signe de solidarité.

— Un grand et robuste guerrier comme notre roi Myr ? demanda une seconde voix.

Elle rangea sa lame dans son fourreau avant que quelqu'un se coupe.

— Tout à fait. Comme notre roi Myr.

Stanis, décrétant à l'évidence que la question d'Ambris avait été suffisamment traitée, lança :

— Tu connais d'autres histoires ? À propos d'armes, de dieux et tout ? J'aime quand ça parle de sang et de batailles, mais d'après Tobin, ça risquerait d'effrayer les plus jeunes.

Un sourire jusqu'aux oreilles, Aralorn s'apprêtait à répondre, mais elle remarqua que Loup attendait non loin. Edom se trouvait à ses côtés.

— On dirait que je vais devoir patienter et vous raconter cette histoire la prochaine fois. Rappelez-moi de vous conter celle d'un garçon, de son chien et d'un monstre nommé Taddy.

Edom s'avança jusqu'à elle.

— Merci pour la pause, chuchota-t-il en se penchant légèrement. Mais Loup affirme avoir plus besoin de toi que Myr d'une paire de bras supplémentaire pour ses fosses.

— Mieux vaut surveiller les marmots que creuser ? le taquina-t-elle.

Il sourit.

— Absolument. Hé ! Stanis ! Et si tu m'aidais à lancer une partie de Cache la Pierre ?

Et une minute plus tard, les voilà qui couraient tous en direction des buissons à la recherche du caillou parfait.

— Alors, comme ça, tu dégaines Ambris, maintenant ? remarqua Loup qui marcha vers elle une fois Edom et les enfants partis.

Elle se releva d'un bond.

— Bien sûr ! Je suis Aralorn, héroïne de Sianim et Reth, tu l'ignorais ?

— Complètement. (Elle entendit le sourire dans sa voix.) Ce nom ne me dit rien du tout.

Elle secoua la tête et commença à se diriger vers les grottes.

— Tu devrais sortir plus souvent, boire un coup de temps en temps dans une taverne et te mettre au courant des dernières nouvelles.

— Je pense tout de même que, même si nous nous trouvons dans des contrées isolées, j'aurais entendu parler de la femme qui brandit Ambris.

Aralorn rit.

— La moitié des jeunes hommes à Sianim peignent leurs masses d'armes en noir. Et à l'*Auberge de la Rouge Lance*, la préférée de la Quatorzième, située à quelques mètres des bâtiments du gouvernement, une lance cérémonielle en bronze trône sur le mur et l'aubergiste jure qu'il s'agit de Nekris. M'est avis que toi et moi, on n'a pas besoin de se soucier de l'ae'Magi. Il nous suffira d'agiter Nekris et Ambris pour l'anéantir.

Après quelques pas en silence, elle ajouta :

— Je reconnais, néanmoins, que le jour où je l'ai dénichée dans la salle des vieilles armes à Lambshold – je n'étais alors qu'une enfant à peine plus âgée que ceux-là –, j'avais l'habitude de prétendre que j'avais mis la main sur Ambris.

Elle dégaina l'épée et la leva pour mieux l'inspecter. La lame chatoya à la lumière du soleil de reflets d'or rosé, mais hormis sa couleur, sans conteste inhabituelle, elle était banale et dépourvue d'ornements.

— Elle a dû être conçue pour une femme ou un jeune garçon. Tu vois comme elle est fine ? (Elle la fit tourner.) La teinte tient sûrement à un alliage de métaux que le forgeron aura utilisé pour qu'elle résiste aux chocs, même si par sa petite taille elle convient tout à fait à une fille. La poignée en métal aussi est ordinaire. Avant que la population des utilisateurs de magie commence à se remettre de la Guerre des Sorciers, nombre d'épées étaient fabriquées avec une garde en métal. Ce n'est qu'au cours des deux cents dernières années que cela s'est raréfié. (Comme s'il avait besoin qu'elle le lui explique.) Pardon, reprit-elle penaude. Voilà ce qui arrive quand je raconte des histoires aux enfants.

— Pendant combien de temps as-tu fait croire que tu possédais Ambris ?

— Pas longtemps, répondit-elle. Il n'y a pas de magie en elle. Ni humaine, ni verte, ni rien du tout. Et j'ai bien été obligée d'admettre que la lame du Forgeron devait être d'une grande puissance magique. (Elle lui décocha un sourire chagrin.) Et aussi bien plus grande, comme doit l'être une arme conçue pour occire les dieux.

» Ce n'est peut-être pas Ambris, mais (Aralorn exécuta quelques mouvements rapides.) mais elle est légère, bien équilibrée, et elle possède un bon tranchant. Que demander de plus ? Pour moi, elle répond à tous les critères ; elle me convient à merveille. Je ne m'en sers pas quand un poignard ou un bâton peuvent faire l'affaire, donc je n'ai pas à me soucier de tuer un magicien par mégarde.

Elle la rangea dans son fourreau et la tapota avec affection.

Cette fois, ils empruntèrent une route différente pour rejoindre la bibliothèque depuis la bouche de la grotte. Aralorn se demanda si c'était délibéré ou une simple question d'habitude. Loup franchit les passages tortueux sans hésiter, esquivant les puits à mesure qu'ils apparaissaient à la lueur des cristaux de son sceptre, mais elle avait l'impression que si elle ne l'avait pas accompagné, il n'aurait même pas eu besoin de lumière.

La bibliothèque était telle qu'ils l'avaient laissée. Aralorn se mit assez vite à feuilleter les livres au lieu de les lire. La quantité de volumes était impressionnante. À une ou deux reprises, elle se rendit compte que le recueil qu'elle avait rapporté jusqu'à la table n'était pas celui qu'elle avait cru choisir. Au bout de la quatrième fois, elle se persuada qu'elle ne pouvait pas avoir sélectionné un autre ouvrage par erreur : le manuscrit qu'elle avait sorti du rayon était encombrant, celui qu'elle avait posé devant Loup pour qu'il l'examine était à peine plus épais qu'un opuscule.

Intriguée, elle revint à l'étagère d'où elle l'avait tiré et constata que le tome massif qu'elle avait pensé avoir saisi trônait toujours là où elle l'avait vu. Elle le tapota d'un air pensif, puis esquissa un sourire. Les bibliothèques de mages possédaient, semblait-il, certaines particularités. Aucun rapport, assurément, avec son sort de fortune, qui s'était dissipé quelques minutes après qu'elle l'eut invoqué.

Loup n'avait pas remarqué ses manœuvres, mais posa la fine et inoffensive brochure de son côté de la table, pour revenir à ce qu'il appelait « les gribouillis illisibles d'un sorcier médiocre et à moitié fou, trépassé dans un anonymat bien mérité plusieurs siècles auparavant : à l'abri des imprécations d'un mage sans formation et néanmoins puissant ».

Aralorn regagna la table et l'écouta marmonner à mi-voix avec intérêt. Les mercenaires de Sianim disposaient d'un large répertoire de jurons, grossiers pour la plupart, mais Loup apportait une vraie touche de créativité.

Sans se départir de son sourire, Aralorn ouvrit le manuscrit et en commença la lecture. Comme la plupart des livres qu'elle choisissait, celui-ci était un recueil de contes, rédigé dans un vieux dialecte de Reth plutôt facile à déchiffrer. La première fable était une version des *Armes du Forgeron* qu'elle ne connaissait pas. Non sans culpabilité, car elle savait que cela ne lui serait d'aucune utilité pour vaincre l'ae'Magi, elle nota les différences à la hâte avant de passer à l'histoire suivante.

L'auteur n'était pas des plus mauvais et elle cessa de lire en diagonale pour s'adonner pleinement à sa lecture, veillant à relever une tournure de phrase tout à fait intéressante par-ci et un détail par-là. Arrivée au tiers du dernier conte, elle se rendit compte de ce qu'elle avait sous les yeux. Elle s'arrêta et revint en arrière, puis reprit sa lecture, cette fois pour s'informer plutôt que pour se divertir.

Il semblait que l'ae'Magi de l'époque avait, du temps où il était encore apprenti, conçu un nouveau charme. Il le présenta à son maître pour le malheur du brave homme. Le sort servait à neutraliser la magie, un effet que ce dernier, âgé de deux cents ans, aurait d'autant plus apprécié s'il ne s'était pas trouvé dans son champ d'action.

Aralorn chercha, en vain, le nom de l'apprenti devenu ae'Magi ou du moins une indication quant à la date de rédaction. Malheureusement, durant une longue période de l'histoire de Reth, l'on n'avait pas eu coutume d'inscrire la date d'écriture d'un livre, ni même le nom de son auteur. En vérité, il était impossible, sur un cycle de deux cents ans, de dater avec fiabilité un recueil composé en grande partie de contes populaires, surtout lorsqu'on avait affaire à une copie et non à l'original.

Poussant un soupir, Aralorn reposa l'opuscule et s'apprêta à demander à Loup s'il avait quelque suggestion. Par chance, elle lui jeta un coup d'œil avant que le moindre son ne sorte de sa bouche. Il s'échinait à démêler un sort que renfermait la serrure d'un volume aux feuillets moisis, épais comme sa main. Elle s'était tellement habituée à ressentir la magie à cause de l'éclairage qu'elle ne remarqua pas que l'afflux magique s'était intensifié.

Il semblait éprouver quelques difficultés à la tâche, même si elle n'aurait juré de rien, car son visage était camouflé. Les sourcils froncés avec irritation, elle scruta son masque.

— Cette chose ne te gêne pas parfois ? s'enquit-elle sur le ton de la simple conversation quand le cadenas s'ouvrit brusquement dans un dramatique nuage de fumée bleue.

— Quelle chose ?

Il enleva le reste de poudre bleue qui recouvrait le livre et ouvrit une page au hasard.

— Le masque. Ça ne gratte pas quand tu transpires ?

— Les loups ne transpirent pas.

À son intonation si désintéressée, elle comprit qu'elle pouvait insister sans danger, même s'il éludait sa question à dessein. Et d'ailleurs, il suait, lui aussi, sous sa forme humaine du moins.

— Tu sais, poursuivit-elle, dessinant un motif dans la poussière qui recouvrait une couverture en cuir, lorsque mon père m'a emmenée à la rencontre des changeformes, j'ai pensé que ce serait vraiment amusant de pouvoir devenir quelqu'un d'autre chaque fois que je le souhaiterais. Alors, j'ai appris et je me suis entraînée jusqu'à pouvoir ressembler à presque toutes les personnes que je voulais. Or, mon père arrivait toujours, par je ne sais quel mystère, à me démasquer, et dès qu'il s'agissait de punir, il faisait preuve d'un véritable génie créatif. J'ai fini par abandonner cette habitude et j'ai cessé de modifier mon apparence.

» Lors de ma deuxième visite auprès du peuple de ma mère, j'avais quelques années de plus. Ce jour-là, j'ai remarqué quelque chose qui m'avait échappé la première fois. Si un changeforme est mécontent d'un aspect de son physique, il lui suffit de le modifier. Si son nez est trop long ou si ses yeux ne sont pas de la bonne couleur, il est facile d'y remédier. S'il a commis un acte dont il n'est pas très fier, alors il peut prétendre être quelqu'un d'autre le temps que de l'eau coule sous les ponts. Ils se cachent tous d'eux-mêmes derrière ces apparences jusqu'à ce qu'il ne reste plus rien à dissimuler.

— Je t'assure, rétorqua Loup caustique, que pour y parvenir – et ce ne serait pas de refus, crois-moi –, j'aurais besoin de bien plus qu'un masque.

— Dans ce cas, pourquoi le portes-tu ? demanda-t-elle. Je ne parle pas de là-bas.

Elle désigna d'un geste impatient le site du campement.

— C'est par là, corrigea Loup, en indiquant une tout autre direction.

— Tu m'as comprise, souffla-t-elle. Je suis sûre que tu as tes raisons pour garder ton masque à l'extérieur. Mais pourquoi t'en sers-tu pour te soustraire à ma vue ? Je ne risque pas de révéler à tout le monde le secret ton identité, si de c'est ça qu'il s'agit.

Il se raidit, mais répondit avec la même franchise que celle qu'elle lui avait témoignée.

— La confiance ou la suspicion ne font pas partie des raisons qui m'incitent à porter ce masque.

Elle soutint son regard.

— Ah non ? Il n'y a que toi et moi dans cette chambre.

— Grotte, l'interrompit-il avec douceur.

Elle lui concéda ce point, sans pour autant changer de sujet.

— Très bien, dans cette grotte. Un masque sert à se cacher. Si je suis la seule ici à pouvoir regarder ton visage, alors tu te caches de moi. Tu ne me fais pas confiance.

— Que la peste t'emporte, Aralorn ! rétorqua-t-il à voix basse, lui volant son juron favori. J'ai mes raisons de porter ce masque.

Il le tapota. Ses yeux brillaient de rage malgré sa voix calme et une personne prudente n'aurait pas insisté. Mais c'était là un qualificatif que personne, même ses ennemis, n'avait encore employé pour décrire Aralorn.

— Pas avec moi.

Elle ne céderait pas. Il ferma les paupières et prit une profonde inspiration avant de les ouvrir de nouveau. La lueur de colère avait été remplacée par un sentiment qu'elle ne parvint pas à déchiffrer.

— Le déguisement est plus honnête que celui qui se trouve en dessous.

Un filet d'émotion teintait son timbre, mais elle était déguisée et pouvait paraître douce comme le chagrin ou sauvage comme la rage symbolisée par le masque.

Elle attendit, consciente que si elle s'avisait de commenter son obscure déclaration, il était tout à fait capable de la faire dévier de son sujet, l'entraînant dans une étrange joute oratoire afin de l'embrouiller.

Lorsqu'il comprit qu'elle ne parlerait pas, il dit d'une voix suave :

— J'éprouve des difficultés à accorder ma confiance, Dame.

Le masque semblait tenir tout seul : un sort élémentaire. Il le saisit et l'ôta avec douceur. Sans doute avait-elle simplement imaginé l'infime hésitation avant qu'il révèle le visage.

Elle était certaine qu'il cherchait à dissimuler son identité. À sa place, quelqu'un d'autre aurait pu en avoir le souffle coupé. Mais elle avait déjà vu des victimes de brûlures ; certaines se trouvaient même dans un état bien plus grave ; d'ailleurs, la plupart d'entre elles étaient mortes. La zone autour de ses yeux dorés était dénuée de cicatrices, comme s'il s'était protégé derrière son bras. Le reste de sa face correspondait bien à sa voix : elle aurait pu appartenir à un cadavre. Elle avait cette étrange apparence étriquée, comme si la peau ne suffisait pas. Ses lèvres étaient si serrées qu'elles lui refermaient la bouche, si bien qu'il devait éprouver des difficultés pour manger. Elle savait désormais pourquoi sa voix lui avait paru étouffée et ses paroles articulées avec moins de clarté que quand il parlait sous sa forme animale.

Elle le contempla un long moment, plus longtemps que nécessaire, afin de réfléchir à la meilleure manière de réagir. Puis elle se leva, fit le tour de la table et se pencha pour déposer un délicat baiser sur ses lèvres.

Elle revint à sa place et lui dit à voix basse, sans quitter son visage du regard :

— Ôte-le quand nous sommes seuls ici tous les deux, si tu veux. Je préfère te regarder toi, plutôt qu'un masque.

Il lui adressa un sourire chaleureux, seulement avec ses yeux. Puis, il répondit à la question qu'elle n'osait pas lui poser.

— C'est le sort dont j'ai perdu le contrôle. Je t'avais expliqué que la magie indomptée prenait la forme d'une flamme. (Tandis qu'il parlait, il serra son poing, puis l'ouvrit pour lui montrer la flammèche qu'il abritait.) La chair brûle avec plus de facilité que la pierre et l'ae'Magi n'a pas réussi à étendre son bouclier assez rapidement jusqu'à moi.

Quand il avait quinze ans, avait-il précisé. Non sans effort, elle ressentit qu'il était encore incertain, alors elle lui décocha un grand sourire et repoussa sa main avec espièglerie.

— Enlève-moi ça. Toi mieux que quiconque devrais savoir qu'on ne joue pas avec le feu.

Assurée, quand elle l'entendit rire, qu'elle avait opté pour la bonne attitude, elle remercia les années passées à jouer la comédie qui lui avaient permis de détendre l'atmosphère.

Avec obéissance, il éteignit la flamme et, sans plus de cérémonie qu'à l'accoutumée, revint à son livre. Aralorn s'approcha du rayonnage le plus proche et sélectionna un autre ouvrage.

Quand il eut été inspecté sous toutes les coutures afin d'y déceler le moindre piège, elle l'ouvrit et fit semblant de lire, tandis qu'elle réfléchissait à plusieurs questions qui venaient de surgir dans son esprit. Par exemple : pourquoi un magicien, capable de prendre la forme d'un animal sans limitation de durée, ne pouvait-il pas transformer son visage pour le débarrasser de ses cicatrices ? La réponse la plus plausible était qu'il ne le voulait pas. Ce qui conduisait à toute une série de nouvelles interrogations.

Plongée dans ses pensées, elle sursauta au son de la voix de Loup qui annonçait qu'il était l'heure de partir. Elle déposa le livre qu'elle avait ouvert sur la table, par-dessus le manuscrit qu'elle avait oublié de signaler à Loup. Elle aurait bien assez de temps à consacrer aux deux ouvrages le lendemain. Elle allait emboîter le pas à son compagnon, lorsqu'elle aperçut un mouvement du coin de l'œil. Mais quand elle se retourna, il n'y avait rien. Elle avait pourtant eu l'impression d'être épiée par des yeux invisibles pendant tout le trajet dans la caverne. Les lieux où l'on pratiquait la magie provoquaient souvent ce genre de picotements, alors elle n'en parla pas.

Tandis qu'ils quittaient les souterrains, Aralorn remarqua des inscriptions défraîchies à l'entrée. *On dirait un sceau de protection*, pensa-t-elle, car elles avaient été dessinées tout autour de la bouche de la grotte. Des gens s'étaient réfugiés ici bien avant eux, pensa-t-elle tout en effleurant les motifs délavés. Sous la pulpe de ses doigts, elle ressentit une douce vibration de magie verte.

Dehors, le ciel nébuleux charriait l'obscurité du début de soirée. Des gouttes de pluie hésitantes tombaient çà et là, glacées sur sa peau. Le vent ne soufflait pas près des cavernes, mais Aralorn pouvait entendre son esprit implacable serpenter entre les arbres voisins. Elle observa la voûte céleste avec inquiétude. Il était encore trop tôt pour qu'il neige, mais les montagnes étaient réputées pour leurs tempêtes insolites et cette ondée hivernale ne présageait rien de bon.

Loup remarqua son regard et dit :

— Il ne neigera pas ce soir en tout cas. Demain, peut-être. Si elle tombe en avance, nous pourrions être obligés de prendre nos quartiers dans les grottes. Mais je préférerais l'éviter ; il est trop facile de s'y perdre, comme nous avons déjà pu le constater. Les secours pourraient ne pas arriver à temps la prochaine fois.

Elle remarqua qu'il avait remis le masque sans qu'elle le voie faire.

Il ne neigea pas, mais cela ne fit aucune différence. L'orage qui s'abattit cette nuit-là fut violent et glacial. Le vent déchiqueta les tentes de fortune qui constituaient encore la majeure partie du campement. Tout le monde se blottit dans celles qui fuyaient le moins et attendit que la tempête passe. Elle disparut aussi brutalement qu'elle avait frappé. En l'absence des rafales, la chaleur corporelle des personnes serrées les unes contre les autres suffit à chauffer les abris surpeuplés. Vu l'épuisement général, tous, à l'exception des sentinelles parées pour la deuxième ronde nocturne, s'endormirent sans tarder.

Le hennissement d'un étalon tira Aralorn du sommeil. Une jument en chaleur devait se trouver dans les environs. Elle jura en silence, mais Sheen siffla de nouveau et elle comprit qu'elle devait aller le tranquilliser avant qu'il réveille tout le camp. D'ailleurs, ce ne serait pas une mauvaise idée de s'assurer que chevaux allaient bien.

Elle passa le bras sous les fourrures qui lui servaient de couche – une manœuvre délicate quand on la partage avec autant d'individus – et attacha son poignard. Elle enjamba les corps somnolents sur la pointe des pieds et se fraya un chemin jusqu'à la sortie.

Une fois dehors, elle courut jusqu'à l'enclos. Le bas-ventre gris pâle de Sheen se voyait sans difficulté dans l'obscurité. Il était sur le point de hennir de plus belle lorsqu'il l'aperçut et se dirigea vers elle en boitillant à cause de l'entrave. Elle l'examina avec soin, mais ne remarqua rien d'inhabituel.

Il s'agita brusquement, comme si le vent avait porté une odeur à ses naseaux. Son attention était rivée sur le sommet des crêtes qui encerclaient la vallée. Tous ses muscles étaient tendus et seule une brève parole d'Aralorn le garda silencieux.

Il aurait pu s'agir du parfum de l'un des deux gardes qui se relayaient chaque nuit sur ordre de Myr ou, vraisemblablement, de quelque animal sauvage. Pour sa propre tranquillité d'esprit, Aralorn décida d'escalader le versant de la colline pour essayer de localiser ce qui pouvait bien perturber l'étalon. Elle lui ordonna de nouveau de se tenir tranquille et d'attendre, puis elle se mit à grimper.

Le terrain était principalement composé de falaises. Elle aurait pu emprunter un chemin plus facile situé sur un sol plus exposé, mais choisit de profiter de la couverture que procuraient les robustes buissons qui poussaient çà et là. Arrivée sur la crête, à plat ventre derrière la haie touffue de jeunes saules cernant la vallée, elle jeta un regard en contrebas pour voir si Sheen était toujours énervé.

Il était toujours aussi concentré qu'avant, mais peut-être était-il simplement en train de l'observer. Elle rouspéta tout bas et rampa à travers les branchages. Si cela avait été un animal sauvage, il devait être parti depuis longtemps. Ou bien il attendait qu'un humain savoureux et complaisant daigne constituer son repas du soir. N'étaient-ce pas les dragons qui aimaient à se régaler de jouvencelles ?

Elle trébucha dessus avant même de l'apercevoir. Il s'agissait d'un homme. Il était mort. Elle invoqua une boule de lumière afin d'examiner le cadavre de plus près sans attirer l'attention.

C'était l'un des gardes. Chaton, le vétéran manchot. Sa mort était récente, car le corps était encore chaud, malgré les feuillages frais et humides. En vérité, ce qui ennuyait Aralorn, c'était la façon dont il avait été tué. À en juger par la bosse sur sa tête, il avait dû être assommé. Une fois inconscient et incapable de se défendre, il avait été facile de lui arracher le cœur et de graver sur sa poitrine des inscriptions runiques. Des runes identiques à celles que l'ae'Magi ciselait sur la peau de ses victimes encore vivantes. Elle en avait été témoin.

Sans réfléchir, elle dessina un symbole sur l'une des runes ensanglantées. Elle savait que certains de ces glyphes possédaient un pouvoir propre, indépendant, dénué d'étiquette, qu'elle fût verte ou humaine. Un jour, alors qu'elle voyageait en compagnie de Loup, elle l'avait vu tracer cette figure à l'aide d'un bâton coincé entre ses dents. (Il était alors sous son apparence animale.) Curieuse, comme à son habitude, elle lui en avait demandé la signification. Il lui avait expliqué qu'il s'agissait d'un sceau qui servait simplement à offrir un repos paisible et le lui avait enseigné à sa demande. Elle espérait que son action s'avérerait utile.

Elle se mit à courir le long de la bordure de la vallée sans se soucier d'être aperçue. Elle souhaitait pour ainsi dire attirer l'attention du tueur ; elle était capable de se défendre mieux que la plupart des réfugiés. À en juger par les traces laissées autour du cadavre, il n'y avait eu qu'une seule personne, mais elle était adroite.

Le cœur battant, non pas à cause de l'effort, elle sonda les ténèbres à la recherche d'un indice. À peine à mi-chemin du campement, elle trouva le second guetteur. Le cœur de la femme gisait, encore chaud, sur l'herbe beaucoup trop noire, même en pleine nuit.

Elle avait sans doute été tuée après qu'Aralorn eut découvert le premier corps. L'assassin, assuré qu'il n'avait pas à se soucier d'un autre garde, avait pris son temps et veillé à réaliser le rituel avec beaucoup plus d'attention, sans toutefois utiliser la magie de manière active, ce qui aurait alerté Loup (ou, pour le coup, n'importe quel occupant du camp). La sentinelle avait été consciente pendant la cérémonie, bâillonnée pour plus de discrétion. Une petite coupe en étain avait été abandonnée à côté du cadavre, maculée d'un sang noir.

Aralorn referma les paupières encore ouvertes avec délicatesse.

Elle s'orienta et se rendit compte que le refuge de Loup se situait à moins de cent mètres. Il serait plus sage de se lancer à la recherche du tueur à deux.

Cependant, retrouver son campement quand on se trouvait en haut du pourtour s'avérait plus difficile qu'en bas, car aucun sentier n'y menait.

Elle commençait à se dire qu'elle emploierait mieux son temps à essayer de localiser l'ennemi, lorsqu'elle aperçut la lueur du maigre feu de camp que Loup affectionnait. Elle poussa un soupir de soulagement et longea la descente escarpée, à pas lents pour éviter de se blesser.

Sans crier gare, un violent afflux de magie ricocha jusqu'à elle et la fit tomber à genoux. Elle attendit que le tourbillon s'atténue assez pour ne plus être douloureux, avant de se relever avec peine. Sans plus faire preuve de prudence, elle s'empara d'une branche et s'en servit pour se stabiliser tandis qu'elle glissait sur le versant de la colline, annonçant sa présence par une modeste avalanche de cailloux et de terre.

Elle s'arrêta un peu au-dessus de la corniche que Loup s'était appropriée. Loup, sous sa forme humaine, gisait sur le dos immobile, les yeux flamboyants de rage. De minces cordes d'un blanc lumineux entouraient ses jambes, son torse et son cou.

Edom se tenait au-dessus de lui. Il jeta un bref coup d'œil à Aralorn. À moitié levée dans sa main droite, une épée qui n'était pas celle qu'il utilisait lors de l'entraînement rayonnait d'une douce lueur, teintée de reflets lavande qui ondulaient.

À sa vue, un frisson glacé parcourut l'échine d'Aralorn qui venait de reconnaître l'arme : c'était une dévor'âme. Les derniers exemplaires étaient censés avoir été détruits des siècles plus tôt. Mais c'était ce qu'on lisait dans les histoires, se rappela-t-elle. Et on ne pouvait s'y fier que jusqu'à un certain point.

Toute blessure, même légère, causée par la dévoreuse d'âme pouvait s'avérer fatale.

Elle se tenait sur la corniche qui surplombait Edom, hors de portée de l'épée. Elle poussa un cri d'alarme pour alerter le camp, dégaina son poignard et, d'un geste délicat, le retourna pour le saisir par la lame, comme un couteau de lancer. À cette distance, elle n'avait pas besoin de viser ; elle se contenta de le projeter avant qu'il ait pu voir ce qu'elle envoyait. Normalement, il n'aurait pas dû pouvoir l'éviter ; or le poignard se planta dans le sol juste derrière lui sans lui infliger la moindre égratignure.

En le voyant bouger, elle comprit qu'il était un bien meilleur guerrier qu'il l'avait laissé paraître. Si doué, en vérité, qu'il aurait pu la tromper et se faire passer pour médiocre s'il l'avait voulu. Mais comme les Darraniens se distinguaient par leurs préjugés à l'encontre des femmes, Edom ne s'en était guère soucié.

Son visage, révélé par la lueur de la dévoreuse d'âme plus que par celle du modeste feu de camp, semblait plus vieux, ou peut-être n'était-ce qu'un effet d'optique. Il lui sourit.

Elle était désarmée face à lui. D'ordinaire, cela ne l'aurait pas inquiétée, mais la dévor'âme rendait la situation tout à fait exceptionnelle. Il ne lui restait qu'à prier pour tenir bon jusqu'à ce que quelqu'un vienne à la rescousse. Plusieurs personnes, de préférence.

Toutes les formes qu'elle pouvait prendre rapidement convenaient à son métier d'espionne : la souris, diverses sortes d'oiseaux, quelques insectes. Rien qui pouvait tenir à distance une fine lame expérimentée assez longtemps pour les garder en vie, Loup et elle.

Elle fit un pas de côté, en apparence involontaire, pour s'éloigner d'Edom, et perdit l'équilibre. Elle s'assura que sa chute la fasse atterrir au-delà de la corniche, le long de la pente parmi les branchages.

Deux options s'offraient à Edom : s'élancer à sa poursuite et mettre davantage de distance entre Loup et cette épée, ou se retourner pour l'achever, octroyant ainsi à la jeune femme les quelques secondes dont elle avait besoin. Elle anticipa l'une comme l'autre… et il fit volte-face pour terminer ce qu'il avait commencé.

Elle choisit la première forme qui lui vint à l'esprit ; elle était fatale, mais menue. Les lynx des neiges n'avaient que faire des pentes escarpées et Aralorn bondit derrière Edom, avant qu'il ait eu le temps de brandir son arme au-dessus de Loup.

Alerté par l'ombre fugitive qu'elle projeta quand elle courut devant le feu, Edom pivota et balaya l'air de son bras armé, mais elle lui laboura le dos avec ses crocs impressionnants. Elle feula et se tint face à lui, tapie entre lui et Loup, toujours captif.

L'épée opalescente et le chat immaculé feintèrent dans un va-et-vient : elle, hors d'atteinte de la lame mortelle, lui, veillant à ne pas s'exposer aux crocs venimeux du lynx des neiges.

Soudain, Edom s'exprima avec douceur comme pour éviter d'effrayer le félin, même si son intonation laissait transparaître un désespoir empreint d'angoisse.

— C'est Aralorn. C'est une changeforme, vous ne le voyez pas ? Elle est là pour nous détruire, nous trahir. Je suis venu demander conseil à Loup et je l'ai trouvée, avec Loup dans cet état. Les mystérieuses pratiques des changeformes ne sont un secret pour personne. Aidez-moi avant qu'elle le tue. Vite !

La vue fut inutile à Aralorn pour constater ce dont son odorat l'avait tardivement informée. Une demi-douzaine de réfugiés avait quitté le camp pour porter secours à la mauvaise personne. Pour le moment, ils se tenaient trop loin pour faire quoi que ce soit, mais ils ne mettraient pas longtemps à la rejoindre.

Sous une forme animale, elle ne pouvait pas parler sans plus de préparation – ce pour quoi elle était trop occupée pour l'instant. Par conséquent, elle était dépourvue de son arme la plus redoutable.

Edom poursuivit tout en manœuvrant pour s'approcher de Loup.

— On m'a raconté que les changeformes avaient besoin de tuer les soirs de pleine lune. Je pense que Loup, seul là-haut, a dû lui sembler une proie facile.

J'ai trouvé cette épée à côté, elle doit appartenir à Loup. On dirait qu'elle en a peur.

Aralorn savait qu'elle devait agir avant qu'il soit trop tard. Si Edom réussissait, c'en était fini de Loup. Sans tenir compte de la dévoreuse d'âme, elle bondit vers la gorge d'Edom, toujours distrait par le son de sa propre voix.

Elle le rata, car il se projeta à plat ventre. Il parvint à écorcher Aralorn sur sa lancée. Sa jambe arrière se glaça avant de s'engourdir et de se replier sous son corps, mais le pire fut l'étrange sensation de succion qui la rongeait. L'épée était en vie et elle mourait de faim.

Edom se hâta de se relever. Sur trois pattes, luttant contre l'attraction de la lame, elle n'avait aucune chance. Aralorn contempla le fer en train de s'abattre sur elle.

Tout à coup, l'arme dévia de sa trajectoire. Aralorn ressentit l'intense déception de l'arme, tandis que des flammes soudaines consumaient Edom. L'odeur de la chair calcinée incommoda son sensible odorat de félin presque autant que la lumière blessa ses yeux de nyctalope.

Apparemment, quelqu'un – elle découvrit plus tard que c'était Stanis – avait enfin eu l'idée de défaire les liens qui maintenaient Loup, entravé par leurs sortilèges, incapable de bouger ou d'user de magie.

Loup s'évertuait à brûler Edom avec plus de minutie que nécessaire, mais, après tout, il avait dû bouillir de rage, allongé là, conscient de ce qui se passait sans être capable d'intervenir.

Aralorn poussa un miaulement déchirant pour attirer son attention. À cause de sa jambe engourdie et de l'étrange vertige provoqué par la blessure, elle était presque paralysée et se trouvait beaucoup trop près des flammes. En outre, il la rendait nerveuse, à déployer autant d'efforts pour rôtir un cadavre. Il fallait le distraire. Comme le miaulement n'avait pas suffi, elle roula jusqu'à lui pour le mordre à la cheville, assez fort pour qu'il le sente, mais pas trop fort afin de ne pas relâcher le poison logé dans les glandes sous ses crocs.

Soudain, elle fut ramassée et déposée avec délicatesse sur la couche de Loup. Celui-ci récupéra son sceptre, peu importait l'endroit où il le rangeait quand il ne s'en servait pas, et le fit basculer pour examiner la plaie d'Aralorn sous un éclairage plus direct. Elle remarqua avec intérêt que les autres membres du camp se tenaient à une bonne distance. Les prouesses pyrotechniques de Loup avaient été, il est vrai, plutôt impressionnantes.

Loup dessina du doigt un rapide symbole au-dessus de la blessure ; Aralorn comprit qu'il était destiné à briser l'emprise du détenteur de l'arme plutôt qu'à refermer la lésion, car les praticiens de magie humaine ne constituaient pas les meilleurs guérisseurs. Rien ne se passa. Il fronça les sourcils et recommença. Cette fois, elle sentit le pouvoir qu'il avait utilisé. Pourtant, rien ne se produisit.

Elle miaula avec nervosité. Il n'en tint pas compte et psalmodia quelques paroles.

Il se leva brusquement et regarda en direction du squelette calciné : tout ce qui restait d'Edom. Aralorn roula pour se tenir, vacillante, sur ses trois pattes saines et voir ce qui intriguait Loup. Elle ne vit rien d'abord, puis un mouvement inopiné attira son attention. C'était l'épée. Edom, ou la chose qu'était devenue Edom, ne l'avait pas relâchée. Pourtant, elle se trouvait désormais à un bon pied du cadavre. À part la légère oscillation qu'Aralorn avait perçue du coin de l'œil, elle ne vit pas l'arme bouger de nouveau. Mais c'était indéniable : la distance entre la lame et elle s'était réduite.

Le froid qui paralysait sa jambe sembla soudain s'étendre. Peut-être était-ce son imagination, stimulée par la pensée que la dévoreuse d'âme venait la chercher. Elle perdit l'équilibre et tomba. À cause de sa chute, elle ne vit pas ce que fit Loup.

Dans un hurlement strident, semblable à celui d'un humain au supplice, que son ouïe ne perçut qu'en partie, l'épée se brisa. Soudain, l'engourdissement cessa et l'espace d'un bref instant la douleur le lui fit regretter. Puis, il ne lui resta plus qu'une légère écorchure qui saignait un peu.

Le lynx des neiges remua sa queue tronquée et bondit sur ses pattes à une vitesse incroyable. Une fois assurée que toutes les quatre fonctionnaient de nouveau, Aralorn se cambra en ronronnant contre Loup, encore à genoux à côté des couvertures.

Quand elle se redressa, elle entendit quelqu'un pousser un cri, ce qui lui rappela qu'ils n'étaient pas seuls. À la vue de tous ces visages apeurés et hostiles, Aralorn décida que la situation pouvait être désamorcée à condition de ne pas leur rappeler à tout bout de champ sa nature de changeforme. Elle reprit sa forme habituelle et épousseta la tunique du fils de l'aubergiste qui avait piètre allure depuis sa chute du haut de la colline. Elle observa les autres à la dérobée. Elle aurait cru qu'ils seraient inquiets à son sujet, mais tous avaient les yeux rivés sur Loup.

Il avait fourni une excellente démonstration de ce qui arrivait lorsqu'un mage de son envergure perdait son sang-froid. Son pouvoir était déjà, sans doute, connu de tous, mais la connaissance et la preuve visuelle étaient deux choses différentes.

L'indifférence des mercenaires face à la violence et aux effusions de sang faisait défaut à la plupart des gens. Pour aggraver la situation, Loup avait l'habitude de dormir sans son masque et son visage marqué de ces effroyables cicatrices avait été révélé à tous à la lueur des flammes. Il l'avait remis, mais jamais ils n'oublieraient ce qu'il dissimulait. À ce moment précis, quelqu'un devait prendre les choses en main.

Aralorn balaya l'assemblée du regard dans l'espoir de trouver Myr, mais il brillait par son absence. Peut-être dormait-il encore, indifférent à la perturbation magique qui avait réveillé le reste du camp. Pourtant, cela parut peu probable à la jeune femme. Le bruit aurait dû suffire.

Alors que la pensée lui effleurait l'esprit, Myr, les vêtements couverts de broussailles et de sang, descendit le versant de la colline qu'elle avait empruntée auparavant. *Peste !* Elle aurait dû le réveiller quand elle était allée contrôler les chevaux. S'il l'avait suivie, il devait penser à tous les coups que c'était elle qui avait abattu les deux gardes. Comme elle n'avait pas essayé de cacher quoi que ce soit, ses traces de pas devaient être bien plus visibles que celles d'Edom.

Sans se préoccuper de l'agitation, Myr examina d'abord le cadavre calciné. Aralorn se demanda ce qu'il espérait apprendre des restes du squelette carbonisé et le soupçonna d'essayer de gagner du temps. Lorsqu'il se releva, il semblait un brin plus blême, mais c'était peut-être un simple effet d'optique.

D'un air posé, il demanda à Loup :

— Qui était-ce ?

— Edom, rétorqua son interlocuteur, d'une voix glaciale encore plus dure que d'habitude.

S'il n'avait pas eu la main plaquée contre l'épaule d'Aralorn dans une étreinte douloureuse, la jeune femme aurait pu penser que les événements de la nuit ne l'avaient pas affecté. À en juger par les regards incrédules adressés à Loup, le calme du mage troublait les réfugiés.

— S'agit-il de la victime ou de l'agresseur ? s'enquit Myr, énonçant à voix haute la question qui les taraudait presque tous.

— L'agresseur, puis la victime, même s'il n'avait pas l'intention de le devenir, répondit Aralorn, décidée à se défendre.

Myr, au moins, connaissait déjà sa nature véritable. Elle leur raconta tout ce qu'elle avait fait et comment elle avait découvert les gardes morts.

— Je suis venue chercher Loup pour lui demander s'il voulait m'aider à poursuivre l'assassin et j'ai trouvé Edom penché sur lui, sa saleté d'épée à la main.

Une voix inhabituelle interrogea :

— Comment savoir si elle dit la vérité ? Elle a très bien pu ensorceler Maître Loup pour qu'il pense qu'elle a raison. Les changeformes en sont capables. Edom n'était qu'un garçon. Pourquoi attaquerait-il Loup ? Et pour ce qui est des rituels magiques, j'ai passé trois jours à essayer de lui apprendre comment bouger un bâton sans le toucher. Il ne possède pas la moindre magie.

Loup prit la parole et même le moins attentif de l'assistance put constater qu'il n'avait pas tout à fait recouvré son sang-froid :

— Je vous l'assure (il regarda l'homme qui venait de parler, ce dernier se hâta de reculer et trébucha sur un galet) : ce qui est arrivé cette nuit ne fait aucun doute dans mon esprit.

Le silence s'abattit.

Loup remarqua les cordes laissées à terre, encore emmêlées. D'un geste, il y mit le feu ; elles se consumèrent dans des flammes si ardentes qu'elles étaient bleues et blanches et non orange. Les trois ou quatre personnes les plus proches tressaillirent, y compris Myr.

— Et puis, grommela Loup d'une voix semblable au son d'un cercueil traîné sur le gravier, l'épée avec laquelle s'est battu Edom est une dévoreuse d'âme. Elle ne m'appartient pas. Aralorn, avec son sang de changeforme, n'aurait pas pu tenir quelque chose d'aussi contre-nature assez longtemps pour pouvoir la dégainer.

C'est bon à savoir, pensa Aralorn, *au cas exceptionnel où j'en croiserais une autre.*

Myr répliqua :

— Nos gardes étaient morts bien avant qu'Aralorn les trouve.

Tobin, qui filait Stanis comme son ombre, prit la parole, les yeux rivés sur les os carbonisés :

— Edom avait des tas de livres dans sa tente… écrits en darranien.

Un bref silence s'ensuivit. Aralorn sourit presque quand les paroles de Tobin firent leur chemin dans l'esprit de tous. Le témoignage de Tobin pesait le plus lourd. Une changeforme était, après tout, native des montagnes de Reth et valait de ce fait mieux qu'un Darranien. Si Edom était darranien, les événements de ce soir-là devaient être considérés sous un tout autre éclairage.

Myr fut néanmoins le seul à croiser son regard lorsqu'ils partirent ramasser les cadavres.

Ils inhumèrent les gardes dans des tombes rocailleuses creusées au cours de la nuit, car Loup décréta que c'était préférable. Il avait fait de son mieux pour neutraliser les maléfices runiques, mais les runes étaient plus puissantes lorsqu'elles étaient gravées sur la peau d'individus à l'agonie. Il ne leur révéla jamais le but exact des symboles d'Edom, mais affirma qu'enterrer les corps renforcerait l'effet de ses propres sorts.

Une fois la dernière pelletée de terre répartie, Loup leva les mains et prononça des paroles de pouvoir et d'engagement. Ce fut une coïncidence, Aralorn le savait même si elle était la seule, si la pluie se mit à tomber au moment même où il cessa de parler.

Les gens blottis les uns contre les autres restèrent un moment sous l'averse, inquiets. La piqûre de la mort n'était nouvelle pour aucun d'entre eux, mais cela ne rendait pas pour autant la situation plus agréable. Tous se relayaient au poste de garde et ce malheur aurait pu arriver à n'importe lequel d'entre eux. Aucun ne nourrissait l'illusion qu'il s'en serait mieux tiré que Chaton. La magie dont ils avaient été témoins cette nuit-là les avait affectés. Elle mettait mal à l'aise la plupart d'entre eux, même s'ils en possédaient quelque infime connaissance.

Un à un, ils regagnèrent leurs tentes d'un pas nonchalant jusqu'à ce qu'il ne reste plus qu'Aralorn, Myr et Loup près des tombes fraîchement creusées.

Myr frappa le rocher près de lui assez fort pour l'ébrécher. Il parla avec une force tranquille.

— Je suis las de me sentir comme un bœuf qui redoute le jour où il sera abattu. Si nous n'avions pas remarqué jusqu'à aujourd'hui que l'ae'Magi attendait le moment opportun pour frapper, lorsqu'il ne lui resterait rien de plus intéressant à se mettre sous la dent, nous ne pouvons plus l'ignorer. Edom est… était trop jeune pour être plus qu'un serviteur sans importance et nous avons failli ne pas l'arrêter à temps. Face à l'ae'Magi, nous n'avons aucune chance.

— Edom était plus âgé qu'il en avait l'air et bien plus qu'un sbire mineur s'il est à l'origine des runes gravées sur les corps, constata calmement Loup qui avait retrouvé, en partie, son flegme caractéristique. Me dissimuler une dévoreuse d'âme n'est pas chose aisée. Ne commets pas la même erreur que l'ae'Magi : il n'est pas invincible.

— Tu penses que nous avons une chance de le vaincre ? demanda Myr, sceptique.

— Non, mais nous pouvons l'agacer plus longtemps qu'il nous en croit capables, rétorqua Aralorn d'un ton alerte. Maintenant, les enfants, il est grand temps d'aller dormir. N'oubliez pas qu'il nous reste les toilettes à creuser demain matin. Loup, si ça ne te dérange pas, tout le monde se sentirait plus à l'aise si je passais la nuit dans ton campement plutôt que sous la tente que je partageais.

Moi aussi, pensa-t-elle, *je serais plus heureuse ici. Laissons-les rencontrer leur changeforme à la lumière du jour.*

Chapitre 6

Quelque part dans les ténèbres, un engoulevent poussa un cri de défaite et la souris s'échappa cette nuit-là encore. Aralorn éprouva de la compassion pour le rongeur, car elle connaissait exactement son sentiment.

Lorsqu'elle regagna le camp de Loup avec ses affaires, les restes d'Edom avaient disparu. Il ne restait rien du corps calciné à l'exception d'une vague odeur de roussi, comme celle d'un ragoût qu'on aurait oublié sur le feu. Elle supposa que Loup s'était débarrassé du cadavre ; elle n'était pas disposée à lui poser la question.

À présent, l'excitation était retombée et il fallait dormir, mais c'était au-dessus de ses forces. Dès qu'elle fermait les paupières, elle pouvait presque sentir le métal brûlant l'érafler et lui arracher la chair de la cuisse, et tellement plus encore. Chaque fois qu'elle parvenait à s'assoupir, elle faisait des cauchemars au cours desquels elle arrivait trop tard pour sauver Loup, ou bien elle voyait l'épée la transpercer jusqu'à l'âme et lui infliger une blessure que rien ne pouvait guérir, la vidant de son sang.

Réveillée, elle était allongée dans la froidure de l'aube, et les couvertures qu'elle utilisait paraissaient trop fines pour la protéger du froid et de l'humidité. Elle se mit en position fœtale pour se tenir chaud, mais cela n'eut guère d'effet. Elle frissonna et sut qu'une partie de ses tremblements était due à la peur plutôt qu'à la fraîcheur de l'air nocturne.

Elle se redressa et reposa le front sur ses genoux. Elle ferma les paupières, ce qui n'empêcha pas le tourbillon d'images d'affluer.

Si elle n'avait pas décidé de rejoindre Sheen pour comprendre ce qui le tourmentait, ou si Edom avait fait preuve de plus d'agilité, Loup serait mort. Non seulement cela aurait sonné le glas de toute possibilité de vaincre l'ae'Magi, mais elle aurait perdu son énigmatique compagnon. Elle trouvait quelque peu amusant de se tracasser davantage pour la seconde conséquence. Ren désapprouverait.

Obnubilée par ses pensées, elle ne remarqua pas que Loup s'était levé avant qu'il vienne s'asseoir à ses côtés.

— Tu vas bien ? demanda-t-il avec douceur.

Sur le point d'acquiescer, elle secoua soudain la tête, sans la lever de ses genoux.

— Non, ça ne va pas. Si tout allait bien, je pourrais dormir.

Tout en parlant, toujours sans lever les yeux, elle se rapprocha de lui afin de se blottir contre son épaule. Un bref silence s'ensuivit, puis il passa un bras autour d'elle.

— Qu'est-ce qui ne va pas, Dame ?

Il était si chaud. Elle haussa les épaules.

— Je peux faire quelque chose ?

Elle lâcha ses jambes et se serra tout contre lui jusqu'à se retrouver presque assise sur ses genoux.

— C'est déjà fait, je te remercie. Je suis désolée. Le combat m'a rendue un peu nerveuse.

— Pas de problème.

Sans changer de position, il l'enlaça avec une certaine maladresse, mais sa chaleur augmenta et atténua le froid que les couvertures n'avaient pas réussi à dissiper. Aralorn se détendit, mais ne ressentit pas le besoin de bouger.

— Je deviens l'une de ces femmes qui gémissent et geignent à la première occasion, tout ça pour qu'un charmant mâle la prenne dans ses bras.

Oh ! oui ! Elle flirtait avec lui ! Et cela ne semblait pas déranger Loup.

— Hmm, répondit-il, considérant manifestement ce qu'elle venait de dire. C'est donc ça, la raison ? Je m'étais toujours demandé.

— Eh oui ! rétorqua-t-elle avec sagesse, constatant que son étreinte s'était détendue.

À croire qu'il ne s'était jamais trouvé si près de quelqu'un. Elle se pelotonnait parfois contre le loup, mais c'était rare. Ce n'était pas dans ses habitudes de solliciter des caresses.

— Ensuite, poursuivit Aralorn d'un ton léger, elle couche avec lui et il est obligé de l'épouser. C'est bon de savoir que je ne suis pas tombée aussi bas… pour le moment.

— C'est donc pas pour ça que tu es ici ?

Il avait l'air intrigué plutôt que malheureux. Elle ne répondit pas tout de suite.

— Je commençais à avoir un peu froid, alors je me suis dit : « *Aralorn, quel est le plus simple moyen de se réchauffer ? Bien, le feu est agréable, mais il faut bouger et c'est horriblement fatigant. Je sais ! Pourquoi n'y ai-je pas pensé plus tôt ? De l'autre côté du feu, il y a toute cette chaleur qui va être gâchée.* » Il a suffi de quelques allusions évidentes, et abracadabra, te voilà ! Un chauffage instantané sans que j'aie à fournir le moindre effort.

— Oui, répondit-il, resserrant son étreinte avant de la relâcher un instant plus tard. Je comprends comment ça fonctionne. Jolie manœuvre, tout en sournoiserie !

Elle acquiesça l'air heureux. La tension provoquée par les cauchemars s'était dissipée grâce à ces badinages familiers.

— C'est aussi mon avis. La faute à Ren, c'est lui qui nous apprend à agir avec fourberie. (Elle bâilla et ferma les yeux.) Oh ! Je voulais te demander : qui surveille le camp ?

— Myr s'en charge, lui répondit-il. L'ae'Magi n'aura pas planifié deux attaques la même nuit et il ne se doutera pas de l'échec d'Edom avant que ce dernier faille à lui rendre son rapport. Dans ces montagnes, il faut composer avec d'autres moyens de communication que la magie.

— Un rapport. (Elle se redressa légèrement.) Loup, si Edom était sa créature, alors l'ae'Magi connaît notre emplacement. Tu es sûr qu'Edom n'a pas agi seul ?

C'était peu probable, mais toujours possible.

— Edom appartenait à l'ae'Magi, affirma Loup. J'ai reconnu l'épée. Pour ce qui est de deviner où nous nous terrons… Aralorn, les cachettes sont limitées. Il finira par nous trouver, tôt ou tard, qu'Edom ait eu l'occasion de le lui rapporter ou non. (Il haussa les épaules.) Si ça peut te rassurer, si Edom avait tenté de communiquer avec lui par magie, je l'aurais remarqué. Il aura dû utiliser des moyens plus ordinaires.

Voilà qui la soulageait un peu. Son inquiétude temporaire fit place à l'épuisement. Tandis qu'elle se tortillait contre le corps chaud et accueillant de Loup, elle décida que sous sa forme humaine il était bien plus confortable ; il exhalait aussi un parfum plus agréable.

Loup attendit qu'elle soit endormie avant de la recoucher sur ses couvertures. Il ajouta les siennes et l'y emmitoufla avec soin. Il lui caressa la joue avec douceur.

— Repose-toi, Dame. (Il hésita, mais elle dormait à poings fermés.) Ma Dame, susurra-t-il.

Il se transforma en loup et s'étendit à ses côtés, les yeux perdus dans la nuit. Rester sous son apparence humaine le rendait nerveux après tout le temps qu'il avait passé sous sa forme animale. Le loup aurait entendu Edom approcher.

Le loup ne se serait pas senti si embarrassé d'accepter ce qu'elle venait de lui offrir.

Comme elle s'y était attendue, Aralorn était seule à son réveil. Les plus longues absences de Loup suivaient toujours ses démonstrations d'affection, comme si cela le mettait mal à l'aise ou, à la lumière de ce qu'elle avait appris à son sujet, comme s'il ne s'en jugeait pas digne.

À sa surprise, le camp l'accueillit avec cordialité. Elle vit bien quelques regards méfiants, mais rien de plus. Surtout, pensa-t-elle, Myr les occupait à coudre et creuser, ce qui ne leur laissait guère le loisir de s'occuper d'elle.

Si les adultes ne manifestèrent qu'une légère réaction, les enfants étaient fascinés à l'idée d'avoir une changeforme parmi eux. Ils voulurent savoir si elle pouvait se transformer en rocher (non) ou en oiseaux (l'oie leur plut, mais ils auraient préféré un aigle ou, encore mieux, un vautour), et si les changeformes devaient vraiment boire du sang une fois par mois, et… Lorsque Loup la rejoignit, elle lui en fut reconnaissante. Pour une fois, elle était lasse de jouer les conteuses.

— J'espère, dit-elle tandis qu'ils s'approchaient des grottes, qu'ils ne croient pas la moitié de ce que je leur raconte.

— Non, sans doute, rétorqua Loup. Ton problème, c'est qu'ils vont croire la mauvaise moitié.

Elle rit et passa la tête dans l'entrée du mur en roche calcaire.

Quand ils atteignirent la bibliothèque, elle remarqua que ses notes avaient été éparpillées. L'une des pages sur laquelle elle avait griffonné la veille était disposée bien en évidence sur le plan de travail de Loup. Elle y regarda de plus près et s'aperçut qu'elle l'avait utilisée pour recopier les histoires glanées dans le dernier ouvrage qu'elle avait consulté. Elle n'avait jamais trouvé le temps de parler à Loup du sort de l'apprenti capable de neutraliser la magie.

Loup ramassa le feuillet et lut ses gribouillis avec intérêt, ou peut-être, songea-t-elle non sans culpabilité, écrivait-elle si mal qu'il avait besoin de faire appel à toute son attention. Aralorn rassembla le reste des documents, puis balaya la bibliothèque du regard. Quel genre de brise pouvait bien retirer une feuille de papier coincée sous une pile de livres restée intacte là où elle-même l'avait laissée ? Si Loup ne s'était pas trouvé à ses côtés, elle se serait inquiétée ; pour l'heure, elle était simplement curieuse.

— Si l'apprenti qui a conçu un moyen d'annuler la magie avait eu un nom, je suppose que tu me l'aurais dit.

Loup reposa la feuille. Elle acquiesça.

— Pour autant que je m'en souvienne, je n'avais jamais lu cette histoire auparavant. J'en déduis qu'elle ne doit pas être très connue.

Loup pianota sur le papier avec impatience.

— Moi, je l'ai déjà lue quelque part, il y a fort longtemps. Dans cet exemplaire-là, on mentionnait son nom. Je dois me rappeler de quel livre il s'agissait. (Il resta assis en silence pendant une minute, puis secoua la tête, l'air dégoûté.) Commençons à ranger tout ça (il désigna les étagères d'un geste vague), et espérons que son nom me revienne.

Ils prirent place sur leurs sièges respectifs et s'attelèrent à la tâche. Aralorn survola trois récits plutôt ennuyeux avant de tomber sur quelques détails dignes d'être notés. Alors qu'elle parcourait la dernière page de l'histoire de la famille Zorantra (connue pour faire un vin de piètre qualité), la nervure du manuscrit bien mal préservé céda.

Tandis qu'elle inspectait les dégâts, elle remarqua que la couverture au dos consistait en deux pièces de cuir cousues ensemble avec soin pour cacher un petit espace à l'intérieur, à peine assez grand pour contenir les feuillets pliés qui s'y trouvaient. Elle les retira de leur cachette et les examina avec précaution.

Depuis le temps, Loup ne faisait plus attention lorsqu'Aralorn riait à des moments incongrus, mais comme il venait de terminer de déchiffrer un sort des plus inutiles, il accepta volontiers quelques minutes de détente.

— Qu'y a-t-il ?

Un sourire jusqu'aux oreilles, elle agita la mince grappe de parchemins sous son nez.

— Jettes-y un coup d'œil. Je l'ai trouvé dissimulé à l'intérieur d'une reliure. J'ai pensé qu'il pouvait s'agir d'un sortilège ou d'un autre indice, mais il semblerait que le précédent propriétaire de cet ouvrage ait été un véritable artiste.

Il lui prit les feuillets. Ils étaient couverts de scènes dépeignant des silhouettes nues aux mensurations irréalistes qui s'adonnaient à des positions encore plus improbables. Sur le point de le lui rendre, il s'arrêta et y regarda de plus près.

Il froissa les pages et les enflamma. Quelqu'un y avait incrusté des sorts de protection et de dissimulation. C'était la raison pour laquelle, sans doute, Aralorn n'avait pas ressenti leurs pouvoirs, mais l'ancienne magie n'était pas de taille à résister à la volonté de Loup. Les dessins – tracés sur des parchemins en peau humaine, ce qu'il se garderait bien de révéler à Aralorn – flamboyèrent de pourpre et d'argent, puis se transformèrent en un feu rouge et or. Il relâcha les morceaux embrasés, qui voltigèrent jusqu'à la table, réduits en cendre avant d'atterrir. Si ça sentait la chair brûlée, elle se dirait sûrement que c'était du cuir de chèvre.

— Loup ?

— Tu avais deviné juste. (Il ne pouvait pas la regarder dans les yeux.) Il s'agit d'un maléfice, en effet. C'est une représentation assez crue de la façon d'invoquer un démon.

— Un démon ? répéta Aralorn, avec un intérêt dénué d'enthousiasme. Je ne pensais pas que ça existait. Tu veux parler d'un élémentaire, comme celui qui a essayé de tuer Myr.

Loup pencha la tête et se fendit d'un rire sardonique. Il pouvait se contenter d'en rester là, mais sentit la pulsion autodestructrice, qui constituait un pan si important de sa personnalité d'antan, prendre possession de sa langue.

— Et c'est une changeforme qui dit ça ? Oui, les démons existent, j'en ai invoqué moi-même. Peu de magiciens acceptent de s'adonner à l'exercice. Les erreurs commises au moment de lancer les sorts ne pardonnent pas et il devient difficile de trouver une vierge qu'on pourra contraindre de se soumettre au processus. Pourtant, cela n'a jamais posé de problème à l'ae'Magi ; ses villageois pouvaient toujours lui fournir une quelconque victime.

» Cette description manque de précision. Le magicien n'est pas obligé de participer aux activités sexuelles, à moins qu'il le désire. Il peut déléguer la tâche à un mandataire, s'il le souhaite.

Loup continua à résumer les pratiques d'invocations démoniques. Ce n'était pas quelque chose qu'Aralorn avait envie d'entendre le ventre plein, et si elle n'avait pas été une mercenaire, la jeune femme aurait été incapable de rester impassible pendant toute la durée du monologue. Cependant, elle savait que Loup escomptait une réaction de sa part, mais que la peste s'abattît sur elle si elle la lui donnait. Ainsi arbora-t-elle une expression distante tout en l'écoutant. C'était, décida-t-elle, sa façon de la repousser après l'intimité qu'ils avaient partagée la veille.

— … C'est pourquoi il est nécessaire, après coup, de détruire le focus, sinon le démon pourrait s'en servir de nouveau pour revenir sans qu'on l'invoque. Le sang d'une femme utilisé de cette manière est précieux, tout comme ses cheveux et diverses parties de son corps. La méthode la plus utile pour tuer la fille est de lui trancher la gorge.

Sa voix ne trahissait aucune émotion. Ses yeux flamboyants ne quittèrent pas les siens un instant.

Elle écouta le laïus détaché des horreurs qu'il avait perpétrées et conclut qu'elle devait être amoureuse, car elle n'entendit, en vérité, que la haine qu'il éprouvait à l'encontre de lui-même et qui avait amorcé cet exposé. Sans doute avait-il participé à des rituels tordus d'invocation d'esprits maléfiques, voire pire. En outre, Aralorn était persuadée que l'intention de la scandaliser égalait le dégoût que ses actions lui inspiraient désormais. Peut-être l'avaient-elles déjà révolté à l'époque ?

La main en coupe sous son menton, elle feignit l'ennui et attendit qu'il commence à se trouver à court de détails. Quand il cessa de parler, elle dit :

— Bien. Je comprends. Tu as fait des choses qu'un être humain normal jugerait odieuses. D'accord. Tu as arrêté… J'espère. On peut se remettre au travail maintenant ?

Une longue pause s'ensuivit, puis Loup dit sur le ton sarcastique dont il avait l'habitude :

— Tu es frustrante par moments, tu le sais ?

Elle lui décocha un grand sourire.

— Désolée, Loup. Je n'y peux rien, le mélodrame a cet effet sur moi.

— Peste ! s'écria-t-il, d'une voix dénuée de tendresse, mais elle dénotait rarement ses véritables sentiments.

— J'essaie, rétorqua-t-elle avec modestie, en constatant avec bonheur la lueur d'humour dans ses yeux dont l'expression s'était radoucie.

Elle décida que la crise était passée et se releva d'un bond pour se diriger vers une étagère à quelques rangées de la table, hors de vue de Loup afin de donner à chacun le temps de se calmer et de laisser les choses se décanter. D'un air absent, elle retira un volume d'un rayon voisin. À peine l'avait-elle ouvert qu'il sauta de ses mains pour atterrir de nouveau sur l'étagère dans un bruit sourd.

Elle l'observa pendant une minute, puis recula de deux pas sur la pointe des pieds jusqu'à entrapercevoir Loup. Assis à l'autre bout de la salle, le dos tourné, il était occupé à marmonner dans sa barbe tout en écrivant. Il n'y avait personne dans la bibliothèque à part eux.

Elle reprit le livre avec précaution et le maintint fermé pour l'examiner. Comme elle se montra plus attentive cette fois, elle finit par discerner la légère aura magique, presque invisible, tissée dans le coton enveloppant la mince couverture en bois qui procurait à la reliure sa rigidité.

Afin de s'en assurer, elle apporta l'ouvrage à Loup pour inspection.

— Piégé, confirma-t-il, et il envoya un éclair de magie vers le livre.

Un bruit sec retentit, puis une odeur âcre et un nuage de poussière flottèrent dans l'air avant de se reposer sur la surface du manuscrit. Il l'ouvrit et le survola.

— Ce n'est pas un grimoire, constata-t-il. Ça ressemble à un journal.

Faute d'avoir mieux à faire, elle s'assit, le recueil à la main. Il ne contenait pas des mémoires, mais plutôt le récit autobiographique (exagéré) du souverain médiocre d'un royaume oublié depuis des lustres. Si elle avait voulu oublier les détails gores du récit de Loup qui s'évertuaient à prendre forme dans son esprit, elle aurait tout aussi bien pu coudre et creuser des trous dans la terre. L'intérêt de ce livre lui échappait, à tel point qu'elle se demanda pourquoi quelqu'un avait pris la peine de le piéger.

— Loup, lança-t-elle, le regard rivé sur les pages ouvertes.

L'heure était venue de l'interroger, au lieu d'essayer de deviner par elle-même ce qui pouvait se passer.

— Hmm ?

— Y a-t-il quelqu'un d'autre dans la bibliothèque ? À part nous ?

Elle veilla à garder un ton nonchalant.

— Hmm, répéta-t-il, puis un léger bruit sourd s'ensuivit lorsqu'il posa son livre sur la table. (Aralorn l'imita.) Pourquoi cette question ?

Elle lui raconta ses étranges expériences, laissant de côté le dernier incident pour s'épargner les reproches. Quand elle eut terminé, il hocha la tête.

— Ces montagnes sont réputées pour leurs phénomènes mystérieux, comme le guide qui a aidé Astrid à sortir de la grotte. On peut s'attendre à croiser un fantôme ou une sorte d'esprit. (Il marqua une pause.) J'ai transporté cette bibliothèque depuis le château de l'ae'Magi ; quelque chose a pu l'accompagner, je suppose.

Il n'avait pas l'air de s'en tracasser outre mesure. Il la dévisagea, lut son expression et haussa les épaules.

— Jusqu'à maintenant, cette présence, quelle qu'elle soit, s'est montrée plutôt serviable. Elle aurait tout aussi bien pu cacher tes notes ou laisser Astrid tomber dans l'un des puits. Avec l'ae'Magi à nos trousses, c'est sans conteste un moindre mal.

Lorsqu'ils quittèrent les cavernes, il faisait encore jour dehors. Quelques nuages assombrissaient le ciel, mais comme le vent soufflait du sud, il faisait assez chaud.

Aralorn inspira profondément tout en s'agrippant au bras de Loup.

— T'ai-je déjà remercié pour m'avoir arrachée à la pénible et interminable corvée de lavage des sols à l'auberge, qui aurait duré encore six mois, voire plus, si Ren l'avait jugé nécessaire ? demanda-t-elle afin de noyer son contact dans un flot de paroles.

La cadence de ses enjambées se brisa quand elle s'accrocha à son coude et il se raidit un peu. Elle aurait reculé, mais il posa la main sur la sienne.

— Je suis sûr, répondit-il avec sérieux, de trouver le moyen adéquat pour te permettre d'exprimer ta gratitude. J'ai remarqué aujourd'hui que les planchers de la bibliothèque commençaient à avoir besoin d'un coup de balai.

Aralorn ricana et hâta le pas pour ne pas rester à la traîne. Il le remarqua et ralentit pour qu'elle puisse suivre.

Ils marchaient dans un silence agréable lorsque Loup s'arrêta soudain et claqua des doigts.

— Je viens de me rappeler où j'avais lu l'histoire de l'apprenti qui a tué son maître. Je devrais mettre quelques jours à récupérer le livre. Dis à Myr que je suis parti à la recherche d'un indice. À vous deux, vous devriez maîtriser la situation. (Il s'avança d'un pas, puis se retourna vers elle.) Ne va pas à la bibliothèque sans moi. Je préfère prendre du retard dans nos recherches que de te retrouver transformée en rocher pour peu que tu ouvres le mauvais livre.

Aralorn acquiesça.

— Fais attention à toi.

Il prit sa forme animale et disparut à travers bois, aussi furtif qu'un vrai loup. Ce fut seulement après son départ qu'elle pensa à s'inquiéter de la réaction du campement quand elle le regagnerait seule après les événements de la nuit précédente. La mort d'Edom ne l'avait pas lavée de tout soupçon. Un sourire ironique aux lèvres, elle poursuivit son chemin.

Une fois arrivée, Aralorn rôda aux abords du camp jusqu'à ce qu'elle aperçoive Myr, occupé à organiser une battue pour le lendemain. En effet, les provisions s'amenuisaient. Elle lui fit signe et attendit qu'il ait terminé. Contre toute attente, le regarder travailler la fascinait.

Il rassurait, calmait et coordonnait jusqu'à obtenir une petite troupe qualifiée qui savait où se rendre et comment en revenir, sans que ceux qui n'avaient pas été sélectionnés se sentent vexés ou négligés. Comme tout le monde avait les nerfs à fleur de peau, c'était là un exploit majeur. Si Myr survivait et regagnait son trône, il ferait un souverain que Reth n'oublierait pas de sitôt.

— Que veux-tu, Aralorn ? s'enquit Myr, s'approchant d'elle après avoir envoyé tous les autres à leurs tâches respectives.

— Loup sera absent pendant quelques jours. Il est parti chercher un livre susceptible de nous aider à vaincre l'ae'Magi.

Elle garda une intonation neutre car elle redoutait sa réaction. Rien, excepté la confiance que Loup lui témoignait, n'obligeait Myr à se fier à elle. Or Loup n'était plus là.

— Très bien, répondit-il. (Comme elle ne considéra pas sa réponse comme un congé, il marqua une pause et réfléchit à ce qu'elle venait de dire.) Je comprends ton problème. Tu crains que les gens se demandent si le traître d'hier soir, c'était toi, et si tu n'as pas achevé d'exécuter ton plan infâme aujourd'hui.

Aralorn hocha la tête, soulagée qu'il ne semble pas se méfier d'elle.

— Ça ne m'a effleuré l'esprit qu'après le départ de Loup, sinon je l'aurais forcé à faire d'abord un détour par le camp. J'ai pensé que vous aimeriez annoncer la nouvelle aux autres.

Myr acquiesça.

— Je leur signalerai qu'il est parti sans entrer dans les détails. Les sujets d'inquiétude ne manquent pas, inutile de risquer le lynchage.

Soudain, comme une bougie qui venait de s'éteindre, l'énergie fébrile qui le caractérisait d'habitude le quitta. Il aurait dû apprendre à se ménager.

— Vous devez les laisser se débrouiller un peu tout seuls, lui conseilla-t-elle. Ils n'ont pas besoin que vous leur disiez quelle chaussure mettre à quel pied ou comment préparer un ragoût.

Myr rit malgré lui.

— Ça ne t'a pas échappé, n'est-ce pas ? Comment saurais-je la quantité de sel à ajouter ? Je n'ai jamais rien cuisiné de ma vie, rien de mangeable tout du moins.

— J'aimerais pouvoir vous aider davantage, mais même s'ils ne sont pas terrifiés par ma présence, ils ne peuvent pas m'accorder leur confiance. Vous avez toute ma sympathie ; pour ce que ça vaut.

— Merci quand même. (Le jour déclinait et il jeta un coup d'œil au ciel sans nuage.) Si seulement toutes les tentes étaient prêtes et que nous avions deux fois plus de nourriture ! Dans ces lointaines contrées nordiques, l'hiver arrive en clin d'œil. Mon ancien palefrenier pouvait prédire le temps. D'après lui, avant une tempête de neige, on devrait ressentir une certaine acidité dans l'air, mais je n'y suis jamais parvenu.

Il se parlait à lui-même plus qu'à Aralorn. Soudain, il fit volte-face et se dirigea vers le centre d'activité.

Aralorn le regarda s'arrêter et poser la main sur l'épaule d'une vieille femme occupée à des travaux de couture. Ce qu'il lui dit la fit sourire.

Il semblait avoir pris dix ans et elle se demanda s'il survivrait à cette année-là. La même question devait le tarauder, lui aussi.

Comme Loup lui avait conseillé de ne pas retourner à la bibliothèque, Aralorn chercha à s'occuper. Ce ne fut pas difficile. Sans Chaton ni Loup, seuls Myr et elle possédaient assez d'expérience pour enseigner l'art de la guerre au groupe de rebelles hétéroclite.

Haris était, de loin, le meilleur élève. Les muscles qu'il avait développés à force de lever son marteau de forgeron conféraient à ses coups une puissance impressionnante. Comme la plupart des hommes robustes, il était un peu lent, mais savait compenser cette faiblesse. Dans un combat à mains nues, il pouvait battre Aralorn, mais pas Myr.

Pour le reste, cela allait de mauvais à pitoyable. On trouvait le fils d'un écuyer qui, en son temps, avait été un excellent archer, mais avec l'âge, sa vue s'était mise à décliner. Un fermier maniait la faux, mais pas l'épée. Quant à l'imposant charpentier, seule sa corpulence constituait un atout majeur, mais elle était pondérée par sa douceur.

— Bon, écoute-moi. (Aralorn s'efforça de ne pas se montrer cassante.) Garde ton épée un peu plus bas et observe mes yeux pour anticiper mes mouvements. Maintenant, je vais essayer de te frapper au ralenti.

Je veux que tu pares en haut, puis en bas, et enfin que tu me repousses.

Le charpentier se serait bien mieux débrouillé s'il avait pu oublier qu'elle était une femme. Le seul moyen qu'elle avait trouvé pour le forcer à l'attaquer, c'était de donner des coups au ralenti. Mais dès qu'elle accélérait, il refusait d'utiliser toute sa force. Elle comptait y remédier, si elle le pouvait.

— Parfait, lança-t-elle quand il eut terminé les manœuvres. Cette fois, à pleine vitesse.

Il para correctement, mais son coup, lent et délicat, manquait de la puissance qu'il aurait dû être capable d'y mettre.

Aralorn décida d'entrer en jeu. D'une manœuvre habile, elle le fit tourner et le propulsa par-dessus sa tête dans l'herbe. Puis, sans lui laisser l'occasion de bouger, elle posa le genou sur le torse de son adversaire et tordit son bras armé afin de lui faire mal ; assez peut-être pour l'inciter à attaquer une fois qu'elle l'aurait relâché.

Son public haleta de surprise lorsqu'elle envoya valser l'homme immense sur le dos. La prise avait paru plus spectaculaire qu'elle l'était en réalité, avant tout parce que le charpentier pesait cinquante bons kilos de plus que la jeune femme.

Stanis, qui les observait, accompagné de son fidèle acolyte et de quelques autres enfants, intervint :

— À ta place, je ne m'y prendrais pas comme ça, Aralorn. Si tu m'avais attrapé, je me serais dégagé en un tournemain.

Aralorn haussa un sourcil et libéra sa victime. Stanis, comme elle l'avait appris, était né dans une tribu de commerçants nomades, enclins à la roublardise. Il était fort possible qu'il eût deux ou trois tours dans son sac.

— Parfait. Dans ce cas, rejoins-moi, Stanis, le convia-t-elle.

Ce qu'il fit. Elle avait dû le coincer une bonne dizaine de fois, mais il parvenait toujours à lui échapper. Attiré par le bruit, Myr cessa l'entraînement pour venir les regarder, lui aussi. Bientôt, la foule entière encourageait Stanis qui n'avait de cesse d'esquiver les prises d'Aralorn. Elle finit par capituler et leva les mains en signe de reddition.

— Tu recours à la magie pour y arriver, lui souffla-t-elle tout bas tandis qu'elle lui serrait la main. (Personne à part Stanis ne pouvait l'entendre, elle n'aurait pas ébruité sa botte secrète sans sa permission.) C'est la première fois que je vois ça.

Stanis secoua la tête, lui décocha un regard soupçonneux, puis sourit avant d'acquiescer.

— La plupart des tours sont plus simples si on utilise la magie, mais les hommes du clan en connaissent quelques-uns, si ça te dit de les apprendre.

Ainsi, Stanis s'essaya à l'enseignement. Il avait dû être un excellent voleur et avoir plus d'un magistrat aux trousses. Et il ne devait pas être facile de le garder sous les verrous.

Lorsqu'il fallait creuser les fosses, coudre ou chasser, Aralorn surveillait les enfants. C'était agréable d'avoir un public captif, prêt à croire tout ce qui sortait de sa bouche, du moins jusqu'à ce qu'il ait appris à mieux la connaître. Garder de malicieux galopins dotés de magie hors de danger lui permettait de rester sereine en attendant le retour de Loup. Et ça lui évitait aussi la corvée de latrines.

L'orage s'abattit sans crier gare deux nuits plus tard. En quelques minutes, la température chuta en dessous de zéro. Sans tenture pour la protéger, vu qu'elle dormait dans la tanière de Loup, Aralorn se réveilla aux premiers flocons. Guidée par son instinct, que des années passées à bivouaquer avaient aiguisé, elle avait rassemblé ses draps et couvertures encore à moitié endormie. Pourtant, le temps qu'elle quitte l'emplacement privilégié de Loup et regagne le campement principal, la plupart de ses affaires étaient déjà recouvertes de neige.

Une fois sur place, Aralorn put constater que Myr, plus efficace que jamais, transférait les personnes qui occupaient des tentes de fortune vers les quelques rares susceptibles de résister à une tempête. Lorsqu'il l'aperçut, qui avançait avec peine, il lui fit signe d'entrer dans la sienne.

Elle la trouva pleine de gens terrifiés. Les orages des Terres Boréales étaient – et pour cause ! – légendaires pour leur férocité. Même si leur camp était protégé des plus violentes rafales par les versants escarpés de la vallée, le vent courroucé hurlait si fort qu'il devenait difficile de s'entendre parler.

Aralorn repéra tranquillement un coin où poser ses couvertures, s'allongea et ferma les yeux sans faire attention à l'humidité des couvertures. Sa nonchalance eut l'effet escompté, car tous se calmèrent et dormaient presque quand Myr regagna son lit.

Au matin, le plus gros de la tempête était passé. Partout, la neige arrivait à hauteur de genoux, et à certains endroits, elle montait même jusqu'à la taille.

Aralorn aidait à allumer un feu, lorsque Myr vint la trouver et l'entraîna à part.

— Je ne suis pas mage, mais cet ouragan est anormal, j'en suis sûr. Hume l'air. Il se réchauffe déjà et la neige commence à fondre. Les tornades sont fulgurantes ici, je le sais, mais celle-ci ressemble davantage aux averses de printemps. Quand les tempêtes hivernales frappent, elles durent des semaines. N'as-tu rien remarqué d'étrange ?

Aralorn secoua la tête et éternua. Pour rester en bonne santé, il valait mieux éviter de dormir dans des couvertures humides. Elle n'était pas la seule à tousser.

— Oui, ça m'a surprise, moi aussi, alors j'ai essayé de mener ma petite enquête. Je n'ai décelé aucune trace de magie. (De magie humaine tout du moins, la magie verte était omniprésente dans les orages.) Il est vrai, cependant, qu'il y a quelque chose de bizarre. Je vous l'accorde. (Elle haussa les épaules.)

Si c'est l'ae'Magi qui a provoqué la tempête, il a tenté de le camoufler. Après tout, il doit en être capable… de se soustraire à ma vue en tout cas. À de rares exceptions près, les mages comme lui maîtrisent très mal les phénomènes climatiques. Les trappeurs qui chassent des bêtes pour leur fourrure dans ces contrées diraient que le responsable de la tempête, c'est le Vieil Homme de la Montagne.

Un bref silence s'ensuivit, puis Myr, qui commençait à la connaître, esquissa un sourire.

— Je vous écoute, conteuse. Qui est donc le Vieil Homme de la Montagne ?

Elle lui décocha un large sourire enjoué.

— Les trappeurs aiment raconter tout un tas d'histoires à son propos. Tantôt c'est un monstre qui rend les hommes fous, puis les dévore, tantôt c'est un vieillard bienveillant qui accomplit des choses incroyables que les gentils vieux ordinaires ne peuvent pas faire, comme changer le temps. *Et s'il venait aussi à la rescousse d'un enfant ?* se demanda-t-elle. *Les mythes recèlent toujours un fond de vérité. Le voile est parfois aussi fin qu'un fil d'araignée.* (Elle en parlerait à Loup dès son retour.) Le Vieil Homme de la Montagne est invité à chaque mariage ou rassemblement de trappeurs et une place cérémonielle lui est dédiée lorsque les clans se réunissent tous les ans pour décider de leur dispersion à travers le pays.

— Quelle montagne ? s'enquit-il.

Aralorn haussa les épaules.

— La Montagne, répondit-elle. Je n'en sais rien. J'ai rencontré des chasseurs qui jurent l'avoir aperçu. Mais je n'ai lu de récit à ce sujet dans aucun livre.

— Crois-tu qu'il puisse être l'un des changeformes ?

— Le Vieil Homme qui rend les hommes fous avant de les dévorer ? Certainement, rétorqua-t-elle. Mais jamais je n'ai croisé de changeforme de sang pur susceptible d'aider un humain à trouver de l'eau au beau milieu d'une rivière.

— L'un d'eux aurait-il pu déchaîner cette tempête ?

Comment expliquer en détail à quel point il était tabou pour un mage vert de se mêler de phénomènes climatiques qui le dépassaient ? Braver un interdit nécessitait certaines capacités ; or elle voulait éviter que le roi de Reth découvre que le peuple de sa mère jouissait de ce genre de pouvoirs. Le regard aussi sincère et innocent que possible, elle répondit :

— Non, absolument pas.

C'était la vérité, mais pas tout à fait celle qu'il croyait.

Une fois sa curiosité satisfaite, Myr changea de sujet.

— J'aimerais savoir si le temps va changer bientôt. Les provisions de viande s'amenuisent, mais je ne peux pas organiser une battue dans ces conditions. Ces gens ne sont pas capables de chasser dans la neige. Seuls deux ou trois possèdent les compétences requises, et face à un tel climat, tous sont inexpérimentés. (Tandis qu'il parlait, il faisait les cent pas avec nervosité.) Sans compter la boue. Il y en aura partout, puis du verglas.

— Ne vous inquiétez pas comme ça ! rétorqua Aralorn d'un ton vif. Si on meurt de faim, vous n'en serez pas responsable. Mais Sheen commence à manquer d'exercice et je ne me débrouille pas trop mal avec un arc. Je sais aussi comment disposer des pièges s'il le faut. Que vos hommes restent au chaud ; je vais voir ce que je peux faire pour notre garde-manger.

Le visage de Myr s'illumina.

— Vous êtes sûre ? Le terrain n'est pas favorable pour chevaucher.

— Sheen a l'habitude de la neige et il est assez grand pour se débrouiller.

Elle n'avait pas eu l'intention de partir sur-le-champ, mais l'expression de soulagement que Myr afficha l'empêcha de repousser l'expédition à l'après-midi. Elle récupéra ses affaires dans la tente qui servait d'entrepôt, réquisitionna une paire de bottes, et emprunta arbalète et flèches à l'un des précédents chasseurs.

Sheen s'ébroua, ne tenant pas en place, tandis qu'elle le sellait, et à peine fut-elle installée qu'il s'élança au grand galop ; un départ en fanfare salué par des acclamations diffuses et des rires chaleureux. Lorsqu'elle parvint enfin à le ralentir pour le réprimander, ils gravissaient déjà le sentier principal qui menait hors de la vallée.

Dès qu'ils l'eurent quittée, le voyage devint plus facile, car les rafales avaient balayé la neige par endroits. Il suffisait de contourner ravins et vallons pour éviter de s'enfoncer dans les congères.

Il n'y avait guère de pistes. D'ordinaire, Aralorn ne s'occupait pas de chasser ; elle ne connaissait rien aux habitudes des cerfs après les premières chutes de neige dignes de ce nom. Elle aurait pensé qu'ils seraient sortis une fois que celle-ci aurait commencé à fondre – du moins sur les versants exposés au soleil – pour brouter la verdure révélée avant que l'hiver s'installe pour de bon. Mais peut-être préféraient-ils rester cachés. Et s'ils savaient quelque chose à propos du temps qu'elle-même ignorait…

Elle tomba sur des traces qu'elle n'avait encore jamais vues. Laissées plusieurs heures auparavant, elles disparaissaient presque dans la neige liquéfiée. Leur propriétaire devait être énorme ; elle trouva tout près une branche de la taille de sa jambe que l'animal avait arrachée à un arbre. Elle l'observa pendant une minute et guida sa nerveuse monture loin de la piste de la créature.

— Une bête aussi grande, Sheen, doit être trop dure et filandreuse pour constituer un bon repas. Et puis, quelle plaie ce serait de traîner la carcasse jusqu'au camp !

L'excuse la convainquit elle-même. Le robuste destrier s'ébroua avant de forcer l'allure.

Au bout de quelques heures, Aralorn s'essuya le nez de sa main gantée et, éblouie par l'éclat de la prairie enneigée qui brillait en plein soleil, la contempla les yeux plissés. Les bottes cirées qu'elle avait dénichées dans la réserve de Myr la maintenaient bien au sec. Elle les apprécia d'autant plus que le reste de son corps était mouillé.

Un épais et lourd manteau humide et immaculé recouvrait les branchages ; elle avait beau chevaucher, elle était quand même trempée jusqu'aux os. Les broussailles abondaient sur les versants escarpés derrière eux. Grâce au soleil, une bonne partie de la neige avait fondu et l'eau ruisselait partout, rendant le terrain boueux et glissant. Le léger refroidissement du matin était devenu un mauvais rhume.

— Tu sais, Sheen (elle caressa son encolure luisante, un peu moite, elle aussi), je préférerais qu'il fasse vraiment froid. On serait frigorifiés, certes, mais au moins on serait au sec.

Poussant un soupir, elle repoussa une mèche de cheveux détrempée derrière son oreille. Le soleil déclinait ; à cette heure, il fallait songer à s'arrêter pour bivouaquer et ils n'avaient encore rien trouvé, pas même un lapin. Voilà qui ne promettait rien de bon. Aux environs du camp, situé assez loin des zones de battue habituelles, le gibier n'avait pas appris à se méfier des humains. Sur le trajet qui la mena jusqu'aux grottes, Aralorn voyait habituellement des pistes de cerfs. Même les oiseaux se faisaient rares ce jour-là.

Peut-être la grosse bête qui avait laissé ses empreintes avait-elle effrayé les autres animaux. Elle espérait que non. Auquel cas, cela signifierait qu'il s'agissait d'un genre de créature que les hommes aussi auraient mieux fait de fuir. Elle regretta l'absence de Loup ; ce dernier aurait éclairé sa lanterne.

Elle se demanda quelle aurait été sa réaction s'il savait qu'elle le considérait comme le sauveteur de ces dames et ses lèvres s'étirèrent en un sourire. Lorsqu'elle s'imagina en demoiselle en détresse, il s'élargit nettement. Si seulement Loup était là ! Sa présence rassurante lui manquait.

Elle contempla la prairie d'un air absent et admira la beauté immaculée de la neige qui miroitait avec subtilité de toutes les couleurs de l'arc-en-ciel ; spectacle d'autant plus saisissant que tout autour se dressait une forêt noire et touffue. Valait-il mieux traverser le pré jusqu'à la rivière qui courait à l'autre bout, ou bien gravir la colline toute proche, escarpée et boueuse, puis faire demi-tour pour regagner le camp ? Elle remarqua soudain que cette paisible clairière lui faisait une impression étrange.

Elle se raidit au même moment où Sheen les repéra.

— Yawan, murmura-t-elle.

Ce terme ignoble décrivait ce qu'elle ressentait avec exactitude. Quelle imbécile ! Comment avaient-ils pu lui échapper, alors que sous ses yeux, la prairie tout entière bougeait doucement ? L'épaisse couche de neige dissimulait complètement leur odeur, ou peut-être le froid les empêchait-il de pourrir. Quelle qu'en fût la raison, à moins d'un mètre d'elle, un uriah surgit de son lit neigeux. Et il n'était pas seul. Il devait y avoir au moins une centaine de ces viles créatures, et même si aucune ne se tenait debout, elles tournèrent toutes la tête vers la jeune femme. De toute sa vie, elle n'en avait jamais vu autant au même endroit, ni même entendu une histoire attestant qu'ils pouvaient être si nombreux.

Elle n'envisagea pas de rebrousser chemin : la boue glissante ralentirait Sheen plus que les uriah. La température avait beau les freiner, cela ne suffirait pas. Le meilleur moyen pour les arrêter, c'était l'eau ou les flammes. Elle ne vit aucun feu à l'horizon ; en revanche, il y avait un cours d'eau.

La marche à suivre s'imposa à elle en une fraction de seconde. Elle agita les genoux pour faire avancer Sheen et, loué fût son tempérament de guerrier, il fonça droit devant, fendant la prairie grouillante de monticules de neige en mouvement. Les uriah se mirent à hurler et le destrier galopa de plus belle, bondissant et esquivant les créatures. L'une d'elles se leva et essaya de tirer les rênes. Aralorn lui décocha un carreau d'arbalète dans l'œil. La bête recula en titubant, mais récupéra assez pour attraper l'étrier d'Aralorn. En désespoir de cause, elle la frappa de toutes ses forces avec la crosse de l'arbalète et lui arracha le bras. Sheen rua et lui administra un bon coup, lui aussi.

Le froid devait influer sur leur allure plus qu'elle l'avait supposé, car – à sa grande surprise – Aralorn rejoignit la rivière bordée de givre sous les yeux des uriah, toujours amorphes. Lorsqu'il avança dans l'onde glacée, Sheen renâcla en guise de protestation, mais se dirigea vers la rive opposée avec détermination. Aralorn s'agrippa fermement à sa crinière et s'étendit à la surface de l'eau qu'elle fendait à vive allure, se laissant flotter le plus possible.

Profonde et rapide, la rivière était néanmoins étroite. Le cheval tira Aralorn jusqu'à la berge sans encombre. Le courant les avait portés assez loin en aval ; les uriah n'étaient plus visibles, mais il lui sembla les entendre malgré la rumeur des flots. Quand elle se retourna pour remonter en selle, elle constata que le bras qu'elle avait arraché à l'uriah était encore agrippé à son étrier.

Il existait une histoire à propos d'un homme qui avait gardé le doigt d'un uriah comme trophée de guerre. Dix années plus tard, l'uriah au membre sectionné se présenta à la porte de son ennemi. Aralorn ne croyait pas à ce conte. Enfin, pas vraiment. Pourtant, l'idée de chevaucher avec une main attachée à son étrivière ne l'enchantait guère.

Elle tenta de le déloger avec empressement. La chose faisait preuve d'un curieux entêtement, alors elle se servit d'une flèche comme levier pour la retirer. Tandis qu'elle s'affairait, elle remarqua que la bête portait à son doigt, aux griffes biscornues, un lourd anneau d'or, qu'elle avait dû dérober à quelque pauvre victime. Ren serait fasciné ; en règle générale, les uriah n'étaient pas des pilleurs, ils s'intéressaient avant tout à la nourriture.

Elle jeta le bras et la bague dans le cours d'eau, et les regarda disparaître dans les profondeurs avec satisfaction. Elle rechargea l'arbalète par habitude ; de toute évidence, celle-ci n'était pas d'une grande utilité contre les uriah. Elle se remit en selle et se dirigea vers le camp, dans l'espoir de retraverser la rivière à gué.

Les uriah – les uriah normaux – n'allaient jamais là où il faisait froid. Jamais. Mais ceux que l'ae'Magi possédait étaient – comment Loup les avait-il appelés, déjà ? – « ses joujoux ». Une centaine ? Ren aimait à dire qu'il était inutile de discuter ce que les yeux avaient vu. Une centaine, donc.

En partant du principe que Loup avait raison et qu'il s'agissait bien de serviteurs de l'ae'Magi, les uriah n'avaient donc qu'une seule proie en tête : Myr. Manifestement, ils avaient été pris dans la tempête et la fraîcheur soudaine les avait handicapés. Vu l'heure à laquelle elle s'était abattue, si la neige ne les avait pas arrêtés, ils auraient atteint le campement tôt dans la matinée. La tempête lui avait donné l'occasion d'avertir les autres.

Tremblante de froid, elle pressa l'étalon pour qu'il s'élance au trot, une allure qu'il pourrait maintenir jusqu'à leur retour. Sur le trajet, elle scia la sangle et laissa tomber la lourde selle et les sacoches. Elle ne quitta pas sa monture pendant cette manœuvre grâce à une astuce que le premier éclaireur de son ancienne troupe lui avait enseignée. Moins il avait à porter, plus il serait rapide. Elle étreignit son arbalète chargée.

Tandis qu'elle chevauchait, elle repensa à la bague de l'uriah. Elle l'obnubilait. En outre, elle se demandait si elles parviendraient à rentrer avant que l'uriah se débrouille pour ressusciter.

La rivière coulait entre Aralorn et les uriah, mais elle la séparait aussi du campement. Elle la longea le plus longtemps possible, cherchant un endroit peu profond d'où elle pourrait traverser à gué, mais sans rien trouver de tel. Elle n'avait pas d'autre choix que de nager encore. Lorsqu'ils s'extirpèrent de l'eau pour la seconde fois, Aralorn était bleue de froid et Sheen chancela à deux reprises avant de repartir au trot. Il n'y avait rien de plus facile que de recourir à la magie pour se réchauffer, mais frigorifiée et éreintée, elle dut s'y reprendre à trois fois pour lancer le sort.

Elle chevaucha entre les tentes, dispersant les gens sur son chemin. Elle s'arrêta enfin devant celle de Myr. Alerté par le bruit des sabots, il sortit la tête au moment où Aralorn se laissait glisser du dos de sa monture.

— Que se passe-t-il ? demanda Myr en remarquant son apparence.

— Uriah… une centaine environ. Ils arrivent.

Aralorn était à bout de souffle et sa voix était enrouée à la suite de l'évolution de son léger refroidissement en rhume carabiné. Il fallait s'y attendre quand on traversait une rivière en plein hiver !

— Les grottes. On peut en défendre l'entrée. Abandonnez les abris, mais emportez toute la nourriture, les couvertures et les armes que vous pourrez.

Il avait commencé à s'activer avant même qu'elle ait fini de parler. Les enfants, supervisés par Stanis, furent envoyés en premier, chargés des provisions qu'ils pouvaient transporter. Myr fit en sorte qu'une grande partie des occupants du camp préparent leurs affaires et prennent la direction des cavernes avant que quiconque ait le temps de paniquer.

Aralorn et Myr fermaient le cortège. La jeune femme, qui guettait les bruits des uriah derrière eux, s'énerva de ne pouvoir aller plus vite. Les autres étaient à pied. De toute façon, même s'ils couraient comme des forcenés, ils seraient toujours trop lents. Elle marcha aux côtés de son cheval exténué, espérant que la fatigue de Sheen ne l'empêcherait pas de les alerter si les uriah s'approchaient un peu trop.

Lorsqu'ils atteignirent enfin les grottes, Aralorn fut quelque peu surprise qu'ils aient devancé les uriah. L'éclairage n'était pas un problème ; les sorts de lumière comme de feu faisaient partie des charmes les plus simples. Même les enfants pouvaient former les petites boules d'énergie dont les mages se servaient comme de torches.

Myr emboîta le pas à Aralorn qui menait Sheen vers une caverne déserte à quelques mètres de l'entrée, assez spacieuse pour contenir toutes leurs bêtes.

— J'ai ouï dire qu'ils pouvaient traquer un homme aussi bien qu'un chien de chasse et se déplacer plus vite qu'un cheval. (Myr s'exprima d'une voix douce afin que seule Aralorn l'entende.) Mon expérience concernant les uriah est très limitée. Tout ce que je sais, c'est qu'ils sont très durs à tuer et sont immunisés contre la magie presque autant que moi.

Aralorn acquiesça.

— Ils craignent les flammes, assurez-vous donc que des flambeaux soient prêts. Ces gens se battront mieux avec des torches qu'avec des épées, décréta-t-elle en désignant les autres réfugiés présents.

Myr lui adressa un sourire las.

— Et avec notre petite troupe de magiciens amateurs, inutile de s'inquiéter de l'allumage. Le seul qui ne soit pas capable d'enflammer un brandon par magie, je crois que c'est moi. Haris ! (Il interpella le forgeron, occupé à organiser l'entreposage des provisions.) Qu'on prépare un grand feu à l'entrée et qu'une personne à même de l'allumer à distance reste stationnée en lieu sûr pour surveiller les uriah.

Haris acquiesça et Myr se retourna vers Aralorn.

— Trois ou quatre de nos camarades devraient pouvoir embraser un feu depuis une bonne distance. Je leur demanderai de se relayer.

Aralorn frissonna dans ses vêtements encore humides.

— Il se pourrait que la chance nous sourie. Une sorte de protection a été gravée près de la bouche de la crypte. Si vous voulez y jeter un coup d'œil, elle est visible. Je soupçonne ce sceau d'avoir empêché Edom de pénétrer dans la caverne. Vous vous souvenez ? Le jour où il avait perdu Astrid ?

Elle y avait beaucoup réfléchi et avait décidé qu'il valait mieux agir comme si cette protection n'existait pas. Pourtant, une lueur d'espoir ne pouvait pas faire de mal.

Myr acquiesça.

Aralorn poursuivit.

— Si ce sceau fonctionne comme les enchantements des changeformes, les uriah ne verront même pas les grottes, à moins que nous allumions des feux et nous amusions à entrer et sortir pour attirer leur attention. La piste que nous avons suivie pour arriver ici ressemblera bientôt à un ruisseau de neige fondue ; donc, d'ici peu, toute trace de notre passage aura disparu. Avec un peu de chance, nous disposerons d'assez de temps. Le froid a tendance à les ralentir. C'est ce qui nous a permis, à Sheen et à moi, de rejoindre le camp avant eux.

— Je veillerai à ce que tout le monde reste à l'intérieur. (Sur le point de partir – quelqu'un l'appelait –, Myr se retourna soudain.) Aralorn ?

Elle tira la bride de Sheen et tapota en vain ses vêtements à la recherche de quelque chose dont elle pourrait se servir pour le sécher. Mais il était plus sec que ses propres habits.

— Oui ?

— J'enverrai deux des enfants les plus âgés pour bouchonner ton cheval. Change-toi avant d'attraper une pneumonie. Mes bagages sont disposés contre le mur le plus éloigné ; déniche quelque chose à te mettre.

C'était une bonne idée.

— Merci.

Elle se dirigea vers ses paquetages. Ils sautaient aux yeux grâce au dragon brodé qui lui jeta des regards furieux, tandis qu'elle farfouillait parmi les effets de Myr. Une véritable changeforme pouvait sans doute modifier son accoutrement à sa guise, mais Aralorn n'avait pas la moindre idée de la manière de procéder. Elle retira un pantalon tout simple et une tunique de couleur foncée, et le meilleur : une paire de chaussettes sèches en coton. Ses affaires en main, elle rechercha un recoin inoccupé pour troquer ses frusques détrempées contre les habits propres et secs.

La couche de gras censée protéger les bottes se révélait plus efficace dans la neige que dans la rivière. L'eau s'était infiltrée par le haut et le revêtement extérieur l'avait empêchée de ressortir, c'est pourquoi elles étaient complètement mouillées à l'intérieur. Aralorn essaya de les éponger du mieux possible et les enfila de nouveau par-dessus ses chaussettes fraîchement acquises. Elle avait espéré un résultat plus probant.

Quand elle eut terminé, elle s'examina de pied en cap d'un air moqueur. Myr n'était pas grand pour un homme. Il devait la dépasser d'une tête tout au plus. Il était, néanmoins, bâti comme une armoire à glace.

Eh bien, songea-t-elle en tirant sur le devant de la tunique, *au moins elle ne risque pas d'être trop étriquée !*

Le camp commençait à reprendre forme. Aralorn retourna jeter un coup d'œil à Sheen et constata qu'il avait été bouchonné. Il se tenait tranquille, tête baissée, et une jambe arrière relevée – signe évident qu'il était aussi épuisé qu'elle.

Stanis la trouva là-bas, le front appuyé contre l'encolure du cheval, plus endormie qu'éveillée.

— Aralorn, je crois qu'Astrid est redescendue dans la vallée.

Cela suffit à la faire sortir de sa torpeur.

— Quoi ?

— Je ne la trouve nulle part et Tobin non plus. On n'a pas arrêté de la chercher. Elle a crié sur tout le trajet parce qu'elle avait oublié la poupée que sa mère lui avait faite. On a essayé de lui expliquer que tout irait bien ; tout le monde sait que les uriah ne mangent pas les poupées, seulement les gens. Personne ne l'a revue depuis que tu es arrivée, et moi non plus.

— À qui d'autre en as-tu parlé ?

Elle passa la bride au cheval le plus rapide du camp – Sheen était trop fatigué pour galoper.

— Beaucoup savent que je la recherche, mais je n'ai raconté qu'à toi ce qui lui est arrivé à mon avis. J'ai essayé de prévenir Myr, mais Haris parlait avec lui et il y avait plein de gens autour.

— Voilà ce qu'on va faire : je vais m'éclipser et me mettre à sa recherche. Tu n'avertiras personne de mon départ.

Inutile d'envoyer plus de monde. Elle pouvait très bien ramener une fillette toute seule, si les uriah ne l'avaient pas déjà trouvée. S'ils avaient atteint le campement, il n'y avait aucun intérêt à risquer d'autres vies.

— Continue à la chercher ici. L'homme qui l'avait aidée à retrouver son chemin quand elle s'était perdue dans les grottes a beaucoup enthousiasmé la petite. Elle s'est peut-être aventurée dans les profondeurs de la caverne pour essayer de le revoir ! Attends que Myr ne soit plus débordé pour lui dire où je suis allée. Ça devrait durer un petit moment, et d'ici là, je serai sûrement de retour. Sinon, c'est qu'il y a un problème. Dis-lui bien que j'ai demandé à ce qu'on n'envoie personne après moi. Nous sommes trop peu nombreux pour nous permettre de gâcher des vies. Je vais me faufiler jusqu'au camp et voir si j'arrive à la repérer. Si je ne l'aperçois pas, je reviendrai sans tarder.

Elle marqua une pause, le temps de prendre son épée. Tandis qu'elle la glissait à sa ceinture, une pensée lui traversa l'esprit : si elle devait continuer à l'utiliser contre les uriah, elle ferait mieux de se perfectionner au maniement de cette satanée arme.

Avec ses pouvoirs limités, elle éprouva quelques difficultés à se glisser hors d'une crypte remplie d'utilisateurs de magie, quoique débutants. Le hongre, qui renâclait à abandonner les autres chevaux, ne lui facilita pas la tâche. Elle faillit le laisser là, mais même s'il lui était moins facile de s'éclipser en sa compagnie, il constituait un atout si elle venait à croiser des uriah.

Dès qu'elle eut quitté les grottes occupées, elle cessa de s'évertuer à demeurer invisible. Les gardes ne l'interrogèrent pas quand elle passa devant eux avec sa monture. Leur travail consistait à empêcher les uriah d'entrer, pas aux gens de sortir.

Le hongre était plus maigre que Sheen et beaucoup moins bien entraîné. Elle évita les pistes et longea le lit d'un ruisseau jusqu'à l'extrémité de la colline proche de la tanière de Loup pour éviter que les uriah puissent remonter sa piste jusqu'aux cavernes. Une fois dans la vallée, elle se rendit soudain compte qu'Astrid avait dû emprunter le sentier principal qu'ils avaient gravi auparavant.

Elle devait être morte de froid et de fatigue, hébétée.

Tout paraissait calme et paisible, alors elle se dirigea droit vers le camp. Le cheval avança de trois enjambées, se raidit et renâcla furieusement. Elle s'agrippa à son dos, marmonnant quelque juron, car le cri de détresse de l'animal ainsi que le craquement des branches venaient d'indiquer à ce qui avait bien pu l'effrayer à ce point la présence de cavaliers sur le versant.

Les bestioles de l'ae'Magi savaient, semblait-il, employer la ruse.

À peine avait-elle maîtrisé le cheval qu'elle entendit un sifflement en contrebas.

Elle l'aurait reconnu entre tous. Talor n'avait jamais eu d'oreille, ce qui donnait à ses signaux une certaine monotonie caractéristique et en compliquait quelque peu l'interprétation. Dans ce cas précis, il pouvait vouloir dire : « Tout va bien » ou « À l'aide ! »

Au vu des circonstances, Aralorn opta pour la seconde solution.

Sans l'ombre d'une hésitation, elle talonna sa monture pour qu'elle dévale la pente. À bout de force, elle obéissait à son instinct, c'était là sa seule excuse pour agir de manière si imprudente. *Que Dieu les bénisse !* ne put-elle s'empêcher de penser. D'une façon ou d'une autre, Ren avait su. Il leur avait envoyé de l'aide depuis Sianim.

Le cheval qu'elle avait emprunté n'avait pas le pas assuré de Sheen et se débattit tout le long de la descente. Il fit un bruit monstre et termina le trajet en glissant à cause d'une avalanche qu'il avait provoquée.

Le hongre continuait à patiner de manière incontrôlée lorsqu'elle fonça dans un petit groupe d'uriah. Comme ils parvinrent à le faire tomber à terre, Aralorn sauta de selle et pria pour que la pauvre bête distraie assez longtemps la plupart des viles créatures, ce qui lui laisserait une chance de retrouver Talor ou Astrid.

Grâce à son saut, elle échappa à leur voracité frénétique et s'en tira avec une égratignure au tibia et de légères contusions. Le temps qu'elle se remette debout, deux uriah la surplombaient presque. Elle utilisa la fraction de seconde précédant leur attaque pour chercher une issue, mais partout où elle regardait, elle en vit affluer de plus belle.

Elle se remémora un autre sermon de Ren : « L'imprudence finit par se payer cher. » Elle brandit son épée dans une vaine tentative et attendit sa fin.

Cela sembla durer une éternité. Elle frappa et ses membres lâchèrent, se contorsionnant de douleur dans un refus de gagner la mort avec une dignité funeste. Elle agita son arme jusqu'à ce que ses bras deviennent lourds et qu'elle eût l'impression que de l'acide parcourait ses épaules. Son corps était recouvert d'une myriade d'égratignures.

Contre toute attente, aucune de ses blessures n'était grave, mais toutes réunies, elles sapaient sa vigueur et engourdissaient ses réflexes. Les uriah ne cessaient d'affluer. Les hurlements du cheval avaient stoppé et elle en fut extrêmement soulagée. Elle avait été stupide de cavaler jusqu'ici. Même si un humain s'était trouvé en ces lieux, personne au monde n'aurait pu l'aider. Son inconscience avait coûté la vie au hongre ; elle allait bientôt le rejoindre.

Ses talents de télépathe n'étaient pas très développés, mais elle envoya quand même un cri d'alerte à Loup – ou à n'importe quel dieu. Puis elle se mordit la lèvre et continua à parer avec détermination.

Ses bras étaient gourds lorsqu'elle comprit soudain ce qui se passait. Elle commença à frapper en cadence tout scandant « *Imbécile, idiote, idiote* » dans sa tête.

Ils auraient pu la tuer à tout moment, mais telle n'était pas leur intention. Ils essayaient de la capturer pour la ramener à l'ae'Magi afin qu'il l'interroge. À cette pensée, elle redoubla d'efforts. Si elle arrivait à regagner assez d'espace, elle pourrait dégainer son couteau et ainsi éviter d'être capturée vivante. Son épée, bien que plus petite que la normale, était encore trop grande pour qu'elle puisse s'y empaler avant qu'ils l'arrêtent.

Elle fit volte-face et éventrait une des créatures lorsqu'elle entendit quelque chose derrière elle. Elle s'apprêtait à frapper, quand elle entraperçut le visage de Talor. Paniquée, elle l'évita de justesse, ce qui la laissa exposée. Mais ce n'était pas grave car il s'agissait de Talor.

Elle cligna des yeux pour chasser la sueur. Quelque chose chez lui ne tournait pas rond. De la bile remonta dans sa gorge tandis qu'elle levait de nouveau sa lame, mais avant qu'elle ait pu le frapper, on s'empara d'elle par-derrière : elle était sans défense.

Ce qui arriva ensuite figurerait pour un moment en première place dans ses pires cauchemars. Talor sourit – et c'était bien lui malgré la chair en décomposition – et lança avec son habituelle voix taquine :

— Je t'avais dit de continuer à travailler tes coups si tu voulais un jour manier l'épée à la perfection !

À cet instant, elle pensa avoir crié, mais peut-être était-ce seulement le hurlement d'un uriah repu de chair de cheval.

Chapitre 7

Le loup bondit avec adresse par-dessus le petit ruisseau qui n'était pas là une semaine auparavant et atterrit dans la boue onctueuse de l'autre côté. Le clair de lune révélait divers indices de la tempête récente : branches pliées et rompues sous le poids d'une importante chute de neige, et herbes hautes aplaties contre le sol. L'air doux et frais était débarrassé des odeurs lourdes et persistantes.

Loup savait que le camp était tout proche et il accéléra malgré la fatigue. Il atteignit le bord de la vallée désormais déserte. Il ne s'en alarma pas. Même si les autres ne s'étaient pas réfugiés dans les grottes pendant la tempête, la neige fondue qui avait transformé une grande partie du terrain en marécage les y aurait contraints.

Avec un grognement, il descendit le versant le plus proche de son repaire. Il décida d'y faire halte pour récupérer quelques affaires avant de se diriger vers les cavernes. Les couvertures d'Aralorn avaient disparu, mais les siennes, pliées avec soin, se trouvaient au sec sous leur protection en toile cirée.

Il marmonna quelques mots qu'il se serait retenu de prononcer en présence d'autrui et prit une apparence humaine. Fatigué, il s'étira, décidé à rester là pour la nuit et à ne rejoindre les autres qu'au matin.

Il avait toujours été un solitaire. Enfant, et quand il était encore apprenti, il passait du temps seul dès qu'il en avait l'occasion. Il était devenu un expert pour dénicher des cachettes où personne n'aurait songé à le chercher.

Le jour où il avait abandonné son apprentissage, il avait pris la forme du loup et s'était enfui vers les contrées sauvages des Terres Boréales, pour échapper à lui-même plus qu'à l'ae'Magi. Il avait évité coûte que coûte tout contact avec les hommes. Ils le mettaient mal à l'aise, et lui, les effrayait – y compris Myr, même si ce dernier dissimulait sa peur mieux que les autres. Il éprouvait, malgré lui, du respect pour le roi de Reth, mais rien de comparable à de l'amitié.

La seule personne qui comptait pour Loup, c'était Aralorn.

D'un air absent, il secoua sa natte du bout de sa botte. Il émit un son trop dénué d'humour pour ressembler à un rire. Il fuyait Aralorn mais revenait toujours vers elle. Ce manège durait depuis un long moment déjà. Elle l'avait ensorcelée et il ne s'en était même pas rendu compte.

Quatre ans auparavant, il s'était dit qu'il la suivait parce qu'il s'ennuyait et était las de courir. C'était peut-être vrai au début. Elle ne restait jamais en place. Et un jour, il l'avait entendue rire. Jusqu'alors, les éclats de rire n'avaient rien inspiré à Loup si ce n'était de la répulsion (l'ae'Magi riait pour un rien).

Il fallait qu'il la voie.

Ce sentiment le mettait très mal à l'aise. Il ne se rappelait pas avoir jamais eu besoin de quelqu'un et il haïssait la vulnérabilité qu'il ressentait presque autant qu'il… l'aimait, elle.

Il avait compris à quel point elle comptait pour lui le jour où il avait appris qu'Aralorn espionnait l'ae'Magi. Rien qu'à l'imaginer là-bas, il tremblait de rage et de peur comme s'il revivait l'événement.

Il ne pouvait dire avec exactitude quand son intérêt s'était transformé en besoin. Cela le faisait rire, lui donnait l'impression d'être humain et non une créature imparfaite de l'ae'Magi. La confiance de la jeune femme l'autorisait à se fier à lui-même. Par-dessus tout, il avait faim de ses caresses. Encore plus que le rire, il associait le contact à l'ae'Magi ; une paume chaude sur son épaule (« *coupe de cette façon, mon enfant* »), une étreinte affectueuse (« *ça fera moins mal la prochaine fois…* »).

Aralorn aussi était une personne tactile, mais son toucher était sincère. Sentir ses mains sur lui l'incommodait toujours quelque peu, mais il en mourait d'envie malgré tout. Il ramassa ses couvertures et descendit en direction de la vallée, car c'était le chemin le plus rapide pour rejoindre les grottes. Une fois sur place, même son faible odorat d'humain perçut l'effluve.

Uriah.

Sans paniquer, il observa les alentours avec attention et releva des indices de départ précipité. Il ne manqua pas de constater que les tentes, y compris celles qui avaient coûté tant d'efforts à Myr et aux autres, avaient été déchiquetées par autre chose que le vent. Il remarqua aussi qu'il n'y avait pas d'os en évidence.

Il arpenta le campement pour l'inspecter de plus près. L'odeur y était plus prononcée et partout on voyait des signes de colère déchaînée sur des objets inanimés. C'était une bonne chose : la rage signifiait qu'ils avaient raté leur proie.

Il déterra un petit os : celui d'un poulet. Haris serait contrarié. Il n'y avait pas la moindre trace de restes humains, il en éprouva un léger soulagement. Myr avait dû être prévenu à temps et déplacer le camp vers les grottes. Si les uriah ne s'étaient pas trouvés à portée de vue quand le groupe s'était réfugié à l'intérieur, les sceaux de protection continueraient à soustraire les entrées aux regards.

Loup entreprit de nouveau de se diriger vers les cavernes lorsqu'il aperçut quelque chose de blanc dans la boue asséchée : un squelette de cheval. Trop petit pour être Sheen.

Rien n'avait été laissé sur la carcasse, excepté une touffe de crinière. Les os des jambes avaient été rompus afin de pouvoir en sucer toute la moelle. Il remarqua les motifs particuliers sur le mors en argent qui reposait tout près et comprit rapidement qu'Aralorn en avait été la cavalière.

D'autres os, eux aussi complètement rongés, s'amoncelaient une quinzaine de pas plus loin. Tous portaient la marque caractéristique des uriah. Il dénombra plusieurs crânes : elle en avait abattu trois. Il avait espéré la trouver parmi les cadavres. Du fond de ses entrailles, quelque chose hurla d'un rire moqueur à cette pensée. Mais la mort serait…

Il aurait pu l'y suivre sans difficulté.

Il abandonna ses affaires au milieu du camp en ruine et prit sa forme de loup pour revenir vers les grottes, car c'était plus rapide. Sur le trajet, il découvrit les pauvres restes d'un enfant et, à côté, une vieille poupée en lambeaux. Astrid. Il se souvenait du jouet. Il comprit alors pourquoi Aralorn avait affronté les uriah.

La rage gronda dans son sang. Il la réprima, se cramponnant au faible espoir que Myr lui fournirait quelque détail susceptible de l'aider dans sa quête. S'il laissait la fureur s'emparer de lui, il risquait de tuer tout le monde et personne ne pourrait lui dire si des recherches avaient déjà été lancées. En outre, Aralorn ne voudrait pas qu'il tue ses amis.

Il élabora un plan à la hâte tout en courant, essayant de chasser les mauvaises pensées. Il avait conscience d'un engourdissement qui s'insinuait en lui, recouvrant la folie bouillonnante d'une fine couche de glace.

Avant même de pénétrer dans l'obscurité des grottes, il entendit une discussion enflammée.

— Silence ! (La voix de Myr, fêlée par la fatigue, n'avait cependant rien perdu de sa puissance et elle mit un terme aux chamailleries.) Il n'y a rien que nous puissions faire. Aralorn et Astrid ont disparu. Je n'enverrai pas des renforts pour qu'ils soient abattus par les uriah. Nous resterons ici jusqu'à ce que je sois assuré de leur départ. Même si Aralorn et Astrid étaient encore en vie, même si nous descendions tous au camp et les trouvions prisonnières des uriah, cela ne changerait rien. Nous ne pouvons pas les vaincre. Elle a dit qu'il y en avait une centaine et je n'ai pas l'impression qu'elle soit du genre à exagérer.

Seulement dans ses histoires, pensa Loup. *Pas quand c'est sérieux.*

Il s'arrêta dans l'ombre, à l'entrée de l'une des grandes cavernes. Myr se tenait devant lui, face à la pièce principale, de sorte que Loup avait une vue claire de son profil. La lueur des torches révélait ses traits fatigués.

— Cela ne changerait rien. Il suffirait d'une vingtaine d'uriah pour tous nous anéantir, que nous soyons armés ou non. Ils nous tueraient et nous pourrions nous estimer chanceux d'en avoir massacré à peine dix. Aralorn le savait quand elle est partie à la recherche d'Astrid. C'était la seule d'entre nous à pouvoir les vaincre, car elle a déjà eu affaire à eux. Si j'avais été au courant de ses intentions, je l'en aurais dissuadée, mais je n'en ai pas été averti.

Pourtant, je retiendrai tous ceux qui tenteront de s'échapper désormais. Dès le lever du soleil, j'irai moi-même.

— Le petit prince a peur du noir ?

Un homme basané fit un pas hors de la foule. Loup ne reconnut pas son visage, il avait donc dû arriver après son départ. D'après ses vêtements, c'était un aristocrate, moins impressionné par le roi que les paysans.

Tapi dans l'obscurité, Loup prit alors la parole. Sa propre voix lui parut presque étrangère.

— Tout comme tu devrais l'être. Si j'étais lui, je t'enverrais seul pour découvrir ce qui arrive aux idiots dans le noir.

Loup fit un pas vers Myr, apparaissant à la lueur de sa torche. Lorsqu'il fut assuré que tous les regards étaient tournés vers lui, il prit forme humaine dans un étalage d'esbroufe digne de l'ae'Magi. Dissimulé derrière son masque et sous sa cape, il se tint devant eux, une main sur son sceptre incandescent, à côté duquel le flambeau de Myr ressemblait à une bougie.

— Laissez-moi vous apprendre, pourtant, que personne n'aura besoin de sortir. Astrid est morte. (Loup posa sa voix de façon que tout le monde puisse l'entendre sans qu'elle résonne à travers la pièce.) J'ai trouvé sa dépouille ainsi que celle du cheval que montait Aralorn, mais aucune trace d'elle. Je suppose qu'elle est prisonnière de l'ae'Magi.

Il dut s'arrêter de parler. À voir la réaction des gens, il comprit qu'ils ne s'étaient pas rendu compte que cette attaque, elle aussi, avait été orchestrée par l'ae'Magi. Il ne pouvait faire comme s'il s'en préoccupait. Tant que l'Archimage ignorait que Loup s'abritait dans ces grottes et apportait son aide à Myr, ainsi que le lien qui l'unissait à Aralorn, il ne la torturerait sans doute pas lui-même. Il ne considérerait pas les informations qu'elle pouvait détenir comme vitales. Il devait lui accorder une certaine importance, sinon il l'aurait déjà tuée pour s'emparer de son pouvoir ; mais elle ne l'intéressait pas au point qu'il lui consacre du temps. Cela permettrait à Loup d'en gagner et à elle de rester en vie jusqu'à ce qu'il la retrouve. Tout dépendait de l'autonomie dont Edom avait disposé.

L'ae'Magi avait tendance à laisser plus de liberté à ses outils, car il était assuré qu'ils agiraient toujours dans son intérêt. Ainsi Loup voulait-il se convaincre qu'il avait le temps de rechercher Aralorn. Il se devait d'y croire.

Il poursuivit d'une voix qui semblait indifférente, même à ses propres oreilles, et s'adressa cette fois à Myr.

— Je vous conseille de rester ici pour l'instant. Mais vous devriez pouvoir sortir sans courir de danger d'ici à un moment. L'ae'Magi ne doit pas s'attendre à ce que vous vous trouviez si près du camp. Si je ne suis pas de retour dans quinze jours, vous feriez mieux de continuer sans moi.

Loup commença à s'éloigner, avant de se retourner. Même s'il ne se souciait pas d'eux, Aralorn voudrait les savoir en sécurité.

— Je trouverai un moyen de condamner les chemins que je ne vous ai pas cartographiés afin que personne ne se blesse ou ne se perde. Vous pouvez parcourir ces souterrains pendant une centaine de kilomètres si vous le souhaitez.

Puis il quitta les lieux, aussi discrètement qu'il était arrivé.

Il connaissait toutes les propriétés de l'ae'Magi, même celles qu'il avait acquises après son départ. Il avait mis un point d'honneur à explorer chacune d'entre elles, en partie pour vérifier s'il y parviendrait sans se faire attraper, mais aussi parce que ces connaissances pourraient lui être utiles. Pendant qu'il s'en était chargé, il s'était amusé de constater qu'Aralorn lui avait transmis sa passion pour la collecte d'informations. Ce jour-là, il lui était reconnaissant de lui avoir inculqué cette habitude.

Utilisant la magie dès qu'il se fut assez rapproché du sud pour que ces sorts fonctionnent, il se dirigea d'abord vers le palais de l'ae'Magi, car c'était sa résidence préférée ainsi que la plus proche du camp. Il prit le temps de vérifier si l'ae'Magi y séjournait, même si Loup comptait s'y infiltrer que l'Archimage y fût présent ou non. Il fouilla les geôles à deux reprises, certain qu'elle s'y trouverait, mais il ne la vit pas parmi les pitoyables victimes. Il arpenta le château, explora même les écuries, mais ne repéra aucun signe d'elle. Alors il mit le cap sur la forteresse suivante.

Il continua à la chercher toute la nuit ainsi que le jour suivant. Il parcourut le palais royal de Reth et la petite chaumière où était né l'ae'Magi. Au bout du compte, il dut accepter la défaite. Il espérait qu'elle fût parvenue à se donner la mort, car il ne trouvait trace d'elle en aucun lieu lié de près ou de loin à l'ae'Magi. Faute de mieux, il reprit le chemin des grottes.

Aralorn voyageait hors des Terres Boréales, en travers du dos de l'uriah qui l'avait capturée (elle refusait d'accepter qu'il s'agissait de Talor). De si près, l'odeur de la chose était débilitante et elle bénit le rhume qui lui obstruait les narines. Elle avait été dépouillée de ses armes avec une efficacité impitoyable et ligotée. L'épaule de la créature qui butait sans répit contre son diaphragme lui causait une migraine qui l'empêchait de se concentrer.

Lorsqu'ils eurent quitté les montagnes, ils s'arrêtèrent et la jetèrent face contre terre, avec vilenie. Elle tourna la tête de côté et put les voir s'agiter avec nervosité, pestant l'un contre l'autre à grand renfort de grognements irrités. La plupart du temps, ils la négligeaient, mais elle avait remarqué assez de regards affamés pour faire en sorte de passer aussi inaperçue que possible. Une fois, alors personne ne faisait attention à elle, elle essaya de se transformer, mais la douleur la déconcentra.

Elle canalisa son énergie pour une seconde tentative, mais fut de nouveau interrompue. Cette fois, ce fut un bruit sourd hors de son champ de vision. Un par un, les uriah s'écroulèrent ; seule l'étincelle dans leurs yeux indiquait qu'ils n'étaient pas endormis – ni morts.

— Psst. Immondes créatures. La raison qui le pousse à les utiliser me dépasse !

C'était une voix de ténor léger, qui parlait rethien avec l'inflexion des nobles de la cour. La position d'Aralorn limitait son angle de vue, mais elle put voir d'élégantes chaussures ainsi que des bas brodés, dignes d'un véritable courtisan.

— Ainsi, poursuivit-il de son timbre suave, c'est toi la prisonnière dont l'ae'Magi attend l'arrivée avec anxiété !

Elle fut propulsée sur le flanc par une bourrade magique et put enfin voir le mage de face. Son visage était plutôt séduisant, quoiqu'un peu gâché par la perruque violette qu'il portait. Elle ne l'avait jamais rencontré, mais son aptitude à immobiliser une armée d'uriah et sa robe permirent à Aralorn de lui attribuer un nom : seigneur Kisrah, un homme de la petite noblesse dont les talents avaient été précieux aux yeux du grand-père de Myr lors de la dernière guerre.

Son père lui avait dit un jour qu'il était un tacticien et un diplomate compétent – de vraies louanges de la part d'un homme qui méprisait les courtisans.

— Tu ne ressembles pas à grand-chose, en fin de compte. L'ae'Magi se met dans un tel état à cause de toi que je m'étais attendu à plus… Mais tu devrais faire l'affaire une fois propre, je suppose. Quel dommage que tu aies choisi d'attaquer l'ae'Magi de façon si perfide ! (Il secoua la tête avec tristesse et elle remarqua avec stupeur que son regard était bienveillant.) Prépare-toi, maintenant. Je vais te transporter jusqu'au palais de l'ae'Magi. Je n'aime pas téléporter les humains, ils le supportent très mal. Mais l'ae'Magi s'inquiète à propos de Myr. Ce n'est pas juste de profiter d'un homme dont l'esprit est bouleversé par le chagrin, nous devons le rejoindre le plus vite possible.

Il se frotta les paumes l'une contre l'autre pour s'échauffer.

— L'ae'Magi est plus doué que moi pour ces choses-là, mais il est retenu ailleurs, il faut donc que je m'y colle.

La magie heurta son corps avec une telle violence qu'elle faillit s'évanouir. Elle percuta un sol en pierre dure, en sueur et secouée par la toux. Elle succomberait probablement d'une pneumonie avant que l'Archimage s'empare d'elle. Elle rit à cette pensée, ce qui provoqua une nouvelle quinte.

Des mains brutales la saisirent avec force, mais l'homme grogna lorsqu'il la souleva. Elle était plus lourde qu'elle paraissait. Les muscles, ça pèse !

Dehors, il faisait jour, c'est pourquoi la lugubre pénombre des murs de pierre, éclairés par les torches, et ses cheveux, dont la natte avait été défaite et qui lui barraient le visage, l'aveuglaient, en vérité.

On la déshabilla avec une efficacité impitoyable. Afin de ne pas penser à ce que cela pouvait bien signifier, elle essaya de se souvenir d'une idée qui errait dans son esprit avant que seigneur Kisrah l'expédie en ces lieux. Elle croyait se rappeler que c'était sans doute important. Sa tête qui l'élançait toujours ne l'aidait guère.

— Regarde ça, Garogue, elle n'est pas aussi petite qu'elle en a l'air !

Des rires gras saluèrent cette remarque ainsi que des commentaires qu'elle aurait préféré ne pas entendre tandis que le deuxième garde s'approchait.

Concentre-toi, Aralorn. Tu étais soulagée que… de ne pas avoir rencontré seigneur Kisrah auparavant. (Son visage lui paraissait chaud et tendu malgré la fraîcheur de la pierre sous ses pieds.) *Seigneur Kisrah ne sait pas que tu es la fille du Lion. Mais tu as été présentée à l'ae'Magi en tant que fille du Lion. La couleur de tes yeux l'avait intrigué… ton sang de changeforme.*

Par tous les dieux, pensa-t-elle l'air sinistre. *S'il comprend qui je suis, il pourra s'en prendre à mon père pour m'atteindre.*

Tandis que les gardes étaient occupés, elle essaya encore de se transformer. Rien de radical cette fois, une simple modification de son apparence. Ses traits s'affinèrent pour devenir aussi ordinaires que ses yeux, désormais marron, comme la plupart de ceux des paysans de Reth. Bizarrement, les yeux lui donnaient toujours le plus de mal et en général elle ne s'en souciait guère. Mais elle ne voulait pas courir le risque que l'ae'Magi la soupçonne de posséder la moindre goutte de magie verte. Cela pourrait jouer un rôle important dans son évasion. Un dernier petit effort et sa peau se fonça pour lui conférer une allure plus authentique.

— Dommage qu'on puisse que la reluquer…

Une main calleuse remonta le long de sa hanche.

— Ouaip, t'avise pas de penser à aut'chose. Rappelle-toi ce qu'est arrivé à Len. Il croyait que l'ae'Magi n'en saurait jamais rien. De toute façon, not' tour finira par venir !

Super. Que de réjouissances en perspective !

De nouveau, on la traîna en avant. Sa fatigue faisait d'elle un poids mort. Sa tête heurta le sol lorsqu'on la balança par-dessus une large épaule.

— C'est qu'ils pèsent lourd dans le nord !

Ils éclatèrent de rire mais, cette fois, Aralorn n'y fit même pas attention.

Il faisait nuit noire quand Loup revint au camp. Il s'attendait à ce que tout le monde soit endormi. Au lieu de quoi il croisa Myr, assis sur un rocher en face des grottes, occupé à polir l'épée d'Aralorn au clair de lune.

— Où l'as-tu dénichée ? demanda Loup.

Surpris, Myr sursauta et se releva d'un bond, prêt à attaquer. Lorsqu'il aperçut Loup, il se rassit.

— Oh ! C'est toi, Loup ! Pas de chance ? Bon sang ! (Myr maintint la lame sous la lumière.) Je l'ai trouvée ce soir dans une petite grotte près de l'entrée. Quelqu'un a essayé de la nettoyer, mais n'a pas accompli un travail soigné. Un des enfants a dû tomber dessus, puis, quand il a compris ce que c'était, l'a sans doute abandonnée là. Comme je n'arrivais pas à dormir, j'ai décidé de l'astiquer. Pourquoi laisser rouiller une bonne épée ?

— En effet, lui concéda Loup, s'allongeant face à lui, le museau sur les pattes.

Myr n'était pas son ami, mais Aralorn l'appréciait.

Au bout d'un moment, Myr demanda :

— Où as-tu cherché ?

Alors, Loup lui raconta. Cela dura un certain temps. Myr écouta, frottant le tissu soyeux contre la lame à la teinte étrange. Lorsque Loup eut terminé, le roi réfléchit quelques instants.

— Comment t'y es-tu pris ? T'es-tu contenté de chercher ? Une changeforme ne pourrait-elle pas se transformer pour s'évader ?

Loup secoua la tête.

— Une fois emprisonnée, elle n'en serait plus capable. Les barreaux contiennent trop de fer. De plus, ils l'auront sans doute enchaînée.

— Le fer neutralise la magie ? demanda Myr, l'air de connaître la réponse.

— Celle des changeformes.

Mis à part le bruissement de la douce étoffe sur l'épée, la nuit était calme. Soudain, Myr dit :

— Je l'avais rencontrée auparavant, le savais-tu ? J'ai mis un moment à me souvenir de l'endroit exact, car je n'étais qu'un enfant. Tu ne le croiras peut-être pas, mais elle était alors une parfaite petite morveuse, encore plus prétentieuse et égocentrique que moi. Elle était plus jeune aussi, à l'époque, mais avait déjà les mêmes manies. Elle traitait tout le monde comme son égal et n'observait le protocole que parce qu'elle y était obligée. J'en fus offensé, mais mon grand-père a ri et lui a baisé la main en affirmant qu'on pouvait toujours conter sur elle pour animer une réception soporifique.

Il marqua une courte pause avant de poursuivre son histoire.

— Tu dois comprendre que toute ma vie, on m'a appris à lire les expressions des gens. J'ai vu qu'elle respectait vraiment le robuste vieillard et le manque de sincérité dans ses manières témoignait de…

son aversion pour les faux-semblants qu'exigeait l'étiquette. C'est une leçon qui m'est restée gravée dans le cœur.

Myr s'arrêta un instant, les yeux rivés sur la lame rutilante. Poussant un soupir, il la posa.

— Voici où je veux en venir : à cette époque, l'ae'Magi nous rendait souvent visite à la cour. Mon grand-père l'appréciait plus que quiconque. Si j'y ai connu Aralorn, n'aurait-il pas pu l'y rencontrer, lui aussi ? Elle n'est pas… jolie, mais elle est inoubliable. Et même si elle ne l'était pas, son père, lui, est mémorable. Si je cherchais à briser quelqu'un, le plus simple serait de commencer par m'en prendre à ses proches. Tu pourrais aller à Lambshold et vérifier que tous les membres de la famille du Lion répondent à l'appel.

Brusquement, Loup reprit son souffle.

— À l'évidence, l'idée n'aura pas manqué de l'effleurer, elle aussi. Cette pensée en tête, elle a dû faire de son mieux pour ne pas être reconnue. Quand a-t-elle été capturée ?

Il avait perdu la notion du temps.

— Il y a quatre jours.

Enfin, le loup se décida à parler de nouveau.

— Elle doit être dans l'une des geôles, à moins qu'elle se soit échappée, ce qui est plus qu'impossible. (Elle y était déjà arrivée, mais elle avait alors pris l'ae'Magi au dépourvu.) À mon avis, elle doit se trouver là où j'ai cherché en premier : au château de l'Archimage. Quand j'ai fouillé les quelques palais restants, je les ai parcourus de fond en comble. Je pense qu'elle aurait dû très bien se cacher, ce qui lui aurait été sans doute difficile. Le temps lui manque, les gardiens dans les geôles de l'ae'Magi ne sont pas réputés pour leur bon traitement, sans parler de l'ae'Magi lui-même. Il ne devrait pas la tourmenter, cela dit ; il a d'autres chats à fouetter pour le moment.

Loup n'avait pas fait preuve d'une grande discrétion dans les deux derniers endroits qu'il avait inspectés et l'ae'Magi devinerait qu'il s'y était faufilé. Les trois cadavres lui signaleraient une visite importune et la méthode employée pour les tuer fournirait à l'Archimage l'identité de l'intrus.

Loup marqua une pause pour réfléchir avant de poursuivre.

— Si elle n'est pas là-bas, je reviendrai. Si elle s'enfuit, l'unique sanctuaire où elle puisse se réfugier se trouve ici.

Sur ces mots, le loup se fondit dans les ténèbres sylvestres, abandonnant le jeune roi, assis seul sur son rocher.

— Myr a un mage à ses côtés. À quoi ressemble-t-il ?

La voix de l'ae'Magi est vraiment extraordinaire, songea Aralorn. Suave et chaude, elle offrait un refuge. Mais Aralorn connaissait ces tonalités et la terreur s'insinua doucement en elle.

Or, même la peur combinée aux taillades qu'il infligeait à ses bras ne suffit pas à retenir longtemps son intérêt. La douleur provoquée par la magie séculaire des murs rendait le calvaire qu'il faisait subir à ses membres presque secondaire.

Elle se demanda si elle devait lui dire que s'il utilisait des chaînes en fer dans la salle de torture comme dans la geôle, elle serait beaucoup plus consciente de ses actions. Le fer neutralisait avec succès ses faibles aptitudes à puiser dans la magie corrompue que les magiciens avaient laissée dans les briques au fil des siècles.

Un seau d'eau froide ramena l'attention d'Aralorn vers son corps. Au début, elle apprécia le contact glacé contre sa peau brûlante, puis, prise de frissons, elle ne put s'empêcher de convulser. Dans un moment de lucidité, elle sourit : la pneumonie l'emporterait bientôt – dans quelques jours – si elle arrivait à dissimuler sa condition à l'ae'Magi. Dans le cas contraire, il aura tôt fait de la transformer en l'une de ces choses mortes mais toujours tourmentées, suspendues dans sa cellule. Elle avait été soulagée de ne plus être obligée de les regarder. Si seulement elle avait pu aussi éviter de les entendre.

Il n'utilisait pas sa magie sur elle comme il l'avait fait lors de sa première visite au château. Le cachot inhibait-il aussi ses pouvoirs ? Ou s'en servait-il par ailleurs pour remplir un tout autre objectif ?

Déconcerté, l'ae'Magi observa la silhouette pitoyable suspendue devant lui. Il l'avait vue sourire pendant qu'il la tailladait, ce qui l'avait troublé. Elle n'était pas de ceux qui se délectent de la douleur, mais elle ne semblait même pas la sentir. La torture n'avait aucun effet sur elle.

Pourtant, elle semblait parfois désorientée. Peut-être parviendrait-il à ses fins par la ruse plutôt que le supplice ?

— Chérie, ma chérie, écoute-moi, susurra l'ae'Magi avec l'intonation de Myr, empreinte d'un voile de douceur comme un jeune homme qui courtiserait sa belle.

Aralorn sursauta par réflexe au son de sa voix.

— Chérie, tu souffres, je le sais. Je suis venu te sortir d'ici, mais tu dois me dire où se trouve Cain. Nous avons besoin de lui pour te sauver.

Elle fronça les sourcils et demanda avec perplexité :

— Cain ?

— Oui, répéta Myr, et elle perçut cette fois une légère irritation. Où est Cain ? Où est le mage de Myr ?

Myr n'aurait pas été en colère après elle. Même si c'était bien sa voix, ce n'était pas lui. Elle en était sûre et certaine. Néanmoins, elle aurait dû connaître ce

Cain et le fait qu'elle ignorât tout de lui l'ennuyait. Pour autant, elle ne souhaitait rien révéler à la personne qui parlait comme Myr.

— Mort, répondit-elle alors avec une conviction totale. (En son for intérieur, elle applaudit l'inflexion mélancolique qu'elle avait conférée à son intonation.) Il est bel et bien mort.

Cela ne l'avait pas effleuré ; il n'y avait tout simplement jamais pensé. L'ae'Magi arpenta la chambre. C'était impossible. Furieux, il ôta les gants qu'il avait enfilés avec minutie pour ne pas avoir à toucher sa peau crasseuse.

Si son fils était mort, cela gâcherait tout. Tous ses efforts auraient été vains. Il leva son poignard vers sa gorge, puis se ravisa. Elle détenait encore des informations qui pouvaient lui servir ; il n'allait pas l'achever parce qu'il était vexé.

L'ae'Magi tourna les talons et quitta la pièce. Lorsqu'il passa devant la salle des gardes, il ordonna qu'on la reconduise à son cachot, puis après coup, annonça au geôlier que s'il parvenait à découvrir la cachette des rebelles, il recevrait un écu d'argent.

Les geôles se situaient dans les parties les plus anciennes du palais de l'ae'Magi : le résultat de ces années n'était pas beau à voir. L'odeur asphyxia Loup dès qu'il s'y faufila depuis l'entrée secrète. Il avait eu recours à la magie pour se rendre au château, mais avait été obligé d'user de moyens ordinaires pour y pénétrer. L'ae'Magi était à résidence et il espéra qu'Aralorn s'y trouvait aussi. Par ailleurs, cela signifiait qu'il devait faire très attention aux sorts dont il se servirait.

Personne ne l'aperçut lorsqu'il surgit dans l'allée entre les cellules. Les veilleurs de nuit occupaient la salle qui constituait l'unique accès depuis le cachot principal, sans compter, bien entendu, les couloirs cachés. À cette heure tardive, leur présence à l'intérieur des geôles n'était pas requise – sauf s'ils devaient escorter un prisonnier ou si quelqu'un se faisait torturer.

Il se tint sur un large passage dallé de pierres, sous sa forme humaine. D'un côté, en contrebas, se trouvaient sept cellules de la profondeur d'une tombe, à l'ancienne. De l'autre, la chambre de torture, dans une fosse, elle aussi. À ce moment précis, elle était vide. Le seul indice de vie provenait des charbons ardents dans le foyer surélevé qui trônait en son centre.

À part le sceptre de Loup, aucune lumière n'éclairait les pièces, mais c'était suffisant. Les clefs se trouvaient toujours sur leur support, juste à côté de la loge des gardiens : c'était plus pratique.

Loup ouvrit la porte la plus proche et gravit les marches escarpées et étroites. Les prisonniers enchaînés étaient bien trop affaiblis pour remarquer sa présence. Il se changea en loup, car l'animal possédait des sens plus développés, et le regretta aussitôt. Si la puanteur des geôles était difficile à supporter pour un nez humain, les yeux du loup larmoyaient quand il sortit du cachot à reculons. Il reprit sa forme d'origine et referma la porte à clefs. Elle n'était pas là. Il ne trouva rien non plus dans la deuxième cellule.

Dans la troisième, des cadavres entravés par des chaînes jonchaient le sol et étaient suspendus aux murs telles des poupées désarticulées, mais ils gémissaient et respiraient, animés par le semblant de souffle propre aux uriah. Ils l'observèrent de leurs pupilles flamboyantes tandis qu'il se transforma de nouveau en loup pour humer l'air. Cependant, ils étaient trop novices, trop sous l'emprise des sortilèges de l'ae'Magi pour donner l'alerte.

Il y avait plus de monde dans le quatrième cachot. Quand il habitait au palais, les geôles, dans leur intégralité, comptaient rarement plus d'un ou deux prisonniers. Il se changea en loup, inspira et s'arrêta aussitôt.

Elle est là.

Il réprima la joie féroce qu'il éprouva à cette idée. Il aurait assez le temps de faire la fête une fois qu'elle serait en sécurité.

Elle gisait dans un coin de la cellule. Son visage était différent, mais elle marmonnait dans sa barbe, et sous la crasse, c'était bien sa voix et son odeur.

Sa gorge était enrouée et elle respirait avec difficulté. Elle fut prise de violentes quintes de toux lorsqu'il la serra contre lui pour ôter ses fers. La prison renfermait une telle quantité de magie qu'à moins de pulvériser la pierre, l'ae'Magi ne se rendrait compte de rien, sauf s'il se trouvait dans la pièce voisine. Il ne fallait pas traîner pour autant. Loup pesta quand il remarqua les plaies que les menottes avaient infligées aux chevilles et aux poignets de la jeune femme.

Il n'avait pas le temps d'inspecter davantage ses blessures. Il devait la sortir de là.

Il la souleva avec douceur, passant outre à l'odeur du cachot qui l'imprégnait. Il enjamba les corps recroquevillés de ses compagnons d'infortune avec autant d'attention que s'ils avaient été des bottes de foin. Bien qu'il n'eût aucune main de libre pour le porter, son sceptre le suivit comme un chien obéissant.

Mais une fois hors de la cellule, il se rendit compte qu'il avait un problème. Le passage secret qu'il avait emprunté pour entrer ne pouvait se franchir qu'à quatre pattes. De plus, il était trop étroit pour s'y faufiler avec Aralorn, incapable de se mouvoir toute seule.

Il n'avait pas de temps à perdre.

Il effleura le masque de son bâton et tous deux disparurent. Il se concentra encore un moment et les balafres disparurent. Il n'était pas un changeforme. Il était né avec le visage qu'il dissimulait sous ses stigmates : il lui appartenait tout autant que les cicatrices.

Soucieux de ne pas lui infliger davantage de souffrances, il positionna Aralorn sur son épaule, la maintenant d'une main tandis que l'autre pendait avec nonchalance. Une boule de lumière se forma au-dessus de son épaule gauche et le suivit jusqu'à la salle de garde.

Lorsqu'il ouvrit la porte, les geôliers se ruèrent sur leurs armes jusqu'au moment où ils aperçurent son visage. Avec négligence, Loup jeta les clefs sur la table grossière ; elles y glissèrent en laissant une trace dans la couche de gras accumulée. Quand il prit la parole, ce fut avec la voix de l'ae'Magi qu'il haïssait tant : suave, chaude et mélodieuse. L'illusion était simple. Il ne lui en fallait pas beaucoup pour ressembler à l'ae'Magi de sorte que, dans le noir, ils n'auraient pas été capables de le distinguer de son père.

— Il me semble qu'il serait plus sage dorénavant, leur lança-t-il, que le garde chargé de la surveillance ne se sépare jamais du trousseau. Il est facile de s'infiltrer dans les geôles par d'autres voies et n'importe qui peut user de moyens détournés pour se faufiler dans les cellules. Évitons de leur rendre la tâche encore plus aisée.

Sans un regard aux hommes, il se dirigea vers la porte la plus éloignée, qui s'ouvrit avec obéissance pour le laisser passer et se referma derrière lui. Le large escalier qui menait aux niveaux supérieurs s'étendit devant lui, ne laissant qu'une mince fente contre le mur, théoriquement pour permettre l'accès à la zone en dessous qui servait parfois d'espace de rangement. Il décida d'emprunter ce chemin-là et baissa la tête en avançant sous l'escalier.

D'un geste infaillible, il toucha l'endroit précis qui révéla le portail caché. Tandis qu'il s'y engageait, il murmura un faible sortilège et la couche de poussière sur les marches retrouva son aspect d'origine, avant le passage de Loup.

Il souffla la lumière lorsque la porte en pierre se referma derrière lui. À l'intérieur du couloir, il faisait noir comme dans un four. L'éclairage manquait tant que même ses yeux perçants de mage n'y distinguaient rien. De minuscules mouchetures d'illumination s'infiltraient à travers les interstices dans le mortier et faisaient étinceler les imposants murs comme un ciel étoilé. C'est à cause d'elles que Loup avait éteint la lumière, de peur que quelqu'un dans une pièce obscure de l'autre côté remarque le même phénomène.

Loup maintint une main contre la paroi et de l'autre étreignit Aralorn avec fermeté. Il tâta du pied le sol devant lui et ralentit quand un tas d'ordures dans lequel il venait de donner un coup dégringola le long d'un escalier invisible. Il esquissa un sourire sinistre que personne ne pouvait voir et continua à descendre à l'aveuglette.

Il entendit des bruissements lorsque des rats et diverses créatures encore moins ragoûtantes s'écartèrent de son chemin. À un moment, il marcha sur une bête morte depuis peu et faillit perdre l'équilibre. Un sifflement furieux s'éleva : il venait d'empiéter sur le dîner d'autrui.

Lorsqu'il eut enfin atteint la dernière des longues volées de marches, il décida qu'il était parvenu assez loin pour oser de nouveau faire de la lumière. Une épaisse couche de poussière recouvrait le plancher ; seules les vagues traces qu'il y avait laissées lors de son dernier passage plusieurs années auparavant trahissaient son incursion. À l'époque, il s'y était faufilé pour piller l'une des bibliothèques cachées. Il y en avait bien plus que celle qu'il avait dévalisée.

Assuré que la galerie était restée secrète, Loup s'avança vers un mur, se posta devant et dessina des symboles dans l'air. Les glyphes s'embrasèrent d'une teinte orangée et demeurèrent suspendus dans la pénombre le temps qu'il ait terminé. Puis, ils chatoyèrent et flottèrent jusqu'au mur, qui se mit à scintiller à son tour avant de soudain disparaître. S'ouvrit devant lui un autre couloir tout aussi obscur, creusé dans les roches souterraines du château. Il poursuivit un moment, sinuant de-ci de-là, le long des passages jadis découverts par un garçon à la recherche d'un refuge.

Par deux fois, il avait dû modifier son itinéraire, car le chemin dont il se souvenait était trop étroit pour qu'il puisse le suivre avec Aralorn sur le dos. L'un des passages avait été bloqué par un effondrement récent. Plusieurs tunnels avaient été empruntés naguère et il tâcha de les éviter. Ils finirent par émerger du labyrinthe, à plusieurs kilomètres à l'est, soustraits à la vue du palais

Il la fit glisser de son dos et la tint dans ses bras avec tendresse, même si, de cette façon, elle était moins facile à porter. Il ne pouvait rien faire de plus avant qu'ils aient atteint une terre moins hostile ; alors il parcourut d'un pas rapide la forêt plongée dans les ténèbres, l'oreille aux aguets.

Il aurait préféré ne pas avoir à se montrer, car désormais, malgré toutes ses précautions, sa relation avec le groupe de Myr apparaîtrait au grand jour. L'ae'Magi le traquait depuis un moment. Les attaques sur le camp de Myr allaient s'intensifier. Les gardes ne mentionneraient peut-être pas l'incident à l'ae'Magi, mais mieux valait toujours prévoir le pire. Bientôt, il devrait envisager sa confrontation avec l'ae'Magi.

Le duel à venir ne le réjouissait guère. Les vieilles histoires sur la Guerre des Sorciers – Aralorn pourrait en parler pendant des heures – narraient des batailles de puissance brute entre deux magiciens ; le grand Désert de Verre, plus de vingt-cinq mille hectares de verre noirci, constituait une preuve du coût de telles luttes. Si lui-même, avec la curieuse mutation de sa magie, se retrouvait impliqué dans un combat de cette envergure, les conséquences risquaient d'être désastreuses.

Il serait alors préférable, et de loin, de laisser l'Archimage étendre son emprise. Même les plus grands mages ne vivaient pas plus de trois cents ou quatre cents ans, et Geoffrey ae'Magi avait déjà bien entamé son deuxième siècle d'existence. Vu son état actuel, épuiser le pouvoir qu'il avait acquis, même si l'on tenait compte de l'énergie qu'il avait volée, diminuerait son espérance de vie de plusieurs décennies. Mieux valait cent ans de tyrannie que l'anéantissement de la terre.

Il fut un temps où le Désert de Verre avait été un sol fertile.

Le lever du soleil ne l'arrêta pas. Il ne suivait aucune piste visible et s'évertuait à dissimuler ses traces à travers les étendues sauvages. Il fit halte lorsqu'Aralorn et lui eurent atteint la cache qu'il avait aménagée sur le trajet du château, assez éloignée des sentiers pour qu'ils soient en sécurité pendant un moment. Pour autant, recourir à la magie pour se téléporter restait risqué : l'ae'Magi pourrait les traquer. Mais à cette distance, Loup pouvait dissimuler ses empreintes. Il avait découvert des sorts utiles quand il arpentait les Terres Boréales à la recherche d'un refuge. Des enchantements qui lui avaient permis de ne pas quitter Aralorn d'une semelle sans crainte d'être retrouvé par l'ae'Magi.

D'un geste maladroit, il déplia ses couvertures, refusant de poser Aralorn à même le sol, puis la positionna avec douceur. Ses bras étaient douloureux de l'avoir portée, c'est pourquoi il dut s'étirer un peu avant d'entreprendre quoi que ce soit d'autre.

Sa carnation plus foncée que d'ordinaire dissimulait la rougeur provoquée par la fièvre, mais sa peau était brûlante et sèche sous ses doigts. Elle respirait avec difficulté et il pouvait entendre le sifflement du liquide dans ses poumons. Il enroula la seconde couverture et la plaça sous sa nuque pour faciliter sa respiration. Avec tendresse et minutie, il la lava grâce à de l'eau réchauffée par magie.

Les bleus auraient dû être moins visibles sous son teint basané, mais la maladie avait terni son visage dont la teinte grise révélait les taches noires. À l'évidence, certaines étaient anciennes et devaient dater de sa première capture. Mais les meurtrissures récentes recouvraient les plus vieilles.

Elle avait trois côtes cassées ou fêlées ; il ne maîtrisait pas assez l'art de la guérison pour faire la différence. Ajouté à la grosse bosse à l'arrière de sa tête, cela semblait être ses plus mauvaises blessures, conséquences, sans doute, de son enlèvement plutôt que d'une séance de torture.

Ses ongles avaient été arrachés – les phalanges gonflées témoignaient de la brutalité de la méthode employée. Les orteils de son pied droit étaient cassés et le petit orteil était déchiqueté. On l'avait fouettée avec zèle du haut des épaules à l'arrière des genoux. Cependant, ces blessures cicatriseraient en quelques semaines à l'exception, bien sûr, de l'orteil. Une femme pouvait vivre avec un orteil en moins.

Il sortit le sac d'herbes médicinales qu'il avait emporté avec lui. Loup n'était pas un guérisseur, loin de là, mais il en avait cueilli assez pour panser ses plaies.

Quand il eut terminé de lui laver le dos, il le couvrit d'une pâte d'argile qu'il entoura de bandages serrés avec fermeté pour aider à immobiliser ses côtes. Il éclissa ses orteils, puis nettoya et emmaillota ses chevilles, ses mains et ses poignets.

Alors qu'il s'occupait de ces derniers, il remarqua la large lésion à l'endroit où la face interne de son bras avait été écorchée. Il se figea, puis, avec une infinie délicatesse, badigeonna la plaie d'un onguent avant de la bander, comme si, à cette vision, il n'avait pas ressenti des frissons parcourir sa colonne vertébrale.

C'était l'un des jeux préférés de l'ae'Magi. La peau à l'intérieur du bras était tendre et un homme qui savait manier le couteau pouvait infliger à sa victime une douleur considérable sans pour autant l'handicaper. L'ae'Magi avait pour habitude de commencer par quelque chose de particulièrement atroce afin d'intimider sa proie.

Loup ouvrit la bouche d'Aralorn avec délicatesse et examina l'intérieur de ses joues, la voûte de son palais, le dessous de sa langue, ainsi que ses dents. Rien. Il inspecta l'intérieur de ses oreilles et murmura quelques douces incantations magiques. Rien. Lorsqu'il lui tourna la tête pour regarder de l'autre côté, quelque chose étincela à la lumière du soleil. Ses paupières.

Avec soin, il maintint son visage sous les rayons directs. Après une inspection attentive, il constata que ses deux paupières étaient un peu enflées, mais le suintement était caractéristique.

La paume ouverte à quelques centimètres de son œil, il murmura un autre sort. Lorsqu'il retira la main, il tenait quatre longues et fines broches en acier, aux extrémités crochues comme un hameçon. Elles étaient assez pointues pour s'introduire sans faire trop mal, mais à chaque mouvement de l'œil, leurs pointes acérées coupaient un peu plus. Ce n'était pas de coûteuses aiguilles en argent, mais des tiges bon marché, en partie constituées de fer, et destinées à l'origine à des travaux plus grossiers.

Il les contempla un instant et elles fondirent sans endommager sa peau. Tandis qu'il en extrayait quatre autres de son deuxième œil, il regretta avec amertume – et ça lui était déjà arrivé au cours de son existence de ne pas maîtriser davantage le sujet.

L'authentique guérison figurait parmi les premiers enseignements prodigués aux changeformes, mais c'était l'art que les mages humains apprenaient en dernier. Loup savait, au mieux, augmenter l'efficacité des plantes médicinales. Mais dans le cas présent, il doutait même de la capacité d'un changeforme à soigner ses yeux. Il croyait se rappeler que les blessures causées par le fer froid étaient plus difficiles à guérir.

Il lui enfila une chemise en coton soyeux qui lui descendait aux cuisses. Quand il eut terminé, il appliqua sur ses paupières une compresse refroidie par enchantement qu'il recouvrit d'un bandage pour la maintenir en place.

Il avait atteint les limites de ses connaissances. Exténué, il posa sur elle une autre couverture et s'allongea à ses côtés, sans la toucher. Et dormit.

L'univers d'Aralorn se composait de vagues impressions sonores et visuelles. Elle vit des gens qu'elle connaissait, mais ils n'étaient pas tout à fait les mêmes. Tantôt ils l'emplissaient d'horreur, tantôt ils ne suscitaient en elle aucune émotion. Il y avait Talor, tel qu'il était la dernière fois qu'elle l'avait croisé à Sianim, puis il lui arriva quelque chose et il mourut, sauf qu'il continuait à lui parler et à lui dire des choses qu'elle n'avait aucune envie d'écouter.

Par moments, elle flottait dans un néant immense qui la terrorisait, mais pas autant que la souffrance. Son esprit se tenait à une lointaine distance de son corps et elle reculait le plus loin possible, car ce qu'elle risquait de découvrir à son retour l'effrayait. Soudain, comme les cordes extensibles avec lesquelles les enfants aiment jouer, quelque chose allait claquer et elle se retrouverait alors de nouveau en proie au calvaire, à la chaleur et à la terreur. Quelqu'un hurla, le cri lui déchira les tympans et elle pria pour que le bruit cesse.

Cette fois, son réveil fut différent. En plus d'avoir chaud, elle était trempée et poisseuse. La douleur avait diminué et atteint un niveau supportable, même son flanc l'élançait moins. Quelque chose attira son attention et elle se concentra pour essayer d'en deviner la nature. On l'avait arrachée à son néant et envoyée vers un lieu où elle aurait préféré ne pas se trouver. Elle décida dans un moment de quasi-lucidité qu'elle devait attraper cette chose et la tuer pour être enfin libre de partir.

Elle sonda ses rêves et des fragments d'impressions l'effleurèrent. Il y avait un sérieux problème avec ses yeux. Du fer froid dont les blessures étaient permanentes. Elle avait été mordue et mâchée, et…

Elle se déroba et tomba sur une autre bribe de souvenir. Une magie terriblement dénaturée et corrompue, qui faisait respirer les cadavres. Cela l'effraya. En ces lieux, la mort n'était pas salvatrice et elle désirait gagner le sanctuaire que le trépas était censé offrir. Soudain, le fer froid détourna son attention des créatures décédées. Jamais elle ne s'était sentie si vulnérable ; prise de désespoir et de claustrophobie, elle tira sur ses chaînes comme une forcenée, jusqu'à l'épuisement. La plupart des changeformes de sang pur expérimentés auraient pu s'en défaire, mais elle avait hérité de toutes leurs faiblesses et d'un pouvoir minime.

Là… pendant qu'elle combattait…, elle l'attrapa presque. Cette chose qui l'avait attirée là et lui infligeait toutes ces souffrances. C'était un son, un son familier. Pourquoi s'en souciait-elle ?

Elle était si fatiguée. Elle perdait sa concentration et les images l'assaillirent plus vite jusqu'à ce qu'elle se perde de nouveau dans ses souvenirs cauchemardesques.

Ils campaient au même endroit depuis trois jours. Cela inquiétait Loup, car ils se trouvaient encore trop près du château de l'ae'Magi ; mais l'idée de déplacer Aralorn le tracassait davantage. Au lieu de s'arranger depuis qu'elle avait quitté sa cellule, son état semblait s'aggraver. Le pus suintait au bord de ses paupières à cause de l'infection. Sa fièvre n'avait pas monté, sans pour autant retomber. Elle respirait avec plus de difficultés, et quand elle toussait, il voyait que ses côtes l'élançaient.

Il l'observait, tourmenté par la culpabilité. S'il l'avait retrouvée plus tôt, elle aurait eu une chance de s'en sortir. Les aiguilles n'avaient été enfoncées dans ses yeux que récemment. Il aurait pu la retrouver dès sa première recherche, s'il s'était rappelé qu'elle pouvait avoir pris le visage d'une autre.

Comme cela lui arrivait quand il s'énervait, il sentit l'autre magie en lui vibrer de manière bizarre ; elle le titillait, le tentait. D'habitude, il l'utilisait, la façonnant selon son bon vouloir pour parvenir à ses fins, mais cette fois, le souci, la culpabilité et le manque de sommeil l'avaient exténué. La magie murmurait à son oreille, le séduisait avec des visions de guérison.

Il ferma les paupières et, poussé par une pulsion, il s'allongea doucement aux côtés d'Aralorn. Il caressa son visage et décela un problème : une légère fracture au niveau de son crâne, qu'il n'avait pas remarquée auparavant.

Tandis qu'il laissait les chuchotements aguicheurs s'emparer de lui, il constata qu'il pouvait ressentir son pouls, presque ses pensées. Mis à part le sexe, jusqu'à cet instant il n'avait jamais partagé une telle intimité avec quelqu'un. Avec une autre personne, il se serait rebiffé, aurait inventé n'importe quelle excuse pour fuir, pour se retrouver seul et en sécurité.

Mais il s'agissait d'Aralorn, et s'il ne la soignait pas, elle allait… À cette idée, un sursaut de désespoir le secoua, mais sa magie le submergea de sérénité sans trop tarder. Il flotta sur ses ailes pendant un siècle ou une seconde, il n'aurait su dire. Au fur et à mesure, sa peur de perdre le contrôle, qu'il connaissait si bien depuis qu'une puissance fulgurante avait jailli hors de lui, brûlante, blessante et terrifiante, s'insinua en lui et rompit la transe dans laquelle il avait plongé.

Il ouvrit les yeux, haletant. Son cœur battait la chamade et son corps ruisselait de sueur. D'énormes frissons le parcouraient. Il tourna la tête pour jeter un coup d'œil à Aralorn.

Il fut frappé de constater qu'il regardait, en effet, Aralorn. Son déguisement s'était évaporé. La pâleur de sa peau faisait ressortir les hématomes de ses jambes qui paraissaient encore plus graves. La fièvre colorait ses joues blêmes d'une teinte atypique.

Lorsqu'il en fut capable, il se pencha pour lui ôter son bandage. L'œdème avait presque disparu et ses yeux semblèrent normaux quand il souleva ses paupières avec délicatesse. Il n'avait pas regardé avant, car il savait ce que les aiguilles lui avaient infligé. Il palpa du bout des doigts son crâne pour y localiser la fêlure, mais ne trouva rien.

Trop épuisé pour bouger, il lui appuya la tête contre son épaule, puis avec minutie replia les couvertures autour d'eux. Il aurait mieux fait de rester éveillé pour monter la garde, car il n'y avait pas de cheval de bataille avec lequel partager cette tâche, mais il n'avait pas ressenti une telle fatigue depuis les jeunes années de son apprentissage.

Le jour s'était levé lorsqu'Aralorn se réveilla. Le délire ne l'avait pas tout à fait quittée. Elle avait rêvé des calmes bruits de la forêt et se laissait à présent bercer par ce réconfort. Elle savait que bien trop tôt elle devrait de nouveau affronter le monde réel. Elle appréciait que les moments où la réalité s'insinuait s'espaçassent toujours un peu plus.

Elle considéra la question un instant avant de se rendre compte qu'un homme se trouvait à ses côtés. Elle se mit à divaguer et se laissa happer doucement. Elle avait beaucoup de mal à respirer, et tandis qu'elle suffoquait, la forêt s'évapora sous ses yeux.

Le doux murmure d'une voix connue lui procura force et réconfort, mais quelque chose sonnait faux. Elle était trop suave, elle devrait être froide et dure, plus sévère. Elle associait des choses désagréables à ces tonalités cordiales. Le timbre qu'elle désirait entendre devait lui évoquer la mort, comme les uriah, comme Talor. Des gémissements parvinrent à ses oreilles et elle se demanda qui c'était.

Elle mangea et se délecta de la nourriture, salée et chaude, qui passait dans sa gorge irritée. Elle but un breuvage à base de plantes et une part d'elle-même en approuva l'amertume, consciente que les herbes stimuleraient ses fonctions respiratoires. Y avait-il une raison pour qu'elle ne veuille pas aller mieux ? Elle ne parvint pas à en trouver une, et pendant qu'elle y réfléchissait, la torpeur s'empara de nouveau d'elle.

Loup l'observait et attendait. Dépourvue de l'insatiable énergie qui la caractérisait, elle paraissait fragile, vulnérable. Quand elle était réveillée, il avait tendance à oublier combien elle était menue.

Il serra les dents et maîtrisa sa rage quand elle poussa un cri de terreur. Bien qu'elle bredouillât à voix haute, elle ne dit rien qui aurait pu mettre la puce à l'oreille de l'ae'Magi s'il avait été en train d'écouter.

Enfin, elle se tut et Loup s'assit dos contre un arbre à une distance qui lui permettait de garder un œil sur elle sans pour autant perturber son sommeil.

Il n'aurait pas dû être capable de la soigner. Et pourtant, il avait réussi. Même s'il s'était contenté d'éliminer les stries laissées par les aiguilles, c'était déjà plus que ce que la magie humaine autorisait. Fait moins spectaculaire, mais qui dépassait encore plus les limites de la magie telle qu'il la concevait, Aralorn avait retrouvé son visage d'origine.

Il avait toujours eu la capacité de transcender la magie humaine. Se changer en loup et maintenir cette forme pendant d'assez longues périodes en était l'exemple. Jusqu'à ce jour, il avait attribué cette particularité à l'immense pouvoir dont il usait. La magie humaine pouvait guérir, mais il fallait pour cela posséder des connaissances approfondies en anatomie, ce qui n'était pas son cas. Tuer demandait moins de précision. La magie humaine n'était pas capable de reconnaître l'apparence naturelle d'un changeforme et de la lui restituer… comme il l'avait fait.

Il avait, avec insouciance, brisé les lois de la magie établies depuis des millénaires. Qu'était-il pour accomplir pareil exploit ?

Il ne trouva aucune réponse. Pour autant qu'il s'en souvienne, il n'avait vu celle qui l'avait mis au monde qu'une seule fois. Elle lui avait semblé plutôt ordinaire… pour une femme qui avait passé une décennie dans les geôles de l'ae'Magi. Mais elle lui avait donné un fils et l'ae'Magi l'avait laissée en vie. Elle avait dû être plus importante qu'elle n'y paraissait.

Peut-être Loup était-il le fruit d'une… expérience ? Une expérimentation qui avait échappé à tout contrôle.

Aralorn s'agita, ce qui attira son attention. Il se releva, soulagé d'être arraché à ses pensées, et s'avança vers elle.

Chapitre 8

Aralorn n'ouvrait jamais les yeux avant d'être certaine de savoir où elle se trouvait et sous quelle forme ; une habitude qu'elle avait acquise à force d'incarner trop souvent des personnages différents. Cette fois, cela lui parut plus difficile que d'ordinaire. Il lui sembla que le soleil qui réchauffait son visage n'avait rien à faire là, tout comme le geai qui piaillait depuis son perchoir, quelque part au-dessus d'elle.

Elle s'agita avec nervosité et sentit son flanc l'élancer en guise d'avertissement, tiraillement qui ne tarda pas à s'étendre à diverses autres parties de son corps. Moyen efficace quoique rudimentaire pour lui rafraîchir la mémoire.

Son problème était le suivant : elle ignorait comment elle s'était extirpée des geôles de l'ae'Magi pour se retrouver là.

Persuadée qu'elle ne risquait pas d'aboutir à des conclusions bouleversantes en restant allongée à faire semblant de dormir, elle décida d'ouvrir les paupières et de s'asseoir : action qu'elle regretta aussitôt. Le changement soudain de position la fit tousser, ce qui n'avait rien de plaisant avec trois côtes cassées. Elle se laissa retomber en douceur et attendit que ses yeux cessent de larmoyer.

Le souffle faible, elle se permit de tourner la tête pour étudier son environnement. Elle était seule dans une petite clairière entourée d'épais arbustes qui, assez vite, laissaient place à des arbres aux larges feuilles. Elle pouvait entendre le murmure d'un ruisseau tout près. Le soleil brillait au zénith, et l'après-midi poignait. Non loin de là, des montagnes s'élevaient sur au moins trois côtés. Moins hautes que leurs cousines des Terres Boréales, elles n'en demeuraient pas moins impressionnantes. Elles ne les reconnaissaient pas, du moins depuis sous cet angle.

Aralorn était emmitouflée dans des étoffes de laine de la meilleure qualité, tissées avec délicatesse et complexité. Elle poussa un léger sifflement devant de telles prodigalités. Elle était emmaillotée dans deux couvertures dont chacune devait coûter deux mois de salaire à un mercenaire, avec une troisième sous la tête en guise de coussin. Enveloppée comme elle était, elle aurait dû avoir trop chaud, mais c'était agréable.

Les bandages sur ses mains et poignets étaient noués avec soin et juste assez serrés pour soutenir sans comprimer. Celui qui les avait fixés était plus doué qu'elle pour panser les plaies, ce qui n'avait rien d'un exploit. Elle ne prit pas la peine d'examiner les autres pansements qui recouvraient son corps ; elle préférait ne pas scruter ses blessures de crainte de trouver trop de membres manquants ou hors d'usage.

Elle songea alors que ses yeux devaient faire partie des éléments défaillants ou défectueux. La méthode employée par l'ae'Magi pour l'aveugler avait été… efficace. À tel point qu'elle avait abandonné tout espoir de guérison, même grâce à la magie des changeformes.

Elle frissonna sous ses couvertures. Une pensée fâcheuse traversa son esprit : un magicien puissant pouvait très bien créer l'illusion de cette prairie. Elle n'en était pas sûre, mais d'après ses histoires… Cela lui paraissait plus plausible que la venue de quelqu'un pour l'arracher aux geôles de l'ae'Magi. Et beaucoup plus facile, pour sûr, que de soigner ses yeux.

Elle regarda alentour, mais elle était toujours l'unique occupante de la clairière.

Elle décida que si l'ae'Magi n'allait pas tarder à surgir, elle ne voulait pas l'affronter les quatre fers en l'air, et localisa un arbrisseau qui croissait près de sa tête. Elle se poussa en arrière jusqu'à s'y cogner. L'effort qu'elle dut fournir l'inquiéta. Petit à petit, afin de ne pas déclencher une nouvelle crise de toux, elle se redressa grâce à l'arbre et finit par se retrouver assise, dos contre lui. Elle attendit une minute. Comme elle ne se mit pas à tousser, elle se releva en glissant le long du tronc. L'écorce lui érafla la peau malgré les bandages. Cette sensation lui parut tout à fait réelle. Enfin, elle se tenait debout. Ou du moins adossée.

Elle ne l'entendit pas avant qu'il parle depuis un emplacement assez loin derrière elle. Sa voix était dénuée de ses habituelles inflexions sardoniques, mais bénie fût la providence, c'était celle de Loup.

— Bon retour parmi nous, Dame.

Elle éprouva un tel soulagement, à la fois total et hébété, qu'elle manqua de s'écrouler. Loup. C'était Loup. Lui seul pouvait la secourir et guérir ce qui avait besoin de l'être. Sauve.

Elle déglutit et tâcha de se calmer. Il n'apprécierait guère qu'elle lui saute au cou et commence à sangloter contre lui, pas plus qu'elle n'aimerait se souvenir de cette scène une fois que ses genoux cesseraient de fléchir et qu'elle sentirait de nouveau le sol sous ses pieds.

Assurée qu'elle pouvait se comporter avec nonchalance, elle tourna la tête pour le saluer d'un sourire qui eut tôt fait de l'abandonner quand elle aperçut son visage. Grâce à des années d'entraînement, elle parvint à réprimer la peur dans sa voix, mais ne put s'empêcher de reculer d'un pas. Malheureusement, elle s'emmêla les pieds dans l'une des couvertures, perdit l'équilibre et tomba.

Elle avait bien les côtes cassées, mais son désespoir annihilait toute souffrance.

L'Archimage.

Ne souhaitant pas perdre de vue son ennemi, elle roula jusqu'à ce qu'elle puisse le voir de nouveau, ce qui provoqua une quinte de toux. Les yeux larmoyants, elle remarqua que lui aussi avait reculé, avec plus de grâce, cependant. Il leva la main devant son visage, puis la laissa brusquement retomber. Impassible, il attendit qu'elle ait fini de tousser et puisse s'exprimer.

Aralorn se réjouit de ne pas pouvoir parler pendant une minute, car cela lui donna l'occasion de réfléchir. Même si le faciès était celui de l'ae'Magi, les yeux jaunes rivés sur elle chatoyaient comme ceux de Loup, reflétant son trouble, contrairement ses traits.

C'était Loup. Son Loup. Son corps, immobile, presque fugace, plus que son expression, le lui assurait. L'illusion pouvait reproduire n'importe quel regard, mais Aralorn était la seule à comprendre aussi bien le langage corporel de Loup.

Cain était le fils de l'ae'Magi, mais personne ne lui avait jamais dit à quel point le fils ressemblait au père. S'il avait révélé au monde son visage scarifié par enchantement, celui qu'elle connaissait le mieux, les cicatrices ne seraient pas passées inaperçues et quelqu'un n'aurait pas manqué de les mentionner. L'ae'Magi ne souhaitait peut-être pas que les gens se souviennent de sa ressemblance avec son rejeton diabolisé. Cela dit, s'il tenait vraiment à ce qu'on s'abstienne de commentaires, personne n'aurait osé lui désobéir. Elle se figura ensuite que Loup lui évoquait un homme à peine plus âgé que Myr, qui lui-même avait quelques années de moins qu'Aralorn. Puis, tandis que sa toux se calmait, elle songea qu'elle ferait mieux de trouver un moyen pour gérer la situation. Elle ne voulait pas le blesser encore.

Avant qu'elle ait pu dire quoi que ce soit, Loup prit la parole.

— Si je t'estimais capable d'arriver en lieu sûr toute seule, je te ficherais la paix. Malheureusement, c'est impossible. Je te promets de partir dès que tu auras retrouvé…

Elle interrompit son discours d'un mot grossier et fit appel à toute la dignité qu'elle pouvait rassembler, allongée par terre sans aucune élégance au milieu des couvertures emmêlées.

— Imbécile ! s'exclama-t-elle. Bien sûr que je savais qui tu étais ! (Elle n'en était pas sûre. Il occupait la première place parmi les suspects, mais ça, elle n'avait pas besoin de le lui dire.) Combien d'apprentis crois-tu que l'ae'Magi ait eu ? Je connais le nom de chacun, grâce à Ren ! Il pensait que ces informations se révéleraient précieuses un jour. À ton avis, combien de mages sont assez puissants pour infliger ce sort à Edom ? (D'après elle, deux ou trois, et l'un deux était Kisrah. Mais il ne figurait pas sur sa liste.) Tu me prends vraiment pour une idiote ? (Elle dut s'arrêter pour s'épargner une nouvelle quinte de toux. Il n'essaya pas de répondre à ses questions par ses sarcasmes habituels, ce qui l'inquiéta. Alors, elle laissa tomber son attitude défensive pour passer à l'offensive.) Te méfies-tu de moi à ce point ?

— Non, rétorqua Loup, et ses lèvres semblèrent s'étirer en un petit sourire. (Encore plus important, il n'avait plus l'air de vouloir se trouver n'importe où sauf là.) J'ai oublié, dit-il, désignant d'un geste vague son visage. Les cicatrices sont légitimes. Je les ai contractées, comme je te l'ai raconté. Mais quand je suis parti… (*Le jour où il a quitté son père*, songea-t-elle.) Je me suis rendu compte que je pouvais m'en débarrasser de la même façon que je pouvais prendre l'apparence d'un animal. Cela n'a pas eu d'importance pendant longtemps parce que j'étais un loup. Lorsque j'ai décidé d'agir contre lui au lieu de continuer à fuir, tout bien considéré, j'ai préféré garder mes stigmates.

Aralorn en comprenait tout à fait les raisons.

— Pourquoi changer maintenant ?

— Quand je suis sorti des geôles, je devais ressembler à l'ae'Magi pour tromper les gardes. J'étais… J'ai oublié de remettre les balafres, le masque. (Il s'assit à ses côtés.) Je ne voulais pas t'affoler.

Affoler. Oui, on peut dire ça comme ça.

Avec une expression qui ne s'apparentait en rien au sourire qu'elle avait eu l'intention de lui décocher, Aralorn lui lança :

— La prochaine fois que tu me feras une frayeur pareille et que je mourrai d'une crise cardiaque, tu pourras graver ça sur ma pierre tombale : « Je ne voulais pas l'affoler. »

Tandis qu'elle parlait, elle l'observait avec attention et remarqua des détails qu'elle n'avait pas aperçus de prime abord. Son visage était dépourvu de rides au coin des yeux et autour de la bouche qui caractérisaient celui de l'ae'Magi. Aucune mèche grise dans ses cheveux noirs, mais son regard lui donnait l'air plus âgé que son père. Des yeux de loup, les yeux de son Loup, empreint de l'expression froide et amorale du prédateur.

— Pourquoi ignorais-je que Cain avait des cicatrices ? lui demanda-t-elle.

— Mon père les a gardées secrètes.

— Myr sait-il qui tu es ?

Elle constata que cela comptait pour elle, ce qui signifiait qu'elle n'avait jamais renoncé à Reth, du fait de ses origines, comme elle avait pu abandonner Sianim. Myr était son roi et elle n'admettrait pas qu'on lui mente.

Il acquiesça.

— Je le lui ai appris avant de lui offrir mon aide. C'était la moindre des choses qu'il sache où il mettait les pieds et avec qui.

Après une pause de quelques instants, Aralorn reprit :

— L'ae'Magi m'a questionnée à propos de toi, de Cain.

Ça, elle s'en souvenait.

— Ah oui ? (Il arqua un sourcil, mais n'était pas aussi serein qu'il y paraissait. S'il avait été sous sa forme de loup, les poils le long de son échine se seraient hérissés. Elle reconnut la douce intonation de sa voix.) Que lui as-tu répondu ?

Aralorn leva les sourcils en retour.

— Je lui ai dit que tu étais mort.

— Il t'a crue ? s'enquit-il.

Elle haussa les épaules et commença à tirer discrètement sur l'amas de couvertures entortillé entre ses pieds.

— Sur le coup, oui. Mais comme tu es venu me délivrer, il en conclura sans doute que je lui ai menti.

— Et si on t'installait dans une position plus confortable ? lança-t-il, indiquant d'une main nonchalante l'entrave qui lui donnait du fil à retordre. Vite, sous les couvertures avant que tu n'attrapes la mort.

Il se laissait aller à une imitation féroce de l'un des guérisseurs de Sianim.

Tandis qu'il la délivrait et redonnait à son lit de fortune son apparence d'origine, elle sentit poindre un léger mal de crâne.

— Loup, murmura-t-elle tout bas avant de prendre sa main pour l'immobiliser, oublie les cicatrices. Tu n'es pas l'ae'Magi. Tu n'as pas à le prouver.

Il lui tapota le bout du nez et secoua la tête d'un air faussement désespéré.

— On t'a déjà dit que tu étais tyrannique, Dame ?

Ce « Dame » lui assurait que tout allait bien entre eux. Ce qui signifiait que la crise était passée et elle se sentit soudain exténuée. Il reprit là où il s'était arrêté et coinça un oreiller sous sa nuque.

— Où sommes-nous et depuis combien de temps ?

Garder davantage les yeux ouverts lui demandait beaucoup d'efforts et sa voix s'embrouilla vers la fin de sa phrase, laissant la place à une toux déchirante.

Alors qu'elle crachait ses poumons et essayait de retrouver son souffle, il la souleva. Elle ne remarqua pas d'amélioration, mais c'était agréable de sentir ses bras autour de son corps.

Une pensée floue lui vint à l'esprit, et elle se rappela que si elle avait quitté Reth pour Sianim, c'était en grande partie pour fuir cette sensation de protection permanente, qu'elle accueillait aujourd'hui avec reconnaissance. Il n'avait pas dû remarquer, songea-t-elle, que sur la fin elle dissimulait derrière sa toux des hoquets d'amusements étouffés.

— Nous sommes à près d'un jour de marche rapide du château du Maître Magicien. Nous campons ici depuis trois jours. Dès ton réveil, nous reprendrons la route.

Il sembla à Aralorn qu'il avait ajouté quelque chose d'autre, mais l'appel du sommeil était trop fort et elle ne put résister.

Il se pencha et lui chuchota à l'oreille. Cette fois, elle entendit.

— Dors. Je veille sur toi.

Lorsqu'Aralorn reprit connaissance, Loup lui enfila tunique et pantalon, qu'elle reconnut comme étant les siens, puis la nourrit avec acharnement en lui laissant à peine le temps d'ouvrir les yeux. Sans perdre une minute, il l'adossa contre un arbre et lui ordonna de ne pas bouger. Puis, il empila couvertures, vêtements et ustensiles, et les expédia d'un coup de baguette magique.

— Où as-tu trouvé mes habits ? demanda Aralorn par pure curiosité, assise contre un arbre. Son arbre.

— À Sianim, là où tu les as laissés.

Avec rapidité et efficacité, il nettoya la zone qu'ils avaient occupée afin d'effacer toutes traces de leur présence. Seules les cendres indiquaient que quelqu'un avait campé dans le coin.

Elle le savait. Elle voulait juste le forcer à avouer. Elle lui jeta un coup d'œil, le sourcil levé, croisa les bras et demanda d'une voix doucereuse :

— Alors pendant tout le temps où j'étrennais la tunique étriquée du fils de l'aubergiste, supportais les ampoules à mes pieds à cause de ses bottes, tu aurais pu me procurer mes propres vêtements ?

Il se contenta de grommeler sans lui adresser un regard, mais elle décela un semblant de sourire sur son profil parfait. Il était, décida-t-elle, plus beau que son père, sans que cette révélation apaisât le moins du monde son courroux.

— Je t'ai posé une question, reprit-elle sur ce ton suave et inquiétant qu'elle avait appris de lui.

— J'attendais que la tunique craque… (Il s'arrêta pour esquiver la poignée d'herbe qu'elle venait de lui lancer, puis haussa les épaules.) Pardonne-moi, Dame. Ça ne m'avait pas traversé l'esprit, voilà tout.

Aralorn tenta d'arborer une expression sévère, mais ses efforts se muèrent en un éclat de rire.

Loup enleva les brindilles de ses épaules et retourna empaqueter leurs affaires. Aralorn s'appuya contre l'arbre et l'observa pendant qu'il s'activait, essayant de s'habituer à sa nouvelle apparence.

D'une façon étrange et inexplicable, il ressemblait plus à son père que l'ae'Magi. Le visage de l'ae'Magi était empreint d'innocence et de compassion. Celui de Loup en était dépourvu. Il avait l'air d'un homme capable de tout et il l'avait déjà prouvé.

— Tu peux monter à cheval ? demanda-t-il, l'arrachant à ses pensées.

Aralorn considéra l'état de son corps. Tout fonctionnait, plus ou moins en tout cas. Le cheval demeurait sans doute la meilleure solution. Elle acquiesça.

— À condition d'avancer au pas. Je ne pense pas pouvoir supporter le trot trop longtemps.

Il hocha la tête et prononça quelques paroles alertes dans une langue qu'elle ne connaissait pas. Devant elle, il ne s'embarrassait pas d'effets de style. L'air vibra à peine autour de lui d'un éclat étrange. Pas déplaisant, mais difficile à regarder, plus agréable que lorsqu'elle changeait d'apparence. L'étalon noir à la place de Loup s'ébroua à son attention, puis se secoua comme s'il était mouillé. Ses yeux comme sa robe étaient de jais et elle regretta qu'il n'ait pas gardé les siens – peu importait qu'un cheval au regard jaune paraisse plus que curieux.

Elle se releva avec raideur, s'efforçant de ne pas chanceler ni de se remettre à tousser. Quand elle s'en sentit capable, elle avança jusqu'à lui d'un pas mal assuré, heureuse d'atteindre son encolure pour s'y appuyer.

Malheureusement, même si Loup-le-cheval était moins massif que Sheen, il était tout aussi grand et elle ne réussit pas à grimper. Au bout de la troisième tentative, il s'agenouilla dans la poussière afin qu'elle puisse glisser sur son dos.

Il les mena le long d'un vieux sentier tombé en désuétude. Les seules pistes étaient tracées par la faune locale. Les forêts qui les entouraient étaient trop denses pour permettre un voyage aisé, mais Loup semblait connaître les lieux. Le chemin déboucha sur une prairie luxuriante et Loup poursuivit du côté opposé sans hésiter quant à la direction. La démarche de Loup, découvrit-elle, était plus fluide que celle de Sheen ; mais le mouvement lui faisait quand même mal aux côtes.

Pour se distraire quand la douleur commença à devenir insupportable, elle posa une question, presque au hasard.

— Où as-tu déniché un guérisseur ?

Jamais un utilisateur de magie verte ne traînerait aussi près du château de l'ae'Magi. À part elle-même, supposa-t-elle, mais après tout elle n'était pas une guérisseuse, magie verte ou non.

Elle n'aurait pas dû parler. La poussière de la route déclencha une quinte de toux. Il s'arrêta et tourna la tête pour pouvoir la regarder de son œil noir.

Lorsqu'elle put parler de nouveau, elle croisa son regard et n'apprécia pas l'inquiétude qu'il reflétait. Elle allait bien.

— Tu t'es fait rouler si tu as payé trop cher ; pour le même tarif, n'importe quel guérisseur aurait traité les côtes et les bronches.

Loup remua les oreilles et répondit avec une intonation étrange, même pour lui :

— Le temps lui a manqué. Et même s'il en avait eu assez, je ne lui aurais pas permis de faire plus que le strict nécessaire. Il… ne possédait pas l'expérience requise.

Aralorn se doutait qu'elle aurait dû prêter plus attention à sa manière d'énoncer son explication, mais entre son thorax qui l'élançait et sa toux qui la mettait au supplice, elle arrivait à peine à s'apitoyer sur son propre sort.

Puis elle eut une illumination. Cette même certitude qui l'avait assaillie lorsqu'elle avait entendu la voix de Loup pour la première fois après son réveil, seule, dans le petit camp qu'il avait installé. Bien sûr, Loup l'avait libérée, puis l'avait soignée pour qu'elle puisse voir de nouveau.

Or, Loup était un mage humain. Fils de l'ae'Magi. Et s'ils pouvaient maîtriser certains aspects de cet art, comme ressouder des os brisés, aucun mage humain n'était capable de guérir ce qui avait été infligé à ses yeux.

Loup avançait au pas, veillant à rendre le voyage aussi confortable que possible pour Aralorn. Il pouvait ressentir sa douleur à sa façon de s'agripper à sa crinière quand elle crachait ses poumons, mais lorsqu'il la questionna à ce propos, elle en minimisa la gravité. Plus le jour progressait, plus elle s'appuyait contre sa nuque et toussait.

Pire, après cette brève conversation, elle se tut. Elle qui parlait sans jamais se fatiguer.

Il poursuivit sa route jusqu'à ce qu'il ne puisse plus supporter la situation. Il fit halte dans un probable lieu de campement, éloigné des principales voies de communication et caché de la piste qu'ils suivaient. Dès qu'il s'arrêta, avant même qu'il puisse s'agenouiller pour lui faciliter la tâche, Aralorn se laissa glisser de son dos pour atterrir sur les fesses. Elle balaya l'inquiétude de Loup de la main et respira par le nez, les lèvres pincées.

Il reprit forme humaine et concentra son attention sur la fabrication d'un matelas à base de rameaux de conifères qu'il recouvrit de couvertures, tout en gardant un œil inquiet sur sa protégée. Le temps qu'il ait terminé, Aralorn se tenait de nouveau debout, même si, songea-t-il, cela ne risquait pas de durer.

— Je bouge comme une vieille, se lamenta-t-elle, se dirigeant vers le lit qu'il venait de préparer. Il ne me manque plus que la canne.

Elle lui permit de l'aider à s'allonger et s'endormit avant même de clore les paupières.

Tandis qu'Aralorn dormait, Loup monta la garde.

La nuit était paisible, pensa-t-elle, sauf quand elle toussait. Vers le matin, la toux la secoua tellement qu'Aralorn renonça au repos et décida de se lever. Quand elle essaya d'attraper les couvertures pour commencer à les replier, Loup la recoucha avec fermeté dans un grognement digne de l'animal qu'il aimait à incarner et finit d'effacer les traces de leur présence.

L'aube naissait à peine lorsqu'ils reprirent la route.

Dès qu'elle fut en position assise, le dos droit plutôt qu'à plat, la toux d'Aralorn, dans son infinie clémence, se calma. Par chance, ils coupaient ce jour-là à travers bois, et comme ils avaient gagné en altitude, la végétation y était moins dense. De plus, la poussière ne s'élevait pas des sentiers pour aggraver le problème. Grâce à ses modestes connaissances en herboristerie, elle identifia en bordure du chemin quelque plante médicinale et contraignit Loup à s'arrêter pour en cueillir un bon bouquet. Avec deux grosses poignées d'herbes fourrées dans les poches et une boule sous la langue, elle s'apprêtait même à affronter la journée avec sérénité.

Les vertus narcotiques diminuèrent la douleur de ses côtes et apaisèrent ses bronches, mais perturbèrent son équilibre. Par conséquent, elle éprouvait plus de difficultés à rester sur le dos de Loup. À plusieurs reprises, la démarche agile de son compagnon lui évita la chute.

Loup décida qu'il se serait bien passé du fou rire d'Aralorn, mais tout bien considéré, il aimait mieux ça plutôt qu'elle souffre en silence. Quand ils firent halte, Loup examina Aralorn avec attention. Le remède qu'elle mâchait lui donnait le teint pâle et lui fonçait les yeux. Elle avait refusé de s'alimenter, car la bénédiction du suppliant – c'était le nom de la plante – la ferait vomir si elle mangeait sous son empire.

Au final, jugea-t-il, elle était encore plus faible que lorsqu'ils avaient pris la route au matin. Il n'avait pas utilisé ses pouvoirs pour les téléporter de crainte que son père parvienne à détecter leurs traces et trouve l'endroit où ils se rendaient. Mais s'ils continuaient à avancer à la cadence d'un âne, l'état d'Aralorn risquait d'empirer, ce qui l'empêcherait de poursuivre le voyage.

Il reprit forme humaine, avec les cicatrices, puis après un bref moment de réflexion, rajouta le masque d'argent. Il s'agissait d'un sort compliqué, et sans le masque et les cicatrices, il se sentait mal à l'aise. Mieux valait qu'aucun élément extérieur ne le perturbe.

— Loup ? demanda-t-elle.

— On va emprunter un autre chemin, lui dit-il avant de la prendre dans ses bras pour regagner les Terres Boréales.

Il était tellement difficile de téléporter des humains que la plupart des mages préféraient voyager à cheval ou en carrosse plutôt qu'utiliser leurs pouvoirs, même au printemps, quand d'immenses flaques de boue faisaient office de routes. Transporter quelqu'un dans les Terres Boréales, où la magie humaine risquait de produire des résultats pour le moins inattendus, tenait de la folie, mais il visa la crypte dans laquelle il avait amené le marchand le jour où Aralorn les avait rejoints. Ils seraient alors à moins d'un jour de marche du camp. Il leur suffirait d'arpenter encore quelques lieues et l'environnement entraverait les sortilèges de l'Archimage au cas où ce dernier parviendrait à retrouver leurs traces.

Il se concentra sur la grotte peu profonde et voulut se projeter à l'intérieur avec Aralorn, mais quelque chose les attrapa et les secoua si fort que Loup en resta étourdi pendant un moment…

Il atterrit sur les genoux, dans le noir, sur un sol en pierre dure. D'instinct, il lança un sort de lumière, mais elle était trop violente et il dut la baisser un peu.

Il se trouvait dans la caverne qui abritait sa bibliothèque.

Avec méfiance, il se leva et sonda les lieux avec ses yeux et sa magie. À part l'atypique étrangeté à laquelle il s'était habitué lorsqu'il la pratiquait sur les Terres Boréales, rien ne semblait anormal.

Il allongea Aralorn sur un des bancs rembourrés et la recouvrit avec sa cape. Il ne lui fallait pas plus d'une minute pour avertir Myr de son retour.

Dans son palais, l'ae'Magi s'assit, pianotant avec délicatesse sur la surface en ronce de bois de son bureau. Il n'était pas de très bonne humeur. Il avait traqué un intrus dans tout le château pour essayer de découvrir qui pouvait bien être assez téméraire pour oser s'y infiltrer de la sorte et assez puissant pour éviter de se faire prendre.

Et désormais, il savait de qui il s'agissait et ce qu'il était venu chercher.

La chambre que l'Archimage occupait était couverte de tapis richement tissés. De hautes fenêtres de verre biseauté longeaient la façade extérieure derrière le bureau et inondaient la pièce d'une chatoyante lueur dorée. Sur le mur opposé se trouvait une grande cheminée ornementée, qui demeurait vide par égard pour la chaleur de l'été qui touchait à sa fin. Devant elle, la jolie fillette blonde qui constituait son tout dernier jouet se peignait les cheveux, les yeux rivés sur le plancher.

Elle trembla un peu. Depuis un mois, son humeur plutôt ignoble, il l'admettait volontiers, heurtait la sensibilité de sa dulcinée.

Face au bureau, l'un des geôliers attendait, tenant sa casquette à la main avec déférence. Il s'exprima à voix basse ; une intonation adéquate pour s'adresser à un supérieur hiérarchique. Même s'il demeurait immobile comme le requérait l'usage, l'ae'Magi constatait que son interminable silence rendait l'homme nerveux. Et il avait raison, c'était bien normal.

Enfin, l'ae'Magi se sentit retrouver assez de sang-froid pour prendre la parole.

— Tu as aperçu Cain emmener une des prisonnières ? Quelques nuits plus tôt ?

— Oui, seigneur. (Le gardien se détendit dès que l'ae'Magi commença à parler.) Je me souvenais de lui du temps où il vivait au château, mais je n'ai compris qui il était qu'après son départ. La dernière fois que je l'ai croisé, il était recouvert de cicatrices, mais je me suis rappelé que quand c'était encore un bambin, il vous ressemblait beaucoup, sire.

— Et pourquoi avoir autant attendu pour le signaler ?

— Vous n'étiez pas là, sire.

— Je vois. (L'ae'Magi sentit une rage brute bouillonner dans ses entrailles. Cain était venu ici. Chez lui !) Quelle prisonnière a-t-il emmenée ?

Comme s'il avait besoin de poser la question. Elle lui avait dit qu'il était mort. Cain était mort. Et il l'avait crue. À tel point que lorsqu'il avait découvert que l'on s'était introduit dans sa propriété, il n'avait même pas songé un instant que cela eût pu être Cain.

— Cette femme que Seigneur Kisrah avait amenée, sire.

Une pièce avait été raccommodée sur l'épaule du garde. Un travail si bien fait que l'ae'Magi ne l'avait pas aperçu avant de s'approcher plus près. Il veillerait à ce que les habits des gardes soient inspectés et remplacés si nécessaire – les personnes à son service ne pouvaient porter de costumes rapiécés.

Celui-là, médita l'ae'Magi avec amusement malgré sa fureur, ne verrait plus jamais l'utilité d'un nouvel uniforme. Il prit son temps.

— Enlève la poussière et laisse-moi.

Tremblante, la fille de marchand, âgée de seize ans, balaya les cendres du geôlier dans une petite pelle conservée près de la cheminée. Elle accomplit sa tâche avec le plus grand soin, mais sans perdre une minute.

Une fois qu'elle fut partie, il s'assit et caressa du doigt l'une des nervures de son bureau.

— Je le tenais, clama-t-il tout haut. J'avais l'appât et il est venu le chercher, mais j'ai laissé passer ma chance. J'aurais dû le sentir, j'aurais dû me douter qu'elle avait quelque chose de spécial.

Il repensa à la femme. Qu'avait-elle de si particulier pour intéresser son fils ?

La mine renfrognée, il ôta le bouchon de la carafe en cristal qui trônait sur un coin de son bureau et se servit un verre de vin ambré. Il le leva face à la lumière et fit tournoyer le liquide, admirant la délicate couleur or, identique aux yeux de Cain.

Il renversa la coupe et en avala le contenu d'un trait, puis s'essuya la bouche contre son poignet.

— Mais le vent tourne, mon fils. Je sais que tu œuvres avec zèle contre moi. Tu ne peux rester invisible si tu désires passer à l'action, et là, je te trouverai. La femme sera la clef.

Il murmura un sort d'invocation mineur et n'attendit qu'un court instant avant que l'on frappe à la porte en guise de réponse. À son appel, l'uriah jadis mercenaire de Sianim entra dans son cabinet. Les mercenaires s'étaient révélés d'excellents uriah. Ils résistaient plus longtemps que ceux qu'il créait à partir de manants. Au lieu de durer des mois, celui-ci tiendrait des années. Les anciens mages avaient fait mieux : leurs créatures fonctionnaient toujours alors qu'ils avaient été engendrés durant la Guerre des Sorciers.

Si seulement la seconde moitié du livre n'avait pas été détruite. Il recherchait une copie depuis des années, mais craignait qu'il n'en existe plus.

— C'est bien toi qui m'avais affirmé connaître la femme que tu avais enlevée dans le camp de Myr ? demanda l'ae'Magi.

L'uriah acquiesça d'un hochement la tête.

— Parle-moi d'elle. Quel est son nom ? D'où la connais-tu ?

En plus de la longévité, l'ae'Magi avait découvert un autre dysfonctionnement caractéristique des uriah : la communication. Il restait des progrès à accomplir dans ce domaine, car pour obtenir des informations, il fallait poser des questions explicites et il pouvait quand même arriver qu'un fait vital passe à la trappe. Ils faisaient de bons soldats, mais de piètres éclaireurs ou espions.

—Aralorn. Je la connais de Sianim, répondit la créature.

Sianim. Son problème se serait-il répandu au-delà de Reth ?

—Que faisait-elle à Sianim ?

L'uriah haussa les épaules avec indolence.

—Elle enseignait le combat au bâton et à la canne. Elle travaillait pour Ren, le Maître Espion. J'ignore à quelle fréquence.

—Elle travaillait comme espionne ?

L'ae'Magi bondit sur l'occasion.

—Ren la Taupe est du genre assez secret. Il dépêche celui qu'il considère efficace. À en juger par le nombre de ses allées et venues inexpliquées, elle travaillait pour lui plus souvent que les autres.

—Dis-m'en davantage sur elle.

—Elle est douée pour les déguisements et les langues. Elle peut se fondre n'importe où, mais je pense qu'elle est originaire de Reth. (L'uriah sourit.) Plutôt nulle à l'épée.

Il l'a aimée, songea l'ae'Magi, *l'homme qu'il était a nourri des sentiments pour elle.* L'uriah n'était rien de plus qu'une bête affamée, mais elle partageait les souvenirs de son ombre humaine.

Puis, l'uriah ajouta :

— Toujours suivie d'un gros loup. Elle l'avait trouvé sur les Terres Boréales et amené avec elle.

— Un loup ?

L'ae'Magi fronça les sourcils.

— Ces yeux jaunes effrayaient tout le monde, répliqua l'uriah.

L'ae'Magi se rappela soudain qu'une autre évasion avait eu lieu dans son château. La captive avait été aidée par un loup – ou une meute. Il avait tué une bonne poignée d'uriah qui, bizarrement, avaient décidé de s'élancer à sa suite plutôt que de poursuivre la fille qu'ils avaient pour ordre de retrouver.

Il essaya de se remémorer le visage de cette Aralorn. Nul doute qu'il l'aurait remarqué si elle avait été aussi exotique que sa beauté capturée sur les Terres Boréales.

— Décris-la-moi.

— Elle est petite. Elle a la peau claire même quand elle est bronzée. Les cheveux bruns, les yeux bleu-vert. Robuste. Elle est agile.

Ce n'était pas elle, donc, mais quand même… des yeux verts. Il avait ramené cette esclave parce qu'elle avait les yeux gris-vert, des yeux de changeforme. Bleu-vert, gris-vert : deux noms pour désigner la même couleur.

— Tu dis qu'elle est douée pour se déguiser ?

Aralorn était trop fatiguée pour se réveiller quand on lui retira la couverture et que l'air frais balaya son corps encore chaud. Elle gémit lorsque des doigts délicats palpèrent ses côtes, mais ne ressentit pas le besoin impérieux d'ouvrir les yeux. Elle entendit un léger murmure de consternation tandis qu'on désenveloppait ses mains. Une caresse sur son front la renvoya au pays des songes.

Quelques minutes plus tard, des bruits de voix la tirèrent de nouveau de sa torpeur et, cette fois, elle se sentait bien plus alerte. La nausée qui accompagnait souvent la prise de bénédiction du suppliant s'était dissipée.

Elle constata qu'elle se trouvait dans la bibliothèque, emmitouflée dans une couverture chamarrée. Une cape familière, celle de Loup, recouvrait l'arrière de la banquette où elle avait été jetée avec négligence. Les voix d'hommes approchaient.

Elle se demanda comment elle avait dormi pendant le voyage, car il lui avait dit qu'il n'aurait pas été capable de transporter le marchand jusqu'à leur camp.

Elle allait se redresser lorsqu'elle se rendit compte que les vêtements éparpillés par terre étaient ceux qu'elle portait plus tôt. Avec précipitation, elle tira les couvertures jusqu'à son cou pour protéger sa dignité juste au moment où elle aperçut Myr au détour d'un rayon.

— Eh bien, lança Myr, je vois que tu es plus ou moins intacte après avoir profité de l'hospitalité de l'ae'Magi. Cela dit, je ne te prêterai pas mes habits de sitôt. Je n'en ai pas emporté beaucoup.

Le plaisir et le soulagement dans sa voix étaient réels et elle fut surprise, et pour le moins flattée, qu'il se soucie tant d'une personne qu'il connaissait depuis si peu de temps.

Aralorn lui rendit son sourire et allait prendre la parole lorsqu'elle remarqua que Loup, qui avait emboîté le pas à Myr, ne quittait pas ses mains des yeux. Elle suivit son regard et s'arrêta à l'endroit où ses doigts agrippaient le haut de la couverture. Dix ongles tout à fait sains s'enfonçaient dans l'étoffe. La bénédiction du suppliant ayant eu le même effet sur son corps que sur son esprit, elle n'avait même pas remarqué qu'elle ne souffrait plus du tout.

Aralorn répondit à Myr d'un air distrait.

— Oui. Bien qu'il ne soit pas le meilleur des hôtes. De tout mon séjour, je ne l'ai pas vu plus de deux fois.

Myr se percha par-dessus l'extrémité de la banquette, là où se trouvaient les pieds d'Aralorn, et parut, pour une fois, aussi jeune que son âge.

— Et il ose se vanter du traitement réservé à ses invités, rétorqua-t-il d'un mélancolique hochement de tête. En plus, on dirait qu'il ne t'a pas laissé de séquelles.

— En vérité, reprit Aralorn, les yeux rivés sur ses mains et consciente que Loup en faisait de même, si, mais il semblerait que je les aie égarées. La dernière fois que j'ai regardé mes doigts, il leur manquait des ongles.

— Tu respires bien ? s'enquit Loup.

Aralorn prit une profonde inspiration.

— Oui. Faut-il remercier ton guérisseur ?

Elle n'aurait pas posé la question, aurait supposé que c'était l'œuvre de Loup, si la stupéfaction ne s'était pas lue sur son visage.

Il secoua la tête.

— Non. Je t'ai expliqué qu'il n'avait pas assez d'expérience pour en faire plus. (Il jeta un coup d'œil à Myr.) J'ai repéré quelques nouveaux venus, certains sont-ils guérisseurs ?

— Non, répondit Myr, un intense dégoût dans la voix. Et ni chasseurs, ni tanneurs, ni cuisiniers. Nous avons accueilli six enfants, deux nobles et un barde – le seul, d'ailleurs, à nous être d'une quelconque utilité, car il ne manie pas trop mal le couteau. Les deux nobles restent assis à observer les autres travailler, quand ils ne décident pas d'errer dans les souterrains principaux, histoire d'occuper le groupe obligé de partir à leur recherche.

— La prochaine fois, vous pourriez essayer de ne pas interrompre leur promenade, suggéra Loup, de nouveau obnubilé par la cicatrisation des mains d'Aralorn.

Myr sourit.

— C'est une idée. (Puis il soupira.) Non, cela ne fonctionnerait pas. Avec la chance que j'ai, ils croiseraient le dragon et le conduiraient jusqu'à nous.

— Le dragon ? demanda Aralorn l'air surpris, manquant de relâcher sa couverture.

— Ou une créature qui lui ressemble terriblement. Deux ou trois de nos troupes de chasse affirment l'avoir aperçue, mais elle ne les a pas vus, pour le moment, répondit Myr.

Voilà qui s'avérait plus intéressant que la guérison de ses mains. Un détail lui revint en mémoire.

— Le jour où je suis sortie… (Elle jeta un coup d'œil furtif à Loup, puis regarda au loin, soucieuse de ne pas l'énerver.) J'ai repéré des traces. La piste d'une grosse bête. Elle se trouvait à deux lieues d'ici et avançait vite. Où l'avez-vous localisée ?

— À l'est et au nord, au plus près à quatre lieues. Que peux-tu m'apprendre sur les dragons ? Il serait utile de connaître leurs préférences alimentaires, savoir s'ils mangent les humains, par exemple, ajouta Myr d'une voix empreinte d'espoir avant de s'asseoir sur un bras du canapé. Certains ont tendance à paniquer pour un rien.

— Malheureusement, pas grand-chose, répondit Aralorn. J'ai lu des histoires à leur sujet. Dans les contes, ils dévorent des humains, mais pour une raison qui m'échappe, ils semblent se cantonner aux vierges enchaînées à des rochers. Comme ces dernières ne foisonnent pas dans les parages, je suppute que notre dragon préfère se repaître de denrées différentes. (Elle désigna Loup d'un signe de tête.) Pourquoi ne demandez-vous pas l'avis de notre expert en magie ?

Loup haussa les épaules.

— Le seul dragon que j'ai eu l'occasion d'approcher est celui qui sommeille dans les caves du château de l'ae'Magi. Comme il dort depuis plusieurs siècles, je n'ai pas pu approfondir mes connaissances. Je crois, néanmoins, qu'il était censé être le dernier de son espèce. C'est pourquoi il fut ensorcelé plutôt que tué.

— Eh bien, reprit Myr le sourcil relevé, si cette créature n'est pas un dragon, elle est de la même famille.

— Les wyvernes ressemblent aux dragons, suggéra Aralorn. En plus petits et plus trapus.

— Wyvernes ou dragons, les savoir si proches n'est pas pour me rassurer, dit Myr.

— Peut-être dévoreront-ils les nobles qui vous donnent tant de fil à retordre ? proposa Aralorn. Et si vous essayiez de les enchaîner à un rocher ?

Comme elle commençait à fatiguer, elle se cala contre un coussin et ferma les paupières. Elle ne dormit pas, mais laissa son esprit dériver en silence, bercée par la discussion de ses deux compagnons. Elle voulait poser une question et se redressa soudain lorsqu'elle se la rappela.

— Astrid, s'écria-t-elle, les interrompant en plein milieu d'une conversation sur la meilleure méthode pour sécher la viande, sujet qu'aucun des deux ne semblait maîtriser. L'a-t-on finalement retrouvée ?

— Oui, déclara Loup.

— L'uriah l'a capturée, répondit Myr au même moment.

Aralorn déglutit et, d'une voix rocailleuse qui ne lui ressemblait pas, demanda :

— Est-ce qu'elle va… ?

— Est-ce qu'elle va quoi ? interrogea Myr.

Aralorn regarda sa main qui dessinait des motifs sur la couverture et poursuivit tout bas :

— Deviendra-t-elle l'une des leurs ?

Sur le point de répondre, Myr se retint, désireux d'écouter d'abord l'explication de Loup.

— Non, rétorqua le fils de l'ae'Magi. Il faut observer un rituel bien précis pour transformer les humains en uriah. Ils se sont contentés de la dévorer.

Myr lui décocha un bref coup d'œil.

— J'ai toujours entendu dire qu'ils avaient été créés par un magicien tombé dans l'oubli depuis des lustres, qui les avaient laissés infester les Marais de l'Est, reprit Aralorn. Peut-être pour protéger quelque chose caché là-bas et dont le monde avait perdu le souvenir. Je pensais que l'ae'Magi avait seulement trouvé un moyen de les domestiquer.

— Ce n'est pas sa seule découverte. Il a aussi percé le secret de leur conception. C'était dans le même grimoire. (Loup tendit le bras avec nonchalance vers un rayon tout près de la tête de Myr et en retira un volume fin et miteux.) Celui-là, en l'occurrence. L'ae'Magi n'en possède que la première moitié.

— C'est pour ça que tu as scellé un sort sur les tombes des deux malheureux massacrés par Edom, affirma Myr.

Loup acquiesça et rangea le livre à sa place.

— Les runes qu'Aralorn avait dessinées sur les cadavres et le fait qu'Edom n'ait pas terminé le rituel – le cœur doit être consommé – auraient dû suffire à leur assurer un repos paisible. Mais je ne voulais courir aucun risque.

— Talor se trouvait parmi eux, précisa Aralorn à Loup. Je m'apprêtais à regagner le camp, ce jour-là, quand j'ai entendu son signal.

— Dissonant, comme d'habitude, commenta Loup.

— J'ai cru qu'il s'était fait capturer par les uriah et qu'il appelait à l'aide. (D'une main tremblante, elle agrippa la couverture de toutes ses forces, même si sa voix demeurait calme.) C'était plus ou moins le cas, je suppose, mais je n'aurais rien pu faire pour lui.

Elle se rendit compte qu'il ne s'agissait pas seulement de Talor. Sur le moment, elle ne l'avait même pas remarqué, ou bien elle avait été trop étourdie par le coup reçu sur la tête pour comprendre ce qu'elle était en train de contempler : les traits de ses amis sur les visages des uriah.

Une vive brûlure sur sa joue la ramena, grelottante et pantelante, au moment présent. Loup s'assit à ses côtés. Elle enfouit la tête contre son épaule et frissonna, les yeux secs, heureuse de sentir ces bras solides autour d'elle.

— Il m'a reconnue, lui aussi, murmura-t-elle. C'était toujours Talor, mais il était devenu l'un d'eux. Il m'a parlé, il avait la même voix, mais il m'a jaugée avec le regard d'un fermier pour son dîner après une journée de dur labeur. J'ignorais que les uriah pouvaient parler.

Puis, avec difficulté, car elle n'en avait pas l'habitude, elle pleura.

Myr saisit la cape de Loup et en recouvrit le dos d'Aralorn, là où la couverture ne la protégeait plus. Il lui effleura les cheveux avec maladresse et s'adressa à Loup :

— Une fois rétablie, elle préférera être seule avec toi. J'informerai les autres de son état. Stanis se rend coupable de son enlèvement, il refuse de manger. Quand je lui apprendrai qu'elle a été délivrée et qu'elle est ici, saine et sauve, il devrait se sentir plus léger.

Loup acquiesça et le regarda s'éclipser. Il berça Aralorn avec tendresse et lui susurra de douces paroles de réconfort. Il concentrait son attention sur elle à tel point que la voix le fit sursauter.

— Dis-lui d'arrêter ça.

Loup releva la tête, alarmé par l'étrange voix. Dotée d'un fort accent, c'était celle d'un homme malgré l'inflexion pinailleuse. De plus, elle ne semblait provenir de nulle part, ou plutôt il n'y avait personne à qui elle aurait pu appartenir.

— Dis-lui d'arrêter ça. Elle éloigne ma Lys et je ne le permettrai pas. Je l'ai acceptée parce Lys l'aime bien, mais voilà qu'elle l'a fait partir en pensant à toutes ces choses horribles. Débrouille-toi pour qu'elle cesse, ou je devrai lui demander de s'en aller, peu importe ce qu'en dit Lys.

La voix perdit de sa fermeté et devint maussade. Le bruit d'une autre présence dans la pièce perturba Aralorn qui se repoussa du torse de Loup avant de se redresser. Elle tendit le bras vers le sol, attrapa sa tunique et s'en servit pour s'essuyer le nez et les yeux.

À son tour, elle examina l'espace manifestement vide au bout de la banquette, à côté de ses pieds. Pour devenir invisible, il suffisait de se fondre dans les ombres et les gens regardaient ailleurs. Cela ne consistait pas en une véritable invisibilité. Si on utilisait sa vue à bon escient, on pouvait apercevoir la personne dissimulée. Loup savait ce qu'Aralorn tentait d'accomplir, mais il n'y avait vraiment rien à l'extrémité du banc.

— Tu arrives à le voir ? lui demanda-t-elle. (Comme il secoua la tête, elle interpella l'homme qui n'était pas là.) Qui êtes-vous ?

— Voilà qui est mieux, répondit la voix, suivie par un bruit distinct, pareil à l'explosion d'une bulle d'air, qui accompagnait les téléportations.

À ce son, Loup se permit d'affirmer avec conviction :

— Il est parti.

— Qu'en penses-tu ? s'enquit Aralorn, reprenant sa place contre Loup, la voix rauque à force d'avoir pleuré. Faut-il remercier notre ami pour les coups de pouce avec les livres et pour m'avoir soignée ?

— Il m'est difficile de concevoir que cet endroit regorge d'une infinité de personnes invisibles.

Loup savait qu'il aurait dû se sentir plus concerné, mais il venait de se rendre compte qu'Aralorn était nue sous la couverture. Il ne s'en était pas soucié auparavant, quand elle était dans tous ses états.

Il commença à l'éloigner, avec l'intention ultime de mettre entre eux autant de distance que possible. Mais, dès que ses mains effleurèrent sa hanche – par-dessus la couverture –, il ressentit l'envie de l'attirer à lui et non de la repousser.

Abîmé dans ses pensées, il ne saisit que la dernière syllabe de la question d'Aralorn.

— Tu veux bien répéter ? reprit-il.

— Je t'ai demandé combien de temps tu m'avais laissée seule dans la bibliothèque.

— Pas plus de quinze minutes. Sans doute moins.

Elle poussa un cri de stupeur.

— Je n'ai jamais entendu parler d'une personne capable de guérir aussi vite. Pas étonnant que je me sente comme un nouveau-né. Normalement, je devrais me trouver dans le coma.

— C'est puissant, lui concéda Loup.

Elle acquiesça.

— C'était étrange pour une voix aussi jeune, mais il semblait un peu plaintif, voire sénile.

Elle ferma les paupières et il ne put se résoudre à la repousser. Alors que la torpeur la gagnait, elle murmura, avec un brin de son intarissable curiosité :

— Je me demande qui est Lys…

Comme Loup n'essaya ni de commenter ni de répondre à sa question, elle laissa le sommeil s'emparer d'elle.

Il la berça contre lui d'un geste protecteur. Il songea aux changeformes, aux enfants et aux réfugiés qui trouvaient à coup sûr le chemin du camp de Myr. Et il se rappela le fils à moitié fou de l'ae'Magi qui, une nuit, s'aventura dans ces grottes pour y trouver le réconfort, guidé par un petit renard gris aux yeux verts comme l'océan sur lequel le temps ne semblait pas avoir de prise.

Chapitre 9

Allongée sur le banc, Aralorn regardait Loup déposer une autre brassée de livres sur le plancher à côté du bureau. La table, sa chaise et une grande partie de l'espace au sol se trouvaient parées de la sorte. Depuis son réveil, elle le voyait déplacer les ouvrages en silence, encore moins communicatif qu'à l'accoutumée. Il ne portait pas son masque, mais il aurait tout aussi bien pu, car son visage demeurait inexpressif.

— As-tu repensé à notre ami invisible ? lui demanda-t-elle, avec la seule intention de le provoquer.

Ils s'étaient tracassés et avaient spéculé la veille durant des heures. Loup en avait profité pour lui expliquer pendant dix minutes que la réelle invisibilité était un mythe, qu'elle était irréalisable par la magie pour une kyrielle de raisons exposées par des théories énoncées au fil des siècles.

À présent, elle n'essayait pas de lui soutirer des réponses mais une réaction. Qu'il fasse quelque chose pour lui montrer qu'il avait conscience de sa présence.

Il grommela sans lui adresser un regard et retourna à sa pile.

Elle aurait pu se soucier davantage de leur visiteur invisible – car il l'était bel et bien, quoi que persistât à affirmer Loup. Cependant, peu importait qui il était, il n'avait manifesté aucune hostilité à leur égard, bien au contraire selon Aralorn. S'il leur avait voulu du mal, il avait eu bon nombre d'occasions de leur nuire. Après tout, ils se trouvaient au cœur des Terres Boréales, il fallait s'attendre à toutes sortes de bizarreries.

En revanche, elle s'inquiétait pour Loup.

Jamais il ne l'avait autorisée à partager son intimité comme il l'avait fait la veille. Et chaque fois qu'il s'ouvrait un tant soit peu à elle, abattait les barrières qui le séparaient d'elle comme du reste du monde, il disparaissait aussitôt pendant des semaines, voire des mois. Elle pensait que la distance qu'il affichait ce matin-là amorçait peut-être son retrait.

Après avoir expérimenté à la source le toucher de l'ae'Magi, ne serait-ce que pendant un court instant comparé à ce qu'il avait dû endurer, elle comprenait enfin, en partie, le comportement de Loup. Cela décupla sa patience à son égard. Pour autant, elle n'allait pas le laisser s'éloigner, cette fois encore, sans se battre.

— Est-ce notre apprenti qui a écrit tout ceci ? questionna Aralorn, désignant d'un geste vague le tas de livres, avant de continuer à aiguiser son couteau.

Loup se tourna pour les examiner. Il laissa le silence se construire, puis grommela un « oui » hâtif avant de se diriger de nouveau vers la forêt de rayons. C'était le premier mot qu'il prononçait depuis qu'elle s'était réveillée.

Aralorn arbora un grand sourire, rangea son poignard dans son fourreau et se leva, toujours fâcheusement faible. Elle fouilla du regard les étagères voisines, en retira un volume sur les changeformes et tituba jusqu'à la table, veillant à ne pas basculer. Loup lui avait bien fait comprendre qu'il préférait qu'elle reste alitée pendant quelques jours. Elle n'avait pas l'intention d'obéir, mais si elle tombait, il lui mènerait la vie impossible. C'est pourquoi elle gardait cette option en réserve, comme un remède désespéré au cas où il ne se déciderait pas à lui adresser la parole sous peu. Si elle faisait exprès de chuter, l'humiliation serait plus supportable.

Elle dégagea sa chaise et son espace afin d'avoir assez de place pour lire. Comme la recherche avait été limitée aux manuscrits susceptibles d'être piégés, Loup lui avait interdit de l'aider. Aralorn décida qu'à défaut de lui être utile, rien ne l'empêchait de se divertir.

Loup posa les volumes qu'il portait en équilibre sur un autre tas et l'épia de ses yeux plissés sans toutefois croiser son regard. Il prit son livre et l'examina avant de le lui rendre.

— Je croyais que les mages humains étaient censés protéger leurs secrets et non recopier la moindre pensée vagabonde qui leur traversait l'esprit, lança Aralorn indiquant de la tête la pile bien nette qu'il venait de déposer.

Il suivit son geste et soupira.

— La plupart se contentent d'écrire sur la complexité de la magie. Iveress aimait à se considérer comme expert en toutes choses. Tu trouveras ici des traités sur tout et n'importe quoi : de la fabrication du beurre au soufflage du verre en passant par la philosophie gouvernementale. D'après les quatre ouvrages que j'ai parcourus, il est prolixe et brillant, et possède la fâcheuse habitude de glisser d'obscurs enchantements au beau milieu du texte qu'il est en train de rédiger au gré des sorts qui lui viennent à l'esprit.

— Chacun ses problèmes, répliqua Aralorn, dissimulant la satisfaction d'avoir enfin réussi à obtenir une réaction.

À l'évidence, elle ne l'avait pas camouflée si bien que ça. Les sourcils froncés, il riva son regard sur elle.

— Ses livres furent jugés subversifs quelques siècles plus tôt et des mages les ont ensorcelés pour les protéger. Sinon, je demanderais ton aide pour mettre de l'ordre dans ce capharnaüm. (Il s'avança derechef à grandes enjambées vers l'étagère, avant de s'arrêter soudain.) Je ferais peut-être mieux de commencer par ce que j'ai déjà.

— Inutile de te décourager avec une tâche interminable, lui concéda-t-elle.

Il lui adressa un grognement dénué de chaleur.

Sa bougonnerie familière – qu'elle préférait à son mutisme – lui arracha un franc sourire et elle s'attela à sa lecture. Elle était fascinante, mais pas au sens où l'auteure l'entendait. Dans l'introduction, cette dernière avouait n'avoir jamais rencontré de changeformes. Néanmoins, elle s'estimait experte en la matière. Les histoires qu'elle affectionnait le plus étaient celles qui décrivaient les changeformes comme « une puissante race, sans doute mythique » dont l'occupation principale consistait à dévorer d'innocents bambins égarés dans les bois.

— Si je faisais partie d'une puissante race mythique, marmonna Aralorn, je ne perdrais pas mon temps à manger des enfants. Je pourchasserais les imbéciles prétentieux et oisifs qui se permettent d'émettre des jugements sur ce qu'ils ne connaissent pas.

— Moi aussi, acquiesça Loup tout bas sans lever les yeux.

À l'évidence, son ouvrage était plus intéressant que celui d'Aralorn, car même son humeur maussade semblait s'être évaporée.

— Tu penses à quelqu'un en particulier ?

— Elle est morte depuis… plusieurs siècles, je crois.

— Ah ! répondit-il tournant une page. Chair faisandée ne saurait me sustenter. Mauvais pour la digestion, même celle d'un loup.

Elle ricana, amusée, et poursuivit sa lecture. Aralorn apprit que les changeformes ne pouvaient être tués que par l'argent, l'ail ou l'aconit tue-loup.

— Et moi qui, pendant tout ce temps, craignais flèches, épées et couteaux, lança-t-elle à Loup. Quelle idiote je fais ! Je ferais mieux de me débarrasser de mon poignard au manche en argent des fois que je me désintègre à son toucher !

Il grommela.

De plus, l'auteure du livre semblait persuadée, à tort, que les changeformes ne pouvaient prendre la forme que d'un seul animal. Elle consacra toute une partie à des contes épouvantables au sujet de changeformes loups, lions ou ours. Les souris, supposa Aralorn, étaient trop banales. Et ne risquaient pas de dévorer des enfants.

Elle partagea les bribes et extraits des meilleures histoires sur les loups avec son compagnon, tandis qu'il parcourait un volume relatif au dressage des cochons. En retour, il lui expliqua comment dresser un cochon à compter, ouvrir les enclos et rapporter des objets. Les cochons s'avéraient également utiles pour prédire les tremblements de terre. Iveress, avec obligeance, avait inclus trois sorts pour provoquer des séismes.

Aralorn rit et revint à sa lecture. À la fin, l'auteure avait inséré des anecdotes « qui, d'après ses recherches, ne sont rien de plus que des légendes populaires » pour divertir ses lecteurs. Après un bref coup d'œil aux deux premières, Aralorn décida que seule la représentation des changeformes, grands méchants ou non selon les versions, différenciait la vérité du mythe. Elle avait déjà entendu bon nombre de ces contes. La plupart, mais pas tous.

Elle lut la dernière histoire, puis referma le volume, songeuse, et observa la pièce avec curiosité. Tout paraissait normal, aucun objet inanimé ne bougeait. Loup avait mis de côté l'ouvrage sur les cochons et triait la pile de livres près de sa chaise.

— Il était une fois, il y a fort longtemps, une femme qui fut maudite par un sorcier alors qu'elle était encore toute jeune, car elle s'était moquée de son crâne chauve. (Elle n'avait pas besoin du texte pour assister sa mémoire et garda les yeux rivés sur loup.) Elle se maria et son premier enfant mourut à la naissance. Son mari trépassa au cours d'un malheureux accident alors qu'elle accouchait de son deuxième enfant, une fille. Lorsqu'elle atteint ses trois ans, il apparut clair pour tout le monde que la fillette était frappée d'une malédiction pire que la mort : c'était une empathe. Après cette découverte, sa mère mit fin à ses jours.

— Acte tout à fait inutile, murmura Loup qui sortit un livre de la pile et le posa devant lui sans faire un mouvement pour l'ouvrir. Mieux valait pourchasser le sorcier.

Aralorn haussa les sourcils et lança d'un ton froid :

— Je n'ai pas terminé.

Il sourit et souleva les deux mains en signe de paix.

— Je ne voulais pas vous offenser, conteuse.

— La petite fut emmenée dans une maison en dehors du village et les villageois s'en occupèrent du mieux qu'ils purent. Son empathie empêchait quiconque de l'approcher au risque de lui infliger des souffrances.

— Je croyais que ton recueil traitait des changeformes, rétorqua Loup quand Aralorn marqua une trop longue pause.

Elle acquiesça.

— Elle grandit et apprit à glaner des plantes dans les bois pour se payer le gîte et le couvert. Lorsqu'elle eut seize ans, un changeforme de passage l'aperçut. Il commença à la suivre sous la forme d'un corbeau. Mais peu importait la forme qu'il prenait, elle le reconnaissait.

Loup lui jeta un coup d'œil circonspect.

— Vraiment ?

Aralorn lui décocha un regard vexé.

— Il ne s'agit pas de nous. Et tu m'aurais trouvée tout de suite si tu avais pensé à chercher quelqu'un qui ne me ressemblait pas.

Il détourna les yeux. Elle décida de ne pas lui prêter attention et poursuivit son histoire.

— Quand il tomba amoureux d'elle, elle le sut aussi. Et il était capable de maîtriser ses caresses de sorte qu'elle puisse les supporter. Lorsque les villageois venaient lui rendre visite, il était son gardien invisible. Elle l'aimait et était heureuse.

» Une fois par mois, le changeforme retournait dans son village pour rassurer les siens. Son choix ne les enchantait guère et sa mère finit par se résoudre à régler le problème à sa manière. Elle s'arrangea pour qu'un marchand d'esclaves originaire du sud apprenne l'existence de la fille et l'enlève la prochaine fois que le changeforme la quitterait pour se rendre chez les siens. À son retour, la chaumière était vide, sa porte claquait au vent.

» Le marchand était un homme méfiant. Il avait eu vent de certaines rumeurs sur le prodigieux amant de sa prisonnière et les fit voyager à travers les Terres Boréales afin que nul mage ne puisse les suivre. Mais son bien-aimé n'était pas un mage humain et il les retrouva. Trop tard.

Une plainte proche du gémissement résonna dans la crypte. Loup inclina légèrement la tête pour lui signifier qu'il l'avait entendue aussi.

— Quand le changeforme arriva au camp des marchands d'esclaves, reprit-elle, il y trouva les prétendus trafiquants. La raison semblait les avoir désertés et ils erraient comme de simples enveloppes charnelles. La fille, affolée et livrée à elle-même, avait invoqué l'ultime recours d'un empathe et projeté sa terreur et sa douleur sur ses tortionnaires. Elle était vivante lorsque son bien-aimé la retrouva. Alors, il l'emmena dans une grotte, sacrée pour ceux de son espèce, où il tenta de la soigner. Ses pires blessures étaient spirituelles et même la magie d'un changeforme ne pouvait guérir l'esprit. Et bien que son corps fût intact, elle ne lui adressa aucune parole, mais se contenta de regarder à travers lui, comme s'il n'était pas là. En proie au chagrin qui rongeait son cœur, le changeforme jura de la garder en vie jusqu'à ce qu'il parvienne à trouver le moyen d'apaiser son âme. Aussi continue-t-il à vivre, vieillard séculaire veillant sur sa douce depuis la nuit des temps. Ainsi s'achève l'histoire du Vieil Homme de la Montagne.

Le gémissement faiblit jusqu'à devenir un soupir hésitant, un murmure qui parcourut la bibliothèque et finit par s'évanouir.

Loup observa Aralorn, un sourcil relevé.

—Je n'ai jamais entendu parler d'un changeforme doté du pouvoir que le Vieil Homme est supposé détenir.

Aralorn se frotta la joue, songeuse, et laissa derrière elle une traînée de poussière noire. C'était un secret, mais elle n'avait pas envie d'en avoir pour Loup.

—Avec l'âge, leurs pouvoirs décuplent. Comme les mages humains, il est commun qu'ils vivent plusieurs centaines d'années. Un changeforme vraiment puissant peut se rajeunir à volonté et ne jamais vieillir. S'il est assez rare de croiser des changeformes âgés de plus de quelques siècles, c'est parce qu'ils altèrent sans cesse leur apparence pour adopter des formes nouvelles et toujours plus compliquées. Difficile de se souvenir qu'on est censé être humain quand on se change en arbre ou qu'on se fond dans le vent. Un oncle de ma mère me raconta un jour que parfois un changeforme oubliait de visualiser la forme qu'il désirait prendre et se transformait en néant. Et si notre Vieil Homme de la Montagne avait plusieurs milliers d'années et non des centaines ? Cela le doterait d'une puissance incroyable.

Elle s'arrêta, car elle venait de se rappeler un détail.

— Loup, il y a eu une tempête de neige la nuit précédant l'assaut des uriah. Si elle ne les avait pas ralentis, ils auraient attaqué le camp de nuit et massacré tout le monde.

Loup haussa les épaules.

— On ne peut prévoir les tempêtes de neige par ici, mais je suppose qu'il pourrait avoir déclenché la tornade. On ne le saura sans doute jamais.

Loup ouvrit son livre et reprit sa lecture.

Aralorn trouva un autre ouvrage et parvint à cacher à Loup à quel point elle vacillait. Mais quand il l'eut vérifié pour elle et qu'elle s'y plongea, elle éprouva des difficultés à se concentrer, car le peu d'énergie qu'elle avait regagnée s'était dissipée. Les mots devenaient flous sous ses yeux et bientôt elle se mit à tourner les pages par habitude.

Elle somnolait entre deux phrases. Lorsque Loup lui effleura l'épaule, elle bondit sur ses pieds et dégaina son poignard avant même d'ouvrir les paupières.

— Que la peste t'emporte, Loup ! bafouilla-t-elle. Un de ces jours, tu vas finir par y arriver et je vais te poignarder par mégarde. Puis, je devrai vivre le restant de mes jours rongée par la culpabilité de t'avoir ôté la vie.

Sa menace ne sembla pas l'inquiéter outre mesure, et il l'attrapa et la baissa vers son siège tandis que ses jambes cédaient sous elle.

— Tu essaies d'en faire beaucoup trop, dit-il d'un ton réprobateur.

Il allait rajouter quelque chose lorsqu'il leva soudain la tête.

Puis, elle entendit, elle aussi, des bruits de pas. Quelqu'un courait dans le tunnel. Stanis déboula dans la pièce à l'allure de l'éclair. Il faisait partie des rares privilégiés à connaître le chemin qui menait au refuge privé de Loup. Il s'arrêta, blême et pantelant, l'air d'avoir parcouru la demi-lieue de galeries souterraines qui reliaient le camp principal à la bibliothèque comme s'il avait le diable aux trousses.

— Uriah, souffla-t-il.

Aralorn s'emmêla les pieds dans les barreaux de sa chaise quand elle se précipita pour la repousser, mais évita la chute grâce à l'aide d'une main qui agrippa son bras. D'un geste ferme, on la rassit sur son siège.

Loup, qui, dans cette agitation, s'était débrouillé pour revêtir de nouveau son masque, la regarda droit dans les yeux et dit :

— Tu ne bouges pas d'ici.

Sa voix ne permettait pas de contestation. Il se transforma en loup et disparut dans le tunnel.

Une fois l'effrayant mage parti, Stanis se sentit plus en sécurité dans la bibliothèque que dans la caverne extérieure. Mais ses amis se trouvaient dehors ; il n'allait pas les abandonner et rester seul à l'abri.

— Hé là ! lança-t-il quand Aralorn s'appuya à la table pour se lever.

Elle paraissait peser moitié moins que la première fois qu'il l'avait vue, toute en os et en tendons. Néanmoins, elle s'avança sans boiter jusqu'au petit banc rembourré et fouilla dessous pour en ressortir l'épée et le fourreau qu'elle attacha à sa ceinture. Il ne manqua pas de remarquer que le fourreau était maculé de sang, celui de l'uriah qui avait tué Astrid.

— Il t'a ordonné de ne pas sortir.

Peut-être n'avait-elle pas entendu le mage.

Aralorn lui jeta un coup d'œil tandis qu'elle rengainait son épée.

— Il est dit dans mon dossier – je le sais parce que Ren me les a montrés : « N'obéit pas aux ordres, peut à l'occasion tenir compte d'une suggestion. » Loup t'a-t-il semblé émettre une quelconque suggestion ?

Stanis secoua la tête.

— Non. (Il agita un peu son pied.) Je ne suis pas les instructions, moi non plus, mais si celui-là me commandait de faire quelque chose avec cette voix et cette intonation, je resterais assis là où il me l'a demandé jusqu'à ce que je devienne poussière.

Elle rit.

— Oui, il est plutôt intimidant, n'est-ce pas ? (Elle dégaina pour vérifier la tenue de son arme et la rajusta avant de poursuivre.) Mais qu'il ne compte pas sur moi pour garder les fesses au chaud alors que tous les autres sont en train de se battre. (Elle le regarda.) Tu connais le chemin pour les rejoindre ? J'arriverai peut-être à retrouver la sortie, mais j'ignore comment cette grotte est reliée aux autres.

Stanis se tortilla, l'air embarrassé.

Elle sourit.

— Il n'a pas à savoir que j'ai été incapable de retrouver mon chemin toute seule, ajouta-t-elle.

— Je n'ai pas peur de lui, rétorqua Stanis, vindicatif, même si sa mère l'avait bien mieux élevé.

— Bien sûr que non, répliqua-t-elle avec courage. Il n'y a rien d'effrayant.

Lorsqu'ils furent arrivés presque à mi-chemin, elle posa la main sur son épaule.

— Désolée, Stanis, mais il va falloir ralentir.

— Pas de problème, répondit-il. Tu ne veux pas t'appuyer un peu sur moi ?

Elle marmonna quelques paroles qu'il ne saisit pas, mais répartit une partie de son poids sur lui. Elle s'en contenta un moment, puis finit par enrouler les bras autour de son cou et se laissa traîner.

— C'est une bonne chose que tu sois menue, affirma-t-il. Tu aurais dû l'écouter quand même. Qu'aurais-tu fait si je n'avais pas été là pour t'aider ?

— J'aurais rampé, rétorqua-t-elle, l'air sinistre.

Il leva les yeux vers son visage, visible à la lumière de l'une de ces petites boules lumineuses dont Loup lui avait enseigné la conception.

— Pas faux, répondit-il.

À l'instant présent, elle ne ressemblait pas à une gentille demoiselle, mais à quelqu'un capable d'écharper des uriah sans effort, ce qui n'était pas peu dire. Après tout, elle était, peut-être, la compagne idéale pour ce Loup.

Aralorn enjamba la barricade érigée pour empêcher les gens de se promener dans les galeries – à l'exception des éclaireurs comme Stanis dont la magie lui permettait d'éviter de se perdre sans espoir de retour.

Elle tendit l'oreille aux bruits de bataille, mais le tunnel demeurait silencieux, ce qui paraissait suspect.

— Où se trouvaient les uriah quand tu as couru nous avertir ? s'enquit-elle, tandis qu'ils longeaient un passage de plus en plus bosselé.

— 'Chais pas. (Stanis secoua la tête.) Quelqu'un les a repérés à l'extérieur et a foncé jusqu'aux grottes comme un idiot. À tous les coups, ils l'auront suivi. (Il marqua une pause.) J'entends rien du tout.

— S'ils avaient rejoint notre camp à l'arrivée de Loup, tu les entendrais encore, lui assura-t-elle d'un air vaillant, se rendant compte qu'elle-même avait du mal à y croire. *Et s'ils l'avaient pris par surprise ? Et s'il n'avait eu aucune chance ?*

— Et s'ils l'avaient pris par surprise ? demanda Stanis comme en écho à ses pensées, la voix à peine plus forte qu'un murmure pendant qu'ils s'approchaient à pas de loup de l'endroit où des gens devraient être en train de se battre pour survivre.

Ses paumes transpiraient. À cause de l'effort, se dit-elle.

— Personne ne peut l'attaquer à l'improviste, affirma-t-elle à Stanis. Il s'arrange pour que ce soit le contraire.

Et c'était la vérité. Elle respirait un peu mieux ; le sol de nouveau plat y était sans doute pour beaucoup.

Stanis s'arrêta.

— La grande cave se trouve à l'angle, chuchota-t-il. La principale qui abrite le campement. On devrait…

— Comment ça, pas ses sceaux ?

Elle reconnut cette voix. Elle se redressa et se dirigea à grandes enjambées vers le coin qu'elle longea jusqu'à apercevoir le camp tout entier – d'après son bref coup d'œil – qui se tenait armé et prêt pour l'assaut. Elle ne pouvait voir le propriétaire de la voix tonitruante, mais l'entendait sans peine.

— Ça veut dire quoi « pas ses sceaux» ? Pourquoi n'en as-tu pas demandé davantage ? Faut-il s'attendre à ce qu'ils déferlent ici en trombe ?

Elle se faufila à travers l'assemblée, ce qui ne fut pas difficile lorsque les gens comprirent où elle comptait aller.

— Ça veut dire que les sceaux ne lui appartiennent pas, répondit Myr d'un ton neutre.

L'imposant noble qui campait face à lui avait l'habitude d'obtenir ce qu'il désirait, que ce fût par l'argent ou l'intimation.

— Jeune homme ! gronda-t-il. On ne laissera pas ce misérable chien s'en tirer avec des réponses à la gomme ! Ce n'est pas lui qui commande.

Elle ne pouvait pas les rejoindre plus vite sans tomber face contre terre, mais Myr… le frappa. Un coup rapide et décisif qui assomma le bœuf comme la chute un rocher.

Aralorn dégaina son épée et la pointa sur la gorge de l'homme au sol, s'assurant qu'il sente bien le tranchant affûté. Un pied sur son épaule.

La peur qui la tenaillait depuis qu'elle avait constaté que tout était trop silencieux l'avait rendue irritable, et elle aurait été ravie de plonger sa lame dans le cou du scélérat et de régler le problème une bonne fois pour toutes. Mais son père avait su se montrer habile politicien quand il le fallait et elle pouvait l'entendre chuchoter dans sa tête.

Ainsi, au lieu de le tuer, demanda-t-elle avec sang-froid :

— Désirez-vous voir cet homme mort, Majesté ? Rien ne me ferait plus plaisir, je vous le garantis. Nous pourrions exposer son corps sur une pique dehors, il servirait de nourriture aux corbeaux.

— Et attirerait tous les charognards à vingt lieues à la ronde, ajouta Myr avec regret. Non. Pas encore.

Sa voix ne trahissait aucune émotion et elle refusait de quitter son ennemi des yeux pour regarder le visage de son roi. Elle grimaça devant l'expression de triomphe qui flamboyait dans les pupilles du noble à ses pieds. Il s'apprêtait à parler, mais se tut. Peut-être son talon appuyait-il sur un nerf situé à l'avant de son épaule ? À moins que son bras, retombant un peu, n'eût laissé la lame s'enfoncer davantage dans sa chair.

— M'autorisez-vous à m'en charger à la manière de mon père ? s'enquit-elle.

— Je me rappelle l'incident du pieu, rétorqua Myr, sarcastique. Mon grand-père m'avait raconté cette histoire. Après ça, plus personne n'osa braver les ordres du Lion pendant plusieurs années. Efficace, mais extrême, tu en conviendras. Nous

nous trouvons en sous-nombre, c'est pourquoi je te donne, à contrecœur, mon assentiment complet.

Le noble blêmit.

— Le Lion ? bafouilla-t-il.

Aralorn montra les dents d'un air menaçant, mais continua de s'adresser à Myr.

— Majesté, avec votre permission. Haris ?

— Oui ?

— Haris, je pense que tu travailles trop dur. Il te faut un assistant.

— Pas besoin d'un aristocrate pour m'aider à cuisiner, objecta Haris, grincheux.

— Haris, cajola Myr d'une voix veloutée. Loin de moi l'intention d'autoriser cet homme à s'ingérer dans tes efforts. Néanmoins… le laisser éplucher, tourner la broche et sortir les déchets… ça ne risquerait pas de te nuire, si ?

— Oh ! D'accord ! répondit Haris d'un ton manifestement plus enjoué. Ça me convient, sire !

— Aralorn, qu'il se relève, dit Myr.

Elle ôta son épée après en avoir essuyé le sang sur la chemise de l'imbécile.

— Oras, poursuivit Myr. Une semaine en compagnie d'Haris pour l'assister, c'est un cadeau que je te fais. Que je ne le regrette pas !

Le noble déglutit. Peut-être reconnut-il, comme Aralorn, l'ancien roi sous les traits de son petit-fils.

Myr dirigea alors son attention vers Aralorn sans tenir compte de l'homme à terre.

— Il faut que tu ailles retrouver Loup. S'agit-il d'une attaque contre laquelle nous devons nous préparer ou puis-je lever l'alerte ?

— Que se passe-t-il ? demanda-t-elle rengainant son arme.

— Les uriah, filant notre groupe de chasse, ont essayé de pénétrer dans les cavernes et ont été arrêtés par les sceaux à la bouche de la grotte. Loup affirme qu'ils ne sont pas de lui. Il nous a renvoyés à l'intérieur pour qu'on se calme et qu'on surveille l'étroite entrée.

Aralorn jeta un coup d'œil à l'ouverture indiquée par Myr, à travers laquelle filtrait la lumière du jour.

— Sans donner raison à Oras, poursuivit Myr, il serait utile d'obtenir davantage d'informations. J'aimerais qu'on me tienne au courant et tu es la seule susceptible de soutirer des renseignements à notre mage.

Une fois dans le tunnel qui menait dehors, elle dégaina son épée et l'étreignit à la manière d'un guerrier. Quelqu'un avait peint des signes sur les parois pour faciliter le voyage et il n'y avait rien de plus de facile que de suivre les flèches vers l'extérieur à la lueur de la boule d'énergie qui flottait au creux de sa paume.

Les hurlements s'intensifièrent lorsqu'elle bifurqua dans une galerie qu'une inscription au-dessus de l'ouverture désignait comme « Voies vers la sortie ». Les caractères maladroits la firent sourire, malgré la peur et les gouttes froides de sueur qui perlaient sur son front. Avec attention, elle se glissa le long de l'étroit couloir sinueux.

Les uriah étaient là, rugissant de fureur et de frustration face au mur de flammes qui couvrait l'entrée. Quelqu'un, constata Aralorn avec une distraite approbation, avait disposé du bois pour un feu de camp là où le tunnel commençait à se resserrer. Il demeurait non allumé, à trois bons mètres du feu magique qui bloquait l'accès. Aralorn n'en sentait pas la chaleur, mais les uriah qui gisaient devant la bouche de la grotte, leurs corps calcinés tressaillant à peine, témoignaient de l'efficacité du barrage.

Aralorn s'appuya contre un pan de la caverne et observa un autre uriah, encouragé par sa présence derrière la barrière, en train de plonger dans les flammes. La nausée gagna son estomac pourtant endurci tandis qu'elle regardait le feu avide l'engloutir.

— Je t'avais dit de rester dans la bibliothèque.

Elle l'attendait, consciente, vu la situation, qu'elle risquait sans doute de ne pas l'entendre. Elle ne sursauta pas, ne bondit pas, mais se tourna vers lui avec plus d'empressement que nécessaire. Ce qui n'aurait pas posé problème s'il n'y avait pas eu un léger renflement sur la voûte.

— Aie ! souffla-t-elle, portant la main à sa tête à l'endroit où la roche l'avait éraflée.

Il sortit de l'ombre et planta son sceptre. Les cristaux du dessus se mirent à rutiler dès que le pied aux serres d'aigle toucha le sol. Elle ferma les yeux, éblouie par la lumière.

Loup posa une main sur son menton et utilisa l'autre pour explorer la zone endommagée même si elle ne cessa pas de se tortiller à son toucher. D'un ton heurté, il lui asséna :

— Chaque fois que je te tourne le dos ces derniers temps, il semblerait que, d'une manière ou d'une autre, tu te blesses.

À sa surprise, il se pencha et pressa la joue contre celle d'Aralorn. Excepté sa récente expérience, cela ne lui arrivait pas très souvent de se faire soigner par un utilisateur de magie verte. En général, elle ne comprenait pas en détail ce qu'ils faisaient, mais elle en connaissait assez sur le sujet pour savoir que ce qui se passait là était particulier. Ce n'était pas purement physique, elle ressentait aussi un lien émotionnel, comme une rencontre à un niveau beaucoup plus primitif.

Ce fut terminé avant qu'elle ait eu le loisir d'analyser davantage la situation. Loup bondit en arrière comme s'il avait été mordu et elle l'entendit haleter à bout de souffle derrière son masque. Elle le regarda émerveillée. Ses connaissances sur la magie humaine lui assuraient que ce qu'il venait de faire là sortait de l'ordinaire. Il n'aurait pas dû en être capable.

— Loup, commença-t-elle, la main tendue vers lui.

Il recula, gardant la tête loin d'elle et les yeux fermés.

— Loup, qu'est-ce qui ne va pas ?

Comme il ne dit rien, elle s'éloigna d'un pas pour lui laisser de l'espace.

Soudain, il fit volte-face et ses yeux jaunes flamboyants croisèrent les siens. Lorsqu'il parla, sa voix tint du murmure, décuplé par son timbre abîmé.

— Que suis-je ? Je ne devrais pas réussir à te guérir. Les métamorphoses, le pouvoir que j'arrive à manier, tout ça, je peux le justifier. Mais la magie ne fonctionne pas ainsi. Elle ne s'empare pas de moi sans que je puisse réagir et commette des actions que je n'ai pas désirées. J'ai juré de ne jamais… que rien ni personne ne me dominerait jamais comme mon père a pu le faire. En fin de compte, même lui n'a pas réussi à anéantir ma volonté. Mais, cette chose… y parvient.

— C'est toi qui as guéri mes yeux.

Elle voulait réfléchir un moment. Elle devrait pouvoir en déduire quelque chose, résoudre l'énigme à condition qu'elle découvre comment l'aborder.

— Oui, avoua-t-il.

— C'est ce que tu essayais de faire ?

Il s'efforça d'adopter une posture détendue et s'adossa au mur tandis qu'il parlait.

— Si tu veux savoir si j'ai essayé de te soigner à l'aide d'un sort, la réponse est non. Je voulais juste que… tu ne souffres plus.

L'effort qu'il fournissait pour s'ouvrir à elle était presque perceptible, lui, cet homme si secret. C'était peut-être la première fois, songea-t-elle, qu'elle voyait quelqu'un commettre un acte aussi courageux.

Il poursuivit, les yeux rivés sur la bouche de la grotte où trois uriah – aucun ne ressemblait à des personnes qu'elle avait connues – se tenaient immobiles et les observaient.

— J'étais si fatigué, lui expliqua Loup. Je n'avais pas beaucoup dormi depuis que j'avais appris ta disparition. (Il la regarda.) Ton état empirait et je ne pouvais rien y faire. Je ne saurais te dire avec précision à quoi je pensais. Tout ce qui était en mon pouvoir, je l'avais déjà fait pour toi et j'avais conscience que ça ne suffirait pas. Alors, je me suis allongé à tes côtés, comme si une force m'y poussait, et cette magie a pris le dessus.

Il serra les poings avec un air très proche de la répulsion.

— Qui était ta mère ? Le sais-tu ? s'enquit Aralorn. J'ai entendu bon nombre d'histoires sur Cain, le fils de l'ae'Magi, mais aucune ne mentionnait sa mère.

Loup haussa les épaules. Il avait retrouvé son timbre glacé lorsqu'il répondit.

— Je ne l'ai aperçue qu'une fois, quand j'étais très jeune, peut-être vers l'âge de cinq ans. Je me souviens d'avoir demandé à Père qui elle était, ou plutôt qui elle fut, car la vie semblait l'avoir quittée, sans doute à la suite d'une de ses expériences. Je ne me rappelle pas m'être particulièrement soucié d'elle, j'imagine donc que c'était l'unique fois où je l'ai vue.

— Décris-la-moi, lui enjoignit Aralorn.

Sa voix ferme refusait de condamner ou de plaindre le garçon qu'il avait été. Il ne l'aurait pas souhaité. Les uriah ne risquaient pas de rappliquer de sitôt, se dit-elle. Elle replia les jambes et se posa par terre. Guéries ou non, ses jambes avaient fourni tout l'effort possible ; en d'autres termes, c'était s'asseoir ou choir.

— J'étais jeune, ces souvenirs sont très vagues, poursuivit Loup. Elle paraissait petite à côté de mon père, fragile et radieuse, comme un papillon. La seule fois où je l'ai entendu parler d'elle, c'était pour répondre à un noble, curieux d'en apprendre plus sur ma mère. Il affirma qu'elle était d'une beauté parfaite et sans défauts. Je crois qu'il avait raison.

Aralorn acquiesça. Voilà qui confirmait ses soupçons.

— Le contraire m'aurait étonnée.

Il l'observa, les yeux plissés.

— Ta mère devait être une changeforme, ou une personne douée de magie verte, mais la « beauté parfaite » me fait pencher en faveur de la changeforme.

Ce sentiment que tu éprouves, cette impression que la magie s'empare de toi est tout à fait normale quand on utilise la magie verte, parce qu'il s'agit d'un pouvoir façonné à l'origine par la nature, et seulement ensuite par le mage. Tu dois apprendre à travailler avec elle afin de pouvoir la modifier. Si tu résistes, elle finira toujours par avoir le dessus.

Il la dévisagea pendant un moment et la rejoignit par terre sans piper mot. Ses jambes, elles aussi, n'allaient peut-être pas tarder à flancher.

— Je suppose, poursuivit Aralorn aussi affable que possible, que si on ne t'avait pas enseigné ce supposé mode de fonctionnement de la magie, tu aurais découvert depuis longtemps tes talents de sang-mêlé. Or comme on t'a inculqué que tu étais incapable de guérir, tu n'as pas essayé.

Deux uriah s'avancèrent au même moment. Les sceaux s'embrasèrent et les monstres s'enflammèrent. Un vague effluve de chair brûlée, semblable à un fumet de porc rôti, flotta jusqu'aux narines d'Aralorn, avant de s'évaporer.

— Ta théorie tient la route, lâcha enfin Loup.

— J'aurais dû y penser plus tôt, reprit Aralorn d'un ton navré. Après tout, je suis une métisse. Mais je n'en avais encore jamais rencontré d'autre. Je savais que tu n'étais pas un changeforme, alors j'en ai conclu que tu étais simplement un magicien humain d'une puissance incroyable. (Elle hésita un instant.) Et tu l'es.

Loup ricana, l'air sarcastique.

— Ça ressemble tout à fait au genre d'expériences que tenterait l'ae'Magi. Pour un Darranien comme lui, cela doit représenter la forme ultime de la bestialité. Juste ce qu'il faut pour susciter son intérêt.

Aralorn se pencha, lui baissa son masque et plaqua contre sa bouche dépourvue de cicatrices un baiser qui n'avait rien de romantique.

— Ma sale bête à moi ! lança-t-elle, et il poussa un son dont il n'avait pas l'habitude et qui s'apparentait à un éclat de rire.

Il se releva et l'aida à en faire de même, les yeux nimbés d'une chaude lueur de soulagement, d'humour et d'encore autre chose. Il l'empoigna par les épaules et l'embrassa avec une telle fougue qu'elle en resta pantoise et chancelante. Il se recula et repositionna le masque comme d'habitude.

— Nous ferions mieux de rentrer pour rassurer Myr. Qu'il se détende. Le Vieil Homme de la Montagne ne semble pas disposé à accueillir les uriah dans sa grotte de sitôt, affirma-t-il avant de lui offrir son bras en guise de support.

— À ton avis, les sceaux sont à lui ? s'enquit-elle.

— Quelqu'un les a rechargés depuis la dernière fois que je les ai inspectés. Ce n'était pas moi et personne d'autre ici n'en a le pouvoir ni l'aptitude.

Elle retrouva son souffle, sourit et passa son bras sous le sien.

— Est-ce qu'on dit au reste du camp que le Vieil Homme de la Montagne veille sur nous ?

— Ce serait préférable, même si ça risque de donner des sueurs froides à certains. J'ai le sentiment qu'on devrait éviter d'abuser de son hospitalité et limiter les déplacements à l'intérieur des cavernes. Le meilleur moyen de s'en assurer serait de leur avouer toute la vérité, à condition qu'ils la croient.

Loup se glissa à travers un étroit passage avec sa grâce habituelle, traînant Aralorn derrière lui.

— Nous avons affaire à des gens doués de certaines capacités magiques mineures, suivant un roi détrôné qui commence à peine à faire ses preuves, comptant parmi leurs connaissances non pas un mais deux changeformes de sang-mêlé, dont l'un porte, en outre, un masque ridicule. Nous leur expliquerions que nous nous sommes rendus dans le repaire des anciens dieux et que Faris, Impératrice des Morts, s'est prise d'une passion fulgurante pour Myr qu'ils n'en seraient sans doute pas décontenancés, rétorqua Aralorn.

Loup rit et elle tira sur son bras pour l'arrêter.

— Attends. Tu as bien dit que l'ae'Magi était darranien ?

— De souche paysanne, confirma-t-il. Il semblerait que son maître ait été fort surpris de trouver un magicien originaire de Darran ; il avait l'habitude de plaisanter à propos de son apprenti darranien. Mon père souriait quand il racontait comment il avait tué son professeur.

— Ce n'est pas le premier mage darranien, commenta Aralorn.

Loup grogna et recommença à marcher.

Elle laissa tomber sa main et le suivit, plongée dans ses pensées.

Loup pénétra le premier dans le tunnel qui débouchait sur la pièce principale. Il poussa un sifflement et bondit en arrière, évitant de peu l'épée de Myr.

— Désolé, dit Myr. J'ai cru que tu étais l'un des uriah. Tu aurais dû signaler votre présence avant d'entrer. As-tu découvert pourquoi les uriah restaient dehors ?

— Pour quelle raison le roi de Reth garde-t-il le passage alors que sa vie ne saurait être sacrifiée ? demanda Loup.

— Meilleur guerrier, rétorqua Myr. Tu comptes me répondre, oui ou non ?

— Expliquons-nous devant tout le monde afin qu'ils entendent, eux aussi, les interrompit Aralorn avant de poursuivre. Les uriah ne risquent pas de venir nous attaquer à l'intérieur.

Elle s'engagea dans la grotte principale et s'aperçut que sa dernière remarque n'avait pas échappé à la plupart des réfugiés.

— Notre protecteur de la caverne ne les laissera pas entrer.

Elle se trouvait dans son élément, face à un auditoire captivé et avec une histoire à raconter. Elle projeta sa voix et leur narra celle du Vieil Homme de la Montagne depuis son origine, puis termina par la barrière qui maintenait les uriah à l'extérieur.

Dans sa bouche, le récit sonnait comme un pan de l'histoire des changeformes, estima Loup, et non comme un conte oublié, glané dans un livre obscur. D'ordinaire, elle s'y prenait dans l'autre sens : elle transformait une fable insipide en une captivante odyssée. Il ne s'était pas aperçu qu'elle pouvait faire l'inverse.

Comme elle l'avait prédit, les réfugiés semblèrent rassurés, sans demander jusqu'à quand durerait l'attitude bienveillante du Vieil Homme. Pour l'heure, ils souhaitaient un miracle et Aralorn le leur offrait.

En réponse au coup d'œil de Loup, Myr le rejoignit à l'extérieur de la pièce, laissant Aralorn à sa tâche.

— Nous risquons d'être coincés ici un moment, l'informa Loup. Même s'ils ne peuvent pas entrer, il est impossible de déterminer combien de temps ils vont rester à hurler devant notre porte. Les provisions de nourriture tiendront-elles au moins une semaine ?

Il aurait dû y faire plus attention, mais se souvenir qu'il était censé se préoccuper de ces personnes représentait à ses yeux un véritable effort. Il s'évertuait à… devenir quelqu'un d'autre. Quelqu'un dont Aralorn pourrait être fière. Lorsqu'elle avait été blessée, il avait perdu tout intérêt pour les détails extérieurs.

Myr haussa les épaules.

— Nous avons assez de céréales pour subsister jusqu'à l'été prochain et nourrir les bêtes comme les humains. Les réserves de viande commencent à s'épuiser, c'est pourquoi j'avais envoyé les chasseurs ce matin. Ils sont revenus avec des uriah au lieu de cerfs. Nous pourrons nous en passer pendant une ou deux semaines. Si ça dure un mois, nous pourrons toujours abattre une chèvre ou un mouton. Le vrai souci, ce sera le moral des troupes et l'hygiène.

Loup acquiesça.

— Le moral, on s'en occupera le moment venu. Pour ce qui est des sanitaires, je devrais pouvoir y remédier. Le tunnel bloqué où est entreposé le grain mène à une grotte dotée d'une fosse si profonde qu'on peut y jeter un caillou sans l'entendre toucher le sol. Elle est assez étroite et on devrait pouvoir la recouvrir d'une sorte de structure afin d'éviter les chutes accidentelles.

Résoudre les problèmes de logistique l'aidait à se centrer.

— Voilà qui soulagera Aralorn ! s'exclama Myr, un sourire s'étirant sur sa mine épuisée pour la première fois depuis qu'il avait entendu les uriah. L'idée de devoir se remettre à creuser les latrines avant que tout ça ne soit terminé l'inquiétait vraiment. (Myr rit avec lassitude et recoiffa les cheveux qui lui barraient le visage.) J'aurais dû poser cette question dès le début. Est-ce possible que les uriah trouvent un chemin qui les conduise jusqu'ici par une autre entrée ?

— Peut-être, répondit Loup, puis commença à se diriger vers Aralorn qui vacillait de fatigue tandis que son histoire tirait à sa fin. Le Vieil Homme habite ces lieux depuis bien plus longtemps que nous. Si cette porte est protégée, je suppose qu'elles le sont toutes.

Dehors, les uriah se turent et tombèrent à genoux lorsqu'un cavalier apparut au loin. Son cheval blanchissait d'écume et transpirait, les yeux exorbités de peur à cause des uriah. Mais il avait appris à se fier à son maître et Seigneur Kisrah veillait à maintenir les créatures immobiles avec les sorts d'emprise que l'ae'Magi lui avait enseignés.

Arrivé devant la caverne, il descendit de sa monture. Il voyait les symboles gravés sur la bouche de la grotte, mais ne pouvait pas les toucher pour en altérer le pouvoir.

Dans l'air, il dessina un glyphe qui flamboya d'une faible lueur jaune et flotta vers l'intérieur sans difficulté. Il heurta l'une des runes et crépita quand un homme arpenta la galerie et s'approcha de lui.

— Tu n'es pas le bienvenu ! Quitte cet endroit, ordonna-t-il.

À la lumière, il était d'une beauté si radieuse qu'il ne semblait pas humain et Seigneur Kisrah retint son souffle avec admiration. Soudain, l'entrée s'emplit de flammes et la chaleur agressa son visage.

Kisrah recula et tenta de repousser et d'abaisser les flammes de nouveau, sans succès. Au bout du troisième essai, les uriah commencèrent à remuer, car son emprise sur eux faiblissait. Il poussa un juron et abdiqua. Il mena son cheval loin des uriah afin d'avoir un peu d'espace.

— Vous resterez ici jusqu'à ce que l'ae'Magi vous libère, commanda-t-il d'un ton sec. Si quelqu'un sort de la caverne, ne lui faites pas de mal. Capturez-le. Vous savez comment me contacter si cela devait se produire.

Il grimpa sur sa monture et la laissa choisir sa propre allure pour fuir les uriah.

— Merci, Seigneur Kisrah. Je suis sûr que vous avez fait de votre mieux avec les sceaux de protection. Les runes anciennes sont pour le moins délicates, et sur les Terres Boréales, elles peuvent être l'œuvre de l'une de ces races qui utilisent la magie verte.

L'ae'Magi sourit avec grâce.

Dans le bureau de l'ae'Magi, Seigneur Kisrah, sur son siège, paraissait à peine moins dépité.

— J'en ai examiné quelques-unes, je les étudierai pour voir ce qu'il est possible de faire. Cependant, ma magie n'a eu aucun effet sur le magicien. Il m'inquiète plus que les runes.

— Je vous le concède, Seigneur Kisrah, roucoula l'ae'Magi. Je compte bien découvrir son identité. Pouvez-vous me le décrire de nouveau ?

Seigneur Kisrah acquiesça et reposa la bière chaude qu'il buvait.

— Pas plus grand que la moyenne. Ses cheveux étaient blonds, je crois, ou peut-être châtain clair. Ses yeux étaient bleus ou verts. Son apparence générale était si spectaculaire qu'il me fut difficile de prêter attention aux détails. Il devait avoir vingt-quatre ou vingt-cinq ans, tout au plus. J'aurais même dit plus jeune s'il n'avait pas été aussi puissant. Il s'exprimait avec une étrange intonation, mais je n'ai pas pu analyser son accent, car ses paroles furent limitées. Mais je suis sûr d'une chose : le rethien qu'il parlait n'est pas sa langue maternelle.

— Êtes-vous certain que ses cheveux n'étaient pas plus foncés ? Ses yeux jaune d'or ? Pas de cicatrices ? s'enquit l'ae'Magi avec douceur.

Seigneur Kisrah secoua la tête.

— Ses yeux, à la rigueur. Ils étaient d'une couleur claire. Mais ses cheveux n'étaient pas foncés, répéta-t-il avant de bâiller brusquement.

L'ae'Magi se leva et offrit son bras à l'autre mage pour qu'il s'y appuie.

— Veuillez m'excuser. Je vous ai retenu pour vous questionner alors que vous tombez de fatigue.

Il le conduisit jusqu'à la porte, l'ouvrit, puis tapa doucement dans ses mains. Avant qu'il réitère, une jeune et jolie servante apparut.

— Emmène Seigneur Kisrah à la chambre bleue, Rhidan, et pourvois à son confort. (L'ae'Magi se tourna vers son invité.) Suivez-la, je vous en prie. Elle satisfera tous vos besoins. Si vous désirez quelque chose, vous n'avez qu'à demander.

Le visage de Kisrah s'illumina sensiblement et il lui souhaita une bonne nuit.

Seul dans son bureau, l'ae'Magi ruminait ; il détestait l'idée qu'un autre magicien se trouve en travers de son chemin. Qui pouvait-ce bien être ? Il était certain que le seul mage puissant qui se dressait encore contre lui était son fils.

Soudain, il se releva. Toute cette inquiétude ne pouvait qu'être néfaste. Il était trop tard pour essayer de réfléchir et sa frustration l'empêcherait de dormir. D'un geste brusque, il interpella la pâle jeune fille assise dans un coin, invisible aux yeux de Seigneur Kisrah. Elle lui obéit et laissa tomber les vêtements qu'elle portait pour se tenir devant lui, nue et soumise.

Il prit son menton dans une main et de l'autre caressa son corps avec douceur.

— Ce soir, dit-il, je te réserve quelque chose de spécial.

Chapitre 10

Aralorn retourna veiller sur les enfants afin de s'occuper, car Loup n'avait pas besoin d'elle à la bibliothèque.

Désormais, il était plus difficile de les divertir. Ils ne disposaient plus d'espace pour courir et jouer ensemble, et les uriah postés à l'extérieur les rendaient nerveux. Pour leur changer les idées, Aralorn leur enseigna les lettres de l'alphabet et leur montra comment les assembler pour former des mots. Elle raconta des histoires jusqu'à en perdre la voix.

—Alors, Kai paria avec toute la troupe qu'il pouvait se faufiler dans le camp et voler le pot de café sur les braises sans qu'on l'aperçoive. (Assise par terre sur une bosse, Aralorn s'assura que la majorité des enfants l'écoutaient.) Talor et lui furent élevés dans un clan de commerçants, comme Stanis. Petit, il avait appris à se déplacer en silence et à rester caché dans l'ombre, immobile, afin que personne ne puisse le voir.

» Cette nuit-là, leur commandant doubla le nombre de sentinelles devant le campement et désigna un garde spécial pour filer Kai à la trace.

Deux hommes surveillaient le café. Mais malgré toutes ces précautions, le lendemain matin, le pot s'était volatilisé. Le guet censé suivre Kai avait en réalité suivi Talor, qui ressemblait assez à son frère jumeau, pour qu'on le confonde avec ce dernier dans la pénombre.

Aralorn sourit à son public captivé. Les histoires sur les jumeaux promettaient toujours d'accrocher l'attention.

— Kai ne s'était pas contenté de subtiliser le café. Il avait aussi dessiné un grand « X » blanc dans le dos de chaque garde sans se faire remarquer.

— Je parie que Stanis y arriverait, lança Tobin. Il est rusé.

Comme il était incapable de se perdre, il était plus fréquent de croiser Stanis occupé à faire des courses pour les autres qu'à jouer avec des camarades de son âge. Ce qui suscitait d'autant plus l'admiration de ses pairs.

— Aralorn.

Myr posa une main sur son épaule. Il paraissait un peu blême.

— Que se passe-t-il ?

— C'est Loup. Stanis s'est rendu à la bibliothèque pour lui délivrer un message de ma part et il est revenu il y a quelques minutes. Il affirme qu'il y a un problème… Tu devrais aller jeter un coup d'œil.

Elle scruta avec attention la bibliothèque plongée dans l'obscurité et il lui sembla qu'il y faisait plus chaud que d'habitude. La seule lumière provenait des cristaux sur le sceptre de Loup qui rutilaient d'un orange pâle. Loup était assis dans son fauteuil habituel, immobile, le visage dans l'ombre. Il ne bougea pas lorsqu'elle s'approcha, ce qui, avec l'odeur de brûlé qui imprégnait la pièce, suggérait que l'apparente banalité de cette scène n'était qu'illusion.

Aralorn se servit de sa propre magie pour éclairer la chambre. L'une des étagères manquait. D'un air pensif, Aralorn s'avança vers son emplacement et remua du bout du pied les cendres qui s'y trouvaient désormais. Le rayon à côté d'elle prit feu d'un coup et fut consumé par les flammes avant qu'elle ait pu en ressentir la chaleur. Elle grimaça de douleur devant la destruction de ces livres irremplaçables.

— Loup ? s'enquit-elle d'une voix empreinte d'exaspération calculée. N'est-ce pas déjà assez difficile ? Faut-il en plus que tu perdes ton sang-froid ?

Elle se tourna vers lui pour le regarder. Il portait de nouveau son masque.

— Je l'ai, Aralorn, murmura-t-il tout bas. Je possède le pouvoir de faire ce que je veux. (Une autre étagère pâtit du même sort que les deux premières.) Tout ce que je veux.

Le pouls d'Aralorn s'accéléra même si elle savait bien que Loup ne lui ferait jamais de mal.

— Si je n'étais pas aussi puissant, reprit-il, toute cette force nous servirait peut-être à quelque chose. Je l'ai trouvée, tu sais. J'ai découvert l'incantation pour priver de ses pouvoirs un magicien qui exerce sa magie à mauvais escient. Mais je ne peux pas l'utiliser. Il me manque le talent ou la maîtrise, et ce charme nécessite beaucoup trop de puissance brute. Si j'essayais, nous nous retrouverions avec un deuxième Désert de Verre.

La vacillante lueur orange de son sceptre se reflétait dans ses pupilles.

Aralorn s'approcha de lui et s'assit par terre à ses côtés, puis posa la tête contre ses genoux.

— Si tu avais moins de pouvoir, nous n'aurions aucun moyen de vaincre l'ae'Magi. Tu n'aurais jamais pu te libérer du sortilège d'emprise qui maintient tous les autres mages sous le joug de sa seule volonté. Il n'y aurait personne pour lui résister. Cesse de t'apitoyer sur ton sort, tu fais le jeu de l'ae'Magi ! Tu es qui tu es. Pas mieux, sans doute, mais pas pire en tout cas.

La bibliothèque resta plongée dans le silence un long moment. Aralorn laissa mourir sa lumière et demeura assise dans les ténèbres avec Loup. Plus aucune étagère ne se consuma dans des flammes magiques. Quand la main de Loup toucha ses cheveux, Aralorn sut que tout irait bien. Pour cette fois.

Aralorn trottait d'un pas régulier le long des tunnels, ralentissant de temps à autre quand le souffle venait à lui manquer, ce qui arrivait trop souvent à son goût. Cela dit, ses forces revenaient doucement et ses arrêts se faisaient moins fréquents de jour en jour. Matin et soir pendant les quatre derniers jours, elle avait parcouru les couloirs qui menaient de la bibliothèque à l'entrée en courant, afin de regagner l'endurance et la forme physique qu'elle avait perdues. Mais aussi, et surtout, pour comprendre comment se rendre d'un point à un autre.

En général, elle ne croisait personne sur le trajet. La bibliothèque se trouvait à une bonne distance des cavernes principales et bon nombre des réfugiés s'en tenaient aux affirmations de Loup selon lesquelles le Vieil Homme de la Montagne exigeait qu'ils ne déambulent pas dans les galeries. Aralorn estimait plutôt que Loup ne voulait pas gaspiller son temps à chercher les promeneurs égarés, car elle n'avait noté aucun signe indiquant que le Vieil Homme s'opposait à leur présence. Même si le chemin avait été balisé avec soin et était considéré comme faisant partie des zones occupées, en pratique personne d'autre qu'Aralorn, Loup ou Stanis ne s'y aventurait.

Loup prétendait qu'ils attendaient que la fureur de Vieil Homme s'abatte sur leurs têtes. Myr soutenait qu'ils n'avaient pas peur de ce dernier, mais de Loup. Myr avait sans doute raison.

Seul Oras avait bravé l'interdiction de se rendre dans les grottes intérieures. À deux reprises. La première fois, Myr l'avait ramené. La seconde, Loup s'était lancé à sa poursuite. Il avait refusé d'avouer à Aralorn ce qu'il avait fait et Oras s'était bien gardé de fournir l'information, mais il était revenu le visage livide et, depuis, était demeuré muet comme une tombe.

Alors qu'elle arrivait aux cavernes extérieures, Aralorn commença à marcher. Si elle avait maintenu une allure plus rapide, elle aurait dû veiller à éviter beaucoup trop de personnes. Quand elle s'engagea sur le chemin qui menait dehors, elle remarqua en premier lieu le son de ses propres pas. Il lui fallut une minute pour se rendre compte que si elle pouvait les entendre, c'était parce que les uriah ne hurlaient plus.

En effet, lorsqu'elle atteignit la bouche de la grotte, elle n'aperçut aucune trace des infâmes créatures. Le feu qui, selon les ordres de Myr, devait demeurer près de l'entrée n'était toujours pas allumé.

Elle sortit à pas feutrés, soucieuse de s'avancer avec précaution au cas où il en resterait deux ou trois aux aguets. Après tous ces jours passés dans les souterrains, le soleil l'aveugla presque. L'air sentait le frais et le pur, dénué de l'effluve distinctif qui accompagnait les uriah. Seule l'odeur d'herbe brûlée se mêlait au parfum qu'exhalait le pin voisin.

On aurait dit qu'une boule de feu avait été projetée depuis la bouche de la grotte. Dans l'herbe et la terre, une large bande noircie partait de l'ouverture et traçait une ligne droite pendant une assez longue distance avant de disparaître. À l'intérieur de la zone calcinée, gisaient une quinzaine d'uriah, carbonisés jusqu'à l'os. Certains l'étaient moins, mais leur chair avait été mastiquée.

Aralorn gravit le sentier obscurci jusqu'à la montagne et découvrit que la piste débouchait sur un terrain plat et étendu. Elle commença à rebrousser chemin et avait déjà descendu la pente de près d'une toise, lorsqu'elle se rendit compte qu'elle devrait peut-être réfléchir à l'envers. Et si la boule de feu n'avait pas été projetée depuis la caverne, mais l'avait visée ? Marmonnant dans sa barbe, elle trotta de nouveau vers l'endroit où le sentier s'arrêtait.

Le pistage ne faisait pas partie de ses spécialités, mais elle ne mit pas longtemps à repérer ce qu'elle cherchait. Si on regardait avec attention, il était difficile de les rater : des empreintes reptiliennes, très grandes, avec des marques sur le côté comme si des ailes y avaient traîné. En tout point semblables à celles qu'elle avait vues le jour où elle avait été capturée par les uriah.

— Eh bien, Myr, dit-elle, songeuse, avant de retourner examiner l'un des cadavres à moitié dévorés.

Elle ne les avait pas observés de trop près la première fois, estimant que les uriah venaient sans doute de s'adonner à leur cannibalisme habituel. Mais après une inspection approfondie, elle pouvait affirmer qu'une créature bien plus grande qu'un uriah s'en était repue.

— Je crois savoir ce que mangent les dragons en l'absence de vierges enchaînées à des rochers.

— Fort bien, dit Myr d'un ton sarcastique après qu'Aralorn lui eut relaté sa découverte.

La grotte principale était presque déserte. Myr avait dépêché une escouade pour rechercher les chasseurs disparus un peu avant l'arrivée des uriah et un second groupe pour trouver des vivres. Il avait envoyé quelques-unes des personnes restantes monter la garde aux meilleurs points de guet.

Il se frotta les yeux avant de la regarder.

— Et maintenant ? Nous avons troqué les uriah contre un dragon. Toute la question est, bien entendu, de savoir si c'est une bonne chose.

— Le dragon est moins bruyant et sent meilleur.

Aralorn s'adossa contre le mur de la grotte et observa Myr en train de faire les cent pas.

— Au moins, nous disposions de quelques informations sur les uriah, se lamenta Myr. Un dragon ! Les dragons sont censés s'être éteints.

Il cessa quand un hourra d'acclamations indéterminé résonna dans la caverne, suivi des chasseurs disparus et des traqueurs, qui paraissaient tous épuisés et frigorifiés.

Une fois l'accueil terminé, Farsi, qui commandait l'escouade, raconta ce qui leur était arrivé.

— Nous avons croisé un troupeau de mouflons, en avons abattu deux avant de reprendre la route du retour. À mi-chemin, nous sommes tombés sur des traces de pas, comme si une armée ratissait les alentours. Nous avons suivi la piste, puis assez vite nous avons pu les sentir. C'était des uriah. Comme ils avaient emprunté le même chemin que nous, on a compris qu'ils se dirigeaient vers le camp.

» Nous étions déjà en retard, alors nous avons décidé de gravir un versant de la montagne jusqu'à pouvoir apercevoir les uriah. Nous ne voyions pas la grotte, mais à leur manière de s'agglutiner autour de l'entrée, nous avons deviné que vous aviez dû trouver un moyen de les contenir. Nous ne pouvions rien faire si ce n'est attendre. Comme notre point d'observation était assez éloigné, les risques d'être repérés par les uriah étaient infimes.

Faris se racla la gorge.

— Tard la nuit dernière, juste après l'ascension de la lune, j'ai entendu un cri pareil à celui du cygne, mais plus puissant. Je faisais le guet et le bruit n'était pas assez fort pour arracher les autres au sommeil. Une bête énorme a volé au-dessus de nous, mais je n'ai pas pu la voir. Ensuite, j'ai aperçu un éclair de feu doré au niveau de la caverne, puis les hurlements des uriah se sont intensifiés avant de cesser. J'ai réveillé alors quelques compagnons et nous avons décidé, en fin de compte, qu'il valait mieux patienter et observer à la lumière du jour ce qui avait bien pu se produire. (Il fronça les sourcils, à l'évidence toujours mécontent de cette décision.) Vu le silence qui a suivi, on s'est dit que, de toute façon, il n'y avait plus rien à faire.

Myr hocha la tête.

— Sage et futé d'attendre d'y voir quelque chose, surtout avec une meute d'uriah dans les parages !

Farsi arbora une expression de soulagement, comme si on lui avait ôté un poids des épaules.

— Ce matin, il nous a semblé que les uriah étaient partis, alors nous avons repris le chemin du campement. Si nous avons mis aussi longtemps pour revenir, c'est parce que beaucoup sont encore éparpillés dans les environs. Nous venions d'esquiver deux troupes d'uriah, quand nous avons failli tomber sur une troisième. Une chance qu'ils empestent, sinon nous n'aurions jamais pu rentrer chez nous.

Au cours des jours suivants, il apparut évident que si les uriah étaient restés attroupés de concert par la volonté de l'ae'Magi, ce n'était plus le cas. Cela ne les rendait pas moins dangereux individuellement, mais au moins, en petits groupes, il était possible de les tuer.

Loup, après s'être fait supplier, fournit une carte détaillée de la zone dessinée sur une peau de mouton qui fut accrochée au mur de la pièce centrale. Aralorn le soupçonnait de l'avoir conçue lui-même, soit par magie, soit de ses mains, car elle était fidèle et reprenait beaucoup de points de repère bien précis. Sur ordre de Myr, toute localisation d'uriah y fut retranscrite pour donner une idée approximative des endroits où ils rôdaient.

Chaque escouade de chasseurs en possédait une copie, et s'ils croisaient un groupe d'uriah, ils devaient les conduire à l'un des pièges que Myr avait fait disposer en des lieux stratégiques. La fraîcheur de l'automne qui s'installait ralentissait considérablement les uriah, ce qui permit aux humains de les distancer la plupart du temps, surtout qu'ils veillaient à sortir quand il faisait le plus froid.

Haris proposa d'adapter le système de défense traditionnel d'un château et créa une trappe à poix qui se révéla être l'un de leurs pièges les plus efficaces. Le moyen le plus simple de tuer un uriah était le feu, alors des pots de goudron furent suspendus çà et là et maintenus à température ambiante par la magie. Les cordes furent installées avec soin afin que les animaux sauvages ne trébuchent pas. Il suffisait de tirer dessus et les chaudrons se renversaient. Le mouvement déclenchait un second sort – concocté par Haris – qui enflammait le contenu et arrosait les uriah de goudron embrasé. Les sortilèges sur les pièges étaient assez faciles pour que tout le monde, à l'exception de Myr, arrive à les reproduire après quelques leçons dispensées par Loup et Haris.

Aralorn observa le petit groupe de réfugiés se transformer en communauté soudée, débarrassée des grincheux. Chaque soir, ils s'asseyaient ensemble pour discuter. Myr écoutait les plaintes et les suggestions avant de trancher. Tandis qu'elle contemplait la troupe de paysans déguenillés (depuis le temps, les nobles se fondaient très bien dans le tas) qui s'entretenaient avec leur roi tout aussi dépenaillé, Aralorn songea au Grand Conseil de Reth, qui se réunissait une fois par an, et dissimula un large sourire devant un tel contraste.

Avoir un adversaire qu'ils pouvaient affronter – et vaincre – leur mit à tous du baume au cœur ; même à Aralorn, qui comprit que les uriah constituaient, en réalité, une nuisance mineure. Leur véritable ennemi, l'ae'Magi, sévissait dehors quelque part et il savait où ils se cachaient. Elle le soupçonnait d'attendre le moment opportun pour passer à l'action. La neige ne s'amoncelait pas encore, mais de plus en plus souvent, un mince manteau blanc recouvrait la saleté le matin. Un général intelligent n'attaquait pas les Terres Boréales en plein hiver, il attendait le printemps.

Seul Loup était exclu de la communauté, de son propre chef. Il les rendait nerveux avec sa voix macabre et son masque d'argent. Lorsqu'il s'aperçut qu'il les intimidait, il décida de faire bande à part pour les effaroucher davantage. Il dormait dans les entrailles de la caverne, restait dans la bibliothèque une grande partie de la journée et se trouvait très rarement en présence des autres occupants du camp. D'ordinaire, il assistait aux sessions nocturnes comme tout le monde, mais tenait son conseil privé dans les obscurs tréfonds de sa grotte, à moins que Myr ne le questionnât directement.

En général, Aralorn passait les matinées à s'occuper des enfants. De temps à autre, elle accompagnait une escouade de chasseurs, ou sortait seule pour entraîner Sheen et vérifier les pistes. Les après-midi, elle tenait compagnie à Loup et lisait autant de livres que possible.

Les nuits, elle ne quittait pas la bibliothèque, car ses cauchemars la torturaient toujours et elle ne voulait pas déranger tout le campement. Nuit après nuit, elle se réveillait en criant. Parfois, elle voyait le visage de Talor, animé de tout ce qui le caractérisait, mais consumé par une faim inhumaine et intégralement uriah. Ou bien, elle apercevait celui de l'ae'Magi et ses traits qui se transformaient, passant du père au fils.

Loup ignorait tout de ses mauvais rêves, pour autant qu'elle sût. Elle n'avait pas la moindre idée de l'endroit où il dormait, mais ce n'était pas à la bibliothèque.

Tard dans l'après-midi, Myr avait coutume de les rejoindre. Il discutait à voix basse avec Aralorn tandis que Loup feuilletait des ouvrages sur l'élevage de lapins, la construction de châteaux et les trois cents manières de cuisiner le hérisson.

Après avoir appris que le sort qu'il recherchait ne fonctionnerait pas, Loup avait continué à parcourir les manuscrits du vieux mage, espérant découvrir un moyen de le diriger de façon plus grossière. La plupart des sortilèges, avait-il expliqué à Aralorn, étaient peaufinés en permanence afin de requérir une puissance moins importante. Loup disposait de tout le pouvoir dont il avait besoin et il pouvait se débrouiller avec une version plus ancienne. S'il parvenait à mettre la main dessus.

Il était d'une humeur massacrante et ne prit pas de pincettes pour Myr. De même, après ses premières visites, il ne s'embarrassa plus de son masque. Myr répondait aux sarcasmes de Loup avec un contrôle détaché et, parfois, un sourire reconnaissant voilé. Quelquefois, Aralorn se disait que si Myr aimait tant se rendre dans la bibliothèque, c'était à cause du manque de courtoisie élémentaire de Loup. Là-bas, il était un simple conspirateur, leur acolyte, plutôt que le roi de Reth.

— Que fait-il, s'enquit Myr, laissant sa torche crépiter sur le sol en pierre où, sans rien à brûler, elle finirait par s'éteindre.

Loup ne lisait pas. Il avait débarrassé la table de tout ce qui l'encombrait, à l'exception d'une collection de pots en argile remplis de poudres diverses. Quand Aralorn l'avait rejoint, Loup était déjà occupé à broyer des mélanges de feuilles dans un mortier.

Elle salua Myr de la main avec nonchalance, sans pour autant distraire son attention, focalisée sur les faits et gestes de Loup.

— Il pense avoir découvert un moyen de canaliser le sort. Nous l'essaierons dehors une fois qu'il aura terminé. Qui sait ce qui arriverait s'il le lançait ici avec tous ces grimoires, surtout que nous ignorons la portée de l'effet.

Elle agrippa le bras de Myr qui se préparait à s'approcher davantage.

— Il ne veut pas qu'on se trouve trop près, expliqua-t-elle.

Ils l'observèrent tous deux, fascinés, bien que ni elle ni Myr ne fussent capables de pratiquer ce type de magie ni même, sans doute, de comprendre ne fût-ce que la moitié de ce qu'il se passait. Loup tira une petite fiole du sac en cuir posé sur le bureau. Il l'ouvrit et versa un liquide laiteux dans la mixture poudreuse grise, qui devint une bouillie rouge et exhala un nuage de fumées nocives. Il revêtit son masque et sa cape, puis, sans prêter attention à son public, il recouvrit le pot et s'en saisit. Il empoigna une bouteille opaque et se dirigea vers une voie de sortie qui les conduirait directement dehors sans traverser les espaces habités. Aralorn et Myr lui emboîtèrent le pas.

— Les Terres Boréales restreignent la magie humaine. Le sort n'en sera-t-il pas affecté ? demanda Myr à Aralorn dans un murmure, mais Loup répondit à sa place.

— Non. Il s'agit d'un sort très simple. La seule difficulté consiste à canaliser son pouvoir. Il devrait bien fonctionner ici.

Il les mena à l'ancien camp dans la vallée, où personne ne risquerait de les interrompre. Aralorn se retrouva à porter les récipients tandis que Myr, sur les indications de Loup, traçait à grandes enjambées des cercles de plus en plus larges, jusqu'à ce que le sol ressemblât à une cible de tir à l'arc. Le terrain était boueux à cause de la neige tombée la veille, qui avait fondu et gardait la trace des pas de Myr.

Loup disparut dans les sous-bois, puis réapparut, une poignée de petits cailloux dans les mains. Il en disposa quelques-uns dans chaque anneau que Myr avait dessiné avec les pieds, même si « disposer » n'était peut-être pas le terme adéquat, car ils flottaient au-dessus du sol à hauteur des genoux.

— Ce sort ne devrait pas être particulièrement puissant, dit Loup. Si je parviens à le faire fonctionner comme il faut, il n'aura pas à l'être. Si l'ae'Magi ne sait pas à quoi s'attendre, alors il ne pourra pas le contrer. Il me sera surtout utile pour déstabiliser mon ennemi, l'étourdir assez longtemps pour que notre bataille se livre par des méthodes ordinaires et non magiques. Aralorn, reste derrière moi. Myr ne risque rien, mais j'ignore l'effet que ça pourrait avoir sur une changeforme.

— Si je suis derrière toi, je ne verrai pas ce qui se passe, se lamenta Aralorn. Et si je me tenais plus loin, près de l'ancien foyer ?

Ce dernier était situé assez loin sur le côté, à quelques pieds de la cible dessinée par Myr.

— Bien, rétorqua Loup. Le sort devrait suivre une ligne droite et avoir une portée limitée.

Il s'assit sur le sol froid au milieu du cercle central.

— Quel âge a l'ae'Magi ? questionna Aralorn depuis sa position.

Loup haussa les épaules avec élégance et lui adressa un semblant de sourire.

— Tu ne pourras pas détruire l'ae'Magi de la même façon qu'Iveress a tué son maître. Il était malade et à l'agonie, seule la magie le gardait en vie. Pour autant que je sache, l'ae'Magi n'a pas un pied dans la tombe, aussi malheureux que ce soit. Du moins, pas du fait d'une maladie.

— Quelles sont nos chances si le sort fonctionne comme il est supposé ? demanda Myr. Seras-tu capable de le vaincre ? Je l'ai vu se battre.

Loup haussa les épaules.

— Si je le prends par surprise, je dirais cinquante-cinquante. Quand j'étais plus jeune, nous nous entraînions souvent ensemble et il m'arrivait parfois de gagner. Ce sortilège nous offre une opportunité, mais ça s'arrête là. Si l'ae'Magi le reconnaît, il pourra le contrer sans difficulté. Ce qui nous laissera la magie comme seule arme.

Il regarda Aralorn.

— J'ai appris des choses sur mes capacités qu'il ignore. Cela dit, sur le terrain magique, il me surpassera toujours. Sans magie, au moins, il nous reste une possibilité de le tuer. Peut-être.

Personne, y compris Aralorn, n'aurait pu déceler à sa voix ce qu'il ressentait à ce propos.

Aralorn et Myr le regardèrent vider le contenu de la bouteille dans le pot. Il compta jusqu'à dix, puis versa la mixture sur le sol devant lui, où elle forma une étincelante flaque violette agrémentée de tourbillons noirs. Il y trempa son doigt et, à l'aide du liquide, dessina plusieurs symboles dans les airs. Avec docilité, la substance pourpre demeura suspendue comme sur un mur invisible. Loup réitéra la procédure de la main gauche.

Il ramassa la flaque. Elle ondulait et suintait, sans jamais s'échapper de ses paumes. Il la souleva devant son visage, puis souffla dessus avec délicatesse.

La douleur frappa Aralorn si fort qu'elle tomba à genoux. Elle lutta un moment pour rester consciente, mais finit par heurter le sol sans même s'en rendre compte.

Lorsqu'elle reprit connaissance, elle sentit la cuisse de Loup qui pressait avec force en dessous de son oreille.

— Je ne sais pas, dit Loup d'un air fort déplaisant.

Elle cligna des yeux avec précaution, et quand sa tête ne se décrocha pas de son corps, elle se redressa.

— Bien, rétorqua-t-elle à l'attention de Loup. Je vais bien. C'est ma faute.

Tandis qu'elle se relevait, elle se repassa la scène. Bien que rectiligne, le sort avait décrit un aller-retour au lieu de suivre la trajectoire d'une flèche perdue. Il avait percuté les galets en lévitation en traçant un large triangle avec Loup au sommet. Les cailloux disposés de part et d'autre flottaient toujours, mais tous ceux à plus de deux pieds de lui étaient par terre.

Elle s'était tenue sur le bord de sa trajectoire, mais vraisemblablement, le foyer s'était trouvé encore trop près.

— Combien de temps suis-je restée inconsciente ? demanda-t-elle, constatant que ses oreilles bourdonnaient et qu'elle avait du mal à garder l'équilibre.

Même assise par terre, le haut de son corps luttait pour ne pas vaciller. Une main fort peu délicate la repoussa contre le sol, puis Loup lui répondit :

— Pas longtemps.

— Comment te sens-tu ? s'enquit Myr, l'inquiétude apparente dans sa voix.

— Comme si toute l'armée de mercenaires de Sianim venait de me piétiner la tête.

Elle ferma les paupières et s'autorisa à se délecter de leur sollicitude. Elle adorait qu'on lui manifeste de la compassion.

— Pas trop mal, alors ! rétorqua Myr, avec un évident soulagement.

— Ça pourrait être pire, mais ce n'est pas drôle pour autant.

Aralorn estima que son mal de crâne avait suffisamment diminué pour ouvrir de nouveau les yeux.

— Essaie de puiser dans ta magie, dit Loup avec sérieux.

Elle aurait volontiers gémi en guise de réponse, mais la main posée sur son épaule tremblait un peu. Par égard pour Loup, elle invoqua une simple lumière dans sa paume, qu'elle libéra aussitôt.

— Loup, s'enquit Myr, crois-tu que l'ae'Magi te laissera aller jusqu'au bout ? Ton charme semble nécessiter une certaine préparation.

— Ce sera inutile, répondit Loup, qui se détendit, adossé contre le mur de l'ancienne cuisine de Haris. (Il laissa courir son pouce le long de sa clavicule, puis s'immobilisa.) Avec un sort aussi élémentaire, l'effet sera assez facile à recréer.

La quantité de mots qu'il employait pour préciser sa pensée à Myr témoignait davantage de son soulagement.

— Une fois que j'ai visualisé le motif dans lequel projeter la magie, expliqua-t-il, je n'ai plus besoin des éléments physiques. En vérité, ce sort ne peut être que la création d'un débutant. Prenez les ingrédients les plus communs utilisés dans les préparations magiques, mélangez-les, ajoutez les cinq premiers symboles enseignés en magie, puis soufflez. Et pouf : un sort instantané ! Ce qui est vraiment incroyable, c'est qu'il n'ait pas explosé à la figure de l'apprenti. Moi, ça m'a frôlé de près. (Il tapota les nez d'Aralorn pour appuyer son propos.) La prochaine fois que je te demande de rester derrière moi, tu m'écoutes.

— Et maintenant ? demanda Myr

Loup ôta son masque avec lassitude. Dans l'éclatante lumière du soleil hivernal, Aralorn constata que la tension accumulée au cours des derniers jours se reflétait dans les fines ridules et les ombres noires qui cernaient ses yeux d'or.

— Maintenant, je prends d'assaut le palais de l'ae'Magi et le provoque en duel. Sur quoi, il engage un combat épique digne des meilleurs récits d'Aralorn. Ensuite, soit je gagne et entre dans l'histoire comme l'infâme scélérat qui a anéanti le bon magicien, son père ; soit je perds, termina Loup d'une voix empreinte d'ironie et de détachement.

— Et si c'est lui qui triomphe, que se passe-t-il ? (Aralorn l'interpella depuis sa position allongée, sans manifester la moindre intention de bouger.) Quel est son but à la fin ? Pourquoi tient-il à ce que tout le monde l'aime ?

Tandis qu'il lui répondait, Loup jouait avec une des mèches qui s'était échappée de la tresse d'Aralorn.

— Tu m'avais déjà posé cette question par le passé. À présent, je crois connaître la réponse.

Myr s'assit aux côtés de Loup.

— Quoi ? Le pouvoir ?

— C'est ce que j'avais pensé, au début, avoua Loup. Peut-être même que cette réponse était correcte à un moment donné. Quand j'étais son apprenti, il semblait en effet rechercher l'omnipotence. Il pouvait se lier à moi et utiliser le pouvoir que je rassemblais pour son propre bénéfice. Tout comme il se sert aujourd'hui, je présume, de la magie libérée par la mort des enfants qu'il tue. Mais il y a eu un incident qui l'a effrayé.

Pour Myr, Loup expliqua en deux mots comment il avait détruit le donjon.

Myr poussa un sifflement.

— C'était toi ? J'avais entendu cette histoire, je ne savais plus qui me l'avait racontée. La tour ressemblait, paraît-il, à un cierge que l'on aurait oublié d'éteindre. On aurait dit que les blocs de pierre avaient fondu.

Loup acquiesça.

— Après cet accident, il a essayé d'user de sorts de domination sur moi. Je suis parti avant qu'il réussisse. Mais ce qui m'a surpris, c'est qu'il a poursuivi ses tentatives pour me ramener sous son emprise. Il me pourchasse depuis longtemps.

Il baissa la tête vers Aralorn.

— S'il avait simplement voulu me tuer, il y serait parvenu sans trop de difficultés. Ou du moins, il n'aurait pas été loin d'y arriver. S'il ne souhaitait qu'accaparer mon pouvoir, alors il aura perdu plus d'énergie à s'efforcer de me retrouver qu'il ne pourra jamais m'en soutirer. Je suis plus fort que la plupart des magiciens, mais Seigneur Kisrah est très puissant, lui aussi, et l'ae'Magi n'a jamais cherché à puiser dans sa magie. Celle qu'il reçoit des enfants qu'il assassine est sans doute plus importante que celle qu'il m'arracherait, car mes défenses sont plus solides.

— La vengeance, dans ce cas ? suggéra Myr. Parce qu'il pensait te dominer et que tu lui as échappé ?

— C'est aussi ce que je croyais, répondit Loup, jusqu'à ce qu'Aralorn m'apprenne que, d'après elle, j'étais à moitié changeforme et que ma force provenait en partie de la magie verte.

Myr tressauta.

— L'es-tu ? C'est pour ça que tu éprouves si peu de difficultés à te transformer en loup. Je me disais bien que c'était inhabituel.

Loup acquiesça.

— J'utilise en grande partie de la magie humaine. Depuis que j'ai découvert que je pouvais la façonner, j'essaie de travailler avec la magie verte. Elle est limitée par des règles beaucoup plus rigides, ce dont je n'ai pas l'habitude. C'est pourquoi, hormis pour les métamorphoses, je trouve qu'elle reste plus difficile à manier. Cela dit, elle constitue pour moi un atout face à l'ae'Magi.

Loup marqua une pause avant de reprendre.

— La question demeure : que désire l'ae'Magi de moi ? Il est darranien et je conçois que l'animalité d'une relation sexuelle avec une changeforme ait pu le séduire, mais il n'est pas du genre à prendre sous son aile le fruit de cette union pour l'élever comme son propre enfant. C'est du moins ce que je pensais jusqu'à ce que je me rende compte qu'il convoitait, peut-être, la magie verte. La magie verte que je n'avais jamais utilisée, jusqu'au jour où j'ai perdu le contrôle.

— Mais pourquoi la magie verte ? s'enquit Myr. Je ne peux imaginer qu'il accorde autant de valeur à la métamorphose.

— La guérison, dit Aralorn tout bas, pour ménager son cœur qu'elle sentait battre dans sa poitrine, car l'idée vers laquelle les orientait Loup la terrifiait.

Loup hocha la tête.

— Exactement. Comme tu me l'as appris, Aralorn, un changeforme peut se soigner jusqu'à devenir quasi immortel. À mon avis, le but de l'ae'Magi est de rétablir le lien qu'il entretenait avec moi pour se servir de la magie verte afin de s'octroyer l'immortalité. Et le temps qu'il y parvienne, rien ne l'empêche de recourir à la magie traditionnelle pour vaincre les problèmes du vieillissement, sans pour autant lui permettre de rajeunir.

— Aucun intérêt à dominer le monde si les jours nous sont comptés, conclut Myr.

— Tout à fait, lui concéda Loup. Un autre indice m'a mis la puce à l'oreille. Aucun de vous n'a connu les uriah tels qu'ils étaient plusieurs années auparavant. Je me trouvais dans le palais de l'ae'Magi lorsqu'il a créé ses premiers spécimens grâce à un sort qu'il avait inventé. Les uriah que j'ai pu voir à l'époque fonctionnaient à peine. Un chien comprendrait mieux qu'eux ce qu'on lui ordonne ! Désormais, à en croire Aralorn, il en possède certains qui arrivent même à garder en mémoire les souvenirs de la personne qu'ils ont été de leur vivant.

— Les uriah des contrées marécageuses ont été engendrés pendant la Guerre des Sorciers ; ils sont presque immortels, remarqua Aralorn.

Loup acquiesça.

— Le temps n'a pas d'emprise sur eux. Si l'ae'Magi réussissait à les embellir un peu, il deviendrait sans doute l'un des leurs.

Myr dit avec sobriété :

— Je ne pense pas qu'il ait jamais songé à se transformer en uriah. Je le connais depuis longtemps, moi aussi. Jamais il ne se changerait en une créature esclave, par nature, de son besoin de nourriture, et ce, peu importe son apparence. Si un uriah retient la majeure partie de sa personnalité, alors pourquoi n'en serait-il pas de même de sa capacité à pratiquer la magie ? Et s'il voulait te tuer, Loup, pour faire de toi l'un de ses uriah, soumis à ses ordres, mais aussi puissant qu'avant ?

— Oh ! quelle charmante pensée ! s'exclama Aralorn.

Le visage impassible, Loup considéra le commentaire de Myr.

— Cela ne m'avait pas traversé l'esprit. Je vais devoir veiller à ce que ça ne se produise pas, hmm ?

Un silence de plomb s'abattit sur eux, puis Aralorn lança d'une voix enjouée :

— À propos d'uriah, vous vous rendez compte du bazar qu'on devra nettoyer une fois que l'ae'Magi sera mort et qu'on se retrouvera avec plusieurs centaines d'uriah sans maître errant dans le paysage ? Voilà qui profitera aux coffres-forts de Sianim !

Loup travailla à son sort pendant des jours, jusqu'à ce qu'il parvînt à mieux le diriger, mais sa force variait de façon considérable. Il maugréa et finit par retourner mélanger diverses poudres, mais la potion refusait de se stabiliser. Il informa Aralorn qu'il devait essayer des herbes différentes susceptibles de raffiner la réaction. Comme il lui en manquait quelques-unes, il prit la route des commerces du sud.

Le soleil déclinait et le soir descendait, nimbant de rouge les cimes des montagnes. Sur son rocher, près de la bouche de la grotte, Aralorn s'agitait avec satisfaction. Quelques jours auparavant, quelqu'un avait déniché un immense fourré rempli de baies et ils avaient passé la majeure partie de ces deux jours à récolter le butin. Haris en avait rajouté dans toutes ses préparations, et aujourd'hui, il était même parvenu à cuire plusieurs tartes. Vu qu'il disposait comme unique moyen de cuisson d'une simple grille posée à même l'âtre, il avait sans doute eu recours à la magie, mais personne n'allait s'en plaindre.

Aralorn termina de se lécher les doigts pour en ôter le résidu sirupeux et promena un regard engourdi sur la paroi de la falaise. Du coin de l'œil, elle remarqua quelque chose : une ombre dans le ciel vespéral, qui s'évapora à peine l'eut-elle entraperçue. Elle se leva d'un bond et s'éloigna de l'escarpement, essayant de deviner ce qu'elle avait bien pu voir tandis qu'elle donnait l'alerte.

Les quatre ou cinq personnes qui s'affairaient non loin, occupées à diverses corvées, se précipitèrent vers l'entrée en courant. Stanis et Tobin remontaient la piste depuis la vallée avec une charrette tirée par un âne, chargée de bois pour le feu. Bien qu'ils eussent entendu le signal, eux aussi, ils ne pouvaient presser le pas à cause de l'âne et ils n'étaient pas disposés à abandonner le fruit de leur labeur.

Aralorn leur jeta un coup d'œil distrait, avant de se tourner de nouveau vers la falaise, juste à temps pour contempler l'envol du dragon. Si elle n'avait pas saisi le moment où il s'était élancé, elle ne l'aurait sans doute pas remarqué, car il utilisait la magie pour changer la couleur de ses écailles afin qu'elles se fondent dans le ciel crépusculaire. Aralorn se précipita vers Stanis et Tobin aussi vite que possible. Lorsqu'ils l'aperçurent, ils abandonnèrent l'âne et se mirent à courir à leur tour. Comme elle s'approchait d'eux, l'ombre au sol lui confirma que le dragon les survolait. Elle plaqua les deux garçons face contre terre, à la manière d'un lutteur, et sentit les griffes acérées tel un rasoir lui frôler le dos presque avec douceur.

La bête poussa un sifflement de déception, ou bien d'amusement, et se dirigea vers l'âne qu'il tua d'un désinvolte coup de queue. Tandis qu'il dévorait sa proie, il observait d'un air indolent Aralorn qui mena les enfants jusqu'à la grotte et tint la garde devant l'entrée.

Elle croisa son regard et sut que son épée n'était pas de taille à accomplir cette tâche, eût-elle été plus douée pour la manier. Elle espérait néanmoins que les runes qui avaient maintenu les uriah à distance fonctionneraient de même pour le dragon, mais ces derniers étaient censés être des créatures nées de la magie et du feu.

Elle entendit des bruits de pas derrière elle, suivis de l'exclamation de Myr lorsqu'il aperçut le monstre. Il dégaina la lame de son grand-père, qu'il brandit, prêt à attaquer. Aralorn nota avec amusement que l'épée du roi, beaucoup plus grande que la sienne, constituait un obstacle bien plus convaincant

— À ton avis, quelle est la taille de cette bête ? s'enquit Myr dans un murmure.

— Moins grande qu'elle en avait l'air quand elle volait au-dessus de ma tête, mais assez tout de même pour m'ôter l'envie de l'affronter, chuchota Aralorn en retour.

Le dragon s'arrêta de manger pour les regarder et sourit ; un spectacle des plus impressionnants, presque aussi intimidant que Loup.

Myr se raidit.

— Il nous comprend.

Aralorn opina du chef malgré elle.

— Eh bien, quitte à mourir, mieux vaut périr avec grandeur entre les griffes d'un dragon, je suppose ; avec en prime deux ou trois chants à ta gloire. Mais réfléchissez, personne n'a vu de dragon depuis des siècles, nous sommes les premiers.

— Il est magnifique ! s'exclama Myr.

Comme pour confirmer son commentaire, une vague pourpre ondula le long des squames bleues du majestueux lézard.

— Admirez ce changement de couleurs ! ajouta Aralorn. Ce doit être de la magie. S'il le désire, il peut devenir invisible. Ce qui rendrait tout affrontement encore plus difficile.

— C'est à se demander pourquoi ils n'en existent plus beaucoup, n'est-ce pas ? souligna Myr.

Une fois qu'il en eut terminé avec l'âne, le dragon se releva et s'étira. Des reflets multicolores dansèrent sur ses écailles céruléennes. Seules ses dents, ses griffes et les pointes crochues sur les bords de ses ailes demeurèrent noires. Quand il eut fini, il se dirigea avec une certaine décontraction vers la bouche de la grotte.

Myr quitta la maigre protection offerte par l'entrée et marcha vers la lumière qui déclinait. Aralorn lui emboîta le pas. Un détail chez lui sembla retenir l'intérêt du reptile : il s'arrêta, tendit son long cou de cygne bien droit et avança vers eux son élégante gueule. Des yeux brillants, semblables à des pierres précieuses, chatoyèrent de vert, puis d'or. Soudain, il ouvrit la gueule et cracha une flamme en direction de Myr. Il visa si juste qu'Aralorn ne fut pas brûlée, même si depuis sa position, il lui suffisait d'allonger le bras pour toucher Myr.

Comme ce dernier était immunisé contre la magie, il demeura indemne (mais on ne pouvait pas en dire autant de ses vêtements). Il brandissait son épée d'une main ferme, même s'il l'étreignait avec plus de force que nécessaire. Le roi de Reth n'était pas un pleutre. Un sourire triste et approbateur se dessina sur le visage d'Aralorn.

Le dragon recula sa tête et articula dans un rethien qu'Aralorn ressentit autant qu'elle l'entendit :

— Foi de dragon, tu es à des lieues de ta cour. Pourquoi viens-tu m'importuner ?

Myr, vêtu d'à peine plus que des lambeaux de toile et de cuir, parvint toutefois à arborer une posture aussi majestueuse et digne que celle du dragon.

— Veuillez nous pardonner si nous vous dérangeons. Nous ne vous cherchons point querelle.

Le dragon émit un son amusé.

— Loin de moi cette idée, petit prince.

— Roi, rectifia Aralorn, estimant que le mépris qu'affichait le monstre pouvait devenir dangereux.

— Comment ? s'exclama ce dernier, son intonation s'adoucit d'une manière étudiée pour donner la chair de poule aux plus timorés.

— Il est roi de Reth et non prince, rétorqua Aralorn d'une voix égale en croisant le regard du dragon.

Il se retourna vers Myr et dit sur un ton amusé :

— Mes excuses, Seigneur Roi. Il semblerait que je t'ai offensé.

Myr inclina la tête.

— Je les accepte, dragon. Sachez que nous vous savons gré d'avoir fait fuir les uriah envoyés par mon ennemi.

Le dragon éleva la tête dans un sifflement et ses yeux se teintèrent d'une nuance écarlate.

— L'ae'Magi est ton ennemi ?

— Oui, répondit Myr avec méfiance, sentiment partagé par Aralorn.

Le dragon demeura silencieux, à l'évidence abîmé dans ses réflexions, avant de déclarer :

— La dette qui lie ma race à ta lignée est ancienne et affaiblie, même selon nos critères. Il y a fort longtemps, un humain sauva un œuf qui renfermait une reine, un acte pour lequel nous lui fûmes reconnaissants, car déjà à l'époque nous étions peu nombreux. Pour cela, lui et son sang furent bénis de sorte que la magie ne les terrorise jamais. Pour ce fait commis par le passé, je t'ai laissé, toi et tes compagnons, en paix.

» Il y a de cela plusieurs siècles, comme le préconise l'usage chez les miens, je choisis une grotte pour dormir, dans l'attente de l'arrivée de ma femelle. J'en adoptai une située en dessous du palais de l'ae'Magi, dans les profondeurs, là où je ne risquais pas d'être découvert. Les dragons sont des créatures magiques à nulles autres pareilles. Nous vivons et respirons la magie, et sans elle nous ne pouvons exister.

» Je fus réveillé par une douleur atroce qui m'arracha à ma caverne et me conduisit sur les Terres Boréales. L'ae'Magi corrompt la magie, il la lie à lui jusqu'à ce qu'il ne reste rien, si ce n'est ce qui est perverti et souillé par les âmes des morts. Son château est cerné par des protections et je ne peux les franchir. Le pouvoir qu'il détient sur la magie est si puissant que si je me hasardais à l'attaquer, il est fort possible qu'il parviendrait à me soumettre. C'est un risque que je ne peux courir. Mis à part l'œuf qui demeure caché de tous, je suis le dernier de mon espèce. Si je meurs, ma race s'éteindra.

Il étendit les ailes avec nervosité.

— Roi, dit-il enfin, ton épée est nouvelle, mais son pommeau est plus ancien que ton royaume et symbolise le serment juré à ta lignée. Si jamais je peux t'aider sans avoir à affronter l'ae'Magi directement, plonge ta lame dans la terre, frotte de tes mains les yeux rubis du dragon sur la poignée et prononce mon nom.

Aralorn n'entendit que le bruissement du vent lorsque le dragon le révéla à Myr. Puis, dans la lueur du crépuscule qui s'installait, il se dressa sur ses pattes arrière et déploya ses ailes, dont il changea la couleur en un orange doré qui irradiait de sa propre lumière. Il s'envola sans un bruit et disparut dans les airs sans laisser la moindre trace.

— Splendide, n'est-ce pas ?

La voix rocailleuse et familière de Loup provenait de derrière, entre Aralorn et Myr. Tous deux sursautèrent, ce qui ne manqua pas de le rassurer.

Les herbes que Loup avait rapportées fonctionnèrent bien mieux. Une fois le sort façonné comme il le désirait, il commença à s'entraîner sans support jusqu'à ce qu'il parvînt à le diriger sans effort. Quand il fut capable de faire tomber les pierres ensorcelées selon le motif sélectionné, il s'adressa à Myr lors du dîner.

— J'ai ce qu'il faut pour affronter l'ae'Magi. Je partirai demain pour son palais.

— Tu n'iras pas seul, rétorqua Myr. C'est aussi mon combat. Il a assassiné mes parents pour poursuivre ses projets. Il te faudra quelqu'un pour assurer tes arrières.

Loup secoua la tête.

— Tu es trop précieux pour ton peuple pour risquer ainsi ta vie. Si tu meurs, il ne restera personne pour gouverner Reth. Si je péris, ton immunité contre la magie pourrait bien se révéler l'ultime arme contre l'ae'Magi.

— Loup a raison, acquiesça Aralorn, tout comme Myr. Loup, tu ne devras pas seulement défier l'ae'Magi. Il possède un sacré assortiment d'animaux de compagnie. Ses uriah t'épuiseront avant même que tu n'atteignes l'ae'Magi.

Loup fronça des sourcils.

— Je sais comment éviter la plupart de ses monstres. L'ae'Magi veillera à ce qu'aucun d'eux ne me tue. Même s'il souhaitait ma mort, il voudrait m'achever de ses mains. Si quelqu'un m'accompagne, je devrai me soucier de lui et toujours l'avoir à l'œil, ce qui constituera un handicap plutôt qu'un atout. Je partirai à l'aube.

Il pivota sur un talon, puis s'éloigna, sans finir son dîner ni laisser à quiconque l'occasion d'argumenter davantage.

Aralorn termina son rouleau, plongée dans ses pensées. S'il croyait qu'elle allait renoncer aussi facilement, il ne la connaissait pas du tout.

Cette nuit-là, alors qu'Aralorn somnolait à moitié sur la banquette de la bibliothèque – si elle dormait, elle risquait de rater le départ de Loup –, elle entendit tout près une voix de femme qu'elle ne connaissait pas.

— Je suis inquiète, dit l'étrangère. Leur plan comporte tellement de risques. Beaucoup de choses peuvent mal tourner. Pourvu qu'ils se montrent prudents !

— J'ai fait de mon mieux.

Aralorn reconnut le Vieil Homme. Il semblait un brin irritable.

— Cela ne dépend plus que d'eux, reprit la femme de sa voix délicate qui lui fit l'effet d'un baume. Elle l'a guéri, cela suffira peut-être à sa victoire. Pourrais-tu, quand même, leur fournir un indice précis ?

— Non. Cela ne nous concerne pas. Tant qu'il te laisse tranquille, je me fiche de ce que peut bien faire l'ae'Magi.

Il y avait quelque chose d'étrange dans son inflexion ; on aurait cru entendre un enfant plutôt qu'un adulte.

— Tu sais que c'est faux, mon amour. (À en juger par son intonation, elle devait être en train d'agiter son index devant lui comme un métronome.) Qui a conduit ici ce jeune loup à la recherche d'un abri ? Qui a rassemblé tous ces gens qui désiraient échapper à la fureur de l'Archimage ? Ce n'est pas moi.

— Je m'en suis déjà trop mêlé. (La voix du vieux changeforme semblait tout à fait lucide pour le moment.) Mon temps est révolu. J'aurais dû m'éteindre avec toi, Lys. Ce n'est pas normal d'être un fantôme sans être mort. Si je leur disais quoi faire, cela pourrait faire plus de mal que de bien. Je crains de t'avoir laissée m'entraîner beaucoup trop loin.

Il marqua une pause avant de reprendre non sans résignation :

— Oh ! bon ! Une dernière fois alors. Elle nous écoute, n'est-ce pas ?

— Tu me connais si bien, mon amour, répondit-elle. Oui.

Le Vieil Homme parla si près de l'oreille d'Aralorn qu'elle put sentir son souffle.

— Fille de la lignée de mon frère, tu dois l'accompagner au palais de l'ae'Magi. N'oublie pas d'emporter ce qui t'appartient.

Aralorn ressentit la caresse d'une main sur sa joue, puis perçut le bruissement de l'air qui signalait le départ du changeforme.

Lorsqu'ils l'eurent quittée, elle s'assit et d'un geste invoqua la lumière.

— Alors, on entend des voix, maintenant ? railla-t-elle. C'est triste à dire, Aralorn, mais tu as perdu la raison, et pour de bon ! Ça tombe bien pour la suite des aventures, cela dit. Seule une personne insensée retournerait trois fois au château de l'ae'Magi. Une visite, c'était suffisant, la deuxième était déjà de trop, mais je sens que la troisième se profile à l'horizon.

Elle secoua la tête d'un faux air de dégoût. Comme elle n'arriverait plus à dormir, elle se leva, s'arma de ses couteaux et commença à s'étirer. Son échauffement terminé, elle savait comment s'arranger pour accompagner Loup.

Avant que le premier rayon de l'aube ne perçât le flanc de la montagne, elle se faufila à quatre pattes et se laissa guider par le sort de pistage qu'elle avait disposé sous la botte gauche de Loup deux semaines plus tôt. Il la mena jusqu'à la crypte qu'il habitait. Elle ne s'y était jamais trouvée, et devant l'occasion qui se présentait à elle de voir son mystérieux magicien sous un jour différent, elle s'octroya un instant pour dévier de l'objectif fixé. Une petite boule de lumière éclairait l'antre qui, sinon, aurait été plongé dans l'obscurité totale et naturelle de la grotte. Loup était couché, dos contre elle, sur un lit de camp placé tout au bout de la pièce.

Bien qu'elle fût spartiate et immaculée, la forte odeur signalait à Aralorn que Loup l'occupait depuis un bon moment, bien avant l'arrivée de Myr sur les Terres Boréales plusieurs mois auparavant. Être une souris offrait certains avantages.

Fascinée, elle arpenta le lieu et remarqua que sous l'apparente simplicité se dissimulaient des touches discrètes qui témoignaient d'un goût minutieux pour la beauté : un morceau de roche qui dépassait du sol avait été poli jusqu'à scintiller de mille feux ; un grand récipient en verre transparent avait été disposé dans un coin sûr ; les frêles brisures qui le traversaient comme une toile d'araignée étincelaient même dans la pénombre.

Loup s'agita dans son lit avec nervosité. Aralorn s'assura qu'il dormait toujours avant de se glisser dans le sac déposé de façon tout à fait inappropriée près de l'entrée, jugeant que s'il n'avait pas compté l'emporter, il l'aurait sans doute rangé ailleurs.

Elle s'installa confortablement au milieu des objets divers et resta immobile. Elle n'eut pas à attendre longtemps. Même s'il avait annoncé qu'il partirait à la première lueur de l'aube, elle ne fut guère surprise qu'il prît la route bien plus tôt. Aralorn et Myr lui avaient exposé sans ambages le peu d'enthousiasme que suscitait sa décision de partir affronter l'ae'Magi tout seul.

Au grand soulagement d'Aralorn, avant son départ, Loup passa le sac par-dessus son épaule. Elle n'avait pas vraiment réfléchi à ce qu'elle aurait fait s'il l'avait laissé.

Elle sentit arriver les vertiges, assortis du vrombissement caractéristique qui signalait le saut magique d'un endroit à l'autre. Quand la sensation se dissipa, elle s'efforça de grimper pour se trouver une position plus sûre, afin d'éviter de se retrouver écrabouillée par le contenu de la besace qui semblait pour l'essentiel constitué d'objets contondants et anguleux. Même sous sa forme humaine, Loup préférait toujours cavaler comme un forcené.

Il devait être parvenu à un point situé à quelques lieues du château, car il avait couru pendant un long moment. Bosselée et meurtrie, Aralorn commençait à regretter de n'avoir pas élaboré un meilleur stratagème pour l'accompagner.

Lorsque Loup ouvrit le sac, la première chose qu'il vit fut une petite souris grise, tout ébouriffée, qui le fusilla d'un regard plein de reproches avant de s'écrier :

— Ça t'aurait tué d'emballer quelque chose de moelleux, comme une chemise par exemple ?

Il aurait dû être surpris. Ou fâché. Au lieu de quoi, il constata qu'il était, bien que ce fût absurde, reconnaissant.

Il la prit dans la main pour la sortir de là et la tint à hauteur de ses yeux au creux de sa paume.

— Celui qui s'invite sans être convié n'a pas le droit de se plaindre du confort des prestations.

— Ciel ! s'exclama la souris d'une voix choquée. J'espère que je ne m'impose pas.

Il ôta son masque d'argent et s'assit par terre jambes croisées, veillant à ne pas la faire tomber de son perchoir.

— Je présume que tu ne rentreras pas, me trompé-je ? Je suppose aussi qu'il te sera venu à l'esprit à quel point il sera facile pour l'ae'Magi de t'utiliser contre moi.

Elle courut le long de son bras et se tint en équilibre un instant sur son épaule.

— Oui, répondit-elle en se nettoyant les moustaches. Tout comme il m'est venu à l'esprit que mon loup s'en allait tout seul tuer son géniteur. Certes, il n'a rien d'un père traditionnel, mais je ne pense pas que cela te soit aussi aisé que tu essaies de le faire croire à tout le monde.

Elle hésita une minute avant de poursuivre.

— Je le connais. Je sais comment il peut déformer les choses jusqu'à ce que le noir paraisse blanc. Son pouvoir est terrifiant, mais moins dangereux que sa capacité à manipuler les pensées par les mots. Je ne suis restée près de lui qu'un court moment, mais toi, il t'a élevé. À mon avis, le fait de t'exposer ne te rend pas invulnérable, au contraire. Peut-être que si tu avais quelqu'un à tes côtés, ce serait plus facile.

Loup demeura immobile. Il ne voulait pas faire ça tout seul, mais il souhaitait encore moins la voir blessée, voire pire. Aralorn sauta brusquement à terre.

— Je ne pourrais pas continuer à vivre si quelque chose t'arrivait et que je ne me trouvais pas auprès de toi. (Elle haussa les épaules avant de remuer les moustaches.) En plus, pourquoi serais-tu le seul à t'amuser ? Il ne verra qu'une souris, si tant est qu'il regarde.

Il voulait la renvoyer, pas seulement pour sa sécurité, mais parce qu'il ne souhaitait pas qu'elle sache celui qu'il était avant, même s'il avait essayé de le lui raconter de son mieux. Les sentiments qu'elle faisait affleurer en lui étaient si douloureux et troublants. C'était tellement plus simple quand il ne ressentait rien, ni douleur ni culpabilité. Ni désir.

Son père lui avait enseigné comment être ainsi. Quand Loup avait compris qu'il devenait le monstre que son père désirait faire de lui, l'impérieuse nécessité de s'échapper s'était emparée de lui. Tout était beaucoup plus facile quand il ne se souciait de rien, quand il n'était que le mage-pantin de son père. Beaucoup, beaucoup plus facile.

L'envie dévorante de retourner à ce qu'il avait abandonné le terrorisait. Seul quelqu'un qui avait été élevé entre ces murs pouvait appréhender la dépendance qu'entraînait une telle corruption. Aralorn avait raison. Il avait besoin d'elle pour l'empêcher de replonger dans ses anciens travers, de redevenir l'engin de son père. Le fait de savoir qu'elle l'observait suffirait peut-être à le rendre plus fort.

— Reste, conclut-il. Et il ne dit rien de plus.

Après avoir pris sa décision, il ne lui prêta plus attention. Il s'agenouilla pour vider le contenu de son sac à dos, une collection dépareillée de bocaux, qu'il organisa de façon ouvertement aléatoire. Il se déshabilla et entreprit un rituel de purification avec l'eau d'un ruisseau qui coulait non loin.

Aralorn le contempla pendant un moment, mais quand il commença à méditer, elle se mit à courir – les rongeurs marchaient rarement. Une fois hors de sa vue, là où elle ne risquait pas de nuire à sa concentration, elle se transforma pour reprendre sa forme habituelle.

Elle s'arrêta lorsqu'elle put apercevoir le château. Curieusement, elle se l'était toujours représenté avec des façades noires, comme il lui était apparu les deux fois où elle s'en était enfuie. Sous les rayons du soleil, il étincelait d'un gris perle, presque blanc. Elle parvenait, pour ainsi dire, à visualiser le preux chevalier sur son destrier cavalant pour terrasser le vil dragon. Elle espérait que dans cette histoire-ci, le dragon (accompagné de sa fidèle souris) vaincrait le chevalier.

Debout à côté d'un arbre, elle étreignit l'écorce, puis colla sa joue contre la texture rugueuse et ferma les yeux comme pour nier la possibilité fort réelle que ce conte pouvait se terminer comme tous les autres : le chevalier vécut heureux et eut beaucoup d'enfants, et le dragon périt massacré.

Lorsque les ombres commencèrent à s'étirer dans le crépuscule, Aralorn – de nouveau changée en souris – se faufila jusqu'à Loup, assis, les paupières closes. L'ultime rai de lumière caressait avec une tendresse amoureuse son visage immaculé, fraîchement rasé. La vue de sa peau dépourvue de cicatrices détourna un instant son attention de sa nudité.

Aralorn réprima le frisson qui lui parcourut l'échine, consciente que si Loup la regardait à ce moment précis, ses yeux bien trop perçants discerneraient sans peine son anxiété. Être amoureuse d'un homme doté du même visage que celui qui hantait ses cauchemars la perturbait au plus haut point.

Mais bon, comme aurait dit sa belle-mère, au moins il était séduisant. Et sa beauté ne se limitait pas à son visage parfait.

La souris sauta avec insouciance sur sa jambe et s'empressa de remonter jusqu'à son épaule nue, ne pouvant s'empêcher d'éprouver un malin plaisir lorsqu'il tressauta de surprise. Quand il se retourna pour la fusiller du regard, elle l'embrassa sur le nez, avant de se mettre à nettoyer ses pattes avant avec méticulosité. Loup émit un son semblable à un rire et laissa courir un doigt le long de son échine, la caressant à rebrousse-poil. Elle le mordit – mais pas trop fort.

Il lissa son pelage et la déposa sur le sol afin de pouvoir se rhabiller. Elle remarqua qu'il ne s'agissait pas des vêtements qu'il avait ôtés. Elle le voyait pour la première fois dans un tel accoutrement. La couleur dominante était toujours le noir, mais l'étoffe était finement brodée de fils d'argent. La chemise était froncée pour un effet bouffant et retombait assez bas sur ses cuisses, ce qui n'était pas plus mal en définitive, car son pantalon le moulait de façon indécente – de hauteur de souris tout du moins. Elle constata le léger vacillement du tissu, qui sembla danser sous l'effet de la magie, et elle présuma que les habits qu'il portait étaient au magicien ce que l'armure était au guerrier.

Lorsqu'il fut habillé, il l'installa sur son épaule et se dirigea hors de la clairière comme un homme qui allait enfin atteindre son but tant convoité. Il s'adressa à elle tout en marchant :

— J'avais pensé l'affronter au sein même du château, mais il sert de foyer central à un tel afflux de magie que j'ignore comment ce sort pourrait affecter la bâtisse. Je suppose que la construction des anciens segments de l'immeuble repose, au moins en partie, sur la magie. Sans elle, ils risqueraient de s'effondrer sur nos têtes. Je ne sais pas pour toi, mais je me disais qu'il serait intéressant de survivre assez longtemps pour découvrir ce que les loyaux sujets de l'ae'Magi réservent à ses assassins. Si tant est, bien entendu, que nous arrivions jusque-là.

— Voilà un détail qui m'était sorti de l'esprit, rétorqua Aralorn de sa voix mi-douce mi-grinçante. (Sous forme de souris, elle ne pouvait pas faire mieux.) Ses sortilèges garderont-ils leur effet après sa mort ?

— Sans doute pas, mais les gens se souviendront de ce qu'ils ressentaient. Nous resterons à jamais les méchants de cette histoire.

D'un bond, Loup franchit sans peine un frêle ruisseau.

— Oh ! Tant mieux ! s'écria-t-elle, les pattes avant agrippées à lui avec fermeté. J'ai toujours voulu être une méchante.

— Heureux de vous satisfaire, ma dame souris.

— Euh, Loup ? s'enquit-elle.

— Hmm ?

— Si nous n'allons pas au château, où nous conduis-tu ?

— Eh bien, répondit-il, glissant sur un tronçon escarpé du sentier qu'il avait déterminé, quand j'habitais au palais, il avait coutume de sortir chaque nuit pour méditer. Il n'aimait pas rester à l'intérieur, car, affirmait-il, il y rencontrait des perturbations dues à des auras résiduelles : beaucoup d'hommes et de femmes imprégnés de magie avaient vécu et trépassé entre ces murs au cours du dernier millénaire. Il existe un endroit situé au sud des douves qu'il affectionne. S'il ne s'y rend pas ce soir, il ira certainement demain.

Aralorn s'assit sans faire de bruit, et songea à toutes les questions qui lui trottaient dans la tête et qu'elle n'aurait peut-être plus jamais l'occasion de lui poser.

— Loup ?

— Oui ?

— Ta voix, elle a toujours été comme ça ?

— Non.

Elle pensait qu'il n'en dirait pas davantage, lorsqu'il ajouta :

— Quand je me suis réveillé après avoir fait fondre une bonne partie de la tour (il désigna du doigt l'une des élégantes flèches qui s'arquaient dans le ciel vespéral), je découvris que j'avais crié si fort que j'avais endommagé mes cordes vocales. Cela m'est très utile quand je veux intimider quelqu'un.

— Loup, réitéra Aralorn, posant une patte sur son oreille, car ils se trouvaient sur un terrain plutôt lisse, au risque d'enfoncer des portes ouvertes, ce n'est pas ta voix qui effraie les gens. C'est peut-être lié au fait que d'un geste tu puisses réduire en cendres tous ceux qui t'agacent.

— Crois-tu que ça puisse avoir un rapport ? s'enquit-il comme s'il en avait cure. Je me l'étais toujours demandé. Après tout, je n'ai immolé personne depuis un moment.

Elle rit et contempla le château dont le noir contrastait avec les nuances plus claires des cieux. Elle éprouva le curieux sentiment que la bâtisse les observait. Elle savait qu'il n'en était rien, mais elle fut tout de même heureuse de n'être qu'une souris, d'autant plus qu'elle était une souris sur l'épaule de Loup. Elle s'inclina en douceur contre son cou.

Elle comprit qu'ils se trouvaient près de l'endroit mentionné par Loup, à en juger par la tension des muscles sur lesquels elle se tenait en équilibre. Une bourrasque impromptue porta à leurs narines l'odeur des douves qui recouvrit celles de la végétation. Elle déguisait presque un autre effluve qui chatouilla son odorat.

— Loup ! l'interpella Aralorn dans un chuchotement empressé. Uriah. Tu les sens ?

Il s'arrêta tout net, ses vêtements noirs l'aidèrent à se fondre dans le paysage. Son rituel de purification l'avait dépouillé de toute fragrance humaine qui aurait pu le trahir. Il n'exhalait que le parfum âpre-doux des plantes. Même un uriah ne pouvait pas traquer de nuit. Par conséquent, à moins qu'ils ne se fussent déjà fait repérer, ils ne risquaient rien pendant un moment. Loup déploya ses autres sens pour sonder les environs afin de localiser les uriah.

Ce ne fut pas difficile. Il fut d'ailleurs surpris de n'en avoir pas croisé un plus tôt. Son père, semblait-il, avait été fort occupé. Tout autour d'eux, les créatures aux aguets grouillaient.

Un jour, il avait observé une araignée dans sa toile. Fasciné, il avait essayé de deviner ce qu'elle imaginait à cet instant précis, tandis qu'elle attendait que sa proie s'emmêle dans ses fils aériens. Il ressentait la même chose face aux uriah. Il se demandait s'il était la victime de cette toile.

Il songea à faire demi-tour. Si l'ae'Magi savait qu'il se trouvait là, il vaudrait peut-être mieux revenir un autre jour. Après un instant d'hésitation, il haussa les épaules et poursuivit son chemin en faisant plus attention. L'ae'Magi connaissait assez bien son fils pour savoir qu'il finirait par venir ; dans un cas comme dans l'autre, une apparition surprise ne ferait aucune différence.

Aralorn enfonça son museau contre le pitoyable bouclier qu'offrait la chemise de Loup dans l'espoir d'étouffer la puanteur. En quelque sorte, c'était pire de devoir supporter l'odeur des uriah que leurs gémissements quand ils campaient devant l'entrée de la grotte. Entendre la voix de Talor, voir ses yeux sur la grotesque parodie humaine qui lui servait de corps, lui avait donné envie de vomir et de pleurer en même temps. Et c'était encore le cas.

Le temps qu'elle retrouve son sang-froid, Loup s'était arrêté une seconde fois. Il la déposa au sol et lui fit signe d'aller se cacher. Il hésita, puis adopta son habituelle forme lupine avant de se faufiler dans la clairière.

L'ae'Magi était assis par terre, immobile, les jambes et les bras en position classique de méditation. Les flammes d'un petit feu dansaient entre Loup et le magicien. La lune, tout juste levée, saisissait sans pitié les traits radieux de l'Archimage, révélant sa remarquable beauté. Les légères rides d'expression autour de ses yeux et son nez aquilin gravaient son tempérament. Ses paupières s'ouvrirent, ses pupilles apparurent noires dans l'obscurité, mais pas moins extraordinaires qu'en plein jour. Ses lèvres se retroussèrent en un sourire accueillant. Sa voix chaleureuse exprima le sentiment que traduisait le visage de l'ae'Magi.

— Mon fils, dit-il, tu es venu.

Chapitre 11

Si Loup voulait croire à ce sourire, Aralorn, assise à l'ombre des larges feuilles d'une plante, qui poussait comme par hasard tout près de l'ae'Magi, n'en discernait aucune trace. Bien entendu, elle n'était pas restée là où Loup l'avait laissée. Elle n'aurait rien vu.

Loup s'allongea et commença à se lécher les pattes avant de sa longue langue rose.

Le visage de l'ae'Magi se figea devant l'insulte sous-entendue, avant de se détendre en une expression chagrine.

— C'est toujours pareil avec toi. On te demande de marcher et tu cours, on t'implore d'arrêter et tu pars. Je n'aurais pas dû m'attendre à de joyeuses retrouvailles, mais j'en entretenais l'espoir. Te revoir me réchauffe le cœur.

Le loup, son fils, leva les yeux et rétorqua non sans impertinence :

— Ceci n'est pas un rendez-vous. Me prends-tu pour un imbécile ? Devrais-je revenir comme le fils prodigue, heureux de retrouver son père adoré ?

Préviens-moi quand tu en auras terminé avec tes beaux discours, qu'on puisse discuter.

Aralorn s'émerveilla de la réaction parfaite du magicien. Un soupçon de tragédie ombragea son visage, avant d'être aussitôt supplanté par un air de gaieté stoïque.

— Parlons donc, mon fils. Explique-moi pourquoi tu es revenu si ce n'est pas par amour pour ton père.

Quelque chose ne tournait pas rond, mais elle ne parvenait pas à deviner quoi. Était-ce ce que l'ae'Magi avait dit ? Ou bien ce qu'il avait fait ?

— Assieds-toi, je te prie.

De la main gauche, il lui indiqua une place à quelques pas de lui.

Aralorn assistait à un jeu de pouvoir. L'ae'Magi offrait poliment un siège à Loup et le faisait passer pour un enfant indiscipliné si ce dernier le refusait. S'il l'acceptait, Loup accédait à sa première requête, ce qui plaçait L'ae'Magi en position de force. Loup, qui ne paraissait pas du tout embarrassé, contrecarrait ses plans. Il ne fit aucun mouvement pour s'approcher de l'ae'Magi.

Tout l'effet tombe à plat sans spectateurs, pensa Aralorn. Hormis les uriah, se trouvait-il quelque auditoire dans les parages ?

— Ne compte pas sur moi pour entrer dans ton jeu, rétorqua Loup avec impatience. Je suis venu pour t'arrêter. Partout où je vais, je croise l'un de tes infâmes pantins. Tu m'importunes et je refuse de m'en accommoder.

Loup n'accentua pas ses mots ; son timbre, rocailleux et macabre, suffisait à évoquer la menace.

L'ae'Magi se leva et fit un léger pas sur sa gauche, afin que le feu ne constitue plus une barrière entre le loup et lui.

— Je suis navré de t'avoir causé du souci. Si j'avais su que la femme changeforme t'appartenait, jamais je ne l'aurais capturée. Elle a refusé de me parler de toi avant que nous en ayons terminé et je n'ai rien pu y faire. T'a-t-elle dit qu'elle avait pleuré quand je…

Il laissa sa voix s'évanouir.

Loup se redressa avec un grognement de rage et s'avança vers la silhouette. Soudain, Aralorn comprit ce qui la dérangeait chez l'ae'Magi. Il ne projetait aucune ombre à la lueur des flammes. Elle remarqua un autre détail : le chemin qu'avait emprunté Loup le conduisait à l'exact opposé de la place que lui avait désignée l'ae'Magi.

— Loup, stop ! hurla-t-elle à pleins poumons de souris, espérant qu'il lui prêtât attention. Il n'a pas d'ombre. C'est une illusion !

Loup s'arrêta, faisant taire les grondements bestiaux dans sa gorge. La voix d'Aralorn interrompit son accès de colère inopiné. Il fit alors ce qu'il aurait dû faire depuis le début. Il huma l'air et ne sentit que l'odeur putride des douves et des uriah. Pas le feu, ni l'humain.

Sans tenir compte du pseudo-ae'Magi, Aralorn-la-souris trottina jusqu'à l'endroit où avait été attiré Loup.

— J'ai trouvé un cercle tracé avec du romarin et de la racine de Tharmud.

— Un genre de sortilège de confinement, constata Loup.

Elle explorait les alentours d'un peu trop près, ce qui n'était pas pour le rassurer. Elle devait faire davantage attention à elle.

— Il vaudrait sans doute mieux ne pas le déclencher.

Sa voix était calme, mais son corps toujours aussi raide. Il dessina un symbole dans l'air et l'image de l'ae'Magi se figea.

— Tu crois qu'il dirige lui-même l'illusion ? s'enquit Aralorn, avant de s'écarter du cercle dans un bond en direction de Loup.

— J'en doute. Ce n'est pas nécessaire. Il est possible de donner des instructions à un sort de mirage et le piège ne requiert pas de magie pour s'initialiser une fois installé. (Il reprit forme humaine et ramassa Aralorn qu'il déposa sur son épaule, là où il s'était habitué à sa présence.) Si j'avais déclenché le sort de confinement, c'est à ce moment-là qu'il aurait été alerté.

— Comme une toile d'araignée, commenta Aralorn.

— Exactement, acquiesça Loup.

Il contemplait le reflet trompeur de son père sans faire le moindre effort pour s'éloigner. Il n'était pas ensorcelé ; elle l'aurait senti si Loup s'était trouvé sous l'empire d'un quelconque sortilège. Peut-être était-ce quelque chose d'encore plus fort que la magie…

— Et maintenant, on fait quoi ? l'interrogea Aralorn. On attend que les uriah attaquent ou on essaie de retrouver l'ae'Magi ?

— Tu devrais être terrifiée et tapie dans un coin, et non faire preuve d'un enthousiasme chevronné.

Loup demeura immobile, les yeux rivés sur la silhouette de l'ae'Magi : sa voix sonnait moins impassible qu'à l'accoutumée.

— Hé ! rétorqua Aralorn sans délai, c'est mieux que de passer l'hiver cloîtrée dans une grotte !

Loup ne répondit rien. Il se contenta d'effleurer d'une main absente la peau soyeuse de sa joue, comme s'il cherchait du regard quelque chose qui n'était pas là.

Aralorn prit son mal en patience un moment, avant de déclarer :

— Il savait que tu venais.

Loup opina du chef.

— Il m'attend depuis longtemps. Ce n'est pas surprenant. J'aurais dû me préparer à une mise en scène comme celle-ci. (Il pencha la tête.) J'aurais dû te le demander plus tôt. Ce qu'il a dit, je dois le savoir. Aralorn, quand il te retenait ici, a-t-il…

Sa voix se serra de rage et il s'interrompit.

— Non, répliqua-t-elle aussitôt. De toute façon, dans un moment comme celui-là, tu n'aurais droit qu'à cette réponse. Je ne voudrais pas que tu t'énerves alors que tu as besoin de toute ta raison. Mais je vais te dire, la première fois que je me suis trouvée dans son palais, il travaillait sur un sort et tenait à préserver toute son énergie. J'en fus déçue, mais une esclave se doit d'attendre que le maître soit disponible.

Il l'écoutait. Elle était sur la bonne voie.

— La seconde fois, il était trop soucieux de te retrouver pour se préoccuper de moi. Tu ne devrais pas le laisser te manipuler aussi facilement. (Elle remua la queue contre son cou en une brève caresse.) Les circonstances actuelles m'auraient poussée à mentir, il faut que tu le saches. Mais je ne t'aurais pas caché un détail pareil le jour où tu m'as libérée. Je ne pense pas que je l'aurais pu.

Elle ne pouvait pas se montrer plus honnête sans se sentir gênée, mais sa tactique fonctionna.

La tension de Loup se dissipa.

— Tu as raison, Dame. Et si nous allions chasser les sorciers du palais ? À moins que tu ne souhaites commencer par un ou deux uriah, ou d'autres pantins de mon père, en guise d'échauffement ? Je crois qu'il y en a certains que tu n'as encore jamais aperçus. Ma Dame préférerait-elle affronter cent ennemis d'un coup ou seulement trois ou quatre ? Tu devrais trouver cette tâche à ton goût.

— Et ensuite, bien entendu, rétorqua Aralorn, une fois que tu auras atteint ton but, on pourra s'arranger pour que le château s'écroule sur nous. Ce sera bien commode et cela nous évitera les mutilations infligées par la foule outrée que tu auras délivrée de l'esclavage, voire pire. Ça me paraît intéressant. Allons-y !

Il lui sembla que Loup souriait tandis qu'il descendait la colline et s'éloignait du palais. Cependant, depuis son angle de vue, ce n'était pas facile à dire.

Les bois devenaient de plus en plus denses à mesure que Loup s'écartait du château. Le ululement d'une chouette au-dessus de leurs têtes poussa Aralorn-la-souris à se lover contre son cou.

— Ces forêts grouillent de sales bestioles, maugréa-t-elle avec humour de sa voix de rongeur.

— Et moi, annonça Loup sur un ton sérieux destiné à rappeler à Aralorn que l'heure n'était pas à la plaisanterie, je suis la plus vile de toutes.

— L'es-tu vraiment ? s'enquit Aralorn avec intérêt. Oh ! mais moi j'ai un faible pour les viles créatures !

Loup s'arrêta et jeta un coup d'œil à la souris assise sur son épaule, l'air ingénu. La plupart des gens se recroquevillaient dans un coin devant ce regard.

Aralorn, elle, se mit à se nettoyer les moustaches avec application. Quand Loup reprit sa marche, elle lui souffla en aparté :

— C'est la vérité, tu sais.

Ils sortirent d'un fourré de broussailles particulièrement épais et débouchèrent sur une étroite allée herbeuse. En son centre trônait un autel façonné de manière suggestive, dédié à quelques anciens dieux. Il était quasiment recouvert de mousse et de lichen, à tel point qu'il était difficile de deviner la couleur originelle de la pierre. Sa découverte n'avait rien d'inhabituel, car pareils reliquats parsemaient le paysage depuis bien avant la Guerre des Sorciers. Cependant, l'autel était cerné de deux monolithes taillés de façon peu commune.

— Oh ! Ciel ! s'écria Aralorn d'un air comique, puis elle rampa jusqu'à son avant-bras pour y voir de plus près. Regarde ! Il y en a deux. Ils devaient appartenir à l'un des dieux de la fertilité.

La moitié supérieure du monolithe situé plus au sud était cassée, mais celui au nord demeurait intact, aussi grand qu'un homme et presque aussi large. Lorsque Loup le toucha, il glissa de côté dans un grincement plaintif. Loup se faufila dans le trou noir qui venait d'être révélé et commença à descendre les marches. Aralorn sauta de son perchoir pour l'inspecter.

— L'escalier est bien plus récent que l'autel, constata-t-elle avant de regagner son emplacement et de rentrer une patte dans son collet.

— C'est moi qui l'y ai installé quand j'ai vu qu'il existait un genre d'issue depuis les tunnels secrets là-haut. Je n'ai noté la trace d'aucun autre, je suppose donc qu'il a dû pourrir sur pied. Bon sang, Aralorn ! Tu vas finir par tomber et te tuer si tu ne restes pas en place !

Elle s'était de nouveau élancée le long de son bras pour étudier de plus près la disposition des tuiles sur le mur. Il l'ôta de son poignet et la reposa avec fermeté sur son épaule.

— Attends qu'on soit arrivés en bas et tu pourras jeter un meilleur coup d'œil.

Une fois au sol, il referma l'ouverture d'un geste et d'un filet de magie. Dès qu'elle fut close, il laissa son sceptre éclairer le couloir qu'ils arpentaient.

Aralorn se précipita par terre et reprit sa propre forme, éternuant un peu à cause de la poussière. Elle balaya devant elle du pied et révéla une surface noire et polie. Le plafond était aussi haut, voire plus, que celui du grand hall du palais, et les parois couvertes de mosaïques représentaient avec force détails les festivités en plein air des temps révolus. La voûte était peinte comme le ciel nocturne, ce qui donnait l'impression de se trouver dehors. Ou du moins, c'est ce que supposa Aralorn. Les années avaient terni les tuiles sur les murs de craquelures et en avaient fait tomber des fragments entiers. L'eau s'était infiltrée dans le plafond et y avait causé de sérieux dégâts. À travers les creux laissés par les chutes de plâtre, il était possible de voir la maçonnerie qui soutenait toute la structure.

Réticente à quitter le lieu sans d'abord le passer au peigne fin, Aralorn traînait derrière Loup ; celui-ci s'était déjà engouffré dans la brèche d'un mur qui menait vers un petit tunnel miteux, semblable à une taupinière géante. Beaucoup moins intéressant que la pièce dans laquelle ils étaient descendus, il se divisait en plusieurs branches. Loup décida du chemin sans jamais marquer la moindre hésitation.

— Combien de fois t'es-tu perdu au cours de tes pérégrinations ?

Loup lui décocha un regard amusé.

— Plus d'une fois, mais j'ai déniché un livre dissimulé dans l'une des anciennes bibliothèques qui détaillait certaines de ces galeries et j'ai trouvé une copie des maîtres plans dans la bibliothèque, ma bibliothèque. Ces corridors s'étendent sur une zone considérable. C'est un miracle que la structure ne se soit pas effondrée. Il n'y a que quinze ou vingt grandes salles comme celle où nous avons atterri, et la plupart sont dans un état similaire. Si nous survivons aux prochains jours, je te montrerai une bibliothèque qui ferait passer celle des Terres Boréales pour minuscule. Je ne connais pas tous les passages. Les innombrables panneaux secrets et portails cachés, magiques ou ordinaires, entravent la découverte d'un certain nombre de lieux intéressants. Comme celui-ci.

Loup remua la main, et une large section du tunnel disparut pour se fondre en un couloir achevé et décoré.

Lorsqu'ils y pénétrèrent, l'ouverture s'évanouit et laissa place à un mur nu. Vers la fin, le corridor s'élargit en une immense chambre, ornée d'une fontaine en son centre. Le plancher, jadis en bois, avait en grande partie moisi et présentait une voie irrégulière et dangereuse.

Il désirait s'attarder et observer Aralorn.

Cette dernière, trop occupée à admirer les fresques sur la voûte et les sculptures élaborées le long des murs pour se frayer un chemin à travers les débris qui jonchaient le sol, s'emmêla les pieds et trébucha. Lorsqu'elle commença à marmonner au sujet du « quatrième Seigneur Protecteur de tel et tel Port qui s'entretint avec la Reine afin de vaincre le Sorcier Bidule », Loup l'agrippa par l'épaule avec fermeté et la guida avec patience autour des vieux pièges et chausse-trappes.

Il se réjouit de son enthousiasme en silence, car le moindre commentaire de sa part risquait d'induire une histoire en bonne et due forme. Il l'aida à traverser plusieurs autres portes délabrées avant d'arriver à l'un des escaliers qui menaient au château. Il choisit ce dernier pour faciliter leur trajet : il les conduirait jusqu'à une petite penderie située dans le cabinet de toilette au sein même des appartements du maître.

Aralorn se tut, sans que Loup eût besoin de poser l'index sur les lèvres, tandis qu'il ouvrait le portail secret qui les fit déboucher dans une minuscule armoire donnant sur une chambre aménagée avec faste et opulence ; peignes et miroirs sculptés à la main y côtoyaient brosses et bijoux masculins de toutes sortes. Elle reconnut une pièce que portait l'ae'Magi et comprit qu'ils se trouvaient dans ses quartiers privés.

La suite se composait de chambres en enfilade, toutes décorées de luxueuses tapisseries séculaires, préservées par la magie qui élança la pulpe de ses doigts lorsqu'elle les effleura. À l'exception d'une fille qui sanglotait, recroquevillée dans un coin, les lieux étaient vides.

Sa nudité la faisait paraître encore plus jeune. La peau blanche de son dos était jaspée de bleus et de coups de fouet. Un mystérieux symbole, dont la signification échappait à Aralorn, avait été gravé sur l'une de ses épaules dans un rouge vermillon.

Loup agrippa les deux bras d'Aralorn qui s'apprêtait à la toucher. Il poussa Aralorn derrière lui avec plus de précipitation que de douceur et saisit son sceptre dans une main. Sans bruit, il dégaina son épée de l'autre.

— Fillette.

La parole était affectueuse, la tonalité triste – venant de lui –, mais il étreignit sa lame et la tint en garde. Et il en fut bien avisé.

Dans un cri perçant et avec une vitesse presque irréelle, la fille se retourna et bondit.

Jadis, la beauté de son visage était sans pareille, songea Aralorn, *avec un petit tatouage à côté de l'œil qui signalait son appartenance à l'un des clans de marchands de soie.* Désormais, sa peau était trop tirée contre ses os délicats, ses yeux bleu-gris cernés de soucoupes rouge sang, ses lèvres ourlées étirées sur des dents blanches comme des perles, le genre propre à toutes les héroïnes dans les vieilles histoires, avec néanmoins une subtile différence : la rangée inférieure était aussi longue que les deux premières phalanges de l'annulaire d'Aralorn. Elle se jeta sur Loup, la bouche béante comme un gouffre monstrueux.

Il l'assomma sans trop de difficultés, car elle était légère, et il en profita pour lui ouvrir l'abdomen. Il acheva ses souffrances d'un deuxième coup derrière la nuque.

La mort n'était pas étrangère à Aralorn, c'est pourquoi examiner le cadavre ne la dérangea pas – pas trop.

— L'un des jouets de ton père, je présume.

C'était un commentaire plus qu'une question.

Loup grommela un « oui » et toucha le symbole sur son dos.

— Elle aurait été bien plus ardue à vaincre si elle n'avait pas été novice. Elle ne savait même pas comment attaquer.

Aralorn tira d'un coup sec le couvre-lit brodé et enveloppa le pauvre petit corps avant d'emboîter le pas à Loup hors de la chambre.

Le cabinet d'étude constituait un chef-d'œuvre de raffinement cultivé, ce qui ne la surprit pas. Loup s'avança jusqu'au bureau et se saisit d'une feuille de papier. Il partit d'un rire jaune et la tendit à Aralorn. Le message disait : « Je suis dans les geôles. Tu me rejoins ? »

— Il semblerait, dit Loup, qu'il surveillait son petit piège. Il doit savoir que tu m'accompagnes. Il est temps que tu me quittes. Tout de suite.

Elle l'observa, l'air de bien considérer la question.

— Je devrais sans doute faire mine de t'obéir avant de te suivre contre ton gré.

— C'est ce que je me disais aussi.

La voix de Loup était douce. Il jeta un coup d'œil à la carafe sur le bureau poli de l'ae'Magi. Elle implosa dans un fracas suffisant pour faire sursauter Aralorn.

— La peste t'emporte, Aralorn ! Ne vois-tu pas ? Il t'utilisera contre moi. Il a déjà commencé.

Aralorn sentit son caractère bien trempé remonter à la surface.

— Me prendrais-tu pour une femelle fragile et impuissante, bonne à se tourner les pouces pendant que tu la protèges ? Je ne suis pas sans défense face à la magie humaine ou toute autre attaque qu'il risque de nous lancer. (Elle articula « humaine » comme s'il s'agissait d'une insulte.) Je peux t'être utile. Accepte mon aide, Loup.

Il demeura silencieux pendant un long moment, puis il effectua un geste improvisé et la carafe se recomposa, laissant la table immaculée. Il s'en approcha et ôta le bouchon. Il but au goulot une gorgée symbolique et croisa le regard d'Aralorn.

— Je te présente mes excuses, Dame. Je ne suis pas habitué à me soucier de quoi que ce soit. C'est… désagréable.

Elle leva le menton, ses joues rouges trahissaient son accès de colère. Elle s'empara de la carafe qu'il avait encore à la main et avala à son tour une goulée avant de la reposer, puis maugréa une phrase qu'il n'était pas censé entendre.

— Pardon ? chuchota-t-il.

À l'évidence, il l'avait entendue.

Elle porta les mains à ses hanches et le fusilla du regard, tapant du pied sur le sol avec impatience, agacée par son expression. Il donnait l'impression que quelqu'un l'avait giflé et c'était tout à fait hors de propos.

— J'ai dit : « C'est une bonne chose que je t'aime ou tu servirais déjà d'appât à uriah. » Maintenant que c'est réglé, si nous allions nous dégotter un ae'Magi ?

Sans l'attendre, elle franchit la porte en direction du couloir.

— Aralorn, lança-t-il d'une voix un peu plus chaude qu'à l'accoutumée. Tu te trompes de chemin si tu comptes te rendre dans les geôles.

Il s'exprimait presque avec… docilité.

Elle le foudroya du regard et il lui tendit le bras en guise d'invitation. Ainsi le suivit-elle à travers les méandres du palais aux couloirs presque aussi tortueux que les tunnels secrets. Les passages à peine éclairés, qui lui avaient semblé menaçants et immenses quand elle les avait traversés seule, lui paraissaient bien moins intimidants que dans son souvenir.

Apparemment, pas un humain ne se trouvait dans le château à une heure aussi tardive. Du moins, ils n'en croisèrent aucun. Les uriah qui montaient la garde, éparpillés çà et là, ne leur prêtèrent pas attention. Aralorn veilla à ne pas regarder leurs visages, mais elle reconnut malgré tout les bottes de Talor. Loup pressa l'épaule d'Aralorn encore plus fort quand ils passèrent devant lui. Lui. Cette chose. Elle l'avait perdu à jamais.

Lorsqu'ils dépassèrent l'entrée qui conduisait vers le grand hall, elle ne put résister à la tentation d'y jeter un coup d'œil. Les barreaux de la cage demeuraient visibles au clair de lune, mais la lumière était trop faible pour voir si elle était occupée.

L'escalier qui menait aux étages inférieurs était bien éclairé et sentait les céréales et l'alcool dont l'odeur provenait des salles d'entreposage situées au premier sous-sol. Chaque pièce portait une étiquette qui en détaillait avec précision le contenu. La plupart renfermaient des denrées alimentaires, mais sur d'autres écriteaux on pouvait lire « armes », « tissus » et « vieux registres de comptes ». L'escalier qui descendait au niveau suivant se trouvait de l'autre côté du château.

Le deuxième sous-sol paraissait plus petit et comportait plusieurs minuscules chambres à coucher destinées aux apprentis ; c'est du moins ce qu'estima Aralorn à en juger par le traditionnel espacement des cellules. Les autres devaient sûrement servir de laboratoires, mais vu la poussière qui recouvrait les tables, elles n'avaient pas été utilisées depuis un bout de temps.

Les geôles se situaient au troisième sous-sol, l'avait informée Loup, tandis qu'ils dévalaient une énième volée de marches. Comme dans les cavernes, il y faisait toujours frais, mais pas froid. L'odeur y était entêtante.

Aralorn sentit les poils de ses bras remuer sous l'effet de la magie imprégnée dans les murs du palais. D'innombrables mages avaient envoûté les pierres de ce niveau afin de prévenir l'évasion de prisonniers, et la moitié non humaine d'Aralorn lui signalait que les sorts avaient été assez puissants pour en retenir certains même par-delà le trépas. Elle avait été fort mal en point durant son incarcération dans ces cellules, et pourtant, elle se rappelait avoir ressenti la présence des morts qui pesaient dans l'air.

Elle se dit qu'elle avait de la chance de n'être qu'à moitié changeforme. Les sangs purs pouvaient percevoir les morts presque aussi clairement que les vivants. Un changeforme ne garderait pas la raison bien longtemps dans un endroit comme celui-là.

Sans la fièvre qui l'empêchait de se protéger de cette magie corrompue par l'homme, elle parvint à bloquer en partie les émanations, ce qui rendit la douleur insignifiante. Elle passa outre au désagrément qui persistait et ne lâcha pas Loup d'une semelle.

La salle de garde était déserte. Conformément au plan prévu – et elle avait dû batailler ferme pour y rallier Loup –, elle pénétra dans les geôles la première. L'ae'Magi ne s'y attendrait pas, et plus ils le déstabiliseraient, mieux ils s'en porteraient.

Elle remarqua en premier lieu l'absence de bruit. Jamais les gémissements et les quintes de toux n'avaient cessé ; par moments, le brouhaha avait failli lui faire perdre la raison. À présent, voilà que tout était calme et dormant. La pénombre régnait et le sceptre de Loup était resté dans la loge des gardiens avec lui, aussi ne pouvait-elle voir l'intérieur des cellules. Elle rampa avec attention d'un côté du chemin et se cacha dans l'ombre. À l'inverse, Loup fit une entrée des plus ostensibles. Son bâton étincela de mille feux et éclaira la salle de son pouvoir. L'illumination effleura le bouclier de protection invoqué par Aralorn et ne la dévoila pas.

Il ne glissa pas sur l'ae'Magi, qui campait à l'extrémité de la pièce. Comme Loup, lui aussi portait un sceptre, massif et sculpté avec soin, qu'il tenait incliné comme une lance. Il ne visait pas Loup mais Aralorn. Elle se laissa aussitôt tomber à terre. Le sol vibra sous la force de l'impact : le mur extérieur de la cellule derrière elle venait d'exploser. Elle en fut si distraite qu'elle faillit manquer la contre-attaque de Loup, destinée à obliger l'ae'Magi à se battre contre lui.

Alors, l'ae'Magi se tourna vers Loup. Tandis qu'il contemplait son fils, Aralorn tira l'un de ses couteaux qu'elle lança vers l'ae'Magi. Elle le toucha à la poitrine. Elle n'eut qu'un bref instant pour se congratuler avant que le poignard ne le transperçât sans lui causer la moindre blessure et retombât dans son dos avec fracas. L'ae'Magi ne daigna même pas regarder dans sa direction.

D'un haussement d'épaules stoïque, elle resta à terre et se prépara à observer le combat. Il aurait paru bizarre à une personne insensible à la magie, qui n'y aurait vu que deux hommes affairés à gesticuler l'un en face de l'autre comme des forcenés. Aralorn pouvait sentir les flux de magie circuler, gagner de l'élan et de la puissance à chaque contre-mouvement, mais le seul geste que son expérience limitée en magie humaine lui permettait de reconnaître était le charme, si simple en apparence, sur lequel Loup avait travaillé.

Elle s'octroya un moment pour réfléchir aux conséquences d'un sort antimagie lancé à l'intérieur des cachots de l'ancien siège des maîtres magiciens – des geôles saturées de magie par des siècles de sortilèges.

Comme elle se trouvait déjà au sol, elle n'eut qu'à s'aplatir davantage et espérer que cela suffît. Puis l'annihilateur de magie les frappa et le chaos triompha.

Elle ignorait si elle avait été assommée ou seulement aveuglée. Dans un cas comme dans l'autre, elle avait perdu toute notion du temps. La première chose qu'elle discerna avec clarté fut Loup, assis par terre et adossé curieusement contre le mur, son bâton serré dans son poing droit. Elle rampa jusqu'à lui à quatre pattes.

— Tu vas bien ?

Elle le caressa avec anxiété, effrayée à l'idée de le toucher sans savoir où il était blessé.

— Oui, répondit-il en lui tendant son bâton comme s'il avait besoin de ses deux mains pour se relever.

Aralorn entendit le vacarme derrière elle. Elle se contorsionna et aperçut l'ae'Magi qui se remettait debout à l'instant où elle allongea le bras pour prendre le sceptre. Elle se tourna de nouveau vers Loup pour l'avertir et remarqua un détail qui lui aurait sauté aux yeux tout de suite si elle n'avait pas été si abasourdie : elle s'était mêlée à assez de bagarres pour reconnaître une échine brisée quand elle en voyait une. Elle lut la même certitude sur le visage de Loup.

Lorsqu'elle effleura le sceptre, il lui sourit avec une douceur qu'elle n'oublierait pas de sitôt. Il dit quelque chose qui aurait pu être « je t'aime », mais un sursaut de magie la parcourut et elle perdit connaissance.

À son réveil, le plancher qu'elle contemplait était composé de roche brute et non de pierres pavées comme celui des geôles. Le sceptre de Loup gisait à ses côtés et les cristaux à son sommet étaient d'un noir charbonneux. À l'odeur musquée des livres, elle comprit où elle se trouvait.

— Non ! Imbécile de fils de… La peste t'emporte, Loup !

Les rangées d'étagères de la bibliothèque étouffèrent son cri. Impuissante, elle cogna du poing contre le sol et laissa exploser sa rage afin de retenir ses larmes.

— L'épée.

Elle n'aperçut personne, mais une main ferme la tira pour la relever. Le Vieil Homme se matérialisa et la secoua par les épaules. Qui d'autre aurait-ce pu être ? Il avait les traits des changeformes, trop parfaits pour être vrais.

— L'épée, petite idiote ! Où est l'épée ?

Aralorn avait traversé son lot d'épreuves. Elle avait depuis longtemps épuisé la longanimité dont elle pouvait faire preuve lorsqu'on la malmenait. D'une torsion en apparence facile, apprise il y avait peu de Stanis, elle se libéra et recula.

Avec la distance qu'elle venait de mettre entre eux, elle pouvait voir l'aura de vieillesse accrochée à lui, malgré la peau de son visage dépourvue de rides. Il ne la dépassait que de quelques centimètres et était beaucoup plus beau à admirer. En d'autres circonstances, elle aurait témoigné plus de courtoisie au Vieil Homme de la Montagne, mais pour l'heure Aralorn n'était pas d'humeur à se montrer polie.

— De quelle épée parles-tu donc, vieillard ? cracha-t-elle.

À des centaines de kilomètres, Loup se battait pour rester en vie. Elle refusait de croire qu'il était mort. Toute once de patience l'avait quittée.

— L'épée ! L'épée enfin !

Il agitait les bras dans tous les sens, dessinant ces gestes ampoulés que les changeformes adoraient. Il se mit à parler dans sa langue d'origine et Aralorn dut lutter pour comprendre le dialecte dans lequel il s'exprimait.

— Tu n'as pas laissé l'ae'Magi s'emparer d'elle, n'est-ce pas ? Où est-elle ? Il ne doit jamais la tenir en son pouvoir.

— Quelle épée ? répéta Aralorn d'une voix empreinte de sévérité et d'agacement.

Elle devait retourner jusqu'au château, or l'oie n'était pas réputée pour sa vitesse de vol. Cela lui prendrait des jours. Trop tard. Elle arriverait trop tard.

— Monsieur, il faudrait que vous vous expliquiez plus clairement.

— Ton épée, l'as-tu oubliée là-bas ? N'as-tu…

Il s'arrêta et regarda derrière elle.

Curieuse, elle l'imita et aperçut son épée courte, celle qu'elle avait rangée à sa place habituelle sous la banquette, flotter doucement dans son dos. Elle parvint presque à voir la personne qui l'étreignait. C'était comme contempler une image dans l'eau agitée, impossible d'y discerner une silhouette spécifique.

— Tu ne l'as pas emportée ? s'écria le Vieil Homme avec un profond dégoût. Qu'est-ce qui ne tourne pas rond chez toi ? Je te l'avais dit ! À toi ! Si ma Lys ne se souciait pas tant de ce Loup, je vous laisserais mariner dans votre panade !

Il s'avança à grandes enjambées jusqu'à l'épée et l'arracha à l'apparition qui la tenait. Il la dégaina de son fourreau avant de la brandir.

— Voici la troisième des grandes armes du Forgeron. Ambris. (Il l'appela d'un autre nom, mais Aralorn était trop distraite pour le traduire.) Si l'ae'Magi s'en empare et se rend compte de l'artefact qu'il possède, alors plus personne ne pourra jamais s'opposer à lui. Tu étais censée l'emporter et t'en servir. J'en conclus que votre ridicule petit sort n'a pas fonctionné ?

Sans attendre qu'elle opine du chef, il poursuivit.

— Je pensais qu'il aurait pu réussir. Voici. (Soudain, la voix du changeforme perdit de sa puissance et devint plaintive comme celle d'un vieillard.) Prends-la et retournes-y. Je suis si fatigué. Garder cette forme m'épuise, c'est un tel fardeau. Lys ?

Il remit l'arme à Aralorn et disparut dans un bruit semblable à l'explosion d'une bulle.

Aralorn saisit Ambris et l'étudia. Elle ne paraissait pas plus magique que d'habitude, mais cela dit… elle correspondait bien à la description de la lame conçue par le Forgeron.

Et cela lui donna une autre idée. Elle la rengaina avec précipitation et la glissa à sa ceinture. Le sceptre de Loup dans une main, elle courut hors de la bibliothèque pour trouver Myr.

Chapitre 12

Myr n'était pas difficile à localiser. Il suffisait à Aralorn de chercher le groupe le plus nombreux et de s'engager dans cette direction. Elle le trouva devant l'entrée de la grotte, occupé à enseigner l'art du combat au couteau à quelques-uns des plus jeunes réfugiés. Il leva les yeux et l'aperçut alors qu'il évitait un grossier coup de lame ; sa distraction faillit le laisser avec la gorge tranchée.

Il discuta une minute avec son précédent adversaire, livide, qui tremblait de tous ses membres. Après tout, avoir failli tuer un roi ne constituait pas une simple bagatelle. Aralorn sautillait avec impatience d'un pied sur l'autre, tandis que Myr renvoyait la classe, puis il s'avança vers elle.

Il l'étudia un long moment et remarqua l'égratignure qu'elle avait à la joue, récoltée en roulant d'un bout à l'autre du sol, la puanteur qui s'accrochait à elle et le sceptre de Loup qu'elle étreignait avec fermeté. Il n'exigea aucune explication et se contenta de demander d'un air sérieux et formel :

— De quoi as-tu besoin ?

— Il faudrait que tu appelles le dragon pour qu'il me ramène au palais de l'ae'Magi. Je ne peux pas m'y rendre assez vite par mes propres moyens.

Elle constata avec une surprise teintée d'indifférence que sa voix était égale.

Myr acquiesça, lui fit geste de l'attendre et se précipita à l'intérieur des grottes. Il en ressortit son épée dans une main, la ceinture qui pendait du fourreau, et fonça à travers un fourré de mûres sauvages en direction d'une petite clairière.

Avec précaution, il la dégaina et jeta un coup d'œil triste à la lame, inaltérée malgré les années passées à guerroyer au service de son grand-père. Puis il la planta dans le sol sableux, tâchant de ne pas grimacer à cause du son discordant. En d'autres circonstances, Aralorn aurait souri.

Lorsqu'il eut terminé d'appeler le dragon, il resta debout à ses côtés sans parler. Il ne lui demanda pas ce qui était arrivé. Ce fut Aralorn qui rompit enfin le silence.

— Nous avons infiltré le palais de l'ae'Magi. Il nous attendait dans les geôles. Je pense que le sort de Loup aurait fonctionné n'importe où ailleurs, mais il y avait beaucoup trop de magie résiduelle, accumulée depuis des siècles, et le charme n'était pas assez puissant. On s'est pris le choc en retour. J'étais déjà à terre, alors je n'ai pas ressenti d'effet trop violent. L'ae'Magi a été assommé l'espace d'un instant. Loup… (Sa voix se brisa. Elle s'arrêta et déglutit avant d'essayer de nouveau.) La colonne vertébrale de Loup est fracturée. Il a réussi à me faire toucher son sceptre par la ruse pour me réexpédier ici. J'ignore à quelle vitesse peut voler un dragon. Même s'il consentait à me conduire jusqu'au château, il sera sans doute trop tard.

Puis, elle éclata d'un rire semblable à un sanglot et serra le bâton encore plus fort.

— Peut-être n'y avait-il plus rien à faire et il a eu raison de me renvoyer.

Myr ne dit rien, mais lui posa une main réconfortante sur l'épaule. Un vent glacé balaya le versant de la montagne et Aralorn frissonna d'impatience autant que de froid. Elle avait beau scruter l'horizon avec attention, elle ne remarqua pas le dragon avant qu'il la survole. Tout d'argent et d'émeraude, et aussi gracieux qu'un colibri, le grand saurien atterrit et les lorgna avec intérêt – ou appétit.

— Il faut que tu m'emmènes au palais de l'ae'Magi le plus vite possible.

Aralorn savait qu'elle se montrait trop brusque, mais elle était désespérée et la courtoisie lui faisait défaut dans ces moments-là. Le reptile recula la tête, offensé.

L'étreinte de Myr sur l'épaule d'Aralorn se resserra en guise d'avertissement et il ajouta :

— Dragon, le seul d'entre nous capable d'affronter l'ae'Magi est blessé et se trouve dans le château à combattre sans aucune aide. Nous devons nous y rendre pour l'assister, ou l'ae'Magi aura gagné. Tu es notre seule chance d'y arriver à temps !

Aralorn tressaillit quand elle entendit le « nous », mais décida de ne pas protester, afin de ne pas offusquer davantage la bête.

Le dragon hésita une minute avant de demander :

— La vitesse compte ?

— Beaucoup, sire, répondit Aralorn avec précaution, veillant à garder un ton respectueux.

Il hocha la tête.

— Je peux voyager plus vite qu'en volant, mais je ne peux vous emmener, Roi Myr, car vous êtes immunisé contre la magie. La changeforme sang-mêlé, je peux la transporter.

Myr parut attristé, mais acquiesça en guise d'acceptation. Le dragon se baissa ventre contre terre et replia les ailes. Myr aida Aralorn à grimper, car elle devait maintenir les griffes acérées qui ornaient le pied du sceptre de Loup loin du reptile.

Mis à part les squames de son dos qui étaient glissantes, cela n'était pas pire que de monter un cheval à cru. Tant qu'il ne bougeait pas… Il battit des ailes à un rythme régulier jusqu'à trouver un courant ascendant, puis il les aplanit et les déploya de toute leur envergure, laissant le vent les tirer vers le sud.

Soudain, il s'élança en avant et Aralorn sentit un étourdissement familier s'emparer d'elle. Elle s'agrippa par réflexe aux écailles grosses comme son poing. Le dragon utilisait la même méthode pour les véhiculer que Loup lorsqu'il l'avait renvoyée à la bibliothèque. Lorsqu'elle fut capable de fixer de nouveau son regard, le château de l'ae'Magi se dressait juste en dessous.

Haut et fort afin que le dragon puisse l'entendre malgré le bruit du vent, Aralorn cria :

— Posez-vous à un endroit que vous jugez sûr, seigneur. Je me débrouillerai pour me glisser à l'intérieur.

Il lui restait encore le petit sort de pistage qu'elle avait placé dans la botte de Loup. Il avait changé de vêtements pendant qu'il se préparait à affronter son père, mais pas de chaussures.

En réponse à sa requête, il modifia son angle de vol jusqu'à perdre très vite de l'altitude. Les oreilles d'Aralorn se débouchèrent d'un seul coup et, non sans douleur, et elle resserra les écailles du dragon de plus belle et si fort qu'elles lui coupèrent la main. Quand il toucha le sol, la secousse desserra l'étreinte d'Aralorn et elle atterrit dans un bruit sourd à côté d'une patte avant renforcée de façon impressionnante.

Elle roula pour se relever avec plus de célérité que de grâce, puis se tourna face au dragon et s'inclina devant lui avec respect.

— Je vous remercie, sire, et vous prie encore de m'excuser pour ma maladresse.

Sans attendre sa réponse, elle se changea en oie et vola le plus vite possible jusqu'au château.

Les douves sentaient toujours aussi mauvais et elle mit un certain temps à dénicher un tuyau intact qui n'était pas obstrué par la crasse. Dès qu'elle en eut localisé un, peut-être le même que celui qu'elle avait déjà emprunté, elle se posa dessus en maintenant un équilibre précaire jusqu'à ce qu'elle pût se transformer en souris. Même ainsi, elle éprouva quelques difficultés à ramper jusqu'à l'intérieur du conduit, mais y parvint. Pendant tout ce temps, elle n'eut de cesse de gémir en son for intérieur, car elle se trouvait trop lente.

Elle pénétra dans un couloir à peine éclairé par des chandeliers muraux, et d'après ce qu'elle en voyait, elle l'arpentait pour la première fois. Elle songea à demeurer souris, puis décida qu'elle aurait une meilleure chance de reconnaître un élément familier si elle restait humaine, vu qu'elle avait suivi Loup sous cette forme-là.

Lorsqu'elle reprit son apparence originelle, le sceptre se matérialisa à ses côtés ; elle n'était pas sûre que ça arrive. Elle se demanda s'il avait changé avec elle, comme l'épée et ses vêtements, ou s'il la filait de sa volonté propre. Elle se souvint qu'il suffisait à Loup de tendre la main pour qu'il apparaisse dans sa paume. Elle s'était dit que Loup devait y être pour quelque chose. L'idée que, depuis le début, cela fût dû au bâton l'amena à le ramasser avec la plus grande des précautions avant de s'avancer le long du couloir.

Il y avait encore des uriah postés dans les corridors. Comme auparavant, ils la laissèrent passer sans l'importuner, mais épièrent sa progression. Elle marcha à pas réguliers et rapides, espérant déceler assez tôt un indice qui lui permettrait de se repérer afin de pouvoir aider Loup. Elle éprouvait plus de difficultés à suivre le sort de pistage sur les bottes de Loup à l'intérieur du palais de l'ae'Magi que dans les grottes. Elle parvenait à le sentir, mais il s'agissait d'un faible murmure et non d'un appel.

Le château était plongé dans un silence angoissant, à tel point que lorsqu'elle entendit quelque agitation provenir de l'intérieur d'une pièce, elle s'arrêta sans réfléchir et ouvrit la porte. Depuis son lit, Kisrah leva les yeux, interloqué. Il était occupé à prendre son petit déjeuner avec une jeune beauté qui gloussait comme une péronnelle.

— Seigneur Kisrah, cela ne vous dirait pas, je suppose, de m'indiquer le chemin des geôles ? questionna Aralorn.

Elle se demanda s'il valait mieux qu'elle dégaine son épée ou son couteau. Il ne lui laissa pas le temps d'agir. De ses paumes, il projeta quelque chose vers elle. D'instinct, comme il se trouvait dans sa main, elle esquissa un geste pour contrer l'éclair avec le sceptre. Quand il heurta le bois opaque et huilé, les cristaux situés à son extrémité, qui jusqu'alors étaient ternes et éteints, flamboyèrent de mille feux et la magie de Seigneur Kisrah se dissipa sans un bruit.

Réticente à lui permettre de lancer un autre sort, elle attaqua avec le bâton. Aralorn, qui brandissait son type d'arme préférée, n'offrit pas la moindre chance à un Seigneur Kisrah, désarmé et – gardons-nous de le mentionner – dénudé. Son premier coup lui cassa le bras et le second l'assomma. Il perdit connaissance et tomba au sol à côté du lit.

Aralorn se tourna vers sa compagne, prête à lui présenter ses excuses, mais un détail dans son expression la poussa plutôt à resserrer son étreinte sur le sceptre. Les yeux rivés sur l'homme inconscient, la femme aux cheveux rouges ondula entre les draps et se glissa hors du lit, renversant d'un coup de pied la table de chevet et le plateau de nourriture qui se trouvait dessus.

Aralorn, qui n'avait pas oublié la harpie que Loup et elle avaient croisée plus tôt, effleura l'épaule de la fille avec l'embout griffu du bâton. Elle ne s'était pas rendu compte que les serres étaient si acérées jusqu'à ce qu'elles fissent couler du sang. Elle regretta son geste un instant, puis la rouquine fit volte-face et Aralorn put la regarder de près.

Elle ricana et Aralorn recula d'un bond, considérant bel et bien de laisser Seigneur Kisrah à son destin. Tandis qu'elle remuait, la demoiselle se transforma assez vite en une créature vaguement reptilienne, dotée d'un long appendice à piques et de crocs impressionnants. Ils ne ressemblaient pas tout à fait à ceux de la fille du marchand de soie, cependant ils se trouvaient peut-être à des phases d'évolution différentes.

Le monstre, quoi qu'il fût, était rapide et robuste. Quand sa queue heurta la colonne du lit, le bois craqua. Mais, par chance, il était aussi stupide, sans aucune commune mesure. Il se jeta sur Aralorn dans un cri perçant et s'empala sur les serres du bâton.

À l'agonie, il reprit sa splendide forme initiale et la femme cligna des paupières qui abritaient des yeux vert émeraude, des yeux de changeforme, et l'implora tout bas avant de s'éteindre pour de bon.

— Bon sang ! jura Aralorn d'une voix chancelante tandis qu'elle extrayait le sceptre de ses mains tremblantes. Elle se dirigea vers le couloir à reculons et venait à peine de s'y engager lorsqu'elle remarqua le regard affamé de l'un des uriah fixé sur l'extrémité sanglante du bâton. Elle songea au Seigneur Kisrah qui gisait tel un amuse-gueule aux côtés du cadavre de sa belle, puis rebroussa chemin pour refermer la porte de la chambre et la verrouiller à l'aide d'un charme enfantin que le Seigneur Kisrah n'aurait aucun mal à rompre à son réveil.

Au seuil du désespoir, Aralorn tourna un coin et arriva dans le grand hall. De là, elle devrait retrouver sans peine la route des geôles, et plus elle s'en approchait, plus elle ressentait l'appel de son sort de pistage. Toute sa concentration était rivée sur cette tâche, c'est pourquoi le murmure la fit sursauter.

— Aralorn, dit l'uriah tapi dans l'ombre près de l'escalier qui descendait vers les cachots.

Elle s'arrêta soudain et fit volte-face pour se trouver face à Talor.

— Qu'est-ce que tu veux ?

Il ricana et, l'espace d'un instant, parut aussi insouciant qu'il l'avait toujours été, puis rétorqua d'une voix cruelle :

— Tu sais ce que je suis. Que crois-tu que je veuille, Aralorn ? (Il s'avança d'un pas.) Je meurs de faim et c'est ce qui attend ton compagnon d'une minute à l'autre. Pars, Aralorn. Il n'y a rien que tu puisses faire.

Aralorn fit passer le sceptre de Loup de sa main droite, qui commençait à l'élancer et devenait moite, dans la gauche.

— Talor, où est ton frère ? Je ne l'ai pas vu ici.

— Il n'a pas réussi la transition en uriah, répondit-il tout bas, avant d'ajouter dans un sourire : ce veinard de Kai !

Aralorn hocha la tête et pivota comme pour emprunter l'escalier, au lieu de quoi elle continua à tourner et dégaina son épée au passage. Arme du Forgeron ou pas, la lame trancha tout net le cou de l'uriah et le décapita. Le corps inanimé retomba sur le sol en pierre.

— Fais de beaux rêves, Talor, dit-elle avec sobriété. Si je récupère Loup dans cet état-là, je me ferai violence pour lui infliger le même sort.

Son épée dans la main droite et le sceptre dans la gauche, elle s'engouffra dans l'escalier. Les niveaux inférieurs étaient moins éclairés, mais le bâton de Loup émettait une faible lueur qui lui permettait de voir où elle posait le pied. Tandis qu'elle entamait la troisième série de marches, elle songea qu'elle n'avait pas vraiment prévu de plan d'attaque. Seule contre l'ae'Magi, elle n'avait aucune chance. Non seulement il était meilleur magicien qu'elle (à bien des égards), mais s'il ferraillait aussi bien que Loup, il surpassait Aralorn.

L'odeur des geôles se faisait plus forte et la puanteur n'améliora pas la condition de son estomac, qui ressemblait déjà à une boule de nerfs. Dans la salle de garde, elle abandonna le sceptre, car elle ignorait comment faire cesser le scintillement des cristaux.

Elle rengaina son arme qu'elle suspendit à sa ceinture, sans prêter attention à la crasse qui recouvrait le froid parterre de pierre. En tapinois, elle se faufila à l'intérieur des cachots, tout en longeant un mur. Les voix, alors indistinctes, devenaient intelligibles. Elle entendit Loup parler et le lourd poids du chagrin qui l'accablait s'envola de ses épaules.

— … pourquoi devrais-je te faciliter davantage la tâche ? Il s'agit d'un bouclier très simple à briser, la plupart des mages de troisième année sauraient comment s'y prendre. Aimerais-tu que je te montre ? (Jamais la voix de Loup n'avait été aussi faible, mais elle ne trahissait pas plus d'émotions que d'habitude.) Il possède néanmoins un léger effet secondaire : il incinère celui qu'il protège.

— Ah ! Mais je connais une autre méthode pour ôter ta protection. (Le timbre suave de l'ae'Magi contrastait avec celui de son fils.) On m'a informé que la fille que tu t'étais pressé de renvoyer était revenue par ses propres moyens. Elle ne devrait pas tarder à se montrer, à moins qu'elle ne soit déjà là.

Aralorn s'allongea un instant contre le sol sans bouger, avant que son bon sens reprenne le dessus. Le fait que l'ae'Magi fût prévenu de son arrivée importait peu au final, l'élément de surprise ne lui serait pas d'une grande utilité de toute façon. Ce qui comptait, c'était que Loup ait réussi à maintenir l'ae'Magi hors d'état de nuire. Et même si Loup se souciait d'elle, il savait qu'il devait avant tout veiller à ce que l'ae'Magi ne s'empare pas de ses pouvoirs. Il ne s'offrirait pas à lui dans le seul dessein de sauver la peau d'Aralorn… Du moins, elle l'espérait.

Elle s'avança encore de quelques pas jusqu'à ce qu'elle pût voir Loup révélé par la lueur qui émanait du sceptre de l'ae'Magi. Il était assis, à peu près dans la même position que quand elle l'avait quitté. Il avait tracé un simple cercle d'énergie orange autour de lui et il y avait quelque chose de différent dans sa posture. Elle l'observa avec attention et remarqua qu'il remuait les orteils avec précaution. Elle sourit ; il avait gagné assez de temps grâce à sa barrière pour se soigner.

Aralorn dégaina et pénétra dans la lumière devant Loup. Elle s'attendait à une réaction immédiate, mais l'ae'Magi marchait d'avant en arrière, le dos contre elle.

— … tu n'aurais pas dû te dresser contre moi. Avec ton pouvoir et mes connaissances, nous serions devenus des dieux. Ils n'étaient rien de plus, le savais-tu ? Des mages qui avaient percé le secret de la vie éternelle, que je possède désormais. Je serai l'un d'eux, l'unique dieu, et tu m'aideras à y parvenir.

Les règles de l'honneur exigeaient qu'elle se manifeste avant d'attaquer. Cependant, Aralorn était une espionne et maniait très mal le fer, alors elle le frappa dans le dos.

Pour son malheur, le sort qui avait rendu son couteau inefficace auparavant eut un effet identique sur l'épée, qui glissa sur lui sans lui infliger la moindre égratignure et étourdit Aralorn. Elle évita la chute, roula sur le sol et fonça dans un mur. Bien que la lame n'eût causé aucune blessure à l'Archimage, sa poignée en métal avait tellement chauffé qu'elle la laissa tomber.

Elle supposa que cela avait un rapport avec le fait de toucher un magicien avec du métal.

— Ah ! lança ce dernier dans un sourire. Qui aurait cru que le fruit de mes entrailles s'amouracherait d'une idiote assez écervelée pour tenter le même coup deux fois de suite ?

Il se tourna vers son fils, prêt à prononcer une autre phrase, mais Aralorn n'écoutait déjà plus. L'ae'Magi se contentait de la congédier, elle n'en revenait pas ! Elle décida de saisir cette chance et commença à changer son apparence, se fiant à Loup pour l'apercevoir et retenir l'attention de l'ae'Magi assez longtemps pour qu'elle achève sa transformation en lynx des neiges.

— Tu devrais accorder plus de crédit à Aralorn, il se pourrait qu'elle te surprenne, commenta Loup tandis qu'il étirait les muscles contracturés de sa nuque. Pour sûr, je ne l'aurais jamais crue capable de regagner aussi vite le palais depuis les Terres Boréales. Peut-être le Vieil Homme de la Montagne l'a-t-il aidée !

L'ae'Magi ricana, incrédule.

— Tu n'as pas pu l'envoyer aussi loin ; les Terres Boréales auraient empêché une telle transportation. Peu m'importe où elle se trouvait. Et pour ce qui est du mythe du Vieil Homme de la Montagne, il n'existe pas, ou je l'aurais rencontré depuis des lustres.

Loup courba les lèvres à la pâle lueur du sceptre de l'ae'Magi.

— Si tu es convaincu de l'existence des anciens dieux, pourquoi mettre en doute une légende populaire ?

Les sens affûtés du lynx des neiges rendirent l'odeur des geôles encore plus insupportables et elle retroussa les babines en un silencieux feulement de dégoût à mesure qu'elle s'approchait à pas lents de l'ae'Magi. Elle se tapit derrière lui et remua le moignon qui lui faisait office de queue, puis guetta le moment opportun pour bondir.

Ses griffes de devant se plantèrent dans ses épaules pour assurer sa prise, tandis que ses pattes arrière lui labouraient le dos, l'entaillant en profondeur. Mais elle n'eut pas le temps de poursuivre plus avant, car le sceptre de l'ae'Magi heurta le côté de sa tête avec une violence telle qu'elle se retrouva propulsée contre un mur. Alors qu'elle gisait assommée, elle riva les yeux sur Loup.

À genoux, il retraça avec soin le cercle de pouvoir. Il tendit le bras d'un geste presque désinvolte pour s'emparer de son bâton qui, semblait-il, l'attendait dissimulé dans la pénombre.

— Père, lança-t-il, en se mettant debout.

L'ae'Magi fit volte-face et, à la vue de son fils, leva son sceptre en adoptant une posture de combat. Le silence régna un moment, puis Loup attaqua. La bataille se jouait sur le plan tantôt physique tantôt magique, et parfois sur les deux en même temps, accompagné d'un jeu de lumières des plus impressionnants.

Aralorn les observa depuis son coin et se releva sans précipitation. Avec toute cette magie qui les encerclait, elle avait autant de chances, sous la forme de lynx des neiges, de causer des dégâts que de rétablir la situation en leur faveur. Elle reprit son apparence humaine, par habitude si ce n'était pour une autre raison. Elle s'apprêtait à s'adosser contre le mur pour les regarder lorsqu'elle entraperçut du coin de l'œil l'épée, à moitié ensevelie sous la paille crasseuse qui jonchait le sol. Sans réfléchir, elle la ramassa ; la chaleur qui l'avait contrainte à la relâcher avait disparu.

Atryx Iblis, l'avait appelée le Vieil Homme dans un dialecte archaïque. *Atryx* était un terme facile, il signifiait « buveuse ». *Iblis*, lui donna du fil à retordre, mais lorsqu'elle en comprit le sens, elle sourit et la brandit prête à attaquer, impatiente que se présente l'occasion de s'en servir de nouveau.

Loup avait réussi à se soigner, mais cela l'avait affaibli, et il commençait à montrer des signes d'épuisement. Il contrait les coups avec moins d'assurance et le nombre de ses charges diminuait au fur et à mesure. L'Archimage, aussi, fatiguait. Son sang s'écoulait des profondes entailles qu'Aralorn lui avait infligées, ce qui l'indisposait. Cependant, ce fut Loup qui glissa sur la boue et tomba au sol sur un genou, perdant son bâton au passage.

Pour la deuxième fois, Aralorn frappa l'ae'Magi dans le dos, mais ce coup-ci, elle le poignarda au lieu de le lacérer et relâcha la poignée. Ambris resta accrochée de manière grotesque à sa poitrine, bien qu'elle ne semblât pas lui causer de blessure. Sans ôter les yeux de Loup, l'ae'Magi dirigea l'embout de son sceptre vers Aralorn et prononça une phrase secrète.

Rien ne se produisit, mais l'Arme du Forgeron se mit à briller avec plus d'éclat que les deux bâtons et inonda les geôles d'une lueur rosée. Loup se releva et récupéra son sceptre, mais n'esquissa aucun geste pour attaquer. Avec frénésie, l'ae'Magi saisit la lame et la retira, se coupant les doigts au passage, même si l'épée glissa sans difficulté et retomba, rutilante, sur le sol.

Aralorn la ramassa sans tenir compte de la chaleur et la rengaina tandis qu'elle déclarait sur le ton de la conversation :

— Le Vieil Homme affirme qu'il s'agit de l'une des armes du Forgeron. Il l'appelle *Atryx Iblis*. Buveuse de Magie.

Le sceptre de l'ae'Magi était noir et ne présentait à son toucher rien de plus qu'un bâton orné de sculptures alambiquées. Ses mains tracèrent les simples mouvements destinés à invoquer la lumière et rien ne se passa. Il pivota vers son fils et dit :

— Achève-moi dans ce cas.

Stoïque, le prédateur que l'ae'Magi avait créé le dévisagea de ses yeux jaunes étincelants et répondit de sa voix macabre :

— Non.

Loup se tourna vers Aralorn, puis serra son bras avec délicatesse pour les transporter dans la prairie où ils avaient bravé l'illusion de l'ae'Magi, abandonnant l'Archimage dans les ténèbres, seul.

Loup s'éloigna presque aussitôt d'Aralorn et resta à contempler le palais du magicien. Aralorn jeta un coup d'œil à son visage menaçant et se demanda ce qui pouvait bien hanter ses pensées.

Il parla tout bas.

— Je suis toujours celui qu'il a façonné, semble-t-il.

— Non, rétorqua Aralorn avec assurance.

— Sais-tu ce que je viens de faire ? Je l'ai laissé se vider de son sang et affronter un château grouillant d'uriah sur lesquels il n'a plus aucune prise.

— Un sort plus clément que celui qu'il te réservait, lui rappela Aralorn, scrutant les blessures que l'épée avait infligées à ses mains. Il a autant de chance d'échapper aux uriah qu'Astrid. Talor ou Kai furent moins chanceux.

Toutes ses plaies guériraient d'elles-mêmes en quelques jours.

— Sans compter que, grâce à toi, les loyaux serviteurs de l'ae'Magi ne risqueront pas de nous attaquer parce qu'on l'a tué. Ils le retrouveront à moitié dévoré par les monstres qui lui servaient d'animaux de compagnie.

Il lui saisit la main et les brûlures en disparurent, en même temps qu'une bonne partie de la crasse. Aralorn rit en silence et essuya son autre main sur la joue de Loup pour lui en montrer la saleté.

— Cette fois, tu es presque aussi sale que moi.

— Il est mort, affirma Loup.

— Mort, acquiesça-t-elle.

Il ferma les yeux et frissonna. Elle lui prit la main et il l'étreignit avec fermeté.

— Je crois, lui dit-il, qu'il me reste juste assez de magie pour nous téléporter jusqu'à la bibliothèque.

— Allons trouver Myr pour lui apprendre les nouvelles. Ensuite, je devrai retourner à Sianim pour informer Ren de l'invasion d'uriah qui ne devrait pas tarder à se répandre dans tout le pays et qu'il faudra nettoyer. S'il se débrouille bien, ce satané désordre pourrait remplir d'or les coffres de Sianim.

— Bien que ça te soit égal, la taquina Loup, puisque tu as quitté Sianim pour suivre Myr.

— Pour te suivre toi, rectifia-t-elle. Et j'ai eu le temps de réfléchir un peu. D'après toi, était-ce une coïncidence si Ren m'a envoyée dans une auberge située à moins de huit lieues de la cachette du roi de Reth ? Tu sais bien ce que Ren dit des coïncidences…

— En règle générale, les coïncidences n'existent pas, affirma Loup.

Fin

Le baron de Tryfahr, cinquième du nom, Sénéchal du Palais royal (connu également sous le sobriquet de Haris le Forgeron), pénétra dans la cuisine pour inspecter la nourriture préparée pour le festin en l'honneur du couronnement officiel du roi Myr. Lorsqu'il l'aperçut en train de s'y faufiler, le Lion de Lambshold, actuel ministre de la Défense, décida de se joindre à lui.

Dans la pièce principale, la cuisinière régnait en maître, affalée dans son fauteuil à bascule, à moitié endormie près du chariot à pâtisseries, une spatule en bois peu commode à la main. Le nouveau goûteur du roi se tenait, silencieux, à côté des fourneaux.

La nouvelle cuisinière était un parfait cordon-bleu : la volaille n'avait jamais été aussi moelleuse, le bœuf aussi tendre et les desserts d'une saveur aussi incomparable. Plus remarquable encore, elle était capable d'arpenter la salle en arborant son corpulent gabarit (même si personne, à l'exception du goûteur balourd tapi dans un coin, ne l'avait vue faire) sans s'arrêter de cuisiner.

— Alors comme ça, commenta Haris, les mercenaires ont proposé d'aider à éradiquer les uriah ?

— Oui, grommela le ministre de la Défense. Ils ont même baissé le tarif, comme leurs troupes seront stationnées dans les parages pour débarrasser Darran des uriah. Ils ont déjà nettoyé le palais de l'ae'Magi.

Comme un automate, il sortit sa main sans un bruit et hésita à dérober un gâteau recouvert d'un glaçage en sucre semblable à de la dentelle.

— J'éviterais, marmonna le Sénéchal à l'attention du Lion, puis il lui désigna d'un signe de la tête la main massive de la cuisinière qui se resserra autour de la spatule malgré ses paupières closes.

Il se racla la gorge et remarqua d'une voix plus forte :

— Ils espéraient probablement que l'ae'Magi serait en état de les rétribuer, mais à ce que j'ai entendu, il demeurerait introuvable, comme s'il s'était volatilisé.

Sa tonalité était empreinte d'une légère satisfaction.

Le Lion retira sa main d'un geste brusque et rétorqua, l'air absent :

— Dévoré, en toute vraisemblance, pauvre homme. Sianim veillera sans doute à se faire payer par le prochain ae'Magi avant de remettre le palais à…

Il fut interrompu par le cri de l'un des pages qui, ces derniers temps, semblait diriger le château.

— Haris !... Euh, pardonnez-moi... Je veux dire, mon Seigneur. Myr..., euh, le roi Myr désire savoir si la délégation d'Ynstrah est déjà là. Il ne les trouve nulle part, et pourtant, l'huissier affirme qu'ils sont arrivés hier soir.

Le page, resté en haut des marches, tira sur le surcot pourpre qu'il portait.

— Dis-lui que je viens tout de suite, Stanis, grommela le Sénéchal.

Le Lion lorgna une ultime fois les gâteaux, puis emboîta le pas à Haris qui remontait l'escalier.

Lorsqu'ils furent seuls et à l'abri des regards, les petits yeux vert lagon étincelants de la cuisinière s'ouvrirent, presque dissimulés entre les plis de son visage. Elle leva son impressionnante carcasse du fauteuil et se dandina jusqu'au chariot à pâtisseries. Elle en prit une dans sa main replète et la lança au gardien qui faisait office de goûteur. Il l'attrapa sans peine malgré le cache sur sa paupière.

— J'ai prévenu Ren que nous n'apprendrions rien lors d'un événement de cette ampleur, soupira-t-elle. Une bonne conspiration nécessite du secret, de l'intimité, ce qui n'est pas le cas ici. Tout ce qu'il risque d'arriver pendant les cérémonies officielles, c'est une tentative d'assassinat, mais Myr a déjà engagé des soldats de Sianim pour y parer.

Le garde hocha la tête. Il avait entendu sa rengaine plus d'une fois. Il examina la petite douceur de son œil valide avant d'en croquer une bouchée, puis déclara :

— Tu aurais pu le laisser prendre ce gâteau, Aralorn. Ils sont assez faciles à préparer.

Une autre gourmandise se matérialisa dans sa main tandis qu'il parlait et il l'envoya à Aralorn.

— Et saper l'autorité de la cuisinière en chef du château ? rétorqua Aralorn outrée, tout en rattrapant la mignardise avec une dextérité qui jurait avec son gabarit. Par ailleurs, ajouta-t-elle en mordant dedans, de cette façon, ils apprécieront d'autant plus les deux que Haris a chipés l'air de rien.

Loup déambula d'un pas nonchalant jusqu'au chariot à desserts et constata qu'il manquait, en effet, trois gâteaux.

— Devons-nous avertir Myr que son Sénéchal est un chapardeur ?

— Non, à moins qu'il veuille payer pour obtenir l'information. Après tout, nous sommes des mercenaires, Loup ! (Aralorn se lécha les doigts.) Au fait, où as-tu appris à cuisiner comme ça ?

Loup lui décocha un sourire carnassier et répondit d'une voix aussi macabre que d'habitude :

— Un magicien se doit de taire certains secrets, Dame.

Retrouvez la suite des aventures d'Aralorn et Loup
avec le premier chapitre de :

L'ÉPREUVE DU LOUP

Traduit de l'anglais (États-Unis) par Benjamin Kuntzer

Chapitre premier

Un souhait d'hiver pépia à deux reprises. Rien d'étonnant à cela. Cette petite alouette d'un gris doré était l'une des rares espèces d'oiseaux à ne pas migrer vers le sud durant la saison froide.

Aralorn ne quitta pas du regard le sentier enneigé qui se déroulait devant elle, mais elle remarqua le frémissement des oreilles de sa monture quand une rafale glaciale les enveloppa.

Les souhaits d'hiver étaient aussi courants que bruyants, mais celui-ci avait émis son piaillement au moment précis où elle avait emprunté le chemin de gauche de la fourche. La neige se calma un instant, et elle en profita pour faire bifurquer Sheen légèrement en amont de la piste. Cela ne faisait plus le moindre doute : un souhait d'hiver piaula bien à trois reprises, puis deux fois supplémentaires lorsqu'elle revint sur la route. Sheen s'ébroua et secoua la tête, faisant cliqueter son mors.

— La peste ! marmonna Aralorn.

Le sentier serpentait entre les arbres et s'aplanissait sensiblement à l'endroit où ceux-ci se raréfiaient. Elle se déporta sur sa selle, et ses chevaux s'immobilisèrent. Le rouan, sa monture fraîche, se tenait docilement au bout de sa longe ; Sheen, en revanche, leva subitement la tête et dressa les oreilles.

— Seigneurs des bois, invoqua Aralorn, j'ai des affaires urgentes à régler. Je souhaiterais m'acquitter de la dîme qui me permettrait de franchir les lieux sans encombre.

Le dépit qui s'empara des brigands, toujours sous le couvert des arbres alentour, fut presque palpable. Après un long moment, un homme sortit de sa cachette. Ses vêtements étaient proprement rapiécés, et Aralorn ne put s'empêcher de songer vaguement à la chaumière restaurée avec soin dans laquelle elle avait acheté son fromage, à moins d'une demi-heure de cheval de là. Le capuchon de son manteau écru était relevé, et le visage de l'inconnu était de surcroît caché derrière l'écharpe épaisse qui lui couvrait le menton et le nez.

— Vous n'avez pas l'air d'une Marchande, commenta-t-il d'un ton bourru. Qu'est-ce qui vous fait croire que vous pouvez profiter du pacte que la guilde a passé avec nous ?

Avant même qu'il se montre, Aralorn avait préparé son mensonge. Elle savait toujours quelle histoire présenter. Mais l'allure de l'homme l'avait incitée à revoir ses plans.

Même si les habits de l'inconnu étaient usés, ses bottes étaient de bonne facture, et il laissait sa main reposer sur le pommeau de son épée courte avec une grande confiance. Il avait sûrement été soldat autrefois. S'il avait servi dans l'armée réthienne, il connaîtrait sûrement le père de la jeune femme. La vérité le convaincrait donc plus aisément qu'un mensonge.

— J'ai des amis très proches parmi les Marchands, affirma-t-elle. Mais vous avez raison : nous n'avons passé aucun traité, et rien ne vous oblige à me laisser le passage.

— L'existence même du traité est un secret bien gardé, répondit-il. De ceux que de nombreux hommes seraient prêts à tuer pour protéger.

Elle lui sourit gentiment, faisant peu de cas de la menace.

— Je me suis déjà fait passer pour une Marchande, j'aurais pu recommencer cette fois. Mais quand je me suis rendu compte que vous étiez soldat, j'ai pensé que la vérité serait tout aussi efficace… Je ne mens que lorsque j'y suis contrainte.

Elle parvint à lui arracher un éclat de rire, même s'il garda la main sur la poignée de son épée.

— Très bien, chère Madame, faites-moi donc part de *votre* vérité.

— Je m'appelle Aralorn et je suis une mercenaire du Sianim. Mon père est décédé, ajouta-t-elle.

Sa voix trembla inopinément, ce qui la déconcerta un instant. Elle n'avait pas l'habitude d'être la proie de ses émotions.

— Il s'agit du Lion de Lambshold. Si vous me retardez de plus de quelques heures, je ne pourrai pas assister à ses funérailles.

— Ces nouvelles ne me sont pas parvenues. Je connais le Lion, affirma le bandit d'un air soupçonneux. Vous ne lui ressemblez pas.

Aralorn roula des yeux.

— Ça, je sais. Je suis son aînée, fille de paysanne.

Entendant la tension grandissante dans la voix de la jeune femme, Sheen se mit à grignoter son mors. Cette agitation soudaine attira l'attention du chef des brigands, qui se raidit et retint son souffle. Il leva la main pour la faire taire. Il fit lentement le tour de la monture, puis hocha sèchement la tête.

— Je vous crois. Votre étalon pourrait être le fils de celui qui a été pourfendu sous le Lion durant la bataille de Col Valner.

— Son géniteur y est mort il y a quatorze ans, confirma Aralorn.

Le malandrin sortit un ruban d'un vert passé et agrippa le mors de Sheen pour y nouer le fin morceau d'étoffe autour du canon.

— Cela vous servira de laissez-passer auprès de mes hommes. Ne le retirez pas avant d'avoir atteint *L'Auberge du Voyageur*. Vous la connaissez ?

Aralorn opina du chef, remit ses chevaux sur la bonne route et s'arrêta.

— Dites à votre épouse que son fromage est excellent. Et si vous voulez un conseil : dites-lui aussi de ne plus rapiécer votre tenue de bandit avec le tissu de son tablier. D'autres que moi le remarqueront peut-être. (Interloqué, il baissa les yeux sur la pièce verte et jaune qui couvrait son genou droit.) Il est difficile pour une femme seule d'élever ses enfants, poursuivit lentement Aralorn.

Elle le vit clairement reconsidérer sa décision de ne pas la tuer, ce qu'il n'aurait pas envisagé si elle était restée coite. Pourtant, elle se souvenait parfaitement des yeux noisette du bambin qui s'agrippait au tablier coloré de sa mère. Il partirait mal dans la vie sans père pour le protéger, et Aralorn avait un faible pour les enfants.

— Vous êtes un homme intelligent, messire, reprit-elle. Si j'avais voulu vous faire capturer, je serais fort logiquement allée trouver le seigneur Larmouth, qui règne sur cette province, pour lui faire part de ma découverte... et je ne vous aurais certainement pas prévenu.

Il retira doucement la main de son épée courte, mais un craquement tout proche informa Aralorn que quelqu'un tenait son arc bandé.

— Je le lui dirai.

Elle fit repartir Sheen d'une pression des genoux et abandonna le bandit derrière elle.

Elle franchit le premier défilé tard dans la nuit, puis le second et dernier col avant Lambshold l'après-midi suivant.

Les chutes de neige s'étaient intensifiées à mesure qu'elle progressait vers le nord. Aralorn avait changé fréquemment de coursier, mais Sheen avait néanmoins assumé le plus gros du travail, car il était mieux armé pour franchir les profondes congères.

Petit à petit, alors que l'aube nouvelle poignait au-dessus de la gorge, la piste commença à descendre et la neige faiblit. Aralorn se balançait avec lassitude sur sa selle. Même s'ils n'étaient plus qu'à deux heures de Lambshold, les chevaux et elle allaient devoir se reposer avant d'y parvenir.

La route traversa un autre hameau pourvu d'une auberge. Aralorn mit pied à terre et mena ses bêtes épuisées jusqu'à l'écurie.

Si le valet fut surpris de voir débarquer une hôte dès le petit matin, il n'en laissa rien paraître. Il ne protesta pas non plus lorsque Aralorn lui confia le rouan et entreprit de panser Sheen elle-même. Le cheval de bataille n'était pas si féroce qu'un palefrenier ne puisse l'étriller, mais elle avait pris l'habitude de s'en charger chaque fois qu'elle était soucieuse. Avant de ranger sa sellerie, elle dénoua le ruban noué au mors. Elle laissa les équidés somnoler confortablement et entra dans l'auberge par la porte qui donnait sur l'étable.

Le tenancier, qu'elle trouva dans la cuisine, n'était pas l'homme dont elle se souvenait, mais il la mena dans une chambre propre qui ne lui était pas étrangère. Elle referma le battant derrière lui, se débarrassa de ses bottes et de ses chausses, puis se glissa entre les draps agréablement parfumés. Trop éreintée, trop engourdie pour redouter le sommeil comme elle avait appris à le faire au cours des semaines écoulées, elle se laissa sombrer dans l'oubli.

Le rêve qu'elle fit débuta en douceur. Aralorn se retrouva à errer dans le château de l'ae'Magi. Il n'était guère différent de la dernière fois qu'elle l'avait vu, la nuit où le mage était mort.

L'escalier interdit semblait surgir des ténèbres. Aralorn plaqua la main contre le mur et amorça sa descente, même s'il faisait si sombre qu'elle discernait à peine où elle mettait les pieds. La terreur tapissait l'arrière de sa gorge tel un miel tourné aigre, car elle avait conscience qu'une chose horrible l'attendait. Elle fit un pas de plus et se retrouva, surprise, dans une petite salle en pierre qui empestait l'urine et les excréments.

Une femme gisait sur une table de bois, arborant le masque figé de la mort. En dépit de son teint blafard et de ses traits trahissant de grandes souffrances, elle restait magnifique ; ses cheveux flamboyants ne semblaient pas être à leur place dans cette atmosphère macabre. Des menottes mystérieusement gravées à l'eau-forte avaient laissé des cicatrices sur les poignets plus fins que leurs entraves, témoignant des années d'immobilisation qu'avait subies la défunte.

Au pied de la table, un garçon à la chevelure noir corbeau contemplait le cadavre. Il ne remarqua ni Aralorn ni quoi que ce soit d'autre. Son visage arborait les vestiges de l'enfance. Ses yeux jaunes semblaient trahir une certaine distance tandis qu'il observait la dépouille, mais ce furent eux qui révélèrent son identité à Aralorn.

Loup, *pensa-t-elle. Il s'agissait de son Loup enfant.*

— Était-elle ma mère ? finit par demander le garçon qui deviendrait Loup.

Sa voix était d'une douceur surprenante, comparativement au timbre râpeux qu'elle associait au Loup adulte.

— Oui.

Aralorn chercha du regard le propriétaire de cette deuxième voix, mais elle ne le trouva pas. Seuls les mots résonnèrent à ses oreilles, dépourvus de la moindre inflexion, sur un ton parfaitement neutre. Il aurait pu s'agir de n'importe qui.

— Je me disais que tu serais heureux de la voir avant que je ne m'en débarrasse.

Le garçon haussa les épaules.

— J'ignore ce qui t'a fait croire cela. Puis-je retourner à mes études maintenant, Père ?

La vision se troubla, et Aralorn descendit d'une marche supplémentaire.

— Même quand il était enfant, il était déjà froid. Indifférent. Anormal. Maléfique, murmurèrent les ténèbres de l'escalier.

Aralorn secoua la tête, refusant de croire ces paroles. Elle savait mieux que quiconque quelles émotions Loup pouvait dissimuler, que ce fût derrière son visage inexpressif ou derrière le masque d'argent qu'il arborait généralement. En réalité, il était plus émotif que la plupart des gens. Elle ouvrit la bouche pour le défendre, mais un cri détourna son attention. Elle s'engagea dans la direction de ce bruit, plongeant dans l'obscurité, qui l'avala.

Elle revint à elle, nue et transie de froid ; son souffle provoqua un petit nuage de vapeur. Elle essaya de remuer pour ne pas mourir d'hypothermie, mais des chaînes en fer l'immobilisaient. Elle ressentit à la base du cou un contact métallique glacial, et Loup appuya sur la lame jusqu'à ce que celle-ci déchire les chairs.

Un doux sourire apparut sur son visage lorsqu'il enfonça un peu plus le couteau.

— Calme-toi, tu ne sentiras rien.

Elle hurla, et son sourire s'étira de façon incongrue ; elle le fixait du regard, comme hypnotisée.

Ce n'était pas la bouche de Loup. Elle connaissait son sourire : il était aussi rare que les diamants verts, pas maintes fois répété comme celui-ci. Elle rejeta férocement ce qu'elle voyait.

Sous le regard brûlant de la jeune femme, les yeux jaunes du bourreau s'assombrirent pour adopter une teinte bleue. Lorsqu'il parla de nouveau, ce fut avec les intonations suaves de l'ae'Magi.

— Allons, mon fils, il est temps pour toi d'en apprendre plus.

— Non.

Quelque chose remua douloureusement dans la tête d'Aralorn, avec une violence soudaine qui la propulsa depuis la table jusqu'à un endroit situé derrière l'ae'Magi. Ce dernier appliquait fermement son couteau contre le cou d'une femme exsangue, trop effrayée pour gémir.

La vérité, *songea Aralorn, ressentant l'exactitude de son rêve.*

Le garçon se tenait à l'écart de son père et n'était plus aussi jeune que quelques instants auparavant. Déjà, son visage commençait à ressembler trait pour trait à celui de l'Archimage. Les yeux exceptés.

—Allons, répéta l'ae'Magi, la mort que tu lui accorderas sera bien plus supportable que celle que je pourrais lui offrir. En outre, les choses seront plus faciles pour toi, Cain, si tu fais ce que je te demande.

—Non.

Celui qui avait été Cain avant de devenir son Loup avait parlé d'une voix douce, n'exprimant ni défi ni déférence.

L'ae'Magi sourit et marcha jusqu'à son fils pour lui effleurer le visage du revers de la main qui tenait toujours le couteau couvert de sang. Aralorn se raidit en observant ce geste. Des bribes d'informations que Loup lui avait confiées se fondaient avec la sensualité de la caresse de l'ae'Magi.

—Comme tu voudras, répondit le sorcier à voix basse. Je n'y prendrai que plus de plaisir.

Elle fut prise d'une haine féroce à l'égard d'un homme qu'elle savait mort. Elle fit un pas en avant, comme si elle pouvait altérer le cours d'événements depuis longtemps passés, et la scène se modifia une fois de plus.

Le garçon se trouvait sur le parapet de la tour ; un violent orage déchirait le ciel. Il était plus vieux désormais, avait atteint sa taille adulte, même si sa carrure trahissait encore sa jeunesse. Une pluie froide s'abattait sur lui, et Loup frissonna.

— C'est le pouvoir, Cain. Tu n'en veux donc pas ?

Lentement, le garçon ouvrit les bras pour étreindre la tempête.

Mais, de nouveau, la scène paraissait inexacte, et Aralorn fit appel à sa magie, drapée de la vérité de l'ordre naturel, pour corriger la situation. Elle n'était pas plus puissante que la moyenne des rebouteuses, mais cela sembla suffire. Une fois de plus, la scène se modifia légèrement, comme lors de la mise au point d'une longue-vue.

— C'est le pouvoir, Cain. Tu le refuses donc ?

— Il arrive trop vite, Père. Je ne peux pas le dominer.

Loup prononça ces mots sans les inflexions qui auraient dû faire ressortir l'urgence de la situation.

— Je vais maîtriser la magie. (Face au manque de réaction de Loup, la voix de l'ae'Magi se transforma en un horrible chuchotement.) Je peux t'assurer que cela ne va pas te plaire.

Malgré la nuit obscurcie par l'orage, Aralorn vit le visage de Loup blêmir, même s'il demeura parfaitement impassible.

— Eh bien, soit !

Il y avait dans sa voix un air de détermination froide qui laissa Aralorn pantoise. Seule une personne le connaissant particulièrement bien aurait pu déceler cette intonation.

Loup inclina la tête, et Aralorn prit conscience des courants magiques qu'il attirait. L'Archimage posa les mains sur les épaules de son fils ; Loup tressaillit légèrement à ce contact, puis se remit à transmettre son pouvoir à son père. Un éclair déchira le ciel, et la magie qu'il renfermait doubla, puis tripla d'intensité en un instant. Lentement, Loup leva les bras, et la foudre vint de nouveau le heurter en pleine poitrine.

Il l'avait invoquée volontairement, comprit Aralorn, ébahie. S'il avait été complètement humain, il serait mort sur-le-champ, et son père avec lui. Pour un mage vert, dont le sang provenait d'une espèce plus ancienne, la foudre recélait la magie et non la mort… mais il n'avait aucun moyen de le savoir. Il ne connaissait pas la véritable nature de sa mère, pas à l'époque.

L'espace d'un instant, tous deux restèrent parfaitement immobiles, bercés par la puissance silencieuse et indéfinie que Loup avait assemblée ; puis une pierre explosa, suivie d'une autre, puis d'une troisième. Les éclats de granit se mirent à luire sous l'effet de cette magie à l'état brut, libérée, incontrôlée. Aralorn était incapable de dire si Loup cherchait à la dompter, même si l'ae'Magi avait reculé et faisait de larges gestes pour tenter d'endiguer la déferlante. Les ténèbres furent repoussées par la chaleur des flammes. Aralorn vit Loup sourire…

— Non ! cria l'ae'Magi lorsqu'une pierre éclata devant son fils, éclaboussant de matière fondue le visage de celui-ci.

Le garçon poussa un hurlement qui disparut dans le craquement de la roche qui se fendait.

L'ae'Magi jeta un sort, attirant à lui la magie qui avait causé de tels ravages.

Un bouclier, *pensa Aralorn alors qu'une pierre chutait d'un parapet pour venir rebondir sur la barrière invisible qui entourait l'ae'Magi, agenouillé au côté de son fils inconscient.*

— Je ne perdrai pas la puissance. Tu ne m'échapperas pas aujourd'hui.

La scène s'estompa, et Aralorn se retrouva de nouveau dans le couloir ; elle n'était pas seule.

L'ae'Magi s'approcha d'elle, les sourcils froncés.

— Comment as-tu… (Sa voix se brisa, et son visage se déforma sous l'effet d'une émotion si forte qu'elle fut incapable de la reconnaître.) Est-ce que tu l'aimes ?

Même s'il avait parlé d'une voix basse, celle-ci dérailla et mua jusqu'à n'être plus celle de l'ae'Magi. Toutefois, Aralorn la connaissait ; elle tenta de se rappeler à qui elle appartenait.

— Qui êtes-vous ? demanda-t-elle.

La silhouette de l'ae'Magi se désagrégea, tout comme le couloir, disparaissant dans une pénombre ancestrale qui chercha à attirer Aralorn à sa suite. Elle hurla et…

Désormais réveillée, Aralorn écouta les bruits étouffés de l'auberge. Puisque aucun pas précipité ne semblait approcher de sa chambre, elle en déduisit qu'elle n'avait pas vraiment crié – ce n'était pas le genre d'endroit où l'on aurait fait peu de cas d'un tel éclat de voix. Elle s'assit pour chasser les effets du cauchemar, mais la terreur de ce vide sinistre et affamé persistait.

Elle avait commencé à faire ces horribles cauchemars lorsque Loup avait disparu, quelques semaines auparavant. Il n'était pas rare que les mercenaires en fassent, mais ceux-là se répétaient inlassablement. Elle rêvait sans cesse qu'elle se retrouvait captive dans le donjon de l'ae'Magi, incapable de se soustraire à la douleur, ou à la voix qui lui demandait sans cesse : « Où est Cain ? Où est mon fils ? » Mais cette nuit-là avait été différente ; il ne s'était pas agi d'un simple rêve.

Elle s'habilla en hâte. Elle avait accepté cette illusion comme n'importe quel rêveur accepte le contenu de ses songes. À présent qu'elle était réveillée, elle se posait des questions.

Il y avait eu un vrai parfum de vérité. Si l'ae'Magi avait été encore en vie, elle l'aurait volontiers rendu responsable de cette hallucination : une petite offensive malveillante visant à la faire douter de Loup et à la rendre encore plus malheureuse. Une attaque qui n'avait échoué que parce qu'elle-même n'était pas tout à fait dépourvue de magie.

Mais l'ae'Magi était mort, et elle ne pensait pas connaître une autre personne si bien informée des détails les plus intimes de l'enfance de Loup… des informations dont même elle n'était pas complètement sûre.

Ce n'était qu'un rêve, décréta-t-elle en se dirigeant vers l'écurie. *Rien qu'un rêve.*

Achevé d'imprimer en juin 2018
Par CPI France
N° d'impression : 3028502
Dépôt légal : juillet 2018
Imprimé en France
2810325-1